Gerwens & Schröger
Anpfiff in Kleinöd

Ein Niederbayern-Krimi

Piper München Zürich

Mehr über unsere Autoren und Bücher:
www.piper.de

Von Katharina Gerwens und Herbert Schröger liegen bei Piper vor:
Stille Post in Kleinöd
Die Gurkenflieger von Kleinöd
Anpfiff in Kleinöd

Die Strophe aus dem Lied der Rune Ur wurde zitiert aus: Ulrich Jürgen Heinz, Die Runen. Ursprung, Bedeutung, Wirkung, Weissagung. Bauer Verlag, Freiburg im Breisgau 1987, S. 288 f. Das Gedicht »Totschlagen« stammt aus: Erich Fried, Warngedichte. Fischer Taschenbuch Verlag, Frankfurt am Main 1982.

Originalausgabe
Dezember 2009
© 2009 Piper Verlag GmbH, München
Umschlaggestaltung: semper smile, München
Umschlagfoto: Plainpicture / Briljans
Autorenfotos: Gülten Kuscu (Katharina Gerwens)
und Peter Neugart (Herbert Schröger)
Satz: Filmsatz Schröter, München
Papier: Munken Print von Arctic Paper Munkedals AB, Schweden
Druck und Bindung: CPI – Clausen & Bosse, Leck
Printed in Germany   ISBN 978-3-492-25726-8

INHALT

ERSTES KAPITEL	Abstauber	7
ZWEITES KAPITEL	Rückpass	31
DRITTES KAPITEL	Losentscheid	50
VIERTES KAPITEL	Rechtsaußen	86
FÜNFTES KAPITEL	Strafraummarkierungen	106
SECHSTES KAPITEL	Zeitlupe	120
SIEBTES KAPITEL	Spielfeldrand	128
ACHTES KAPITEL	Seitenlinien	140
NEUNTES KAPITEL	Strafräume	157
ZEHNTES KAPITEL	Kopfball	174
ELFTES KAPITEL	Trainingslager	194
ZWÖLFTES KAPITEL	Seitenwechsel	206
DREIZEHNTES KAPITEL	Auswärtsspiel	226
VIERZEHNTES KAPITEL	Zweikämpfe	244
FÜNFZEHNTES KAPITEL	Befreiungsschlag	266
SECHZEHNTES KAPITEL	Anpfiff	286
SIEBZEHNTES KAPITEL	Nachspielzeit	302

Danksagung   319

ERSTES KAPITEL
Abstauber

Allerweil bin ich dem sein Depp, dachte Lukas Reschreiter selbstmitleidig. Der Waldmoser braucht nix wie zu pfeif'n, und schon spring ich – ja, bin ich denn bloß noch ein Hanswurst?

Resigniert nickte er. Es lag nun mal in seiner Familie: So wie bei anderen Hakennasen, zusammengewachsene Zehen, Zwergwüchsigkeit oder rote Haare vererbt wurden, gaben die Reschreiters seit Generationen ihre Waldmoser-Unterwürfigkeit an den Nachwuchs weiter. Lukas' Vater war schon der Förster vom Waldmoser-Vater gewesen, und auch sein eigener Sohn würde in absehbarer Zeit das Vergnügen haben, diesem arroganten Waldmoser-Bürscherl zu dienen, das in der Stadt Jura studierte und sich schon jetzt wie ein Bürgermeister aufführte – obwohl doch sein Vater noch das Sagen hatte.

Die Waldmosers waren oben und die Reschreiters unten. Gegen solche Gesetze kam niemand an. Trotzdem tat es gut, darüber zu jammern. Und insgeheim fand Lukas es daher auch völlig in Ordnung, dass die Lämmer des Bürgermeisters gerissen worden waren – da hatte ausnahmsweise mal die himmlische Gerechtigkeit gewirkt, denn ein Waldmoser würde ein solches Unglück besser als alle anderen im Dorf verkraften können.

Nur war Lukas Reschreiter dummerweise Waldmosers Waldhüter, und ihn hatte der Bürgermeister rausgeschickt: Er musste sich um alles kümmern und hatte die ganze Nacht frierend auf dem Hochsitz verbracht, denn in diesem Oktober war es so kalt gewesen wie sonst nur im Januar.

Langsam begann es zu dämmern. Plötzlich glaubte Lukas Reschreiter von oben ein seltsames Geräusch zu hören. Er holte sein Fernglas aus der Tasche und sah hindurch. Nichts Ungewöhnliches war zu erkennen. Der graue Himmel schien klar und wolkenlos. Ein Vogelschwarm segelte auf mächtigen Schwingen über ihm dahin. Günstige Winde sorgten für eine perfekte Thermik, die den Tieren kaum mehr als einen gelegentlichen Flügelschlag abverlangte. Weit auseinandergezogen flogen sie über dem Mischwald. Ihren extrem scharfen Augen entging nichts. Dann blieb einer von ihnen hinter den anderen zurück. Die Formation begann sich aufzulösen, und bald kreisten alle zusammen über ein und derselben Stelle und schraubten sich dabei langsam und majestätisch in die Tiefe.

Lukas Reschreiter nahm den Feldstecher von den Augen und fluchte halblaut: »Kreizkruzifixdeifinocheinmal, wenn ich bloß ein bisserl mehr sehn tät, dann tät ich mich wesentlich leichter!« Sein Atem ging schwer und kondensierte in der Kälte. »Krank werd ich am End noch werden, da heraußen um die Zeit, wegen dem Schmarrn, dem blöden!«

Er steckte sein Fernglas ins Futteral zurück. Unwillkürlich entfuhr ihm ein tiefer Seufzer. Dieses merkwürdige Geräusch eben. Das war kein gutes Zeichen. Das hatte sicher was zu bedeuten. Hatte nicht sein Vater schon immer gesagt, dass die Natur ihre eigene Sprache habe, die es zu erlernen gelte? Er hängte sich die doppelläufige Schrotflinte um den Hals, drehte sich um und kletterte die wacklige Holzleiter hinunter. Obwohl diese nicht für einen Mann seiner Gewichtsklasse ausgelegt war, hielt sie seinem Tritt unter Ächzen und Stöhnen stand.

Der Luck, wie er von allen genannt wurde, war ein stattliches Mannsbild von Mitte vierzig, knapp einen Meter neunzig groß und gut und gerne zweihundertundfünfzig Pfund schwer. Silbergraue Strähnen durchzogen sein rotbraunes Haar und den wild wuchernden Bart, der jedem Taliban zur Ehre gereicht hätte. Er trug eine wettergegerbte bräunliche Bundlederhose, einen olivgrünen, daunengefütterten Anorak mit wetterfester Goretex-Beschichtung und einen kleinen feldgrauen Rucksack. Seine Füße steckten in schweren Bundeswehrstiefeln, auf dem Kopf trug er einen Jägerhut mit Gamsbartimitat.

Kaum dass Lukas wieder auf dem Erdboden gelandet war, begann sein dort angeleinter und aus einem Nickerchen erwachter Dackel Lumpi zu kläffen, um seinem Herrn und Meister Pflichterfüllung und Wachsamkeit vorzutäuschen.

Luck fauchte ihn an: »Gib Ruh, du Depp, du! Scheuchst uns doch bloß wieder alles auf, was da draußen kreucht und fleucht! So finden mir den tollwütigen Hundsfott ja nie, der dem Waldmoser seine Lämmer reißt. Und nachad dürfen mir noch wochenlang mitten bei der Nacht in dem Scheißwald umeinanderhupfen!«

Er setzte sich auf die unterste Sprosse der Leiter, nahm die Flinte und seinen Rucksack ab und begann den Hund zu streicheln, der hechelnd und schwanzwedelnd mit heraushängender Zunge dastand. »Ich hab's doch ned so bös g'meint g'habt, gell? Kennst mich doch, alte Schweinshaut! Ich schmatz halt einmal gern. Ja gell, Lumpi, sind mir wieder gut?«

Mit klammen Fingern öffnete er seinen Rucksack und fingerte umständlich eine Thermoskanne und zwei in Pergamentpapier verpackte Wurstbrote heraus. Nachdem er etwas heißen Tee mit Honig und Rum in die Verschlusskappe der Kanne gegossen hatte, wärmte er sich erst einmal die Hände daran, bevor er ganz vorsichtig ein paar kleine Schlucke zu sich nahm.

Nun sah die Welt schon wieder ein wenig besser aus.

Sein Dackel beschnüffelte die zur Seite gelegten Brote.

»Hast auch einen sauberen Hunger, gell, Lumpi? Mir zwei ham ja auch wirklich noch ned viel g'habt heut zum Frühstück! Und dann im Wald die frische Luft...« Ludwig Reschreiter klappte das Brot auf, nahm eine Scheibe Hirnwurst herunter und warf sie ein paar Meter weit. »Fass! Braver Hund!« Lumpi trottete gemächlich Richtung Leckerbissen, während sein Herrchen eine in den Tiefen des Rucksackes versteckte Aluschale mit Hundefutter hervorzauberte, die Deckelfolie abzog und sie neben sich auf den Boden stellte. Frei nach dem unvergessenen Volksschauspieler Maxl Graf begann er leise zu singen: »Mach'n mir Brotzeit, mach'n mir Brotzeit, denn Brotzeit ist die schönste Zeit, weil uns dann die Arbeitszeit wieder besser g'freut...« Er unterbrach sich kurz, schlang einen gewaltigen Bissen Brot hinunter, spülte mit etwas Tee nach und sang weiter: »Ein Ripperl und ein Bier, das hab ich stets bei mir...«

Ein Krächzen und Krakeelen aus mittlerer Entfernung ließ ihn innehalten. Er lauschte und starrte angestrengt in die Richtung, aus der der Lärm zu kommen schien. Trotz der schon lichter werdenden Nebelschwaden konnte er aber zwischen den weit auseinanderstehenden Tannen und Fichten nur grau in grau erkennen. Sein Gefühl sagte ihm, dass da etwas im Busch sein musste. Und zwar nichts Gutes.

Auch Lumpi schien etwas zu ahnen. Er wedelte hysterisch mit dem Schwanz, winselte kläglich und hatte – was sonst noch nie vorgekommen war – schlagartig jedes Interesse an der erst halb geleerten Futterschale verloren.

Der Tumult kam näher und näher. Flügelschlagen und Gekreisch. Herr und Hund warfen den Kopf in den Nacken und sahen nach oben. Ein Schwarm pechschwarzer Raben flog so aufgebracht und lautstark krächzend über die beiden hinweg, als sei der Leibhaftige hinter ihnen her.

Die ganze Geschichte war Lukas Reschreiter nun alles andere als geheuer, und um sich selbst zu beruhigen, redete er zuversichtlich auf seinen Dackel ein: »Vielleicht ham mir den Sauhund endlich g'funden! Der hat ganz g'wiss wieder ein Lamm g'riss'n, und wie er satt war, ist der woanders hingangen. Und nachad sind, logisch, die Raben kommen. Zum Brotzeitmach'n, wie mir zwei halt auch grad! Und jetzt wird der wieder z'rückkommen sein, zwecks einem Nachschlag. Und als Erstes hat der logisch die Raben vertrieb'n. Jetzt frisst der sich voll und wird sauber müd! Und nachad kauf'n mir uns den Sauhammel, den elendigen! Geh weiter, Lumpi! Auf geht's beim Schichtl, pack'n mir's an!«

Lukas Reschreiter raffte seine Sachen zusammen und stapfte durch den lichter werdenden Morgennebel Richtung Laubwald. Es hatte so ausgesehen, als seien die Raben von hier gestartet. Er wollte der Sache auf den Grund gehen, damit endlich Ruhe einkehrte. Allein die Vorstellung, die kommende Nacht wieder im eigenen Bett schlafen zu können, machte ihm Mut und ließ ihn schneller gehen.

Nur widerstrebend folgte ihm der Dackel. Gelegentlich musste er ihn regelrecht an der Leine hinter sich herziehen. Lumpi jaulte, was für einen Jagdhund völlig untypisch war. Vergeblich versuchte Luck ihn zur Ruhe zu bringen: Der sonst so souveräne Hund, für den ihm der Bürgermeister schon mal eine beträchtliche Summe angeboten hatte, da Lumpi selbst bei den lautesten Treibjagden Ruhe und Disziplin bewahrte, ließ sich nicht von seinem Verhalten abbringen – ganz im Gegenteil: Kaum hatten sie den schmalen Wanderweg überquert und den Laubwald erreicht, begann er nervös zu knurren und die Zähne zu fletschen.

»Zefix! Gibst jetzt endlich Ruh, verdammt noch mal!« Luck funkelte seinen Hund böse an. Er hatte nicht die geringste Lust, nur wegen dieses saudummen Gekläffes noch weitere Nächte in der Kälte verbringen zu müssen. »Weißt was? Du bleibst jetzt einfach da, und basta! Ich bind dich jetzt da an und hol dich nachad wieder ab. Und so was will ein Jagdhund sein! Unglaublich! Erzähln darf man das ja keinem Menschen ned!«

Gesagt, getan. Der Dackel wurde an einer stattlichen Eibe am Wegesrand festgebunden, und Luck ging allein weiter, wobei er das hindernde Buschwerk mit den Händen möglichst geräuschlos zur Seite schob. Lumpis klägliches Jammern und Winseln wurde leiser, je weiter er vorankam, und schließlich erstarb es ganz.

Etwa eine Viertelstunde lang hörte er nur noch sein eigenes Keuchen und das Knacken und Brechen von trockenen Zweigen unter seinen schweren Schritten. Er hatte einen guten Orientierungssinn und näherte sich endlich dem vermuteten Startplatz der Raben.

Pötzlich nahm er ein Geräusch wahr, das er nicht kannte. Er hielt inne und lauschte. Das Gefühl, das ihn in diesem Augenblick beschlich, würde er später im Blauen Vogel mit den Worten beschreiben: »Vom bloßen Hinhören ist mir da fei eine Mordsganshaut übers Herz krochen. Ob ihr mir das glaubt oder ned. Und eine solchene Ganshaut auf'm Herzen ist g'wiss tausendmal schlimmer als wie eine auf der Haut. Nicht einmal meinem ärgsten Feind tät ich so was wünschen.« Was so nicht ganz stimmte, denn insgeheim hätte er nichts dagegen gehabt, wenn beispielsweise dem Waldmoser sein arrogantes Bürscherl einmal mit so einem Schrecken konfrontiert würde, dann hielte der vielleicht seine zukünftige Bürgermeisternase nicht mehr ganz so hoch.

Deutlich war mittlerweile eine haarsträubende Mischung aus Klappern und Schmatzen zu hören. Und dazwischen gespenstisch heisere Fauchtöne. Noch nie hatte er ein so schauriges Spektakel vernommen – nicht einmal im Fernsehen.

Und das Schlimmste war: Er hatte keine Ahnung, wer oder was solche Laute von sich geben konnte. Ein urweltliches Ungeheuer? Ein Drache aus den Märchen seiner Kindheit? Riesig, feuerspeiend und mit eiternden Warzen bedeckt, eine Schneise zerstörter Erde hinter sich lassend? Ein einzelner Hund, so tollwütig er auch sein mochte, hätte niemals eine derart furchterregende Geräuschkulisse zustande gebracht. Oder womöglich ein Bär? Hier, mitten in Niederbayern, in Waldmosers Jagdpacht, ohne jede durchgehende Waldanbindung zum Alpenraum?

Lukas Reschreiter schalt sich einen Narren und verwarf den Gedanken. Aber die Angst und ein ungutes Gefühl blieben. Würde er möglicherweise in den nächsten Sekunden einem Menschen im Rausch oder im Wahnsinn gegenüberstehen? Einem Kannibalen? Einem, der nichts mehr zu verlieren hatte? Luck vergewisserte sich, dass sein feststehendes Messer im Stiefelschaft steckte und schüttelte den Kopf. Nein, das war kein einzelner Mensch, denn der schreckliche Lärm ließ sich nicht räumlich zuordnen. Er schien von vorn, von rechts, von links, von oben und von unten, ja von allen Seiten gleichzeitig zu kommen.

Vorsichtig bewegte er sich auf die Quelle des Getöses zu. Plötzlich spürte er, dass er mit den Stiefeln bis zu den Knöcheln im Morast einsank und fluchte: »So ein Scheißdreck!« Ohne es zu registrieren, hatte er also schon den Rand des Moores erreicht. Das machte die Sache einerseits komplizierter, weil erhöhte Wachsamkeit angesagt war, bedeutete aber gleichzeitig, dass sich ziemlich bald hinter den dichten Zweigen des Gestrüpps eine größere Lichtung auftun würde, wie er von früheren Waldgängen wusste. Nur noch wenige Meter, und er würde dem Urheber des Lärms gegenüberstehen. Und dieser ihm.

Ein Zurück gab es nicht mehr. Er musste das alles irgendwie überstehen. Und er würde es überstehen. Ein Reschreiter lief nicht davon. Vor nichts und niemandem, schon gar nicht vor dem Teufel und erst recht nicht vor Drachen – falls es denn einer war. Luck, der Drachentöter aus Kleinöd. Nein, so richtig scharf war er nicht darauf. Aber was sein musste, musste nun mal sein.

Langsam und bedächtig nahm er die Flinte von der Schulter, klappte sie am Schaft auf, holte zwei Patronen mit grobem Schrot aus der Innentasche seines Anoraks und bestückte den Doppellauf. Mit leisem Klicken rastete der Mechanismus ein. Luck spannte beide Hähne und richtete den Lauf nach vorne.

Nervös fuhr er sich mit der Zunge über die aufgesprungenen Lippen und marschierte tapfer weiter. Der sumpfige Boden zog und zerrte jetzt bei jedem seiner Schritte und gab die Stiefel mit fettem Schmatzen wieder frei.

Nach zwanzig weiteren Metern stoppte der Wildhüter erneut. Jetzt war es so weit. Er schickte ein Stoßgebet zum Himmel, nahm seinen ganzen Mut zusammen und schob ein paar letzte Sträucher wie einen grünen Vorhang zur Seite.

Was er sah, ließ ihm das Blut in den Adern gefrieren: Die Lichtung war ein einziges Blutbad. Irgendetwas musste sich am Stamm der alten Buche befinden, worauf sich die Vögel stürzten. Ein Stück Aas? Möglicherweise ein gerissenes Schaf oder Lamm. Lukas Reschreiter blickte genauer hin. Und dann sah er einen Arm und eine menschliche Hand. Das konnte nicht sein. Er kniff die Augen zusammen, öffnete sie und schaute noch einmal hin. Zwei Hände waren es. Zwei menschliche Hände waren an den Baum genagelt, als wollten sie ihn umarmen. Und dazwischen hing ein Körper. Kopflos und nackt. Und um all das herum flatterten diese riesigen Vögel.

Sein eigenes Keuchen erschreckte ihn. Ihm standen die Haare zu Berge. Ohne langes Nachdenken drückte er zweimal kurz hintereinander auf den Abzug des Gewehres, hielt es auf die wogende und schmatzende Masse vor sich gerichtet.

Der Doppelknall ging nicht nur ihm durch Mark und Bein, sondern auch den unheimlichen Riesenvögeln. Sie stoben auf, breiteten kreischend ihre Schwingen aus und bedachten Luck aus schmutziggelben Augen mit einem eher erschrockenen als bösartigen Blick. Er hatte sie bei ihrem Festmahl gestört. In einer Höhe von etwa dreißig Metern breiteten sie die Flügel in ihrer ganzen Spannweite aus, und der dämmrige Himmel über Lukas Reschreiter verdunkelte sich.

Bis auf die zwei, die er mit seinem Schrothagel regelrecht durchsiebt hatte, entschwanden sie, lauthals kreischend, in der Weite des grauenden Morgens.

Luck ließ die Flinte wie eine heiße Kartoffel zu Boden fallen und wischte sich mit fahrigen Bewegungen den Schweiß von der Stirn. Ihm wurde übel, er begann zu würgen und taumelte gegen den nächsten Baum. Erst nachdem er sich von Tee, Brot und Hirnwurst befreit hatte, fühlte er sich in der Lage, einen klaren Gedanken zu fassen.

Er holte das Handy aus der Seitentasche seines Anoraks. Erleichtert stellte er fest, dass ihm das Glimmen zumindest zweier weißer Balkenstriche eine ausreichende Funkverbindung signalisierte. Mit zitternden Fingern wählte er genau den gespeicherten Kontakt, der seiner Meinung nach für diese Schweinerei zuständig war.

Polizeiobermeister Adolf Schmiedinger wollte sich gerade genüsslich über den zweiten Semmelknödel und den Rest einer Schweinshaxe hermachen, als ihn das penetrante, in rhythmischen Abständen wiederkehrende »Lalülala!« unbarmherzig aus dem tiefen frühmorgendlichen Schlummer riss. Er schreckte hoch. Der Teller mit den Leckereien zerplatzte wie eine Seifenblase, und auch seine Frau Erna war verschwunden. Seit zwei Wochen träumte er jede Nacht von ihr, und immer kochte und buk sie für ihn, fuhr eine Köstlichkeit nach der anderen auf – wie damals, als sie noch zusammenlebten. Seit zwei Wochen war die Welt wieder in Ordnung, doch leider nur nachts.

Wie hatte er nur auf die hirnrissige Idee mit dieser Diät kommen können! Was für ein schwachsinniger Gedanke! Als würde er mit ein paar Kilo weniger mehr Chancen bei den Frauen haben. Er kannte ja nicht einmal eine Frau, die für ihn infrage kommen würde. Und für diesen Irrsinn ernährte er sich seit zwei Wochen nur von Sauerkraut und Krautsalat. Potenziert zu jedem

Gramm, das er verlor, sank auch seine gute Laune, die übrigens nie sonderlich gut gewesen war.

Und jetzt auch noch dieses Geheule in aller Herrgottsfrüh! »Lalülala! Lalülala!« Eine Unverschämtheit. Aber er war ja selbst schuld. Wie verrückt und besoffen musste er neulich im Blauen Vogel eigentlich gewesen sein, als er sich – als gestandener Polizist – auf sein privates Handy für satte fünf Euro einen Klingelton hatte laden lassen, der eine Polizeisirene imitierte. Nur weil seine Zechkumpanen behauptet hatten, er würde sich so was niemals trauen. Das hatte er jetzt davon. »Lalülala! Lalülala! Lalülala!«

»Herrschaftszeiten! Ich komm doch eh schon, zefixhallelujanoch mal!« Im Dunkeln suchte er den Knopf der Nachttischlampe. Ihr grelles Licht blendete ihn. Er griff nach dem Handy und plärrte wutschnaubend hinein: »Ja, seid's ihr denn am End komplett überg'schnappt? Was für ein bschissenes Arschloch tät mich denn da anrufen wollen, mitten bei der Nacht? Habt's ihr denn kein warmes Bett ned daheim um die Zeit? Was? Was ham S' g'sagt? Luck? Bist du das, Luck? Ich versteh dich ned g'scheit! Ich hör fast nix!« Er unterbrach seine Schimpfkanonade und konzentrierte sich auf das, was ihm der Anrufer mitzuteilen versuchte.

»Aha. Im Wald? Wo genau bist du denn? Neben dem Sumpf, beim Runenstein? So, so. Aha! Was? Was sagst da?« Adolf Schmiedinger schoss in die Höhe und saß mit einem Mal kerzengerade im Bett. »Hast du zu tief ins Glas einig'schaut? Bist direkt vom Wirt aus in den Wald nüber?«

In seinem Handy quäkte es aufgeregt.

»Aha. Ach, geh weiter! Kein Schmarrn ned? Ehrenwort? Bin gleich draußen bei dir! Ich tät mir vorher bloß noch schnell was anziehn und die Kripo rufen! Lass fei alles grad so, wie es g'wesen ist! Nix anlangen, hast g'hört? Servus derweil!«

Der Polizeiobermeister schwang sich aus dem Bett, spritzte sich im Bad eine Handvoll kaltes Wasser ins Gesicht und zog sich an. Dann erst meldete er sich bei der Kriminalpolizei in Landau und verlangte, augenblicklich Franziska Hausmann zu sprechen.

»Ja, nee, die ist noch nicht da«, murmelte eine junge und ziemlich verschlafen klingende Stimme. »Wissen Sie denn eigentlich, wie spät es ist?«

»Ja freilich weiß ich das. Ich hab ja selber grad noch tief und fest g'schlafen. Aber mir ham da heraußen ein Kapitalverbrechen zu melden! Ich müsst also die Frau Kommissarin sofort und auf der Stelle selber sprechen.«

»Da kann ja jeder kommen. Sagen Sie mir einfach, worum es geht. Ich geb das dann an die richtige Stelle weiter.«

Adolf Schmiedinger hatte keine Lust auf einen Streit. Sollten die doch selbst entscheiden, was wichtig war und was nicht. Er kam seiner Pflicht nach, ihm würde man später nichts vorwerfen können. Langsam und zum Mitschreiben zählte er die kärglichen Fakten auf, die der Luck ins Telefon gestammelt hatte, beschrieb den Ort des Geschehens so genau wie möglich und machte sich ohne Frühstück auf den Weg.

Der grüne Polizeiwagen fuhr in rasendem Tempo durch die Stadt. Auf dem Autodach drehte sich das Blaulicht, und auch das Martinshorn war eingeschaltet. Franziska Hausmann saß neben Bruno Kleinschmidt, der es sichtlich genoss, wie ein Rennfahrer durch die engen Gassen Landaus zu rasen, mit quietschenden Reifen die Ober- und die Unterstadt zu durchqueren und von an den Straßenrand geflüchteten Zuschauern kopfschüttelnd bewundert zu werden. Alle sahen dem Wagen nach.

»Magst ned mit mir wetten? Ich tät sagen, dass sich innerhalb der nächsten halberten Stund die Presse bei uns meldet!«, frohlockte er.

»Denen sagen wir nichts«, stellte Franziska klar. »Wir müssen uns erst ein Bild von dem Fall machen. Wir hätten schon längst da sein können, wenn dieses Bürscherl einmal mitgedacht hätte.«

Und mir hätten g'wiss alles schon wieder aufgeklärt haben können, dachte Bruno und nickte mit einem zynischen Grinsen. Er hatte es schon vor Jahren aufgegeben, seiner Chefin zu widersprechen. Schon gar nicht morgens. Da war sie grundsätzlich schlecht gelaunt.

Und schon wieder begann Franziska zu schimpfen: »Was hat er sich bloß dabei gedacht, nur einen Zettel zu schreiben und den auf meinen Tisch zu legen, als ginge es um eine Einkaufsliste. Kein Gefühl für Fakten, kein Gefühl für die wirklich wichtigen Dinge. Wenn ich während meiner Ausbildung in der Nacht einen solchen Anruf erhalten hätte, dann hätte ich Himmel und Hölle in Bewegung gesetzt, damit sofort was passiert. Je früher man kommt, desto klarer sind die Fakten. Das weiß nicht nur jedes Kind, das lernt man auch in der Polizeischule. Aber unser Kevin kann sich nicht vorstellen, dass es wichtigere Dinge gibt als das Lösen von Kreuzworträtseln und Sudokus. Den versetz ich in den Streifendienst. Der soll Falschparker aufschreiben. Und zwar von morgens bis abends!« Sie holte tief Luft.

Bruno hätte jetzt gerne zu bedenken gegeben, dass der Polizeipraktikant Kevin Schlappinger es doch nur gut gemeint hatte – und dass die Kommissarin erst recht wütend gewesen wäre, wenn man sie wegen eines Fehlalarms aus dem Bett geholt hätte. Aber er schwieg und konzentrierte sich auf seine Rennfahrertätigkeit. »Chefin, die verlorene Zeit hol ich leicht wieder rein. Mach dir bloß keinen unnötigen Kopf ned.« Die Reifen quietschten.

Franziska seufzte, griff nach ihrer Tasche und begann hektisch zu wühlen.

»Ich hätt g'meint, dass du gar nimmer rauchst?«, erinnerte Bruno sie.

»Stimmt. Das hatte ich bei all dem Ärger ganz vergessen.«

Es war bereits helllichter Vormittag, als die Kommissarin und ihr Assistent über einen holperigen Waldweg den Rand jener Lichtung erreichten, an dem sich schon eine Kolonne von Polizeieinsatz- und Rettungsfahrzeugen versammelt hatte. Bruno stellte den Wagen am Ende der Schlange ab, zog die Handbremse und verstaute das Blaulicht wieder im Handschuhfach. »Hm, die Allerersten sind mir ned«, murmelte er und suchte umständlich nach der Kladde mit seinen Notizen.

In dem Moment klingelte sein Handy. Siegesgewiss hob er den Daumen: »Hab ich's ned g'sagt? Die Presse!«

»Sag denen nichts«, zischte Franziska, und Bruno hielt sein Mobiltelefon in ihre Richtung. »Pressekonferenz frühestens heute Abend. Und zwar im Präsidium.«

»Hast du das g'hört, Schorsch?« Bruno schwieg einen Augenblick und nickte. »Ja freilich, der Landauer Anzeiger kriegt sowieso den besten Platz von mir. Quasi naturgemäß.« Er grinste.

Franziska war schon ausgestiegen. Sie stand in der Kälte und sog die frische Luft ein. Bruno zog den Wagenschlüssel ab und stieg aus. Er hatte seine Chefin schon so lange nicht mehr genauer betrachtet, dass er nun ein wenig darüber erschrak, wie erschöpft sie aussah. Seit sie nicht mehr rauchte, hatte sie ein bisschen zugelegt, ihr dunkelblondes Haar war von weißen Fäden durchzogen, und auf ihrer Stirn sowie um die Augenpartie zeichneten sich unwiderrufliche Knitterfalten ab. Grau und müde stand sie da und blies Nebelschwaden in die kalte Winterluft. Hoffentlich hat sie nicht auch noch Stress mit ihrem Mann daheim, dachte er.

»Nun komm schon!«, rief Franziska. »Was nutzt uns deine ganze Raserei, wenn du jetzt trödelst?«

»Bin doch schon da, Chefin. Meine Herrn, hier ist's tatsächlich gleich um ein paar Grad kälter als wie in der Stadt.«

»Hab ich dir doch gesagt. Und schau bloß nicht auf meine Klamotten. Auf die Schnelle dachte ich eher an was Warmes als an Eleganz.«

Natürlich sah Bruno nun genauer hin: Die Kommissarin hatte sich in eine zu eng gewordene graue Thermohose gezwängt und trug eine hellbraun gefütterte Wildlederjacke über einem beigen Angorapullover. Sie hatte Gummistiefel an. Er dagegen Schnürschuhe aus feinstem Kalbsleder.

Sie war eindeutig besser für das gerüstet, was sie laut Schlappingers Spickzettel hier draußen erwartete, und schritt zügig voran, während er zu Boden sah und von Grassode zu Grassode hüpfte, um seine rahmengenähten Budapester zu schonen.

Am Fuß des Abhangs hatte sich eine Traube uniformierter Männer und Frauen versammelt, und Franziska und Bruno gingen auf sie zu. Ein älterer Polizist löste sich aus der Gruppe und kam ihnen winkend entgegen.

Sie erkannte ihn sofort und gab ihm die Hand. »Kollege Schmiedinger! Danke, dass Sie uns benachrichtigt haben! Dann wollen wir mal!«

Der Polizeiobermeister nickte und schnappte nach Luft. Sein Kopf und Nacken waren gerötet.

»Ja, selbstverständlich, Frau Kommissarin! Gut, dass Sie gleich selber vorbeischaun! Sie können Ihnen kaum vorstellen, wie grauslich das da hinten ist. Wer um Gottes willen macht denn bloß so was?«

»Sie sind sich ganz sicher, dass es sich bei der Leiche im Forst um einen Mord handelt? Unfall ausgeschlossen?«

»Aber schon gleich so was von ausgeschlossen! Was so Fürchterliches hab ich noch nie vorher g'sehn g'habt. Ganz g'wiss ist das nix anders wie ein Mord.«

»Tja, bei Mord sind wir als Mordkommission zuständig. Das war schon korrekt, dass Sie gleich in Landau angerufen haben. Was genau lässt sich inzwischen sagen? Haben Sie sich schon ein umfassenderes Bild gemacht?«

Schmiedinger nickte, schluckte, und seine Nase wurde weiß. »Und was für ein Bild! Lieber wär's mir g'wesen, ich hätt das nicht sehen müssen! Das dürfen Sie mir glauben!«

Franziska legte ihm verständnisvoll die Hand auf die Schulter. »Ja, ich weiß, was Sie meinen. Wir werden uns nie an den Tod gewöhnen, auch wenn er zu unserem Job gehört. Und Sie und ich, wir wissen, dass kein Tod dem anderen gleicht – und ein gewaltsamer Tod erst recht nicht. Jeder ist auf seine Weise schrecklich und sinnlos. Immer wieder.« Sie seufzte. »Also, dann führen Sie uns jetzt erst einmal zum Fundort und erzählen uns auf dem Weg dorthin alles, was wir wissen müssen.«

Polizeiobermeister Schmiedinger nickte und rekapitulierte den Stand der Dinge: »Ja mei, im Prinzip war das so, dass mich der Luck ang'rufen g'habt hat, mitten bei der Nacht, aus'm Wald, also der Reschreiter Lukas, der dem Waldmoser sein Aushilfsförster ist. Und der hat mir mitgeteilt, dass er im Wald einen Mann g'funden hätt. Total leblos! Wobei alles andere natürlich auch ein reines Wunder g'wesen wär, ich mein, wenn der noch g'lebt hätt, ohne sein Kopf. Und wo doch schon die komischen

Vögel drin warn, in dem sein Hals und so weiter und bald schon überall, mit denen ihre Schnäbel, wissen S'?«

»Meine Güte!« Franziska warf Bruno einen besorgten Blick zu. Hoffentlich fiel der nicht jetzt schon vor Entsetzen in Ohnmacht. »Unser Mitarbeiter hat mir nur vom Fund einer männlichen Leiche in der Nähe des Moors berichtet. Aber was Sie da sagen, hört sich ja fast nach einer Hinrichtung an.«

»So schaut's aus.« Schmiedinger nickte finster.

Schweigend stapften sie hinter ihm her.

»Geköpft und an einen Baum hing'nagelt?«, fragte Bruno und bemühte sich um einen sachlichen Ton. »Selbstmord können wir dann ja wohl auch gleich ausschließen.«

»Richtig.« Schmiedinger putzte sich lautstark die Nase.

In diesem Augenblick versank Brunos rechter Fuß einschließlich des handgenähten Schnürschuhs im Morast. Er schrie auf.

»Ich hab dir doch gleich gesagt, dass du Gummistiefel anziehen sollst«, schimpfte Franziska und reichte ihm die Hand. »Deshalb sind wir doch extra noch zu Hause vorbeigefahren, das ist doch keine Modenschau.«

»Normal ned«, murmelte Schmiedinger.

»Weiß man schon, wer der Tote ist?«, fragte Franziska.

Schmiedinger hob die Schultern. »Ja, naa, also so ganz direkt noch ned! Eine Vermutung hätt'n mir eventuell schon, recht viel mehr aber ned. Weil Papiere oder so hat der ned dabei'habt, und mir tät'n uns wesentlich leichter, wenn mir den Kopf vorher noch finden tät'n. Die Kollegen von der Bereitschaftspolizei suchen den mit Schleppnetzen im Moor. Weil, wahrscheinlich hat der den Kopf ja einfach bloß da einig'schmiss'n, der was den armen Kerl so furchtbar zug'richtet hat.«

Schmiedinger blieb abrupt stehen.

»Da vorne wär's dann. Ich tät da nicht unbedingt noch mal hinmüssen. Ich hab vorhin schon g'nug g'sehn. Also, wenn S' eventuell einen Augenblick auf mich verzichten könnten ...«

»Ist denn die Spurensicherung schon da?«

»Noch ned. Aber einer vom Bund Naturschutz.«

»Vom Bund Naturschutz?« Die Kommissarin schüttelte den Kopf. »Wieso das denn?«

»Ja, wegen denen Vögeln.«

»Was für Vögel?«

»Ich weiß von den Vögeln auch nix Genaues. Die sind fremd bei uns. Ich weiß bloß, dass der Luck in seinem Schrecken zwei davon umg'legt und die Sauerei da noch g'scheit verschlimmert hat.«

»Na, dann wollen wir mal.« Franziska warf Bruno einen auffordernden Blick zu. Ihr Assistent war kreidebleich.

»Ich tät dann da warten, wenn's recht wär«, sagte Schmiedinger und lehnte sich gegen eine Wand gestochener Torfziegel.

»Von mir aus.« Franziska sah Bruno an. »Komm, lass uns zwei gehen. Du machst deine Fotos, und dann haben wir es hinter uns. Wir können nun mal nicht ermitteln, ohne uns ein Bild gemacht zu haben.«

»Chefin, ich weiß ned recht. Mir ist grad so komisch. Tätst du nicht ausnahmsweis …«

»Nein!«, sagte sie streng. »Wir gehen da jetzt gemeinsam hin. Es ist nun mal unser Beruf.«

»Also, so was von grauslich, wie das da, da tät ich normal schon ganz gut drauf verzichten können …«, murmelte Schmiedinger erneut und registrierte, dass Brunos schöne Nase noch blasser wurde.

»Jetzt langt es aber! Meine Herren, reißen Sie sich zusammen.« Franziska stapfte los. Ihre Gummistiefel schmatzten in dem morastigen Boden und ließen kleine Pfützen zurück. Bruno hüpfte von Grasbüschel zu Grasbüschel hinter ihr her.

Die Kommissarin näherte sich dem verhaltenen Gemurmel, das von der Lichtung zu kommen schien, und schob dann die letzten Zweige zur Seite. Schmiedinger hatte nicht übertrieben. Das Bild, das sich ihr bot, war noch schlimmer, als sie befürchtet hatte, und sie rechnete immer mit dem Schlimmsten.

Gerade noch hatte es nach frischem Grün und Torf gerochen, nun stank es ganz plötzlich nach Tod und Verwesung. Der graue Oktoberhimmel schien innerhalb von Sekundenbruchteilen um eine Spur grauer geworden zu sein. Franziska hielt sich ein Taschentuch vor die Nase und zwang sich, die Szenerie genauer zu betrachten. Bruno würde zwar alles fotografieren –

hoffentlich –, aber sie brauchte einen ersten Eindruck. Und der bestand aus einer apokalyptischen Mischung aus Blut, Innereien, Flaum und Federn.

An dem aschgrauen Stamm einer sicher hundertjährigen Buche waren die sterblichen Überreste eines Menschen auszumachen. Nackt und mit erhobenen Armen und ausgebreiteten Beinen war dieser an den Baum genagelt worden, als müsse er die Buche umfangen – der Kopf fehlte.

Sie hörte, wie Bruno zu würgen begann und die Kamera fallen ließ. Der leicht säuerliche Geruch von Erbrochenem breitete sich aus. Franziska fischte ein Fläschchen mit Kölnischwasser aus dem Rucksack und hielt es erst sich und dann ihrem Assistenten unter die Nase.

»Schön durchatmen. Und ganz ruhig bleiben. Alles wird gut.«
»Das glaubst doch wohl selber ned!«

Bruno stöhnte, bückte sich nach der Kamera und fotografierte drauflos. Vermutlich schaute er nicht einmal hin. Franziska verzieh ihm insgeheim.

»Auch diese Viecher da!«, rief sie und wies auf zwei von Schrotkugeln durchsiebte Riesenvögel, die offensichtlich gerade dabei gewesen waren, den Getöteten zu fleddern.

Sie zählte bis dreißig und fixierte dabei die Krone der Buche. Eine Zigarette wäre jetzt gut gewesen, aber sie rauchte ja nicht mehr.

Anschließend winkte sie der mittlerweile bereitstehenden Spurensicherung zu und gab den Tatort zur Untersuchung frei. Sie hatte mehr als genug gesehen.

»Da hockt unser einziger Zeuge«, sagte Adolf Schmiedinger und führte die Kommissarin zu einem Sanitätswagen am Rand der Lichtung. Auf dem Trittbrett des Busses saß, in eine grobe Wolldecke gehüllt, ein Mann mit einem Jägerhut und schlürfte Tee. Zu seinen Füßen schlief ein dicker, apathisch wirkender Dackel.

»Der Herr Reschreiter. Der hat mich informiert«, stellte Schmiedinger den Wildhüter vor. »Der hat den Toten g'funden g'habt.«

»Sie haben die Leiche entdeckt, aber Sie sind nicht Zeuge des Tathergangs, oder?«, wollte Franziska wissen.

»Ach wo. Zum Glück ned. Weil, sonst tät ich am End womöglich auch da an den Baum hing'nagelt worden sein und jetzt von denen Vögeln z'sammg'fressen werden!« Er schüttelte sich.

»Sie haben also gesehen, wie sich die Vögel über den Leichnam hermachten?«

Er nickte.

»Sonst noch was Auffälliges?«

»Z'erst waren da die Raben und nachad dann die anderen. Die haben die Raben verscheucht g'habt. Ein ganzer Haufen war da von den großen. Zehne oder zwölfe bestimmt. Wie die nach meinen Schüssen aufg'flogen sind, da war's finster – wie beim Weltuntergang.«

Lukas Reschreiter hob die Schultern und rief in Richtung Sanka: »Mir haut's schon wieder mein Kreislauf z'samm. Ich glaub, ich tät noch einen Cognac brauchen.«

»Chefin, der Doktor wär jetzt da«, sagte Bruno mit zittriger Stimme. Er hätte wesentlich dringender einen Cognac gebraucht als der Jagdaufseher.

»Okay.« Sie wandte sich an den Pathologen und Gerichtsmediziner. »Danke, dass Sie so schnell kommen konnten. Sind Sie jetzt der Chef, oder ist Doktor Röder krank?«

Gustav Wiener zog sich Latexhandschuhe über und seufzte. »Da haben wir uns aber lange nicht mehr gesehen. Der Kollege Röder ist jetzt mindestens schon das dritte Jahr in Pension. Seitdem mach ich den Job alleine. Und an unseren spärlichen Begegnungen kann man ja wohl erkennen, dass hier nicht allzu viele Gewaltverbrechen stattfinden.«

»Möcht schon sein.« Bruno nickte. »Aber wenn's scheppert, dann richtig.«

»Wollen Sie sich den Anblick wirklich antun, oder soll ich den Toten nicht doch besser gleich in die Gerichtsmedizin bringen lassen?«, fragte Franziska.

»Na ja, wo ich schon mal da bin, werfe ich auch einen kurzen Blick auf den Fundort. Ist schon alles fotografiert?«

Bruno nickte und hielt die Kamera hoch.

»Dann gehe ich mal.« Gustav Wiener schritt auf die Lichtung zu.

Mit seinem Glas Cognac in der Hand murmelte Luck Reschreiter: »Respekt, Respekt.« Und schüttelte sich.

»Mir haben doch vorhin schon über den Herrn vom Naturschutz g'sprochen g'habt«, meinte Polizeiobermeister Schmiedinger und zupfte die Kommissarin am Jackenärmel. »Also, der Herr Dr. Glasmüller wär dann jetzt so weit und tät gern mit Ihnen sprechen, wegen denen Vögeln da!« Schmiedinger deutete mit dem Zeigefinger in die Richtung, in die Gustav Wiener gerade gegangen war. »Der meint, dass noch mehr da sein müssten von denen. Dass halt die andern derweil bloß abg'haut wären.«

Franziska sah sich einem hochgewachsenen Mann mit schütterem Haar gegenüber, der sie anlächelte und dabei ein Gebiss zeigte, in dem der obere linke Eckzahn fehlte. Sie wunderte sich, dass sie dieses wirklich nebensächliche Detail so genau registrierte – aber es war ihr schon des Öfteren aufgefallen, dass sie in Stresssituationen wesentlich mehr wahrnahm als sonst. Als seien ihre Sinne dann besonders geschärft. Eigenartig, dachte sie. Warum geht der nicht zum Zahnarzt?

Währenddessen redete der Naturschützer schon hektisch auf sie ein: »Wenn Sie alles einfach so lassen könnten, wie es ist, und wieder verschwinden, also das wäre mir am liebsten.«

»Was?« Sie starrte ihn an.

»Es wäre eine Sternstunde für meine Forschung, verstehen Sie«, versuchte Dr. Glasmüller zu erklären. »Ich bin sicher, dass der Schwarm zurückkehrt und sich den Rest der Beute holt. So etwas wurde in dieser Gegend noch nie gefilmt.« Er hielt ihr seine Videokamera wie ein kostbares Beweisstück vor die Nase. »Schon gar nicht, wenn sie über einen Menschen herfallen.«

»Hören Sie mal gut zu. Die Aufklärung eines Mordes ist um einiges wichtiger als das Verhalten dieser Tiere. Was sind das überhaupt für Vögel? Und wieso sind Sie eigentlich hier? Wer hat Sie gerufen?«

»Der Herr Schmiedinger«, sagte Glasmüller gelassen. »Wer sonst?« Er bedachte Franziska mit einem strengen Blick. »Aber sagen Sie mal, aus welcher Ecke kommen Sie denn eigentlich? Hören Sie kein Lokalradio, und lesen Sie auch keine Zeitung?«

Franziska schüttelte den Kopf. Sie hatte in den vergangenen zehn Tagen nichts anderes gemacht als ihre Einkommensteuererklärung – aber das ging diesen Naturschützer nun wirklich nichts an.

»Also, seit Tagen machen wir diese Aufrufe im Radio und im Landauer Anzeiger.« Glasmüller gewann Oberwasser. »Und Sie, die es wirklich betrifft, Sie hören kein Radio und lesen keine Zeitung. Das ist mir ja eine schöne Polizei. Voll informiert. Super!«

Franziska sah ihn an. Feindschaft funkelte zwischen ihnen auf und ließ beide gleichzeitig einen Schritt zurücktreten.

»Wie gesagt«, meinte Glasmüller von oben herab, »meine Mobilfunknummer wurde im Radio genannt und in der Zeitung publiziert, und alle Leser und Hörer wurden gebeten, bei begründetem Verdacht sofort anzurufen.«

»Bei was für einem Verdacht?«, wollte Franziska wissen.

»Wenn sie die Geier sichten. Das sind nämlich Geier, die über den armen Kerl hergefallen sind. Genauer gesagt, Gänsegeier.«

»Soll ich Ihnen was verraten?«, fauchte Franziska ihn an. »Bevor Ihre Geier kamen, ist noch jemand ganz anders über den armen Mann hergefallen. Und das hat Priorität. Höchste Priorität. Und solange der Fall nicht gelöst ist, betreten Sie auch nicht den Tatort. Damit das klar ist.« Sie wandte sich ab.

»Die Aufrufe hatten wir veranlasst, damit wir die Tiere gegebenenfalls hätten füttern können«, rief Glasmüller ihr nach. »Was meinen Sie, was das für Strapazen sind, so eine lange Reise? Ein Wunder, dass überhaupt so viele Exemplare hier angekommen sind.«

»Genau«, Franziska drehte sich um. »Und wer weiß, wie viele Leichen sie noch geschändet haben.«

Während sie nach einer passenden Begründung suchte, um

diesen Naturschutzdoktor am besten für immer zu verbannen, wurde sie von einer plötzlichen Hektik und von lauten Rufen abgelenkt. Ein Pulk von Polizisten hatte sich am Rande des Moores versammelt und diskutierte aufgeregt. In ihrer Mitte stand Adolf Schmiedinger und wog prüfend eine Axt in der Hand. Er suchte Franziskas Blick, hielt dann das Beil hoch und rief: »Vermutlich ham mir hier die Tatwaffe.«

Franziska registrierte, dass er glücklicherweise Latexhandschuhe trug. So hätten sie noch eine Chance auf eventuelle Fingerabdrücke. Irgendwie lief an diesem Vormittag alles aus dem Ruder. Und schon wieder sehnte sie sich nach einer Zigarette, verbot sich aber augenblicklich den Gedanken.

Einer der Bereitschaftspolizisten verstaute ein undefinierbares Etwas in einem Plastikeimer.

Schmiedinger schnappte sich den Eimer mit der freien Hand und lief, das schlammverkrustete Beil in der anderen, auf Franziska zu. Dann legte er ihr beides wie eine Trophäe zu Füßen und verkündete: »Soderla! Da ham mir das gute Stück dann doch gleich g'funden. Und noch dazu samt dem Hackl! Das ham s' wohl miteinand an der gleichen Stellen einig'schmissen, und so ein Sumpf ist halt dann doch zäher als wie ein Gewässer, ned wahr ...«

Franziska zwang sich dazu, nur in Schmiedingers graublaue Augen zu blicken. Nirgendwo anders hin und schon gar nicht in den Eimer. »Vielen Dank, Herr Kollege. Saubere Arbeit.«

Wenig später prüfte Gustav Wiener den Inhalt des Eimers: »Damit ist unser Puzzle wohl wieder komplett.«

Franziska sah ihn fragend an. »Das ist der Kopf des Toten?«

»Ja, und wenn ich Ihnen eins raten darf: Schauen Sie lieber nicht hin. Ich richte Ihnen den auf dem Seziertisch so her, dass Sie ihn in aller Ruhe betrachten können. Sie haben sicher nichts dagegen, wenn ich nun alles abtransportieren lasse, oder?«

»Nein, wirklich nicht! Können Sie schon irgendetwas sagen?«

»Na ja, der Mann könnte – grob geschätzt – zwischen Ende fünfzig und Ende sechzig gewesen sein. Der Todeszeitpunkt liegt vermutlich noch keine vierundzwanzig Stunden zurück. Kommen Sie doch am Nachmittag auf einen Sprung bei mir vorbei.

Dann werde ich Ihnen schon mehr sagen können. Auch für Ihre Pressekonferenz.«

Sie sah ihm dankbar nach.

Schmiedinger stellte sich neben sie. »Da am Tatort können mir jetzt wohl nimmer viel ausrichten. Die Spurensicherung macht ihre Arbeit g'wiss lieber ohne uns. Ich tät euch ja gern auf mein Revier auf einen Kaffee einladen, aber rauchen – das wissen S' ja – rauchen darf man in solchenen öffentlichen Gebäuden schon lang nimmer.«

»Frau Hausmann raucht nicht mehr«, stellte Bruno klar. »Seit zwei Jahr schon.«

Franziska wandte sich an Schmiedinger: »Den Kaffee nehme ich gerne an. Aber erst möchte ich wissen, was es mit diesen Geiern auf sich hat.«

»Da kann Ihnen der Dr. Glasmüller sicher einen Haufen dazu erzählen«, sprudelte der Polizeiobermeister los und rief der personifizierten Blasiertheit zu: »Kommen S' g'schwind her. Mir brauchen noch eine Auskunft.«

Franziska kochte. Da hatte sie offensichtlich im falschen Moment die falsche Frage gestellt.

Schmiedinger machte Konversation und hing an den Lippen des Naturschützers, der es sichtlich genoss, der Kommissarin, Bruno Kleinschmidt und anderen Neugierigen einen Vortrag zu halten.

»Die da«, sagte er und wies mit einer Kopfbewegung in Richtung der beiden toten Vögel, »sind nämlich alles andere als gewöhnliche Vögel. Es handelt sich um sogenannte Gänsegeier. Man zählt sie zu den Aasfressern und mit ihrer bis zu knapp drei Metern Spannweite zu den größten flugfähigen Vögeln überhaupt.«

Adolf Schmiedinger nickte beeindruckt.

»Seit etwa hundertfünfzig Jahren waren diese früher in weiten Teilen Europas und auch bei uns heimischen Greifvögel nur noch in Teilen Spaniens und Südfrankreichs zu finden, und dort vorwiegend in den Pyrenäen. Im Rest Europas galten sie längst als ausgestorben. Im Süden konnten sie überleben, weil sie dort bis vor wenigen Jahren von Viehzüchtern aller Art an eigens dafür eingerichteten Futterstellen traditionell mit Aas und toten Tieren versorgt wurden. Man könnte das vielleicht mit der winterlichen Hege und Fütterung unserer heimischen Rehe vergleichen.«

Er legte eine kleine Pause ein und fuhr dann fort: »Doch das ist nun alles anders. Im Jahr 2002 erließ die Europäische Union unter dem Eindruck der Rinderseuche BSE, die damals europaweit in allen Medien die Schlagzeilen beherrschte, eine Verordnung. Fortan war das Verfüttern von Aas an offenen Stellen und Plätzen verboten. Über tausend dieser Futterplätze mussten allein in Aragonien geschlossen werden. Die Geierpopulation verlor auf einen Schlag etwa die Hälfte ihres Nahrungsangebots. Ganze Kolonien traten in den nächsten Jahren, von Hunger getrieben, ihre Flucht nach Mitteleuropa an. Sie müssen wissen, dass diese Tiere begnadete Segelflieger sind. Bei günstigem Wind können sie in wenigen Tagen bis in unsere Breiten gelangen. Bereits vor ein paar Jahren wurden erste Exemplare bei Brüssel und auf der Schwäbischen Alb gesichtet, welche allerdings spätestens am Ende des Sommers wieder die Heimreise antraten. Und jetzt sind sie auch hier bei uns in Niederbayern angelangt – und die eigentliche Sensation ist der Zeitpunkt: mitten im Herbst. Ornithologen aus aller Welt werden dieses Phänomen ergründen wollen.«

Franziska hatte mit einem Mal eiskalte Hände und spürte einen Anflug von Übelkeit und Ekel in sich aufsteigen. »Sie meinen also, dass diese Tiere ausgehungert waren und sich hier, auf dieser Waldlichtung, tatsächlich an dem Leichnam vergangen haben?«

»Genau. Ich zeig es Ihnen gerne. Kommen Sie mit.«

Sie schüttelte den Kopf. »Sie betreten den Tatort nicht, dass das klar ist.« Dann murmelte sie Bruno zu: »Ich will es gar nicht so genau sehen.«

»Also bitte, ich kann es auch erklären«, fuhr er fort. »Kein Problem für mich. Es ist nämlich so: Zum Zweck der Nahrungsaufnahme wählen die Gänsegeier mehr oder minder alle natürlichen Körperöffnungen der Beute. Der Kopf des einen erschossenen Geiers steckte deshalb, wie Sie sicher gesehen haben, im

Hals des toten Mannes, während das zweite Tier gerade dabei war, sich weiter unten Zugang zu den Eingeweiden zu verschaffen.«

Franziska fragte sich, was diese detaillierten sadistischen Beschreibungen sollten. Wollte dieser Glasmüller, dass sie alle zu speien begannen? So sachlich wie möglich stellte sie klar: »Noch genauer wollen wir das gar nicht wissen. Wir haben für den Moment genug gesehen.«

Sie wandte sich ab und ging nachdenklich zur Lichtung. Die Leiche war abtransportiert worden, die beiden toten Vögel auch. Zurück blieben Blut, Federn, Kot und Eingeweide. Es herschte eine schreckliche Stille. Mittelalterliche Schlachtfelder mochten so ausgesehen haben. Sie schluckte. Überall Fußspuren. Außerdem eine offene Feuerstelle, die offensichtlich erst kürzlich benutzt worden war. Sie würde veranlassen müssen, dass auch diese gründlich untersucht wurde, falls die Kollegen von der Spurensicherung nicht von selbst auf die Idee kämen.

Bruno war ihr gefolgt und zeigte auf einen runden Naturstein von etwa anderthalb Metern Durchmesser und einem Meter zwanzig Höhe. »Da, schau dir das mal an. Der hat da auf der Oberseiten so eine komische Kuhle, der Stein. Wie so eine Schüssel – oder eine Vogeltränke. Aber wennst mich fragen tätst, dann ist das da in der Vertiefung getrocknetes Blut und kein Regenwasser. Und da schau her, da an der Seiten, da sind auch so komische Zeichen. Zwei sind eing'meißelt und schaun für mich ziemlich alt aus. Aber die anderen zwei daneben, die wirken noch ganz frisch. Erst kürzlich hing'schrieben. Und zwar mit Blut.«

Sie sah sich die Stelle aus nächster Nähe an, griff zu ihrem Handy und telefonierte.

Ja, die Spurensicherung hatte von dem Runenstein und von der Flüssigkeit bereits Proben genommen. Auch die eingeritzten Symbole waren fotografiert worden.

»Natürlich, die sind schon bekannt. Das wissen wir auch. Aber die frisch hingepinselten Zeichen. Ach was, Sie glauben auch, dass die mit Blut geschrieben wurden?«

Franziska und Bruno meinten, eine Art P mit spitz zulaufenden Winkeln und einer langen Vertikalen sowie ein X mit ungleichen Schenkeln zu erkennen.

»Sobald wir die Abzüge haben, werden wir die Experten vom Museum für niederbayerische Vorgeschichte dazu befragen. Diese Zeichen haben ja sicher eine Bedeutung. Ich könnte mir vorstellen, dass man uns dort weiterhelfen kann.«

ZWEITES KAPITEL

Rückpass

An einem Maitag, ein halbes Jahr vor dem grausigen Fund im Sumpfgebiet von Kleinöd, schoss ein roter BMW mit einem Affenzahn an einer jungen Frau vorbei, bremste dann mit quietschenden Reifen und kam etwa hundert Meter weiter zum Stehen. Walburga Donaubauer grinste. Sie hatte es gewusst. Gerade solche Typen fuhren an ihr nicht vorbei. Es hatte schon fast etwas Lächerliches, dass Männer so berechenbar waren. Andererseits – so kam sie wenigstens rechtzeitig nach München.

Der BMW-Fahrer mit dem Allerweltsnamen Peter Huber hatte sich umgedreht und den Rückwärtsgang eingelegt. Er trug eine auffällige Sonnenbrille, und sein blondes Haar hatte lichte Stellen, durch die die Kopfhaut mit einem erröteten Sonnenbrand aufschimmerte. Sollte besser einen Hut tragen, dachte Walburga. Beispielsweise eine dieser unsäglichen Schirmmützen. Am besten in Rot. Passend zu seinem Auto und garantiert auch zu seinem Lieblingsverein.

Wenn sie am Straßenrand stand und darauf wartete, mitgenommen zu werden, verlor sie sich oft in derart despektierlichen Gedanken. Aber die behielt sie fast immer für sich.

Geschmeidig schnurrte das Cabrio zurück zu der Stelle, an der Walburga stand. Sie trug Jeans und Turnschuhe, ein weißes T-Shirt, eine ärmellose Jeansjacke mit zahlreichen Aufnähern sowie einen weiß-blauen Schal mit dem schwarzen, doppelschwänzigen Löwen darauf. Aber deswegen hatte der Cabrio-Fahrer nicht gehalten. Es war ihr Haar – kupferrot, lang und lockig –, das ihn auf die Bremse hatte treten lassen. Hier in Niederbayern und direkt an der B20 waren derart attraktive Frauen eine ausgesprochene Rarität, und Peter Huber sah sich schon mit ihr über die Autobahn brausen – die rote Mähne seiner Beifahrerin fahnengleich im Winde flatternd, beneidet von all den ordentlich gekämmten Spießern in ihren säuberlich polierten Familienkutschen, die er auf seiner rasenden Reise nach München überholen würde.

Er hielt neben der der jungen Frau und öffnete galant die Beifahrertür. Sie beugte sich lächelnd vor und blitzte ihn mit smaragdgrünen Augen an. Ihr Gesicht war übersät mit Sommersprossen, sie rümpfte ihre lustige Stupsnase und sah aus wie eine, mit der man Pferde stehlen könnte. Sie sah genauso aus wie die Frau seiner Träume.

Was für ein Tag!

Der Huber Peter lächelte verhalten und fuhr sich genüsslich mit der Zunge über die Lippen. Auch ihre Figur war nicht schlecht, alles in den richtigen Proportionen und alles am richtigen Platz. Zuvorkommend fragte er: »Wo tätst nachad du heut noch hinmögen um die Zeit? Ihr spielts doch eh erst morgen?«

Ihr Schal outete sie als eine Anhängerin des Fußballvereins TSV 1860 München, der berühmt-berüchtigten Münchner Löwen. Der erfolgreiche Kiesgrubenbesitzer Huber dagegen war, wie Walburga vermutet hatte, eher dem FC Bayern zugeneigt.

»Nach München ins Stadion«, sagte sie und bedachte ihn mit einem Blick, der nicht gerade schmeichelhaft war. »Du wirst ja wohl ned behaupten wollen, dass man mir das ned ansehn tät?«

»Doch doch, logisch. Grad da fahr ich ja auch hin! So ein Spiel wie heut kann man sich doch ned entgehen lassen!« Seine Stimme klang übereifrig. »Da könnt ich dich schon mit hinnehmen. Steig ein. Wie heißt denn?«

»Walburga«, murmelte die Rothaarige und nahm ihren Rucksack ab.

»Da hast aber ein Glück! Ein G'schäftsfreund leiht mir heut nämlich seine Nobeleintrittskarten. Und du bist hiermit von mir dazu eing'laden! Business-Sitzplatz mit Puderzuckergebläse unterm Hintern, in der Halbzeitpause leckere Hummerschwänze, russische Fischeier und französisches Bitzelwasser satt. Und ganz nebenbei spielt auch noch der sagenhaft ruhmreiche Weltrekordmeister! Meinst wirklich, dass du da auch richtig anzog'n bist, so rein outfitmäßig? Deinen Schal solltest du derweil im Auto lassen. Am besten im Kofferraum. Rot wär da schon eher die Farbe der Wahl.«

»Nix gibt's mit Kofferraum und schon gar nix mit Rot!«, dröhnte ihm eine Stimme von links hinten ins Ohr. Und eine zweite ergänzte von rechts: »Superschnellen Kübel hast da. Kommst uns ja grad recht. Da sind mir nämlich heut einmal schnell wie der Blitz daheim in Giesing!«

Der BMW-Fahrer fühlte sich überrumpelt und blickte sich um.

»Die da sind quasi meine Leibwächter«, sagte Walburga und grinste. »Ohne die geht gar nix. Steigts ein, Burschen.«

Fassungslos starrte der Cabriofahrer die beiden Mitreisenden an, die mit einem Schwung die Rückbank des BMW enterten und es sich dort augenblicklich gemütlich machten. Hätte er gewusst, dass es sich um drei Mitreisende handelte, hätte er niemals gehalten. Er war wütend und fühlte sich ausgetrickst.

Der kompaktere der jungen Männer öffnete seinen Rucksack und zauberte drei Flaschen Bier hervor, die sein Freund mit einem Feuerzeug öffnete; eine der Flaschen reichte er vor zu Walburga und stellte dabei fest: »Da ham mir aber heut einmal einen echt vornehmen Lift erwischt. Sauber, sag ich!«

»So b'sonders sauber find ich das fei ned«, widersprach Peter Huber. »Was ihr da macht, ist in meinen Augen eher eine arglistige Täuschung, wenn ned gar ein vollendeter Betrug.«

»Ach, geh weiter, ham mir am End Jura studiert?«, lästerte der eine vom Rücksitz.

»Enzo, Frank, lassts ihn jetzt in Ruh«, sagte Walburga. »Immerhin ist der Mann doch so nett und fahrt uns.«

»Okay, wie du meinst.« Der Typ, der auf den Namen Frank hörte, nahm einen tiefen Schluck aus seiner Pulle und beugte sich so weit nach vorn, dass seine Nasenspitze fast die des überrumpelten Chauffeurs berührte. »Ich tät dann aber vorschlag'n, dass du jetzt auch einmal zufahrst! Auf geht's, gib Gas, mir woll'n Spaß, haha! Sonst wird das nämlich heut nix mehr.« Er rülpste lautstark und schob eine präzisere Zielbestimmung nach: »Und ned vergessen: Mir müssen fei nach Giesing und ned in eure komische Arena da neben der Kläranlage! Und wenn du willst, dass deine schöne Bonzenschleuder heut auf d'Nacht noch genauso schön dasteht wie jetzt – mit Spiegel dran und Luft in die Reifen und ohne Kratzer –, dann ist's fei besser, wenn du dich keinesfalls verfährst! Ham mir uns verstanden, mir zwei?«

Der Taxifahrer wider Willen war jetzt fast so rot im Gesicht wie der Lack seines Autos. Er schien noch etwas sagen zu wollen, biss sich dann aber auf die Lippen, rückte die Sonnenbrille zurecht und fuhr los.

Seine Beifahrer prosteten sich lachend zu und begannen zu singen, während der BMW die A92 erreichte und mit Höchstgeschwindigkeit auf die Landeshauptstadt zubretterte. Eine schöne Stimme hat sie ja, diese Löwenmaus, dachte Peter Huber und konzentrierte sich auf den grauen Asphalt und immer abenteuerlichere Überholmanöver, um nicht den Text des Liedes hören zu müssen, mit dem die drei ihn offensichtlich provozieren wollten. Zur Melodie von Bonnie Tylers unvergessenem Song »It's a heartache...« sangen sie einstimmig: »Mir sind Löwen, asoziale Löwen, schlafen unter Brücken oder in der Bahnhofsmission...«

Da hatte er sich ja was Schönes eingebrockt. Mit dieser kichernden und feixenden Meute in seinem schönen Wagen fuhr er am Münchner Vorort Fröttmaning vorbei, an dem von innen heraus rot leuchtenden und wabenartigen Ufo, von dem ein Spaßvogel einmal behauptet hatte, es sehe aus wie Ottfried Fischer in Netzstrümpfen. Hier würden seine Roten heute spielen, und natürlich wäre es schön gewesen, mit der rothaarigen Superfrau auf der Promibank zu glänzen – aber sie gehörte nun mal zum feindlichen Lager, war bekennende 1860-Anhängerin und somit Angehörige einer fremden Welt. Nein, er musste sie und die beiden Jungs so schnell wie möglich loswerden, wobei ihm klar war, dass das Risiko, die lautstarken drei einfach an der nächsten U-Bahn abzusetzen, ein bisschen zu groß war.

Nun, sobald er die Bande los war, würde er endlich wieder seine Ruhe haben. In diesem Augenblick schwor er sich, niemals wieder eine Anhalterin an der B20 in seinen Wagen steigen zu lassen. Schon sein Mitarbeiter Holger pflegte zu sagen: »Die B20 ist ein gefährliches Pflaster.« Endlich wusste er, was damit gemeint war.

Huber fuhr quer durch die Stadt an der Isar entlang und fürchtete die ganze Zeit, jemand aus seinem Bekannten- oder Kundenkreis könne ihn sehen und ihn in seiner Eigenschaft als Chauffeur für Sechzigerfans identifizieren. Damit wäre seine Autorität ein für alle Mal untergraben. Und das, wo er es doch eh schon so schwer hatte, sich durchzusetzen, und sich extra diesen Flitzer gekauft hatte, um ein wenig mehr herzumachen. Diese abgerissenen Sechzigerbürscherl von kaum mal zwanzig Jahren hatten das tollste Mädel der Welt an ihrer Seite, und er ging mit seinen knapp dreißig wieder mal leer aus.

Das Leben war ungerecht. So viel hatte er schon versucht, um bei den Frauen anzukommen: schicke Klamotten, modische Frisuren, luxuriöse Urlaube – und dass er geizig sei, konnte ihm wirklich keine vorwerfen. Aber alle hatten sie ihn nach kurzer Zeit mit einem hilflosen Achselzucken stehen lassen, und eine ganz Ausgeschamte hatte ihm doch tatsächlich auf seiner Frage nach dem Warum gnadenlos ins Gesicht gesagt: »Du bist mir zu langweilig.« Ja, was wollten sie denn noch, die Weiber? Für Unterhaltung waren doch Fernsehen, Radio und Zeitschriften zuständig. Nicht er! Er schaffte Geld ran. Darin war er gut. Das lag in seiner Familie. Und angeblich waren die Frauen gut darin, es auszugeben. Aber Peter Huber hatte bislang noch keine gefunden, die sein Geld ausgeben wollte. Er verstand es nicht.

Sein jüngster Versuch war dieser rote BMW. Er besaß ihn seit drei Wochen und wollte damit auffallen. »Wer gelten will, dem wird's vergolten«, pflegte seine Großmutter zu sagen, die zu allem einen dummen Spruch wusste, sich aber nicht zu schade war, das von ihrem Mann, ihrem Sohn und ihrem Enkel erarbeitete Geld bedenkenlos in Kaufhäuser zu tragen oder an obskure Versandhäuser zu überweisen, die ihr dafür Samenpackungen mit abenteuerlichen Blütenaufdrucken schickten. Kaum lagen diese Sendungen im Briefkasten, pflegte Berta Huber in ihrem Treibhaus zu verschwinden, wo sie die Wundertütchen öffnete und die darin schlummernden Samenkörnchen in niederbayerische Gartenerde legte. Meistens kam nichts als ein bemitleidenswertes graugrünes Gestrüpp mit traurigen Farbklecksen dabei heraus – eine Beleidigung der daneben aufgespießten Versandhaustütchen mit dem dekorativen Abbild wuchernder Blätter- und Blütenprachten.

»Mindestens eine Tonne Kies plus Mindermengenzuschlag«, pflegte Peters Großvater die Kosten jedes einzelnen Blumentöpfchens hochzurechnen und amüsierte sich über die Bemühungen seiner Frau, das Vilstal in einen Urwald amazonischen Ausmaßes zu verwandeln.

Peter Huber verspürte eine Art Erleichterung, als er endlich die Tegernseer Landstraße erreichte und auf Giesings Höhen vor dem im Volksmund »Sechzger« genannten Stadion stoppte.

»Da wär'n mir also nachad«, zischte er wütend. »Aussteigen!« Die Mähne der Rothaarigen verdunkelte für wenige Augenblicke sein Gesichtsfeld, als sie sich zur Seite beugte, um im Fußraum nach ihrem Rucksack zu fischen.

Eine Tafel am Eingang des Stadions gab kund, dass die Amateur- und Nachwuchsmannschaft des TSV 1860 in einer halben Stunde ein wichtiges Punktspiel gegen die erste Mannschaft eines weiter östlich gelegenen Münchner Vororts austragen würde. An den Kassen hatten sich schon Menschenschlangen gebildet, einige der Wartenden drehten sich um und winkten der kleinen Reisegruppe aus dem offenen BMW begeistert zu, die ihren Chauffeur zum Abschied mit einem lauthals gesungenen »Die Sonne scheint bei Tag und Nacht, im Grünwalder Stadion …!« zur Melodie von »Viva España!« beglückte.

Bevor Enzo als Letzter mit einem Hüftschwung den Fond des Cabrios verließ, kramte er einen Fünf-Euro-Schein und ein paar Münzen aus seiner Hosentasche und warf dem verdutzten Fahrer das Geld in den Schoß: »Da hast ein Benzingeld! Ned, dass es am End noch heißt, mir täten euch Rote irgendwas schuldig bleiben! Die Miete für eure g'schissene Arena zahl'n mir euch ja auch allerweil pünktlich! Apropos Arena! Wennst dich schickst, bist schon noch rechtzeitig draußen am Müllberg, zum Fressen in der Halbzeit wird's grad noch langen!«

Peter Huber griff zur Fernbedienung neben sich, tippte einen Code ein, woraufhin sich das dreiteilige Klappdach seines Wagens lautlos und mit der Präzision eines dienstfertigen Uhrwerks schloss. Die böse Welt blieb draußen. Dann drückte er aufs Gas und verschwand mit quietschenden Reifen.

Walburga, Frank und Enzo beglückwünschten sich zu ihrem tollen Coup. »Dem ist ja echt der Arsch auf Grundeis gangen«, diagnostizierte Frank. »Ein solchener Depp! Wie kann man bloß so was von feig sein? Fahrt uns der doch glatt bis direkt vor die Haustür. Aus lauter Angst, mir tät'n ihm andernfalls sein schönes Auto zerkratz'n!«

»Wenn er schon nix anderes hat, was ihm wirklich was wert ist… Aber g'macht hättet ihr so was doch eh ned, oder?« Walburga sah sie fragend an.

»Ach wo!« Enzo schüttelte den Kopf. »Mir Löwen sind doch keine Verbrecher! Aber die Roten lieben halt ihre Vorurteile… da kannst nix machen!«

Die drei reihten sich in die Schlange am Kartenverkaufsschalter ein. Vor und hinter ihnen warteten Leute aller Altersklassen und verloren sich in wilden Spekulationen über den Ausgang des Spiels und die Zukunft ihrer Mannschaft. Namen fielen, und Torchancen wurden berechnet. Verwünschungen gegen feindliche Spieler wurden ausgestoßen, und man unkte voller Argwohn, dass selbst Schiedsrichter käuflich sein konnten.

Walburga schwieg, wie es sonst gar nicht ihre Art war, und wickelte sich die Fransen ihres weiß-blauen Schals um die Finger.

»Ist was?«, wollte Frank von ihr wissen.

»Ich weiß ned, irgendwie war das doch ned ganz richtig von uns.«

»Du magst doch ned ernsthaft behaupten, dass dir das großkopferte Buberl leidtut? Dem wird's doch g'wiss von vorn bis hinten bloß einig'schoben. Schau ihn dir halt an. Meinst denn du, der hätt sich das Geld für den Schlitten selber verdient?« Frank schüttelte den Kopf.

Walburga hob die Schultern.

»Der ist auf alle Fälle selber schuld!«, stellte Frank klar. »Der hätt doch bloß sag'n brauch'n, dass mir uns schleichen sollen, nachad wären mir doch schon weg g'wesen. Was hätt'n mir denn in einem solchenen Fall sonst schon anderes machen können? Gar nix!«

Eine ältere Frau mit rundem Gesicht, runden Brillengläsern und runden, dauergewellten Löckchen drehte sich um und pflichtete ihm bei. »Passt schon! Lasst's euch bloß nix g'fallen von denen Roten!« Sie trug ein enges, mit weiß-blauen Rauten bedrucktes T-Shirt und weiße Bermuda-Shorts und hielt eine Flasche Bier in der Hand. Enzo registrierte mit dem unbarmherzigen Blick eines künftigen Fotoreporters, dass der Umfang ihres Bauches den des Busens um einiges überragte.

Wenig später betraten sie den Innenraum des Stadions und tauchten ein in die Aura der Erwartung und der Vorfreude. Ein Ordner, der ihre Tickets einriss, begrüßte sie herzlich-brummelig: »Servus! Griaß eich! Vui Spaß!«

Obwohl sie zwanzig Minuten zu früh dran waren und auf dem Spielfeld nichts zu sehen war, eilten sie als Erstes nach vorne an den Zaun, der den Zuschauerbereich vom Spielfeld trennte, und weideten ihre Blicke an dem satten Grün des Rasens. Ein immer wieder fast göttlicher Moment an diesem ganz besonderen Ort.

Das altehrwürdige Bauwerk atmete aus allen Poren Fußballgeschichte. 1911 war es von einem Uhrmachermeister aus der Au für den Giesinger Verein gepachtet worden. Der Hilber Wilhelm hatte als Erstes eine hölzerne Sitztribüne aufstellen lassen. Auf der traf er sich mit Gleichgesinnten, war in diesem sogenannten »Zündholzschachterl« vor Sonne, Regen und ungünstigen Winden geschützt und konnte den Siegen seiner Lieblingsmannschaft entgegenfiebern.

Da die Löwen damals noch als Turnverein Fußball spielten, erhielt das Stadion vorübergehend den Namen »TV 1860-Stadion«, der am ehesten an einen Fernsehkanal erinnerte. Zu jener Zeit gab es natürlich noch kein Fernsehen, und vermutlich konnte sich auch niemand vorstellen, dass es jemals so etwas geben würde: Bild und Ton aus einer Kiste. Enzo ließ sich gern von Franks Großmutter Luise Langrieger beschreiben, wie das Leben früher gewesen war. Eine Existenz ohne »Television«, wie sie das Gerät ehrfurchtsvoll nannte, ohne Computer, ohne Handy und in manchen Gegenden sogar ohne fließendes Wasser. »Aber glücklich war'n mir damals trotzdem«, pflegte sie mit unausweichlicher Melancholie zu seufzen.

Doch dann waren der elektrische Strom und mit ihm das Radio gekommen – erst in die Stadt und dann auch in die Dörfer, sogar nach Kleinöd. Samstags und manchmal auch sonntags hatte es erste Live-Fußballübertragungen gegeben wie das legendäre »Heute im Stadion«. Die halbe Welt hatte wie gefesselt vor ihren »Weltempfängern« gesessen. Auch die Männer aus Kleinöd hatten den Stimmen der Reporter gebannt gelauscht, in seltener Eintracht im Blauen Vogel versammelt, hatten schweigend auf das damals noch einzige Radio ihrer Gemeinde gestarrt und dabei Bierkrüge in heißen Händen hin- und hergedreht. Manöverkritik gab es erst nach der Übertragung.

Das muss phantastisch gewesen sein, dachte Enzo, während er die Luft des Stadions ganz tief in sich einsog, damit sie jede Faser seines Körpers durchdrang. Manchmal wünschte er sich in eine Zeit zurück, in der die Bilder noch im eigenen Kopf stattfanden und nicht vom Fernsehen diktiert wurden. Vor einigen Monaten hatte er sich eine CD mit alten Fußballreportagen besorgt, an der er sich nicht satt hören konnte.

In diesem Moment riss der wolkenverhangene Himmel über München auf, und die Sonne strahlte, was das Zeug hielt. Walburga und ihre beiden Begleiter ließen das Grün des glitzernden Spielfeldes hinter sich, holten sich Bier aus der Stadionwirtschaft und bummelten gemächlich zur Mitte der Westkurve. Hier hatten sie ihren Stammplatz. Direkt unter der »Uhr«, jener uralten Anzeigetafel, die immer noch mit einem langen Stecken bedient werden musste, wenn sich der Spielstand änderte, was Enzo mit nostalgischer Ehrfurcht verfolgte.

Langsam füllten sich die Ränge der Stehhalle gegenüber. Etwa dreißigtausend Menschen hätten hier im Stadion Platz gehabt. Heute würden höchstens ein paar tausend Zuschauer kommen, der harte Kern, der auch den Löwen der Amateurliga immer zur Seite stand.

Damals, als hier noch die Profis des Vereins spielten, war das

39

Stadion fast immer ausverkauft gewesen. Enzo bedauerte insgeheim, dass er so spät zur Welt gekommen war. Das hätte er zu gerne mal erlebt: ein bis an die Kante gefülltes Grünwalder Stadion. Er liebte es, älteren Löwenfans zuzuhören, die von solchen »Events« berichteten. Dann sah er alles genau so vor sich, wie sie es beschrieben, schmeckte die von Jubel erfüllte Luft, wenn seine Mannschaft ein Tor errungen hatte, und würgte den bitteren Kloß der Enttäuschung hinunter, sobald die Gegner vorpreschten und »seinen« Torwart in Bedrängnis brachten. Er fühlte die Gänsehaut der Vorfreude, wenn sich ein Ballwechsel wie aus dem Bilderbuch ergab, und verfolgte mit atemloser Spannung die unberechenbare Bahn des Balls, von dessen Lauf es abhing, ob der Abend euphorisch oder depressiv enden würde.

Leider endete er mittlerweile immer seltener euphorisch, was auch daran lag, dass seit ein paar Jahren mit seinem Verein so ungefähr alles schiefgelaufen war, was nur hatte schieflaufen können.

Angefangen hatte es damit, dass falsche Propheten und korrupte Absahner in grenzenloser Selbstüberschätzung geglaubt hatten, außerhalb der Stadt zwischen Windrädern und Faulgastürmen eine moderne Kommerzarena errichten zu müssen, die von allen Teilen der Republik sechsspurig zu erreichen sein würde. Als Partner hatte man sich den ungeliebten Lokalrivalen ins Boot geholt, den FC Bayern München, die sogenannten Roten. Die Arena entwickelte sich zu einem teuren Projekt, dessen Kosten von Bauphase zu Bauphase stiegen. Und natürlich kam es, wie es kommen musste: Spiel um Spiel war verloren worden, die Löwen waren abgestiegen und dabei fast Konkurs gegangen. Mit klammheimlicher Freude hatten die Roten diesem Unglück zugesehen, sich im Hintergrund die Hände gerieben und so lange gewartet, bis den Sechzigern das Wasser bis zum Hals stand. Dann hatten sie den tapferen Löwen alle Rechte und jedes Eigentum an dem Neubau für einen Apfel und ein Ei abgekauft.

Allein bei der Vorstellung, dass der TSV 1860 für die nächsten Jahrzehnte nur noch hoch verschuldeter Mieter der Rivalen sein würde, wurde Enzo ganz schlecht. Anfangs hatten er und Frank natürlich versucht, sich die Spiele der ersten Löwenmannschaft in der ungeliebten neuen Arena anzusehen. Immerhin lautete die oberste Maxime ihres Vereins: »Einmal Löwe, immer Löwe«, und es gehörte sich nun mal, seine Mannschaft zu unterstützen, wo auch immer diese spielen mochte. Doch das neue Stadion war nicht ihr Ding. Die beiden jungen Männer aus Kleinöd fühlten sich dort nicht wohl. Die Atmosphäre bedrückte sie so sehr, dass sie sich langsam fragten, ob ihre Liebe zu den Münchner Löwen diese Strapaze eigentlich noch rechtfertigte.

Wie immer mehr Fans der Münchner Löwen hatten auch sie dann beschlossen, nach Giesing heimzukehren und anstelle der Profis die Amateurmannschaft von 1860 in dem alten und geschichtsträchtigen Stadion anzufeuern. Und siehe da, das Wunder war geschehen: Ihr Spaß am Fußball war zurückgekehrt. Außerdem hatte das Glück hier im Sechzgerstadion ein ganz besonderes Schmankerl für Enzo und Frank bereitgehalten: einen weiß-blauen Engel mit kupferrotem Haar. Walburga Donaubauer hatte ihren Weg gekreuzt. Aus dem unzertrennlichen Duo der beiden Schulfreunde war mit einem Schlag ein ebensolches Trio geworden.

Enzo erinnerte sich noch genau an jenen Winterabend, als sei es erst gestern gewesen. Die Temperaturen hatten damals tagelang weit unter dem Gefrierpunkt gelegen, und in dem Maße, in dem sie leicht anstiegen und sich der Null-Grad-Grenze näherten, hatte es zu schneien begonnen. Dicke weiße Flocken, die die Alltagsgeräusche der Stadt, aber auch die Anfeuerungsrufe der hartnäckigsten Fans zu schlucken schienen. Er war mit Frank und dem günstigen Bayernticket im Regionalzug nach München gereist, um seine Amateure anzufeuern.

Es war ein Samstagnachmittag gewesen. Die Spieler konnten im plötzlich aufgekommenen Schneesturm kaum noch den Ball erkennen und hatten zudem kurz vor Spielende mit null zu eins gegen das Schlusslicht der Tabelle zurückgelegen. Frank und er waren nicht gerade bester Stimmung gewesen, aber sie hatten sich geschworen, die Hoffnung nicht aufzugeben, und Enzo hatte sich auf den Weg gemacht, um aus der Stadiongaststätte zwei Becher Glühwein zu besorgen.

Mit den heißen Pappbechern in den Händen war er an Walburga Donaubauer vorbeigelaufen, die hinter ihrem Tapeziertisch stand und Flugblätter verteilte, die zum Ausbau des Stadions sowie zur sofortigen Rückkehr der Profimannschaft nach Giesing aufriefen. Sie trug einen blauen Skioverall, und auch ihr Gesicht schien in der Kälte die Farbe der Löwen angenommen zu haben. Schneeflocken bedeckten wie ein zarter Schleier das Kupferrot ihrer Haare, und ihr Atem glich dem Fauchen eines Drachens, als sie Enzo ansprach, der fast an ihr vorbeigestolpert wäre.

»Hey, du da! Ja freilich, dich mein ich! Siehst denn sonst noch wen da umeinandhatschen? Geh schnell einmal her zu mir!«

Sie hatte eine raue und etwas heisere Stimme, weil sie sich vormittags in der Fußgängerzone und danach im Stadion beim Verteilen ihrer Pamphlete zur Rettung des Stadions, »den Mund fusselig g'redet« hatte, wie sie es später nannte.

Gehorsam war Enzo zu ihr hinübergetrabt und hatte seine Becher auf dem Tisch abgestellt. Er hatte keine Ahnung, was sie von ihm wollte, und sah sie erwartungsvoll an. Walburga schnappte sich einen der Becher und stieß ihn sachte gegen den anderen.

»Prost!«, sagte sie. »Auf die Löwen, Prost!« Dann setzte sie an und nahm einen großen Schluck des dampfend heißen Gebräus. Enzo starrte sie mit offenem Mund an. Die traute sich was. Also echt. Mit dem Glühwein röteten sich die Wangen des Mädchens, das ihn streng musterte und dann befahl: »Nachad sag halt was, oder mach deinen Mund lieber zu. Sonst g'friert er dir bloß noch ein bei dem Sauwetter.«

Selbstsicher zog sie einen Handschuh aus und streckte ihm die rechte Hand entgegen. »Ich bin die Walburga. Und wie heißt du?«

»Bin der Enzo«, hatte er artig geantwortet und ihr in Schuljungenmanier die Hand gegeben.

Während er von dem restlichen Glühwein trank, hatte sie ihn von oben bis unten gemustert. »Der Enzo, soso. Bist aber auch ned direkt von da aus Minga, oder? Tätst dich eher nach meiner Gegend anhörn. Niederbayrisch halt. Ich komm aus der Näh von Passau. Studieren tu ich allerdings in Deggendorf. Medientechnik. Weißt, ich möcht da unbedingt einmal was mach'n, mit Medien und so. Und du? Gehst schon lang zu den Löwen? Bist mir fei noch gar ned aufg'fallen bis heut.«

So viele Fragen und Informationen auf einen Schlag! Er war verwirrt, spürte aber auch, wie sich in seinem Bauch warm und glucksend Euphorie und Glück ausbreiteten – fast so, als hätten die Löwen gewonnen. Sie sah ihn an und trank ihren Becher leer. »Hab ich fei einen Durscht g'habt grad eben! Weißt, ich kann momentan grad ned weg und mir also logisch auch nix zum Trinken holen!«

Enzo nickte verständnisvoll und begann, ihre Fragen abzuarbeiten, Antworten zu geben und Auskünfte zu erteilen. »Ich bin fast regelmäßig hier im Sechzger, bei den Heimspielen. Seit ungefähr zwei Jahr. Allerweil mit meinem besten Spezl, dem Langrieger Frank. Mir sind von Kleinöd. Das liegt bei Landau an der Isar. Gar ned einmal so arg weit weg von Deggendorf. Vorher war ich bloß so gelegentlich beim Fußball, bin mit älteren Burschen zu die Löwen g'fahr'n, aber damals bloß in die saublöde Arena naus.«

Und während er so redete, merkte er, wie ihm das Blut ins Gesicht schoss, seine Hände ganz warm wurden, seine Ohren zu glühen begannen. Irgendetwas passierte mit ihm. Etwas Geheimnisvolles, Ungewöhnliches und zugleich wahnsinnig Schönes. Seine Knie zitterten, und er stützte sich auf dem Tapeziertisch ab. Er trank von Franks Glühwein und ertrank gleichzeitig in Walburgas grünen Augen. Sie war ihm mit einem Mal so vertraut. Es kam ihm vor, als kenne er sie schon ewig. Gleichzeitig aber war er wahnsinnig neugierig auf sie und hätte jahrelang mit ihr reden wollen. Und dabei immer nur in diese Augen sehen. Am besten in diesem Stadion. Er seufzte. Und dann hatte er instinktiv genau das Richtige gesagt, um auch ihre Neugierde auf ihn zu wecken: »Ich hab übrigens auch mit Medien zu tun. Zurzeit bin ich Praktikant. Beim Landauer Anzeiger. Mit Sport als Schwerpunkt. Aus dem Sechzger bericht ich auch allerweil einmal.«

Ihre grünen Augen fixierten den Blick seiner blauen. Ein paar

Sekunden lang sahen sie sich einfach nur an. Dann leckte sich die Donaubauer Walburga erst die Ober-, dann die Unterlippe, trank ihren Becher leer und stellte lakonisch fest: »Interessant.«

»Ja mei, was heißt da schon interessant. Viel ist halt auch Routine, weißt, weil wenn man's genau nimmt, dann ...«

Der Schlusspfiff des Schiedsrichters hinderte ihn daran, seinen Satz zu vollenden. Die peinliche Niederlage gegen den Tabellenletzten war somit perfekt. Enzo blickte kurz hoch und staunte insgeheim darüber, dass ihm dieses bittere Ergebnis bei Weitem nicht so sehr an die Nieren ging wie sonst. Auch das schien mit Walburga zusammenzuhängen.

Die junge Frau begann ihre Sachen zu packen. »Jetzt mag ich nimmer. Jetzt gehen die eh alle in die Wirtschaft. Hilf mir den Tisch z'sammklapp'n! Dann such'n mir zwei deinen Spezl, damit ich den auch kennenlern, und dann geb ich eine Halbe Bier aus, schon allein wegen dem Revanchieren für den Glühwein. Aber dann will ich das ganz genau wissen, mit deinem Praktikum!«

Lautes Trommeln sowie die orkanartig anschwellenden Gesänge holten Enzo in die Wirklichkeit dieses Mainachmittags zurück. Wenig später ertönte der schrille Pfiff des Schiedsrichters. Das Spiel hatte begonnen. Bereits nach wenigen Minuten erbebte das ehrwürdige alte Stadion zum ersten Mal unter den unbändigen Jubelschreien der weitaus größeren Zuschauermenge: Die Löwen waren mit eins zu null in Führung gegangen. Voller Begeisterung lagen sich Walburga, Enzo und Frank in den Armen.

Am Ende des Spiels schlichen die Gegner wie begossene Pudel von dannen, während die jungen Löwen zusammen mit dem Publikum feierten. Die Anzeigetafel stand auf sechs zu null, was einem magischen Bild gleichkam – symbolisierte es doch erneut die Sechzig und konnte daher als gutes Omen gewertet werden.

Das Glück war vollkommen! Das Leben perfekt.

Walburga hatte sich rechts und links bei ihren Freunden untergehakt, und die drei strebten, trunken vor Siegesfreude, der Stadionwirtschaft zu, um das Superergebnis ihrer Mannschaft mit der einen oder anderen Halben Bier zu feiern sowie mit all den anderen Glücklichen auf den Sieg anzustoßen.

Die Wirtschaft war gesteckt voll mit Fans, alle von der gleichen Euphorie erfasst. Fröhliches Stimmengewirr, glückliche Gesänge, in die selbst jene einfielen, die hörbar nicht singen konnten, und Gläsergeklirr sorgten für eine gelöste Atmosphäre in der alten Halle.

Frank hatte Bekannte getroffen und saß, vertieft in eines seiner typischen Expertengespräche, an deren Tisch, und die heute besonders durstige Walburga war so gut wie pausenlos unterwegs, um neues Bier anzuschleppen.

Enzo war tapfer bemüht, sich ihrem Tempo anzuschließen, obwohl ihm schon leicht schwummerig zumute war. Da! Schon wieder steuerte sie mit zwei frisch gezapften Hellen auf ihn zu. Er stellte sein noch nicht ganz geleertes Glas auf ein Fensterbrett und dachte, dass er spätestens nach der nächsten Halben erstens frische Luft und zweitens eine Wurstsemmel bräuchte. Allein beim Gedanken daran lief ihm das Wasser im Munde zusammen.

Walburga war wie aufgedreht: »Auf geht's, Spatzl! Ein Sechsnull krieg'n mir ja auch ned alle Tag zu sehn! Prost! Auf die Löwen!« Sie drückte ihm ein Bier in die Hand und stieß mit ihrem Glas an. »Auf uns zwei beide!« Und dann fügte sie in einem Ton, den er noch nie von ihr gehört hatte, »tesoro mio!« hinzu.

Enzo nippte verwirrt an seinem Bier, während Walburga einen tiefen Zug aus ihrem Glas nahm und ihn gleichzeitig mit ihren grünen Augen fixierte. Hatte er richtig gehört, oder hatten ihm seine Ohren einen Streich gespielt? Hatte Walburga ihn wirklich in der Sprache seiner Mutter angeredet und ihn auch noch »mein Schatz« genannt? Ausgerechnet Walburga! Sie, mit der man Pferde stehlen konnte und die sein und Franks bester Kumpel war? Quälende Monate hatten die beiden Freunde gebraucht, um sich ihre Verliebtheit in Walburga erst voreinander zu gestehen und sich dann in einem schmerzlichen Prozess mehr oder weniger abzugewöhnen. Weil Walburga es so wollte, weil sie älter war als Frank und Enzo und sich demonstrativ als ihr bester Kumpel gab. Und jetzt das! Enzo schluckte.

»Seit wann sprichst denn du Italienisch?«, fragte er sie.

»Jo mei, was heißt da schon sprechen? Volkshochschul Passau, einmal die Woch, ein halberts Jahr lang. Ist auch schon ewig her. Das Allerwichtigste halt, ned wahr, damit man sich im Urlaub am Strand wenigstens einmal ein Eis kaufen kann.«

Sie lachte verschmitzt, und ihre Sommersprossen leuchteten noch intensiver als sonst. Fasziniert sah er sie an. Sie war so schön, dass es ihm fast die Tränen in die Augen trieb. Sie war so schön wie dieser Tag. So wunderbar wie der Sieg der Löwen, so strahlend wie die Sonne. Das alles hätte er ihr gerne gesagt, fürchtete aber im gleichen Maß ihr lautes und ausuferndes Lachen.

Walburga tippte ihm auf die Schulter: »Weißt was? Ich mag jetzt noch einmal ein bisserl naus mit dir! Noch mal z'rück in die Westkurven und unter die Uhr, da wo mir vorhin auch g'standen ham. Sonnenuntergang im Sechzger anschaun, das mach'n mir jetzt! Das wär doch der Hammer, oder?«

Er dachte ganz kurz an seine Wurstsemmel, verdrängte den Hunger darauf und gab ihr recht. »Hab mir vorhin fei auch schon denkt, dass mir ein bisserl frische Luft gar ned schaden tät.«

Sie leerten ihre Gläser, verließen die Gaststätte und schlenderten zurück in die Westkurve. Auf halbem Weg schlüpfte Walburga mit dem ganzen Arm unter seine Windjacke und begann seine Hüfte zu streicheln. Ihm wurde heiß und kalt. Es fühlte sich einfach herrlich an.

Mutig legte er seinen Arm um Walburgas Schultern. Sie ließ ihn gewähren. Als sie ihren alten Platz in der Kurve erreicht hatten, war der letzte Rest des großen Feuerballs hinter dem Mauerwerk versunken. Abenddämmerung umfing sie. Sie lösten sich sachte voneinander, kopfschüttelnd und sprachlos staunend ob der Empfindungen, die in diesem Moment über sie hereingebrochen waren. Das zweite Wunder dieses Tages.

Walburga trat einen Schritt zurück, sah ihn so an, wie sie ihn noch nie zuvor angesehen hatte, und sein Herz blieb fast stehen, denn das war genau der Blick, den er sich in den Nächten voller Sehnsucht von ihr gewünscht hatte.

Wie in Trance wischte sie sich ein paar Haarsträhnen aus dem Gesicht. Dann drehte sie sich zu ihm und flog förmlich in seine Arme. Er drückte sie fest an sich, roch zu seiner eigenen Überraschung einen Hauch von Parfüm, spürte ihre Wärme und ihre weichen Rundungen, und seine Lippen verschmolzen mit den ihren. Sie küssten sich lange und leidenschaftlich. Alles in Enzos Kopf drehte sich. Er hätte nicht sagen können, ob sie für die Dauer von Minuten, Stunden oder gar Äonen ineinander verschlungen dastanden. Aber wenn es nach ihm gegangen wäre, hätte er bis zum Ende seines Lebens so dastehen mögen, verschmolzen mit Walburga, auf immer verbunden mit ihr. Er liebte sie. Und das war ein so überwältigendes Gefühl, dass er nach Luft schnappen musste.

Und da sah er sie: die schattenhafte Gestalt, die etwa zwanzig Meter entfernt an eines der Geländer gelehnt dastand, hektisch rauchte und dicke Nikotinschwaden in die Dämmerung blies. Etwas Schwarzes flog durch die Luft auf Enzo und Walburga zu, um direkt vor ihren Füßen in tausend Scherben zu zerplatzen. Es war eine gefüllte Bierflasche. Das schäumende Nass durchnässte die Jeans des Paares fast bis zur Kniehöhe. Walburga stieß einen spitzen Schrei aus.

Mit ausladenden Schritten und geballten Fäusten kam der Schatten auf sie zu, Noch bevor Enzo etwas sagen konnte, zischte Frank Langrieger schon mit wutverzerrter Stimme: »Du Arschloch! Du blöde Drecksau! Und ich hätt g'meint, mir zwei wärn echte Freunde und die Wally wär tabu für einen jeden von uns, damit für immer alles so bleiben kann zwischen uns drei! So hatten wir das besprochen. Dass nie etwas zwischen uns kommen darf. Du bist ein so mieser Verräter. Das hätt ich nie von dir gedacht. Ich will dich nie mehr wiedersehen!«

»Mei, Frank!« Walburga checkte die Situation schneller als der völlig überrumpelte Enzo. »Jetzt hör mir mal zu. Das hat doch nix mit dir zu tun! Du bist doch ein ganz ein lieber, ich mag dich ja so gern … aber Verliebtsein ist halt noch mal ganz was anders. Da kannst dich halt ned wehrn dagegen, mich hat's nun mal erwischt. Tut mir leid.«

»Mit euch bin ich fertig! Lassts mir bloß meine Ruh!«

Frank drehte sich um und rannte wie von Furien gehetzt in Richtung Gaststätte. Walburga und Enzo folgten ihm bedrückt.

»Der kriegt sich schon wieder ein!«, versuchte Walburga Enzo zu trösten.

»Ich weiß ned recht«, entgegnete dieser. »Umgekehrt tät es mir schon auch ganz schön stinken.«

»Ach scheiße, ich hätte mich halt einfach ned in dich verlieben dürfen. Selber schuld.« Sie seufzte und fügte mit einem theatralischen Augenaufschlag hinzu: »Aber was möchst dagegen schon machen?«

»Zum Glück hilft da gar nix.« Enzo nahm sie erneut in den Arm und küsste sie. Sie schmeckte nach Vanille.

Frank war und blieb an diesem Abend verschwunden, und so fuhr das verliebte Paar eng aneinandergekuschelt und mit einem Hauch von schlechtem Gewissen mit dem Zug nach Hause.

Von diesem Tag an gab es kein Trio mehr, und Frank hielt sich mit erbitterter Konsequenz an seine Drohung, beide nicht mehr sehen zu wollen. Er reagierte weder auf ihre Anrufe noch auf E-Mails oder Briefe, und als Enzo bei seiner Mutter vorsprach, um wieder mit Frank in Kontakt kommen zu können, hob diese ratlos die Schultern und sagte: »Der sagt, er mag dich ned sehen. Ich weiß ja ned, was da vorg'fallen ist, und ich will's auch gar ned wissen. Aber lass ihm seine Ruhe. Bitte. Das soll ich dir ausrichten. Der hat jetzt andere Freunde.«

Mit diesen neuen Freunden sahen Enzo und Walburga ihn gelegentlich und fragten sich fassungslos, ob er sich möglicherweise nur deshalb mit diesen Leuten eingelassen hatte, um seine früheren Freunde zu strafen.

Er hatte sich den »Löwenfans-gegen-Rechts«-Aufkleber von der Lederjacke entfernt und eine Glatze schneiden lassen. Ab sofort hing er nur noch mit den ebenfalls glatzköpfigen jungen Männern aus der Neubausiedlung herum, die sich an den Wochenenden in einem ausrangierten Bauwagen ins Koma soffen und über ihre arischen Wurzeln palaverten. Gemeinsam mit ihnen schimpfte auch er auf die polnischen und rumänischen Erntearbeiter, auf die linken »Zecken« und »Punker«, die ständig ihre »Negerdrogen« rauchten, und auf die Partei, die ja in Wahrheit schon lange von den linken Bazillen unterwandert worden und ein Teil des »Schweinesystems« geworden war.

DRITTES KAPITEL
Losentscheid

»Dieser Blaue Vogel entwickelt sich irgendwann zum Mittelpunkt meiner Albträume.« Franziska zog die Stirn kraus und sah Bruno an. »Aber wo hätte ich sie sonst hinbestellen sollen? In die Kirche, in die Schule, ins Rathaus?«

»Bloß ned«, gab Bruno ihr recht. »In der Kirchen hat der Pfarrer Moosthenninger das Sagen – und wenn der einmal schweigen tät, tät gleich seine Schwester Martha das Kommando übernehmen. Und in der Schul? Da wollen die Leut dann gleich wieder weg ... Die kennen s' noch aus der Kindheit und vom Wählen. Tät noch das Rathaus bleiben, aber der Bürgermeister ...« Er schüttelte den Kopf. »Naa, das war schon richtig so. Lass die Leut ruhig ins Wirtshaus kommen, da sind's in ihrer vertrauten Umgebung. Und 's Bier lockert die Zungen.«

»Na ja, Alkohol vernebelt manchmal aber auch die Sinne«, gab Franziska zu bedenken.

»Franziska, Bier ist in Bayern ein Grundnahrungsmittel. Du vergisst das bloß allerweil, weil du hauptsächlich einen Wein trinkst. Für wann hast die Leut denn bestellt?«

»Heute abend zwischen achtzehn und neunzehn Uhr. Ich wollte, dass so viele wie möglich kommen. Kollege Schmiedinger hat bereits gestern entsprechende Aufrufe an die Haushalte verteilt und auch im Gasthaus Bescheid gegeben. Es war übrigens seine Idee, das Ganze als ›vertrauliche polizeiliche Information für die Bewohner von Kleinöd‹ zu bezeichnen. Da kommen garantiert alle, weil jeder aus erster Hand wissen will, was Sache ist.«

»Der kennt halt seine Pappenheimer.«

»Wir mittlerweile auch.« Sie nickte. »Das ist jetzt schon das dritte Mal, dass wir in dem Ort ermitteln. Vielleicht sollten wir uns eine Zweitwohnung in Kleinöd nehmen.«

Bruno wurde blass. »Das dürft ich meinem Ludwig ned antun. Der ist immer noch heilfroh, dass er da weg ist.«

»War nur ein Scherz«, beruhigte sie ihn. »Meinen Mann krieg ich auch nicht aus Landau raus. Jetzt, wo wir endlich unsere Wohnung perfekt eingerichtet haben. Es steht kein einziger Karton mehr rum – nach ich weiß nicht wie vielen Jahren.«

»Respekt.«

Franziska blieb mitten auf der Straße stehen und sah sich um: »Schau mal, das ist mir neulich im Morgengrauen gar nicht aufgefallen: Ein ganzes Dorf blüht gelb. Jeder Vorgarten, jedes Blumenbeet, sogar die Rabatten am Straßenrand – selbst die Blumen hinter den Fensterscheiben. Was ist denn hier los? Sollte Frau Binder sich durchgesetzt haben? Es ist wirklich wunderschön! Astern, Dalien, und sieh, hier sogar ein verspäteter Gelbfelberich. Und rund ums Dorf die Hügel: Rapsfelder. Herbstraps, Winterraps, was weiß ich. Wahnsinn: Gelb, wohin man schaut.«

»Aber da oben im Sumpf ham mir eine andere Farb g'sehn: Rot. Rot wie Blut«, fügte Bruno mit finsterer Miene hinzu und verschränkte die Arme vor der Brust. »Ich hab mit Romantik eh nix am Hut. Und unter solchenen Umständen schon gleich zweimal ned. Mir ist das eher unheimlich. Eine gelbe Verschwörung, wenn du mich fragst. Oder die gelbe Gefahr. Da steckt am End noch der Chines dahinter.«

Franziska hätte gerne über Ästhetik doziert und über die Faszination unterschiedlicher Gelbtöne, aber der links von ihr ausgestoßene Schrei: »Ja, da schau her, die Frau Kommissarin! Und ich hätt schon g'meint, sie tät'n erst heute Abend zu uns rauskommen«, hinderte sie daran.

Im Stechschritt kam Eduard Daxhuber auf sie zugeeilt und streckte schon drei Meter vor den beiden seine rechte Hand zur Begrüßung aus. »Ist das ned wieder einmal eine ganz furchtbare G'schicht? Der Bügermeister hat's mir verzählt. Und natürlich auch der Adolf ein bisserl, aber der darf ja ned alles sagen, was der weiß, wegen Zeugenschutz und so. Ja Bluatsakra, da san S' also nachad wieder einmal da bei uns.« Er schüttelte in einer Mischung aus Abscheu und Faszination den Kopf. »Und heut auf die Nacht werden mir dann alle ganz offiziell direkt mitten in Ihre Ermittlungen einbunden! Da bin ich ja schon sauber g'spannt drauf.«

»Was, wie kommen S' denn auf so was?« Bruno riss die Augen auf, schwieg aber, als er den Fuß der Kommissarin auf seinem frisch geputzten Schuh spürte.

»Na ja, vier Augen sehen mehr als zwei«, meinte Franziska. »Und wenn alle aus dem Ort ihre Augen und Ohren offen halten, müssten wir eigentlich innerhalb kürzester Zeit sehr viele Informationen bekommen. Es ist ja oft so, dass einer über eine bestimmte Situation spricht, und dann können sich plötzlich auch andere erinnern. Darauf bauen wir jetzt einfach mal.«

Eduard Daxhuber nickte verständnisvoll und sah gewichtig um sich. »Ich könnt ja schon mal alle drauf vorbereiten...«, bot er an und ließ seinen Blick über die Häuser des Ortskerns schweifen.

»Nein, lassen Sie nur, Spontaneität hat manchmal auch ihr Gutes.«

Der von Franziska insgeheim als Hausmeister des Dorfes bezeichnete Daxhuber ging kurz in sich und wollte dann wissen: »Müssen S' denn diesmal wieder einen jeden Einzelnen von uns extrig befragen? Ich mein, ned bloß heut Abend, sondern grundsätzlich? Also, kommen S' denn zu uns allen ins Haus? Ich tät das jetzt gleich wissen müssen, weil, meine Otti hat nämlich bloß deshalb mit'm Hausputz ang'fangen. Und das find ich allerweil so ung'mütlich.«

»Ihre Frau putzt das Haus, weil wir zu Ihnen kommen könnten?«

Eduard nickte. »Die anderen schon auch. Die Rücker Lotti hat damit ang'fangen, und die Langrieger Luise hat's dann meiner Otti g'steckt.«

»Okay, dann verspreche ich Ihnen hier und jetzt, dass wir Sie nicht zu Hause besuchen werden.«

»Und die anderen?« Sein Blick war lauernd.

»Die anderen natürlich auch nicht.«

»Das ist gut! Nachad geb ich dann jetzt erst einmal Entwarnung. Bis später heut.« Er stapfte davon.

»Hausputz für die Polizei!« Franziska sah ihm nach. »Hier ändert sich auch gar nichts.«

»Außer dass da oben einer mit aller G'walt vom Leben in den Tod befördert worden ist«, korrigierte Bruno. »Und das gehört ja wohl allerweil noch ned direkt zur Tagesordnung in Kleinöd.«

»Hoffentlich nicht.«

Die Kommissarin blieb mitten auf der Straße stehen und blickte Eduard Daxhuber nach. Er schaute weitaus besser aus als bei ihrer letzten Begegnung, obwohl man ihm seine Jahre mittlerweile schon ansah, aber nun wirkte er irgendwie dynamischer und sportlicher – wie ein Mann, der sein Schicksal angenommen hatte und an ihm gewachsen war. Er hatte seinen Buchhalterjob mit Ende fünfzig aufgegeben, sich frühpensionieren lassen und seitdem von morgens bis abends körperlich gearbeitet, an Haus und Garten herumgebastelt, seine Hühner versorgt und sich selbst zum Assistenten seines besten Freundes Adolf, zur rechten Hand des Polizeiobermeisters, ernannt. Auch daran hatte sich bis heute nichts geändert. Jetzt hielt der Hilfssheriff von Schmiedingers Gnaden sein wettergegerbtes Gesicht gegen den Wind, strich sich das graue Haar zurück und stapfte los, um als Erstes seine Nachbarin Rücker von Schrubber und Besen zu befreien.

»Was willst denn denen heute Abend überhaupt sagen? Täten mir uns da denn ned noch in irgendeiner Weise absprechen sollen?«, fragte Bruno.

Franziska schüttelte den Kopf. »Die bekannten Fakten. Genau das wenige, was wir auch bisher wissen. Ich lese den Obduktionsbericht vor. Und dann müssen wir einfach mal schauen und gut hinhören. Hast du das Aufnahmegerät dabei? Wir sollten es hinter der Theke installieren, damit uns nichts verloren geht.«

Bruno nickte. »Alles im Auto. Hol ich dann schon.«

Sie bogen um eine leichte Rechtskurve und standen vor einem viktorianischen Glashaus, dem Atelier der Bildhauerin Ilse Binder. Deren Garten erblühte in Blau.

»Typisch. Die Binder hatte noch nie was mit Mainstream am Hut. Die ist immer ihren eigenen Weg gegangen. Und der ist in diesem Jahr Blau, wo alle anderen auf dem gelben Trip sind.« Franziska schien sich darüber zu freuen.

Bruno sah befremdet in den Garten. »Ich weiß schon, dass du die recht gern magst. Mir persönlich machen der ihre Skulpturen aber eher Angst.«

»So soll es auch sein. Das will sie ja. Uns berühren, verstören.«

»Ehrlich g'sagt hat mich dieser Mordfall schon noch ein bisserl mehr verstört«, stellte Bruno klar. »Hast du sie eigentlich auch eingeladen?«

»Klar. Schmiedinger sollte *alle* einladen. Und ich freu mich schon auf sie.«

»Das letzte Mal ham mir im August so viel Leute dag'habt«, begrüßte Teres die Kommissarin. »Meine Mutter hat sich davon immer noch ned ganz erholt.«

Wie auf Kommando öffnete sich die Klappe zur rückwärts gelegenen Küche. Die steinalte Kreszentia Schachner ließ sich sehen und kreischte: »Essen verkohlt? Wie kommst denn auf einen solchen Schmarrn, du scheckerte Kuh, ich hab doch heut noch gar nix kocht!« Die Augen der Alten blitzten hinter dicken Brillengläsern. Ihr vom schwarzen Kopftuch umrahmtes Gesicht hatte etwas Knochiges und Ledernes. Empört hüpfte sie hinter dem kleinen Fensterchen auf und ab und ließ die Kommissarin unwillkürlich an eine kleine zerfledderte Krähe denken.

»Geh weiter, halt deine Goschen, altes Rabenaas.« Teres zog rigoros das Rollo der Durchreiche runter. Nur Sekunden später hatte ihre Mutter es wieder hochgeschoben.

»Ich hab vorsichtshalber einmal alle Stühle aus'm Garten in den Versammlungsraum stellen lassen«, erklärte Teres. »Dazu die alten Tische vom Speicher. Fünfzig bis sechzig Leut tät'n jetzt schon Platz haben müssen. Ich hoff, das langt.«

»Aber so viele Einwohner hat Kleinöd doch gar nicht«, gab Franziska zu bedenken.

»Das meinen Sie!«, schnaubte Teres. »Der Ortskern ned, aber

soweit ich weiß, sollen auch alle aus der Neubausiedlung kommen, so hat mir der Adolf das jed'nfalls g'sagt. Von denen kenn ich eh grad einmal eine Handvoll. Die anderen kommen nämlich ned daher zu mir. Die halten sich für was Bessers. Kochen die Promi-Dinner nach und saufen Cocktails dazu. Schweinsbraten und Bier sind glatt unter denen ihrer Würde. Ach, eigentlich tät ich die auch gar ned sehn mög'n bei mir! Aber wenn's ausnahmsweis von der Polizei befohlen ist ...«

»Wer hat g'stohlen?«, krähte Kreszentia aus ihrer Küche, und Teres verdrehte die Augen. »Sie, die Madam«, flüsterte sie dann und wies mit einer Schulterbewegung Richtung Küche, »bereitet nämlich grad das Essen für fünfzig Personen vor. Ich hoff, damit kommen mir hin!«

»Ihre Mutter?« Franziska war entsetzt. So dynamisch die Alte auch auf und ab hüpfte, eine Essensvorbereitung für fünfzig Personen grenzte in der Tat an Schwerstarbeit. Da konnte Kreszentia einem schon leidtun.

Teres nickte. »Zumindest tut's das glauben, und in dem Glauben sollten mir sie auch lassen. Unter uns g'sagt: Das Einzige, was die tatsächlich noch macht, ist, dass sie dem Koch und der Salatmamsell sauber auf die Nerven geht, weil s' denen andauernd blöd im Weg umeinand steht. Selbst die rumänische Spülerin hat sich deswegen schon ausg'weint bei mir. Meine Mutter wird allerweil immer mehr zum Kind. Aber ich lass mir schon nix g'fallen von der, bloß keine Angst ned.«

»Was langt ned?«, kreischte Kreszentia. »Und überhaupt: Was habt's ihr denn da in einer Tour zu flüstern?«

»Passt schon!«, schrie Teres zurück. »Fünfzig Schweinsbraten und hundertfünfzig Knödel. Wie schaut's aus bei euch am Herd?«

Die Krähe hüpfte noch einmal auf und ab, verschwand dann in der Küche und schwieg.

»Soll s' doch den andern auf die Nerven gehn«, murmelte Teres, schob sich eine Zigarette in den Mundwinkel und verschwand hinter einer Tür mit der Aufschrift »Privat«.

> **Heute 19:00 Uhr!!!**
> **Vertrauliche polizeiliche**
> **Information – nur für die**
> **Bewohner von Kleinöd!!!**

In fetten schwarzen Buchstaben hatte Adolf Schmiedinger diese Mitteilung auf ein querformatiges Blatt gedruckt und mit Tesakrepp an die blaue Wirtshaustür geklebt. Jetzt stand er davor, kratzte sich am Hals und fügte handschriftlich »Geschlossene Gesellschaft« hinzu. Sein Tagwerk war erledigt, und voller Vorfreude auf ein frisch gezapftes Bier betrat er den Schankraum. Die eigentliche Arbeit machten jetzt die aus der Stadt.

Die Kommissarin lief kreuz und quer durch den Gastraum, blieb mal in dieser, mal in jener Ecke stehen und zählte immer wieder bis drei.

»Ja, was wird denn nachad das, wenn's fertig ist?«, wollte Schmiedinger wissen.

»Wir überprüfen die Akustik. Ob auch wirklich alles aufgenommen werden kann. Also die Mikrofone sind ja heutzutage wirklich spitze. So was von sensibel. Herr Schmiedinger, sagen Sie doch auch mal was!«

»Teres, eine Halbe«, rief Adolf.

»Hab ich mir eh schon denkt«, meinte die am Zapfhahn stehende Wirtin, und Kreszentia ließ sich wieder in ihrem Fensterchen blicken. »Wer hat sich was verrenkt?«

»Bruno, falls du jemals auf der Suche nach einem Reimwort sein solltest, musst du dich nur vor diese Klappe stellen und den Begriff nennen. Besser als jedes Wörterbuch.« Franziska grinste.

Adolf Schmiedinger lehnte sich zurück, das Bier entsprach wie immer genau seiner Vorstellung. Zu gern hätte er jetzt auch noch seine Füße auf einen Stuhl gelegt, aber der Gedanke, dass die aus der Stadt das nicht gut finden könnten, hinderte ihn daran.

Mit einem wohlwollenden Nicken begrüßte er die nach und

nach eintrudelnden Gemeindemitglieder. Er hätte darauf wetten können, dass Charlotte Rücker direkt auf Bruno Kleinschmidt zusteuern und sofort mit aller Macht auf ihn einreden würde. Und diese Wette hätte er gewonnen. Seit sie in der Vergangenheit ein- oder zweimal mit ihm gesprochen hatte, führte sie sich auf, als sei sie seine engste Vertraute. Auch jetzt fasste sie den Kommissar am Arm und wollte lautstark wissen: »Stimmt es, dass die g'fundene Leiche die vom Dobler Armin ist? Mein lieber Schwan! Unser guter alter Waldmensch. Ich hab den eh schon seit einigen Tagen nicht mehr g'sehn g'habt, und grad noch sag ich zur Luise, zur Langrieger Luise, Sie wissen schon, Luise hab ich g'sagt ...«

Bruno unterbrach ihren Redeschwall. »Mir reden da nachher drüber. Wenn alle da sind, okay?«

»Ja sicher, freilich, ich hätt ja bloß g'meint ... Quasi als Vorabinformation. Weil mir zwei uns doch schon so gut kennen.« Sie zwinkerte ihm zu. »Aber Sie ham natürlich völlig recht. Es geht ja auch darum, dass Sie ned alles immer wieder von vorn zum erzählen brauchen. Ach, übrigens, jetzt hätt ich vor lauter Ratsch'n beinah verabsäumt, dass ich Ihnen meine Nichte vorstell. Das da ist Gertraud, Gertraud Halber. Die arbeitet beim Landauer Anzeiger, wissen S', und heut ist die zufällig mal auf B'such bei mir. Mal ein bisserl eine Landluft einschnaufen, gell, bevor sie in den Mutterschutz geht!« Sie schob die Enddreißigerin, die ihr wie ein Schatten gefolgt war, zwischen sich und Bruno.

Der sah kurz hoch, Gertraud Halber errötete, und Bruno stellte klar: »Mir kennen uns eh. Mir ham schon mehrfach das ... ähm ... Vergnügen g'habt miteinand. Suchen S' Ihnen doch z'erst einmal einen guten Platz. Vielleicht tät'n S' ja vorher auch noch eine Kleinigkeit essen mög'n?«

»Tät's nicht eventuell an Ihrem Tisch gehen?«, fragte Charlotte lauernd.

»Leider ned. Mir haben da nämlich noch allerhand zum besprechen. Später vielleicht.«

Kaum waren Tante und Nichte weg, beugte sich Franziska zu Bruno hinüber und wisperte: »Sieh mal, die Halber macht sich mit ihrem Bauch bei der reichen und kinderlosen Tante breit.

Nicht schlecht. Die sorgt schon beizeiten für ihren Sprössling. Weißt du eigentlich, wer der Vater ist? Du bist doch mit diesem Cannabich, dem Chefredakteur vom Landauer Anzeiger, befreundet, meinst du, der ...?«

»Naa, der g'wiss ned«, murmelte Bruno einsilbig, suchte in seinen Taschen nach Zigaretten und verschwand hinter der Tür mit der Aufschrift »Privat«.

Franziska sah ihm kopfschüttelnd nach. Was für ein Glück, dass sie mit dem Rauchen aufgehört hatte. Nach fast fünfunddreißig Jahren – rückblickend war es gar nicht so schlimm gewesen, auch wenn böse Zungen behaupteten, sie sei zeitweilig so schlecht gelaunt gewesen, dass Bruno sich das Laster hatte zulegen müssen, um neben ihr zu überleben. Das konnte nicht stimmen, denn ihrem Mann Christian war es nicht einmal aufgefallen, dass sie nicht mehr kettenrauchend durch die Wohnung tigerte und sich beim Autofahren nicht mehr eine nach der anderen ansteckte. Er hatte nur einmal nach einem abendlichen Spaziergang festgestellt, dass es zu Hause irgendwie anders roch, besser. Sie lächelte und schüttelte den Kopf, als sie daran zurückdachte.

»Ja, Grüß Gott, die Kommissarin. So sieht man sich wieder! Sie kommen zu meinen Ausstellungen, und ich wohne Ihren Morden bei, zumindest wird im Dorf gemunkelt, dass Sie mal wieder einen Toten gefunden haben und uns darüber aufklären wollen. Wer musste denn nun dran glauben?«

Ilse Binder hatte ihre Begrüßungsrede mit dem für sie typischen schallenden Gelächter beendet. Sie ließ sich durch nichts irritieren, auch nicht dadurch, dass bei ihrem Eintritt in den Blauen Vogel alle Gespräche schlagartig verstummt waren. So war sie nun einmal. Sie betrat einen Raum und füllte ihn aus.

Franziska fühlte sich neben ihr klein und irgendwie farblos. Die Bildhauerin, die in ihrem berühmten Glashausatelier an der Kleinöder Hauptstraße dem Hässlichen und Verstörenden Gestalt verlieh, schien im gleichen Maß an Kraft, Präsenz und Energie zu gewinnen, wie sie ihre mit magischem Schrecken besetzten Figuren schuf – und sie arbeitete wie besessen.

»Karl kennen Sie ja schon, oder?«, fuhr die Binder fort und

schob ihren polnischen Gärtner an den Tisch. »Gib der Kommissarin die Hand.«

Franziska war davon überzeugt, dass dieser Karl nicht nur Gärtner, sondern auch Liebhaber der Künstlerin war, und das Geraune der anderen Gäste bestätigte ihre Vermutung.

»Wo ist denn Ihr Mitarbeiter?«, wollte die Binder wissen.

Franziska hob die Schultern. »Rauchen.«

»Das habe ich mir abgewöhnt, wie man sieht«, dröhnte die Binder und schlug sich auf ihre ausladenden Hüften. »Noch mal zehn Kilo zugelegt, aber bei meiner Figur ist eh schon alles wurscht, oder?«

Demonstrativ kniff sie in Karls knackigen Po, und Franziska begriff: Jetzt wissen selbst diejenigen, die das Ungeheuerliche kaum zu denken gewagt haben, dass sich Ilse Binder einen Liebhaber hält, der mindestens zwanzig Jahre jünger ist. Glomm da ein wenig Neid in Charlotte Rückers Augen? Genüsslich strich sich die schwangere Halber über den Bauch. Lange würde es nicht mehr dauern, bis das Baby kam.

»Wir wollen um neunzehn Uhr mit unserer Besprechung beginnen«, Franziska sah auf ihre Armbanduhr. »Also in knapp zwanzig Minuten.«

»Na wunderbar, bis dahin werden wir unseren Schweinsbraten samt Knödel gegessen haben.« Die Bildhauerin steuerte auf einen Ecktisch zu und machte sich dort breit.

Das Gasthaus füllte sich. Von den Langriegers waren nicht nur Sepp und Luise, sondern auch deren Sohn Beppo und die Schwiegertochter Johanna gekommen. Luise sah sich so ängstlich um, als befürchte sie, der Tote könne aufgebahrt in einer Ecke des Gasthauses liegen – umstanden von all seinen Freunden aus der jenseitigen Welt. Je älter sie war, umso argwöhnischer wurde sie, und die Verschwörungstheorien ihres Mannes waren Kinkerlitzchen gegen ihre Befürchtungen, da sie hinter allem und jedem ein Komplott vermutete. So hatte sie auch heute behauptet, es ginge im Blauen Vogel gar nicht um Information, nein, sie würden gefangen genommen, in einen Polizeibus verfrachtet und direkt ins Staatsgefängnis verbunkert werden. Deshalb war sie mitgekommen, weil sie nicht allein im Dorf zurückbleiben wollte. Seit sie das Wort »verbunkert« vom Polizeiobermeister gelernt hatte, benutzte sie es für alles und jedes, was ihr suspekt war.

Adolf Schmiedinger winkte den Langriegers zu. Sepp wäre sicher nur allzu gern an seinen Tisch gekommen, traute sich aber offenbar nicht. Na gut, dann eben nicht. Es würde schon noch jemand kommen und sich zu ihm setzen. In genau diesem Moment betraten die Daxhubers das Gasthaus. Mit hocherhobenem Arm gab er ihnen ein Zeichen – Eduard und Ottilie, seine einzig wahren Freunde – und tatsächlich, sie steuerten sogleich auf ihn zu.

»Ach, ist das aufregend«, seufzte Ottilie und griff sich an ihr Herz. »Akkurat bei uns da. Ein grausamer Mord! Als hätten mir ned schon genug mitg'macht in den letzten Jahren!«

»Geh weiter, ist schon gut.« Ihr Mann sah Schmiedingers leeren Krug und rief: »Teres, drei Helle tät'n mir kriegen.«

Ein wahrer Freund, dachte Schmiedinger, dem das Bier langsam zu Kopf stieg. Er warf spontan seine Diätpläne über Bord und bestellte sich ein ordentliches Essen.

Der Waldmoser Markus, von dem jeder wusste, dass er zu seinen eigenen Versammlungen mindestens fünfzehn Minuten zu spät kam und zudem als Nichtakademiker dazu neigte, in diesen Fällen die akademische Viertelstunde zu zitieren, tauchte jetzt schon um fünf vor sieben auf, dirigierte seine Frau Elise an den Tisch zu Frau Rücker und stürzte sich auf die Kommissarin.

»Ja sagen Sie einmal, wo sind mir denn da eigentlich? Sie können doch ned einfach hergehn und in meinem Dorf eine Bürgerversammlung einberufen, ohne dass Sie das vorher irgendwie mit mir besprochen hätt'n! Solche Zusammenkünfte müssen von langer Hand geplant, genehmigt und vorbereitet werden! Ich erfahr das vom Schmiedinger Adolf, der mich herzitiert, als wenn ich ein irgendein Verdächtiger wär. Das ist doch kein Benehmen!«

»Jetzt machen S' aber einmal halblang, Herr Bürgermeister!«, ergriff Bruno das Wort. »Mir ham niemanden hier herzitiert. Das da ist eine reine Informationsveranstaltung. Es steht Ihnen wie einem jeden frei, zu bleiben oder wieder zu gehen.«

In die plötzliche Stille hinein stellte Franziska klar: »Wir haben einen Mord aufzuklären und wollen Sie, Herr Bürgermeister, wie alle anderen Bewohner von Kleinöd auch, über den Stand der Dinge informieren und nach Möglichkeit von Ihnen wissen, ob irgendjemand etwas scheinbar Unwichtiges gesehen oder gar etwas Auffälliges bemerkt hat. Wenn wir uns heute ordentlich miteinander ins Benehmen setzen, so können wir es Ihnen und Ihren Bürgerinnen und Bürgern ersparen, einzeln auf der Polizeistation befragt zu werden.«

»Ja mei, wenn das so ist, von mir aus... Aber beim nächsten Mal möcht ich trotzdem vorher g'fragt werden.« Der Bürgermeister warf Franziska einen giftigen Blick zu und schlenderte auf den Tisch seiner Frau zu.

»Nichts ändert sich«, flüsterte Franziska ihrem Assistenten zu. »Der war mir immer schon zuwider.«

Bruno nickte. »Mir auch. Schau mal, wer da kommt«, sagte er, als sich die Tür erneut öffnete. »Das ist der Praktikant vom Landauer Anzeiger, Cannabichs große Hoffnung.«

»Den hätt ich doch glatt nicht mehr wiedererkannt. Enzo heißt er, oder?«

»Genau, Enzo Blumentritt. Der Enkel von der alten Dorflehrerin. Der Cannabich hält viel von dem und seiner Freundin, der Rothaarigen da. Der hat die garantiert extra herg'schickt, damit die einen Artikel schreiben.«

»Den will ich aber unbedingt vor Drucklegung sehen«, erklärte Franziska. »Auch wenn wir es für unsere Gäste so aussehen lassen wollen: eine x-beliebige öffentliche Veranstaltung ist das hier deswegen noch lange nicht.«

»Klar, Chefin, geht schon in Ordnung, ich red mit dem und sag auch dem Cannabich Bescheid.«

Ein plötzlicher Windstoß brachte fast ihre Papiere durcheinander. Verursacher waren Hochwürden Wilhelm Moosthenninger und seine Schwester Martha, die die Tür des Gasthauses mit so viel Schwung aufrissen, als sei sie ein schweres und metallbeschlagenes Kirchenportal. Nach einem prüfenden Blick hielt der Pfarrer geradewegs auf den Tisch mit den Daxhubers und Adolf Schmiedinger zu: »Dürften wir uns wohl dazusetzen?«

Eduard und Adolf nickten, Ottilie wurde rot. Es war ihr peinlich, neben ihrem Beichtvater zu sitzen. Er wusste so viele Dinge von ihr. Sie schluckte, schob ihren Stuhl beiseite und verschwand in der Damentoilette. Wieder zurück suchte sie sich einen Platz neben Martha Moosthenninger, die lauthals darüber lamentierte, dass der Schweinsbraten im Blauen Vogel eindeutig überschätzt würde.

Um genau neunzehn Uhr drängten sich etwa dreißig Bewohner des Neubaugebiets ins Gasthaus. Adolf Schmiedinger kannte sie nur vom Sehen. Das da draußen war nicht mehr sein Kleinöd. Er achtete zwar darauf, dass sich die Leute ordnungsgemäß an- und abmeldeten, hatte es aber schon seit Langem aufgegeben, sich die Gesichter zu merken. Zu schnell zogen zu viele von ihnen hierher und schon bald wieder weg. Mit den einfachen Arbeitern, den Schweißern und Lackierern bei BMW, konnte er sich ja gerade noch unterhalten – schwieriger war es da schon mit den Leuten in der Mietskaserne: Russlanddeutsche, die kaum Deutsch sprachen und schon gar kein Bayerisch. Gänzlich zuwider waren ihm diese Großkopferten, die Vornehmen, die BMW-Abteilungsleiter mit ihren Krawatten, Doktortiteln, ihren feudalen Villen und ihrer Unfähigkeit, verständliche Sätze zu formulieren. Die nämlich hielten ihre Nasen so hoch, dass es ein Wunder war, dass sie nicht dauernd stolperten.

Jetzt fragten sie doch tatsächlich nach einer Cocktailkarte – so was hatte es im Blauen Vogel noch nie gegeben –, und als dann einer der Herren für seine Gattin einen Caipirinha bestellte, öffnete sich die Klappe zur Küche, und eine aufgebrachte Kreszentia verkündete empört: »Solchene Sauereien gibt's bei uns ned. Das könnt's selber fressen, euer fleischfressendes Fischzeug da!«

Inzwischen waren alle Tische besetzt. »Gut über fünfzig Leute«, überschlug Franziska. »Wollen wir dann mal loslegen?«

Bruno nickte. »Okay, Chefin, bringen mir's hinter uns.«

Franziska begrüßte die Anwesenden, dankte allen für ihr Kommen, informierte über das mitlaufende Tonbandgerät – wobei sie die ebenfalls installierte Kamera verschwieg – und kam dann zum Eigentlichen: »Ich muss leider Ihre Vermutung bestätigen: Bei dem Toten handelt es sich um den achtundsechzigjährigen Armin Dobler, geboren in Chemnitz, seit kurz nach der Wende in Kleinöd gemeldet. Aufgrund widriger Umstände hat er vor knapp zwanzig Jahren seine Familie und seinen Job verloren, worauf er sich in einer Hütte in der Nähe des Moores verkroch. Herr Schmiedinger hat mich darüber informiert, dass einige von Ihnen Kontakt zu dem Verstorbenen hatten, der hier vor allem als der ›Waldmensch‹ bekannt war.«

Ein Raunen ging durch die Menge. Die Worte der Kommissarin wurden vom Laptopgeklapper Enzo Blumentritts untermalt. Er schien sich vorgenommen zu haben, alles wortwörtlich mitzuschreiben.

»Der Waldmensch!« Luise Langrieger schluchzte auf. »Praktisch jeden Samstag war ich bei dem. Der hat mir die Warzen wegg'sprochen und mir auch noch meine Sorgen g'nommen.«

»Was sagst da?« Ihr Mann starrte sie an. »Davon hast ja noch nie was verzählt.«

»Ihr Männer müsst's auch wirklich ned alles wissen«, rief Charlotte Rücker quer durch den Saal. »Ein Mystiker war das nämlich, der Waldmensch, ein echter Schamane sogar. Der hat sich gut auskennt mit Pflanzen und Zeichen. Und reden hat man mit dem über alles können! Und an einem jeden Samstag hat der für uns mit den Verstorbenen telefoniert. Außerdem hätt der zuletzt sogar noch einen Zauber errichten wollen. Gegen den galoppierenden Fußballwahn. Weil unsere Mannsbilder davon bloß immer depperter werden! Sogar der Meinige, der doch sonst nix wie seine Aktien im Kopf hat. Der Armin wollt alles wieder in seine Ordnung bringen. Ein Heiliger war der. Ein so ein guter Mensch.«

»Jetzt ist aber Schluss mit denen Lästerungen!«, zischte Pfarrer Moosthenniger. »Was ein Heiliger ist, bestimmen allerweil immer noch ich und der Papst.«

Ottilie Daxhuber biss sich auf die Lippen. Auch sie war an den Samstagen zum Waldmenschen gepilgert und hatte gemeinsam mit den anderen Frauen über ihn Kontakt zu Schutzengeln und anderen höheren Wesen aufgenommen. Aber in Gegenwart ihres Mannes und vor allem des Pfarrers behielt sie das lieber für sich.

»Wie ist er denn ums Leben kommen? Stimmt denn das mit denen Geiern? Der Luck hat mir da ganz grausliche Sachen verzählt«, rief Bürgermeister Waldmoser durch den ganzen Gastraum und fügte hinzu: »Jetzt sind S' doch so gut, und klären S' uns z'erst einmal über die Fakten auf!«

Franziska setzte sich eine Brille auf und zitierte aus dem Obduktionsbericht:

»Leichenfund am 15. Oktober um 6:30 Uhr. Der Kopf war vom Rumpf getrennt. Bei Inspektion der Leiche um 10:50 Uhr hatte die Totenstarre bereits eingesetzt. Körpertemperatur fünfundzwanzig Grad. Todeszeitpunkt ca. sechs Stunden vor Leichenfund. Zustand der Leiche: multiple Abschilfungen an Stirn, Hinterkopf, Schläfe und Ohr. Blut im Gehörgang. Zudem Abdrücke von winzigen Metallresten an Stirn, Hinterkopf, Schläfe und Ohr. Der Verstorbene war noch am Leben, als er schwer misshandelt wurde.«

Ein Stöhnen ging durch die Menge und ein geflüstertes »Warum«.

»Ausgedehnte flächige Hämatome, vor allem an der vorderen linken Brust sowie am Schlüsselbein«, las Franziska weiter vor. »Des Weiteren Blutergüsse an Schläfe und Hinterkopf linke Seite. Da es nicht geregnet hat, ist oberflächliches Blut am Körper nachweisbar, was die Theorie der Misshandlung untermauert. Eine drei Zentimeter tiefe klaffende Wunde führt vom Epigastrum nach oben links und lässt den Verdacht aufkommen, dass die eigentliche Todesursache ein Stich ins Herz war. Frage: Selbstmord, Unfall oder ein zugefügter Stich?«

»Was tät denn das dann nachad genau sein sollen, so ein Epigastrum?«, fragte Charlotte Rücker lauthals und wurde sogleich von einem krawattentragenden Manager aus der Neubausiedlung belehrt: »Das ist der Verdauungstrakt des Menschen. Das weiß doch jedes Kind.«

Gertraud Halber wurde stellvertretend für ihre Tante rot, und Franziska verspürte eine klammheimliche Freude, als sie den Besserwisser mit vorwurfsvollem Kopfschütteln korrigieren konnte: »Sie irren sich. Das Epigastrum ist eine Stelle im Oberbauch, unterhalb des Brustbeins.« Ihre Aufenthalte in der Pathologie waren also doch nicht ganz umsonst gewesen.«Um die Axtschläge, mit denen der Kopf vom Rumpf getrennt wurde, sind weder Hämatome und noch Blutgerinnungen feststellbar«, fuhr sie fort. »Das heißt, der Kopf wurde nach dem Exitus abgetrennt. Allgemeiner Zustand der Gefäße: Die Intima-Media-Dicke liegt unter 0,5 mm, atrosklerotische Plaques sind nicht erkennbar, der Tote hatte die Gefäße eines jungen Menschen.«

An dieser Stelle schluchzten Malwine Brunner und Agnes Harbinger gleichzeitig auf und suchten in ihren riesigen Handtaschen nach einem Schnupftuch. Auch Ottilie Daxhuber konnte kaum an sich halten und vertraute der Schwester des Pfarrers an: »Viel zu früh ist er von uns gangen. Ich hätt doch noch so viele Fragen g'habt.«

»Den Leibhaftigen selber tät ich fürchten und alle Sünden gleich dazu«, murrte diese und bekreuzigte sich mehrmals. »Mit den Toten gibt's für uns Lebende nix zu reden.«

»Pscht«, zischte Bruno, und Franziska las weiter: »Einige Hackstellen stammen offenbar von Tieren. Erkennbar sind oberflächliche Schnabelspuren. Die Tiere haben den Mann jedoch nicht getötet.«

»Das habe ich doch schon die ganze Zeit gesagt!« Dr. Hubertus Glasmüller war aufgesprungen, um sich für seine Gänsegeier einzusetzen. »Diese Vögel töten keine Lebewesen. Sie sind auf Aas spezialisiert. Wann kann ich weiterforschen? Wann wird endlich der Tatort freigegeben? Ich habe von der Zeitschrift Geo bereits eine Zusage für einen Artikel, aber den muss ich bald schreiben, bevor die Spuren verwischt sind.«

»Gemach, gemach«, beruhigte Franziska ihn und bat dann ihre Zuhörer, ihr alles, was ihnen in den vergangenen Tagen ungewöhnlich vorgekommen sei, zu berichten.

Ein unruhiges Raunen und Gemurmel setzte ein. Wenig später standen fast alle Bewohner der Neubausiedlung auf und verließen das Lokal. »Wir haben diesen Verrückten eh nicht gekannt«, war ihr Kommentar.

»Spermien tät'n nach dem Tod noch mehrere Tage leben können«, sagte Agnes Harbinger in die plötzliche Stille hinein. Alle drehten sich zu ihr um.

»Was möchtst denn damit sagen?«, fragte ihre Schwester Malwine.

»Nix. Ich hab bloß laut denkt. Mir könnten ja eventuell einen Antrag stellen, damit dem seine Spermien in einer Samenbank aufg'hoben werden. Vielleicht vererbt er ja wem seine Gaben.«

»Nix gibt's! Ja, seid's ihr denn jetzt plötzlich alle miteinand von sämtlichen guten Geistern verlassen?«, rief Hochwürden Moosthenninger. »Schon allein mit solchene Gedanken versündigt's ihr euch an der Schöpfung. Und ihr Weibersleut betet's mir fei heut vorm Schlafengehn einen Rosenkranz zur Buße!«

»Auch Gott könnte mal mit der Zeit gehen«, gab die Bildhauerin Ilse Binder lautstark zu bedenken und rief dann: »Um auf die Schöpfung zurückzukommen: Teres, schöpfst du mir noch eine Halbe?«

Adolf Schmiedinger saß vor seinem nächsten Bier und hing seinen Gedanken nach. Zum letzten Mal hatte es an einem Samstag im August eine so große Versammlung im Blauen Vogel gegeben. Damals waren die Weichen für sein ganz persönliches Glück und seinen Wohlstand gestellt worden. Sein Herz klopfte immer noch, wenn er daran dachte.

Vor den geöffneten Fenstern des Gasthauses war weich und warm ein Sommerregen niedergefallen. Ausnahmsweise lief der knapp unterhalb des Kruzifixes angebrachte Fernseher, in dem ein kleiner dicker Mann mit Schnauzbart im Breitformat verkündete: »Nun kommen wir zur Auslosung der zweiten Hauptrunde im DFB-Pokal!«

In diesem Augenblick hatte Hochwürden Moosthenninger schlagartig das Mischen der Spielkarten unterbrochen und gerufen: »Pscht! Eine Ruh ist jetzt da herin, aber sofort! Teres, sei so gut, mach g'schwind lauter!«

Das gedämpfte Gemurmel war leiser geworden, während die Wirtin an ihrer Fernbedienung herumfummelte. Dann hatte nur noch die Stimme des kleinen Mannes im Fernseher den Raum erfüllt. Neben ihm hatten sich ein grinsender älterer Herr mit grauem Anzug, Fliege und Halbglatze sowie eine schlanke junge Frau mit blonden Haaren postiert, die nervös von einem Fuß auf den anderen trat. Gebannt und atemlos hatte die Schafkopfrunde um Pfarrer Moosthenninger auf den Bildschirm gestarrt.

»Bevor unsere bezaubernde Jungnationalspielerin nun aber die Glücksfee spielen und die Lose aus dem Topf ziehen wird, hier noch ein kurzer Bericht über den größten aller Außenseiter im diesjährigen Pokalwettbewerb. Die Rede ist vom SC Großöd-Pfletzschendorf. Den wegen ihrer gelben Trikots auch Kanarienvögel genannten Spielern dieses Vereins ist es doch tatsächlich gelungen, in der ersten Runde den Weltrekordmeister FC Bayern München sensationell mit eins zu null aus dem Pokal zu werfen.«

Der Zuschauer fand sich wenig später auf dem Fußballplatz des Großöd-Pfletzschendorfer Sportclubs wieder, wo dessen Präsident, der Kleinöder Bürgermeister Markus Waldmoser, dem kleinen dicken Mann mit Bart ein Interview gab.

»Ja mei, die Münchner Löwen wär'n natürlich super oder wenigstens der Club aus Nürnberg! Aber mir müssn's eh nehmen, wie's kommt, gell, weil uns bleibt ja sonst auch gar nix anders ned übrig! Was? Ach wo, geh weiter, freilich sind mir auch fürderhin der allergrößte Außenseiter, egal gegen wen. Aber Blut ham mir natürlich schon g'leckt, und wissen woll'n mir's auf alle Fälle!«

»Der Waldmoser«, hatten die Zuschauer im Blauen Vogel bewundernd gemurmelt. »Der bringt's noch mal zu was! So souverän, wie der sich geben hat.«

Der kleine Blumentritt, der mit dem komischen Vornamen, ja genau, Enzo, der hatte in einer Ecke gesessen und alles wie wild in sein Notebook eingetippt, weil er doch als Reporter für den Landauer Anzeiger einen Bericht darüber schreiben musste. Eine nette Freundin hatte er. Diese Rothaarige, die so laut lachte und an dem Abend auch fotografiert hatte. Als Schmiedinger noch jung war, hätte sich keine Frau so zu lachen getraut – und so zu trinken. Er seufzte zuversichtlich. Die Zeiten wurden besser.

Was war das für ein aufregender Abend gewesen! Unmittelbar nach Waldmosers Auftritt hatte der kleine Mann mit Bart verkündet: »Wie gewohnt wird die Ziehung von einem Justiziar des DFB überwacht. Auch heute macht das wieder einmal unser

Herr Hutspieler. Ein ganz ein herzliches Grüß Gott, lieber Herr Hutspieler, natürlich auch im Namen unserer zahlreichen Zuschauer an den Fernsehschirmen. Und nun bitte ich das reizende Fräulein von unseren Juniorendamen, uns zwei beiden flink und geschickt zur Hand zu gehen und ebenso glücklich wie beherzt an unsere Kugeln zu langen!«

Bebendes Lachen ob dieser Doppeldeutigkeit hatte den Blauen Vogel erzittern lassen, während die junge Fußballspielerin auf dem Fernsehschirm das erste von zweiunddreißig Losen, die an Überraschungseier erinnerten, aus dem Topf fischte und an den Justitiar weitergab. Herr Hutspieler hatte die Kugel geöffnet, das Los entnommen, es in die Kamera gehalten und krähend verkündet: »Erster FC Köln!«

Zwischen dem Daxhuber Eduard und Hochwürden hatten sich ob dieser sensationellen Botschaft sogleich erste fachkundige Dialoge wie: »Auweh zwick!«, »Da leckst mich!« oder »Meiomei, bloß die Deppen ned!« entwickelt, und die Herren waren nur ganz kurz verstummt, während Herr Hutspieler das nächste Zettelchen entfaltete. Unmittelbar nach Bekanntgabe der Botschaft »Gegen den VfL Wolfsburg!« flammten erneut Kommentare aller Art auf.

Der Pfarrer, der an diesem historischen Abend zugegebenermaßen ein wenig zu viel getrunken hatte, schlug tatsächlich ein Kreuz und verkündete so laut, als stünde er auf der Kanzel: »Der Herr in seiner übergroßen Güte hat einen solchenen Kelch grad noch einmal an uns vorbeisausen lassen!«

Die ganze Prozedur hatte sich etliche Male wiederholt, ohne dass die eigentliche Sensation stattgefunden hätte. Zweimal war ein enttäuschtes Raunen durch den Saal gegangen, als die schöne Fußballmaid vor laufenden Kameras die erträumten Wunschgegner TSV 1860 München und später den 1. FC Nürnberg aus dem Topf zog und damit klar war, dass keine dieser Mannschaften gegen den SC Großöd-Pfletzschendorf antreten würde. Als am Ende nur noch vier Lose im Topf gelegen hatten, hätte man die Spannung im Blauen Vogel mit Händen greifen können.

»Meiomei, so eine Aufregung ist fei nix mehr für mein altes

schwaches Herz«, hatte Kreszentia aus ihrer geöffneten Durchreiche gejammert, aber nicht einmal Beppo Langrieger, der doch immerhin als junger Mann Sanitäter bei der Bundeswehr gewesen war und auf dessen Beistand eigentlich jeder zählen konnte, hatte auch nur einen Blick an die alte Wirtin verschwendet. Nein, in diesen Minuten hatten die vierundvierzig Männer und sechs Frauen im Blauen Vogel nur noch Augen für das Geschehen auf dem Bildschirm gehabt.

»Wenn ich richtig mitgerechnet habe«, erklärte der Moderator auf dem Bildschirm, »sind jetzt nur noch unser großer Außenseiter aus Niederbayern und sage und schreibe drei Vereine aus der ersten Liga in der Verlosung! Das bedeutet, dass unsere sympathischen Underdogs aus dem Freistaat, die ja als Amateure theoretisch bis zum Halbfinale sowieso Heimrecht haben, auf jeden Fall erneut daheim gegen einen Erstligisten antreten werden! Und auch ein Ruhrpottderby ist noch möglich, denn neben dem Hamburger SV sind auch noch die Erzrivalen Schalke 04 und Borussia Dortmund im Angebot!«

Die junge Fußballerin steckte ihre Hand zum viertletzten Mal in die große gläserne Lostrommel, der Justiziar des DFB nahm das Papierchen aus der Kugel, entfaltete es auf die bereits gewohnte umständliche Art und Weise, hüstelte ein wenig und krächzte strahlend in die Kamera: »Borussia Dortmund!«

Noch während der kleine dicke Mann ein besorgtes Gesicht machte und unkte: »Ui, ui, ui! Au weh! Da wenn jetzt Schalke kommt! Dann gibt's das Revier-Derby, liebe Fußballfreunde! Dann kocht der Pott aber über!«, nestelte Horst Hutspieler schon am nächsten Zettel herum: »... gegen den Hamburger Sportverein!«

Spätestens da war es allen klar gewesen. Es hatten ja nur noch zwei Kugeln in der großen Lostrommel gelegen: Schalke 04 und SC Großöd-Pfletzschendorf. »Damit steht endgültig fest«, erklärte der Moderator, »welchen Gegner unser sympathischer Außenseiter aus Niederbayern erwischt hat! Es ist Schalke 04, der ewige Meister der Herzen! Herzlichen Glückwunsch an den Sportclub Großöd-Pfletzschendorf! Der SV Schalke 04 kommt zu euch!«

Der Großöd-Pfletzschendorfer SC gegen Schalke 04. Die Sensation des Jahres, ach was, des Jahrhunderts! Wie wild hatten nach dieser Verkündigung Dutzende von Handys durcheinandergeklingelt. Adolf Schmiedinger erinnerte sich noch gut, wie der Pfarrer hektisch die Nummer des Bürgermeisters und Vereinspräsidenten gewählt hatte, doch bei Markus Waldmoser war schon belegt gewesen, vermutlich stritten sich gerade sämtliche Sportredaktionen der Republik um eine freie Leitung zum interessantesten Mann des Abends.

Daraufhin hatte Hochwürden es bei dem Bauunternehmer Bernhard Döhring, dem Vizepräsidenten und Hauptsponsor des Großöd-Pfletzschendorfer SC, probiert, und zu ihrer aller Überraschung hatte dieser Döhring noch nichts gewusst, war ahnungslos gewesen wie ein Schaf, sodass Moosthenninger mit reißerischer Stimme ins Telefon schreien musste: »Ja, hast denn du keinen Fernseher ned an? Schalke kommt zu uns! Gegen die Gackerlgelben! Gegen deine Großöder!«

»Was?«, hatte der Baulöwe gerufen, und der Pfarrer hatte mit der Bemerkung: »Wart, mir gehn schnell nüber ins Räucherkammerl, da ist's ned so laut wie da herin. Damit ich ned wieder alles dreimal predigen muss.« Er winkte seinen Stammtischbrüdern und drückte auf die Mithörtaste seines Handys.

In dem verrauchten Separee konnten Eduard Daxhuber, Adolf Schmiedinger und Joseph Langrieger die sich vor Aufregung überschlagende Stimme Bernhard Döhrings gut hören: »Ja geh weiter, san die denn schon fertig mit Auslosen? Ich war grad noch g'schwind in Korea, also im Netz halt, auf einer virtuellen Börse. Weißt, weil ich hab fix noch ein paar halbscharige Futures verchecken müss'n, an die Hammeln da, die schlitzaugerten!« Sie alle hatten das Schnaufen des zweiten Vereinspräsidenten gehört und voller Vorfreude genickt, als Döhring anerkennend durch die Zähne pfiff und das Ergebnis seiner ersten spontanen Gewinnkalkulation bekannt gab: »Schalke, haha! Wie b'stellt! Allein vom Fernsehen her mach'n mir da locker zweihunderttausend Flocken! Mindestens! Und dann die Zuschauer! Da werd ich Zusatztribünen aufstell'n, die vermiet ich dann dem Waldmoser, und …«

Moosthenninger unterbrach ihn ungeduldig: »Döhring! Horch mir doch zu! Bis zu dem Spiel ist doch noch lang g'nug hin! Warum ich dich anruf ist viel dringender! Mir brauch'n alle Eintrittskarten. Da verlassen mir uns fei ganz auf dich! Und das Geld! Das Geld bräucht'n mir jetzt doch ...«

»So, so.« Döhring räusperte sich wachsam. »Habt ihr's euch also wieder mal anders überlegt? Vorgestern hast mich noch einen windigen Halsabschneider genannt, bloß weil ich halt gern einen realistischen Zinssatz nehmen würd, wenn ich eurer komischen Tippgemeinschaft da schon einen solchenen Haufen Asche leihen soll!«

»Geh weiter, Döhring, spinn dich aus!«, hatte Hochwürden eingelenkt. »Das war doch bloß ein Spaß! Naa, mir finden das schon brutal fair von dir! Vier mal zehntausend fest auf drei Monat für zwanzig Prozent! Macht summa summarum nachad achtundvierzigtausend retour. Die Quote macht das doch leicht wieder wett.« Dabei hatte er seinen Mithörern siegesgewiss zugenickt und beschwörend auf Döhring eingeredet: »Nach dem Sieg über die Roten spinnen die Buchmacher doch komplett. Ich schätz, dass mir für den sicheren Schalker Sieg locker eine Quote von einskommafünfundvierzig plus X kriegen. Damit hätten mir eine Rendite von mindestens fünfundzwanzig Prozent. Und das Risiko ist ja praktisch gleich null: Eine sechste Liga gewinnt ned zweimal hintereinand gegen eine erste Liga, und schon gar ned gegen Mannschaften aus der Spitzengruppen. Einmal war schon ein Wunder. Zweimal hat's noch nie ned geben und wird's auch nie und nimmer geben, weil das unmöglich ist. Da findst du auch keine Statistik drüber. Nix. Absolut gar nix.«

Döhring hatte ihn unterbrochen: »Sicherheiten brauch ich aber trotzdem! Sonst geht da fei gar nix! Lasst's euch halt was einfallen. Ich komm dann morgen ins Pfarrhaus und bring dir das Geld. Servus, bis dann.«

Es hatte geklickt, und Moosthenninger ließ das Handy wieder in seiner Soutane verschwinden. Zurück im Gastraum schlug Eduard Daxhuber begeistert mit der Faust auf den Tisch. »Schalke, Hochwürden! Der Hammer, oder?«

»Allerdings, Eduard, allerdings. Teres! Wir bräuchten jetzt

nachad fei ganz dringend was zu trink'n. Vier Halbe. Und eine Runden Obstler dazu! Doppelte! Mir ham nämlich grad noch was total Wichtig's zum Bereden alle miteinand.« Er räusperte sich laut und vernehmlich. Eduard Daxhuber tat es ihm sogleich nach, räuspern im richtigen Moment hörte sich einfach wichtig an. Adolf Schmiedinger und Josef Langrieger beugten sich vor.

Moosthenninger setzte sein charmantestes Siegerlächeln auf und zwinkerte in die Runde, während Teres die Getränke servierte.

»Prost, beieinand!«, sprach er schließlich. »Haun mir ihn halt schnell weg, den Dreck!«

Gleichzeitig leerten alle vier die kleinen Gläser. Moosthenninger spülte mit einem Schluck Bier nach, wischte sich den Mund und verfiel in einen vertraulichen Tonfall: »Also! Jetzt wärn mir dann so weit. Mir ham doch alle miteinand g'sagt, ein solchenes Wunder gibt's garantiert kein zweites Mal. So eins wie den Sieg gegen die Roten! So was lässt sich ned wiederholen. Ein so ein kleiner Verein wie der unsrige war sowieso noch nie im Pokal dabei. Und jetzt gegen Schalke. Einen stärkeren Gegner hätt'n mir kaum raustauchen können. Und mir ham ja ausg'macht g'habt, dass mir's anpacken, wenn mir noch ein zweites Mal einen Profíclub zug'lost kriegen tät'n! Also, Männer, wer ist jetzt dabei und verdient sich kinderleicht ein schönes Geld, und wer zieht doch noch seinen Schwanz ein und mag ned? Der sollte jetzt nämlich auf der Stell gehn. Damit uns anderen noch mehr vom G'winn übrig bleibt.«

Streng hatte der Pfarrer an dieser Stelle in die Runde geschaut und dabei zufrieden festgestellt, dass seine Schäfchen eingeschüchtert zu Boden blickten.

Nach diesem fast andächtigen Moment hatte Eduard Daxhuber den Kopf erhoben und auf eine Art und Weise nach seinem Bierkrug gegriffen, als müsse er sich daran festhalten, um schließlich kleinlaut genau das Wort zu murmeln, mit dem Moosthenninger insgeheim gerechnet und vor dem er sich gefürchtet hatte: »Aber ...«

»Was aber?«, fuhr der Pfarrer augenblicklich dazwischen.

»Ich mein, was machen mir denn, falls doch irgendwas schiefgehn tät? Dieser Kader Al Sheikh, das ist doch ein g'standener Nationalspieler, der wird den Schalkern schon Angst machen, wenn der Trainer ihn lasst!«

Wilhelm Moosthenninger bemühte sich um Gelassenheit: »Geh, hör mir doch auf mit dem! Der Al Sheikh mag daheim ein Superstar sein, aber was heißt das schon? Superstar im nahen Osten bei Barfuß Jerusalem? Naa, naa, so ein Traumtor wie gegen die Roten macht der nie wieder! Da geb ich euch Brief und Siegel drauf!«

»Aber ...« Eduard nahm erneut Anlauf: »In der Qualifikation zur Weltmeisterschaft hat der für Israel auch schon sechs Tore g'macht g'habt als Spielmacher. Und ned grad gegen irgendeine Laufkundschaft, sondern gegen starke Gegner aus Europa. Also ich glaub, dass ...«

»Also mir ist das jetzt echt wurscht, was dass du glaubst!« Moosthenninger fühlte den Zorn des Gerechten in sich aufsteigen. Er machte sich Gedanken, wie diese armen Teufel auch einmal ein paar Gewinne einfahren konnten – und was war der Dank? Bedenken, Gemotze und Widersprüche! Er schluckte, riss sich zusammen und dozierte betont langsam: »Ich sag's dir jetzt noch ein letztes Mal ganz deutlich: Tu oder lass, was dass du magst! Aber tu oder lass es gleich! Mir ham doch alles schon durchkaut, und ihr seids begeistert g'wesen, zefix!« Wie oben auf der Kanzel erhob er warnend seinen Zeigefinger: »Also, Daxhuber: Mach mit oder geh heim!«

Eduard grummelte vor sich hin und schüttelte betreten den Kopf. Dann fügte er sich: »Ja dann, von mir aus, nachad soll's dann halt so sein.«

Hochwürden Moosthenninger nickte siegesgewiss: »Also trink'n mir jetzt noch einmal drauf, und dann gilt's endgültig und unwiderruflich!« Die Krüge schlugen krachend aneinander.

Es war schon fast Mitternacht gewesen, als Joseph Langrieger und Eduard Daxhuber aus dem Blauen Vogel nach Hause gewankt waren.

»Meiomei!«, hatte der Langrieger Joseph vor sich hingemurmelt. »Hoffentlich mach'n mir da bloß keinen Schmarrn ned.«

»Jetzt ist's eh schon, wie's ist!«, hatte Eduard mit schwerer

Zunge erwidert. »Wenn mir schon unserm Pfarrer nimmer vertrauen könnten, wem denn dann? Der wird doch hoffentlich alle seine Verbindungen g'scheit ausnutzen, einschließlich seinen Draht bis ganz weit nach oben, wenn du weißt, was ich mein!«

»Meinst ehrlich, dass Beten in einem solchenen Fall was helfen tät? Na ja, vielleicht wenn's der Pfarrer selber ist, der beten tut ... Ich könnt ja auch meine Luise bitten. Die ist gut im Beten ...« Joseph Langrieger seufzte, und Eduard blieb mitten auf der Straße stehen, fassungslos ob dieser Naivität seines Nachbarn.

»Herrschaftszeiten, Sepp! Du bist ja bald schon genauso deppert wie deine Alte. Ich red doch ned von unserm Herrgott! Dem ist das doch komplett wurscht, was mir hier unten so treiben. Ob mir wetten oder ned, das interessiert den ungefähr so viel, als wenn's in China ein Radl umhaut. Was ich g'meint hätt, wären eher Moosthenningers weltliche Kontakte in Politik, Wirtschaft und Sport. Aber lass'n mir das. Du bist entweder tatsächlich zu deppert, oder du magst mich halt einfach ned verstehn.«

Sie waren inzwischen vor ihren Häusern angelangt und suchten umständlich in den Hosensäcken nach ihren Hausschlüsseln. Joseph Langrieger überlegte kurz, ob er seinem Nachbarn beleidigt sein sollte. Eduard hatte an diesem Abend ein wenig zu oft das Wort »deppert« auf ihn angewandt. Doch aufgrund seines Trunkenheitsgrades, der vorgerückten Stunde sowie der komplizierten Situation insgesamt verzichtete Sepp dann doch lieber darauf. Außerdem war es am besten, sich nun zur Gänze auf die äußerst unangenehme Aufgabe zu konzentrieren, die noch vor ihm lag. Die Dinge waren so, wie sie waren. Fest ausgemacht und per Handschlag unter Männern besiegelt. Augen zu und durch.

»So, Meister«, erklärte der Daxhuber Eduard dann auch versöhnlich, nachdem er seinen Hausschlüssel zu fassen bekommen hatte. »Ich geh jetzt heim und leg mich hin. Und morgen früh tun mir, was mir tun müss'n, und liefern wie vereinbart unser Scherflein beim Pfarrer ab. Denk einfach bloß noch an den Flatscreen-Fernseher, den du so gern hättest. Gut Nacht.«

Joseph Langrieger sah, wie sein Nachbar nach mehrmaligen Fehlversuchen seine Haustür aufsperrte, um sie nach dem Eintreten wieder lautstark ins Schloss fallen zu lassen. Er stierte noch ein paar Augenblicke weiter in dieselbe Richtung, rülpste einige Male und schwankte dann auf sein eigenes Haus zu. Sicherheitshalber zog er schon vor der Haustür seine Schuhe aus und konzentrierte sich zu seiner eigenen Überraschung so erfolgreich auf das Türschloss, dass es ihm tatsächlich gelang, es auf Anhieb sachte aufzusperren.

Er stolperte hinein und drückte die schwere Eingangstür im Zeitlupentempo, dafür aber fast geräuschlos hinter sich ins Schloss. Auf Zehenspitzen schlich er in den ersten Stock und holte eine Taschenlampe aus dem Bauernschrankimitat auf dem Gang. Bevor er die Klinke der Schlafzimmertür vorsichtig nach unten drückte, atmete er noch einmal tief durch, hielt die Luft an und lauschte. Kein Ton war zu hören. Offenbar schlief Luise tief und fest.

Vielleicht war sie ja doch endlich mal seinem Rat gefolgt und hatte ein bisschen von dem Schlafpulver genommen, das die Ärztin ihr seit Jahr und Tag verschrieb. Jeden Morgen, wenn sie jammernd neben ihm am Frühstückstisch saß und darüber klagte, wieder einmal die ganze Nacht kein Auge zugetan zu haben, erinnerte er sie daran. Er hoffte inständig, dass sie zumindest an diesem Abend zu den Tabletten gegriffen hatte. Irgendjemand versuchte ihr einzureden, dass Kreuzkümmeltees und Aufgüsse aus Katzenminze eine heilsamere Wirkung erzielten als Schlaftabletten. Vermutlich eine aus ihrer Frauengruppe. Seit Luise sich regelmäßig mit ihren Frauen traf – allsamstäglich – widersprach sie ihm und tat nicht mehr so, wie er sie hieß. Er hatte schon versucht, mit seinem Sohn darüber zu sprechen, aber weil auch dessen Frau an dieser gesetzlosen Vereinigung teilnahm, hatte Beppo zu allem geschwiegen.

Leise seufzend schlüpfte Joseph Langrieger in sein Schlafzimmer und zog die Tür hinter sich zu. Bis jetzt lief alles bestens. Es sah ganz so aus, als würde auch er einmal in seinem Leben ein bisschen Glück haben. Luise schnarchte gedämpft und gleichmäßig vor sich hin, und er stellte sich vor, wie überrascht und glücklich sie sein würde, wenn er ihr schon bald diesen Riesenfernseher ins Wohnzimmer schaffen ließ. Stolz würde sie auf ihn sein und ihn vor allen Frauen im Dorf loben, und am Sonntagabend würde sie – wie in sehr weit zurückliegenden Zeiten – nach seiner Hand greifen, während sie gemeinsam die Verwicklungen der »Lindenstraße« im Super-Breitformat verfolgten. Doch bis es so weit war, waren Mut und Tatkraft gefragt, und an beidem mangelte es ihm in dieser Nacht nicht.

Mit bestrumpften Füßen rutschte Joseph über die blankgebohnerten Eichendielen seines Schlafzimmers, die Taschenlampe wie ein Schwert in der rechten Hand. Und dann erreichte er ihn endlich: den Kleiderschrank. Luise schlief noch, so tief und fest, als habe sie die acht Halben getrunken, die Teres ihm am Ende des Abends in Rechnung gestellt hatte.

Die rechte Schranktür öffnete sich mit einem Knarren, das ungefähr so laut war wie Luises Schnarchgeräusche. Er hielt erneut inne. Während er die Stapel mit lavendelduftdurchtränkten Pullovern und brettlhart gemangelter Bettwäsche abtastete, unterdrückte er ein Fluchen. Wo hatte sie das Teil nur versteckt? Und warum besaß sie so viele Pullover, und so unendlich viel Bettwäsche, von der er nur die rot-weiß und blau-weiß karierten Varianten kannte? Irgendwann, nach bangen Ewigkeiten, fühlte er die Metallkassette. Es war alles noch an seinem Platz. Sogar der Schlüssel steckte. Fast andächtig ließ er das Gesuchte in seiner Jackentasche verschwinden. Vorsichtig schob er die Kassette an ihren Platz zurück, schob Bettwäsche und Pullover so ordentlich wie möglich in die alte Position und richtete sich auf.

Es darf bloß kein Verwandter von uns sterben, dachte er und hängte seine Jacke mit ungewohnter Sorgfalt über einen Stuhl. Andere kirchliche Angelegenheiten wie Hochzeiten und Taufen standen im Familienkreis derzeit nicht an, aber der depperte Tod könnte ihm einen Strich durch die Rechnung machen, wenn er ohne Vorwarnung zuschlug, was zur Folge hätte, dass eine schwarz gekleidete Luise auf den Inhalt ihrer Schatulle angewiesen wäre. Nur nicht daran denken!

Er zog sich aus, versenkte im Bad sein Gebiss in eine Reinigungslösung, schlüpfte in sein Nachthemd und dann ins Bett. Seine Frau war warm und roch angenehm nach Seife. Er rückte nah an sie heran, seufzte erneut und war im gleichen Moment schon eingeschlafen.

Wilhelm Moosthenninger fand in der Nacht nach der Auslosung keinen Schlaf. Seine Nerven vibrierten. Um sich abzulenken, saß er bis in die frühen Morgenstunden am Computer und informierte sich auf Hunderten von Webseiten über Wettquoten. Um sechs Uhr hatte seine bleiche Schwester die Tür des Arbeitszimmers geöffnet und verwundert gefragt: »Magst einen Kaffee? Schreibst wohl an einer wichtigen Predigt?« Er hatte sich die Augen gerieben, erschöpft um sich geschaut und huldvoll genickt. Was er tat, war ein Dienst an der Gemeinde. Er opferte sich für seine Schäfchen, opferte sich vor allem für Eduard Daxhuber, Joseph Langrieger und Adolf Schmiedinger. Dass davon auch noch etwas für ihn selbst und seine Pfarrei abfallen würde, entsprach in etwa einem gerechten Gotteslohn. So musste man das sehen.

Vermutlich war das üppige Frühstück, das Martha ihm an diesem Morgen kredenzte, auch schon der Kategorie Gotteslohn zuzurechnen. Mit vollem Magen hatte er registriert, wie die Stromschläge in seinem Inneren langsam verebbten und einer wohligen Wärme Platz machten.

Seine Schwester saß ihm gegenüber und berichtete mit jener Beiläufigkeit, in die sie immer verfiel, wenn sie etwas ganz Wichtiges sagen wollte, von ihrer Altkleidersammlung für die Caritas. Ihre Stimme blieb gelassen, aber der Unterton war unüberhörbar hochexplosiv. Alles laufe schief in diesem Jahr, teilte sie ihm mit, aber sie wolle nicht klagen. Es habe ja auch gar keinen Sinn zu klagen, wenn sowieso niemand darauf reagiere. Vielleicht habe sie ja auch einen höheren Sinn, diese Geschichte mit dem Dobler, vielleicht habe der Allmächtige in seiner unendlichen Weisheit gerade diesem Waldmenschen seidene Schals und Kaschmirpullover zugedacht als Trost für ein Unglück, das ihm einst widerfahren war. Sie, Martha, könne das nicht beurteilen, bedenklich sei nur, dass dieser Mensch eindeutig nicht normal sei, denn sonst würde er nicht wie ein Tier in seiner Höhle hausen – aber auch das sei alles noch zu verkraften –, nur dass diese Frauen zu ihm pilgerten und er mit ihnen mystische Dinge vollziehe, das gehe ja wohl doch zu weit.

»Was für Frauen?«, hatte Wilhelm Moosthenninger sie gähnend unterbrochen. Er schaltete gewohnheitsmäßig auf Durchzug, wenn seine Schwester zu lamentieren begann, hatte sich aber ein Ohr bewahrt für Dinge, die ihn interessierten, und eines dieser Stichworte hieß »Frauen«.

»Elf Frauen. Da aus unserm Dorf. Man munkelt, dass die ihm allesamt verfallen sind«, war es aus Martha herausgesprudelt. »Es ist ungeheuerlich.«

Seine Neugierde war geweckt. »Und wer ist nachad alles dabei bei denen Elf?«

Sie nannte die Namen, und er schüttelte ungläubig den Kopf. »Geh weiter! Die hocken doch alle miteinand jeden Sonntag brav bei mir in der Kirchen drin. Da hast dich sauber pflanzen lassen von irgendwem. Das sind doch alles g'standene Hausfrauen und Mütter. Was tät'n die denn im Wald da draußen bei dem Grattler machen?«

Marthas Stimme klang betont ruhig. »Man sagt, dass die mit dem ums Feuer rumtanzen tät'n, ihm was zum essen bringen und teilweis sogar noch ganz andere unaussprechliche Sach'n mit dem machen.«

Moosthenninger tippte sich kurz an die Stirn und widersprach vehement. »Das hätten die mir sofort gebeichtet. Das glaub ich nie und nimmer.«

»Was weißt denn du?« Martha räumte den Tisch ab. »Von solchenen weltlichen G'schichten hast du ned die geringste Ahnung. Aber jetzt verrat ich dir noch was: Die tragen sogar die abg'legten Sachen von ihre Mannerleut zu ihm in den Wald. Zu so einem, der was nicht einmal ein eigenes Bad hat! Was sagst jetzt da dazu? In meiner Altkleidersammlung ist praktisch nix mehr drin, was von einem Mann stammen könnt. Wie schaut denn das aus? Wie steh ich denn da?! Wie um Christi willen sollt ich das bloß denen Leuten von der Caritas erklärn!«

Vor Empörung war ihr Gesicht rot angelaufen.

Er hätte gerne gefragt, wieso und vor wem genau sie sich für den Inhalt ihrer Sammlungen rechtfertigen musste, aber da hatte es schon geklingelt, und nach und nach waren seine Stammtischfreunde gekommen und hatten bewiesen, dass sie voll und ganz hinter der beschlossenen Sache standen.

Da er in diesem ganz besonderen Fall mit jedem mindestens zehn Minuten plaudern musste, war er nach Eduard Daxhubers Visite so erschöpft, dass er sich kurz auf sein Kanapee legte.

Irgendwann weckte ihn die Türglocke. Verwundert öffnete Martha Moosthenninger dem vierten Gast dieses Morgens die Tür und führte ihn durch den langen Flur direkt ins Arbeitszimmer ihres Bruders.

»Recht so«, sagte dieser. »Dank dir schön, Martha.« Und dann in ungewöhnlich scharfem Ton: »Mir wärn aber jetzt gern unter uns.«

Sie zuckte zusammen. Würde er nun allen Männern des Dorfes unter vier Augen erzählen, dass ihre Frauen sich mit diesem Waldmenschen vergnügten? Ottilie Daxhuber, Luise und Johanna Langrieger, Charlotte Rücker ... Und der Polizeiobermeister war auch schon vorstellig geworden an diesem eigenartigen Tag. Ob ihr Wilhelm den vielleicht sogar mit Ermittlungen beauftragt hatte? Sonst reagierte er doch nie, wenn sie irgendetwas erzählte. Meine Güte, wenn nun herauskam, dass sie gepetzt hatte! Mit hängenden Schultern schlich sie in die Küche.

Döhring nahm seinen Hut ab und ließ sich stöhnend in einen der drei Korbstühle fallen, die um den flachen braunen Holztisch eine Art Sitzgruppe bildeten. »Da herin also besprichst du deine ganzen Hochzeiten, Taufen und Beerdigungen«, stellte er fest.

»Ja, ja«, Moosthenninger winkte ab. »Heut geht's aber um was anders, ned wahr.«

»Allerdings.« Sein Gegenüber nickte. »Und, habt ihr wenigstens noch ein bisserl g'feiert, gestern im Vogel, nachdem mir alle miteinand das ganz große Los zogen haben?«

Der Geistliche lächelte vielsagend: »Richtig g'feiert in dem

Sinn eigentlich eher ned. Aber ein paar Halbe ham mir schon noch trunken, falls du das meinst ...«

»Hab ich mir schon denkt.« Döhring betrachtete seine Hände. »Aber wie auch immer: Mir sitzen ja ned zum Spaß da und sollten vielleicht lieber gleich zum Geschäft kommen, falls dass ihr viere das mit denen Sicherheiten irgendwie halbwegs hinbracht habt's. Also, wie schaut's denn nachad aus in der Richtung?«

»Super! Nix wie allerbeste Ware, Döhring, alles vom Feinsten!« Der Pfarrer beugte sich vor und griff nach einer alten Aktentasche. »Mir hätt'n alles da, wie ausg'macht.«

»Nachad lass halt einmal sehen.«

Wilhelm Moosthenninger stand auf und öffnete die Tür zum Flur – nein, da war niemand, der lauschte. Dann griff er in die Tasche und brachte eine prächtige Kette aus massivem Silber zum Vorschein, behängt mit verschiedensten Edel- und Halbedelsteinen und Mineralien sowie den unterschiedlichsten Trophäen tierischer Herkunft. Da leuchteten Saphire und Rubine, schimmerten Achate und Opale, funkelten Türkise und Rosenquarz zwischen Reißzähnen und Hauern von Wölfen, Bären und Wildsauen. Ein prächtiger Gamsbart mit silbergrauem Reif, für den sicherlich mehr als eine Gemse ihr Leben hatte opfern müssen, baumelte unmittelbar neben einer Fuchspfote.

»Ja, da schau her, ein waschechtes Charivari«, stellte Döhring mit Kennerblick fest. »Wie bist denn da rankommen?«

»Das da«, erklärte Moosthenninger nicht ohne Stolz, »ist das Pfand vom Langrieger Sepp. Langriegerscher Familienbesitz seit Menschengedenken. Die stammen ja ursprünglich von weiter südlich. Also deren ganz frühe Vorfahren sind möglicherweise noch mit dem Ötzi verwandt. Der Langrieger Sepp hat diese Ketten seiner Luise zur Hochzeit g'schenkt, zum einen wohl aus Liebe und zum andern, damit's letztlich in der Familie bleibt. In dem speziellen Fall hat er sich's von der Luise g'schwind einmal ... äh ... ja mei, weißt eh, wie's ist, sag'n mir mal einfach ausg'liehen halt. Er bittet uns allerdings inständig um absolute Diskretion in der Angelegenheit da. Bloß zur Sicherheit, weißt ...«

Für einen Moment blitzte nackte Gier in Döhrings Augen auf. Er schluckte und sagte dann gespielt gelangweilt: »So, so … Hm … tät sich soweit ja alles ganz nett und schön anhörn, aber meinst denn wirklich, dass so ein Teil im Zweifelsfall ernsthaft seine zehntausend Euronen wert wär? Von meine Zinsen ganz zum schweigen.«

»Geh weiter, Döhring, schau doch einmal ganz genau hin! Allein die Steine und das Fuchsköpflein aus Platin. Das Ding ist garantiert noch um einiges mehr wert! Der Sepp hat mir verzählt, dass die Luise und er schon mal im Fernsehen warn damit. Damals, als sie das Austragshäuserl ham bauen woll'n und ned genau g'wusst ham, ob ihnen das Geld reichen tät. Das muss also schon eine Weile her sein.« Moosthenninger senkte die Stimme. »Im dritten Programm, da gibt's so eine Sendung, die heißt Kunst und Krempel. Weißt, da können die Leut ihr ganzes altes G'lump hinbringen, und das Fernsehen lasst das dann schätzen, von richtige Experten. Und dortmals schon hätt'n die das gute Stück glatt auf dreizehn bis fünfzehn Riesen taxiert. Und zwar mindestens!«

»Okay, okay. Passt schon.« Döhring legte die Kette zur Seite. »Was haben mir denn da noch alles?«

Wortlos griff Wilhelm Moosthenninger erneut in seine Aktentaschen-Wundertüte und zauberte ein kleines Lederetui, einen Schnellhefter sowie einen merkwürdigen, metallisch glänzenden Gegenstand, etwa von der Größe einer Tafel Schokolade, hervor. Er legte alles auf den Tisch und erklärte: »Also, da haben mir einmal dem Daxhuber seinen Fahrzeugbrief. Opel Astra Automatik, Neupreis sechzehntausendfünfhundert Euronen. Den hat der erst vor knapp zwei Jahren nagelneu g'kauft, weil ihm sein uralter Kadett verreckt ist. Was den Wagen angeht, brauch'n mir gar ned groß weiterred'n, eine Eins-A-Sicherheit ist das, tät ich sag'n. Und beim Schmiedinger dito. Da drin …«, er wies auf den Schnellhefter, »… ist eine Police von einem fast zuteilungsreifen Bausparvertrag über zwanzigtausend Eumel. Der Adolf zahlt doch immer noch an sein Haus hin, nachdem seine Alte damals verschwunden ist.«

Bernhard Döhring nickte wohlwollend. »In der Tat. Das

schaut so weit gar ned schlecht aus. Und was ham mir da noch Schönes?« Neugierig griff er nach der metallenen Tafel, doch Moosthenninger kam ihm mit einer raschen Handbewegung zuvor.

»Halt, halt! Stopp einmal, Momenterl! Das da ist von mir und verlangt eine ganz eine besondere Spezialbehandlung.« Er seufzte theatralisch und gestand: »Gern geb ich's eh ned aus der Hand, aber ... nun ja, die paar Tag muss es halt irgendwie gehen, und im Ort bleiben tut's ja.«

So liebevoll, als habe er ein lebendiges Wesen vor sich, streichelte er den Gegenstand und reichte ihn dann mit äußerster Vorsicht an Döhring weiter.

Der fragte erstaunt: »Könnt das Ding denn leicht brechen?«

Moosthenninger schüttelte den Kopf.

»Na dann ...« Döhring nahm die Metallplatte in die Hand, drehte und wendete sie und bemerkte erst dann, dass auf der einen Seite der Tafel ein kleiner Henkel angebracht und in die gegenüberliegende Seite ein ovaler Glasbehälter eingelassen war. Das Ganze erinnerte ein wenig an eine bizarr geformte Eieruhr. Er hatte keine Ahnung, was das war.

»Hm, was ist denn das?«

Moosthenninger lächelte geheimnisvoll, ging zu seinem Schreibtisch und reichte Döhring eine große runde Briefmarkenlupe.

»Schau einmal genau hin!«

Döhring nahm das Vergrößerungsglas und stellte fest, dass in einer Vertiefung der Tafel eine kleine ovale Glasphiole festgemacht und verplombt war. Die Plombe war mit lateinischen Ziffern und Buchstaben übersät. Er hielt sich die Tafel so dicht wie möglich vor die Augen und entdeckte im Innern des Glases ein dunkelbraunes Etwas, das an die Spitze eines Zahnstochers erinnerte, sowie einen winzigen vergilbten Zettel, der ebenfalls auf Lateinisch beschriftet zu sein schien.

»Hm. So was hab ich, ehrlich g'sagt, mein Lebtag noch ned g'sehn.« Bernhard Döhring legte Tafel und Lupe beiseite, kratzte sich ratlos am Kopf und sah den Pfarrer erwartungsvoll an.

Der nickte nachsichtig und erklärte: »Das da dürft das Wertvollste von den ganzen Sachen sein, die mir dir anvertraun. Mir ham da ein sogenanntes Osculatorium, im Volksmund auch Kusstafel genannt, weil's wohl im Mittelalter während des Gottesdienstes allerweil durch die Reihen g'reicht und von allen abgebusselt worden ist. Man hat halt damals geglaubt, dass man sich auf die Art und Weise vor allerlei Unglück und Unbill wie auch vor ansteckende Krankheiten und Pestilenz schützen könnt. Ein tragischer Irrtum aus heutiger Sicht, und allein von der modernen Hygiene her g'sehn...« Erneut hielt er inne und beobachtete sein Gegenüber.

Bernhard Döhring war blass geworden und fragte: »G'hört dir das denn überhaupt? Hat denn ned auf so was der Vatikan die Hand drauf?«

Moosthenninger triumphierte. »Die haben das Teil g'wiss seit Hunderten von Jahren in denen ihre Büchern verzeichnet und suchen es wie deppert. Aber das seh ich ja gar ned ein. Das soll g'fälligst da bleiben, wo's hing'hört, da bei uns in der Gemeinde, wo es schon ewig seine schützende Wunderkraft entfaltet. Schau's dir noch mal ein bisserl genauer an...« Er wies auf das eingelassene Glasei. »Das da ist eine Theca, und das Zetterl in in dem kleinen Ei da drin eine Cedula, eine Art Beglaubigung für das winzige Stückerl Holz. Und das wiederum...« Ehrfüchtig faltete er die Hände. »...ist ned mehr und ned weniger als wie ein nachweislich echter Splitter vom Kreuz unseres Herrn.«

Bernhard Döhring wischte sich mit einem blütenweißen und gebügelten Taschentuch ein paar Schweißtropfen von der Stirn. Mit rauer Stimme fragte er: »Und das gibst du mir als Sicherheit? Ja, darfst das denn überhaupt? Ich mein, wenn sogar der Vatikan schon danach sucht... Und wo hast das Ding eigentlich her?«

»Das hab ich halt g'funden. Auf'm Speicher, im Nachlass vom alten Pfarrer.« Die Stimme des Geistlichen hatte etwas Vertrauliches und Verschwörerisches zugleich. »Ich hab ned viel Wind drum g'macht. Ich glaub ganz fest, dass das auch im Sinne meines Vorgängers wär, der das wohl ähnlich g'sehn haben muss. Und wahrscheinlich hat der diese Tradition der Verschwiegenheit und Toleranz auch schon von seinen Vorgängern übernommen. Solang ich's einfach bloß weiter rumliegen lass und mich keiner direkt danach fragt, seh ich da auch kein größeres Problem, weder mit dem siebten noch mit dem achten Gebot. Aber wenn man das an die große Glocken hängen tät, dann wär schwuppdiwupp gleich das Bistum da, und schon wär er weg, unser Schutzbringer, und das Dorf dem Satan viel wehrloser ausg'liefert als wie zuvor. Die Reliquie selber, die tät garantiert beim Papst im Museum landen, und ich möcht gar ned wissen, wie selten der seine Museen b'sucht. Für so was hat der doch gar keine Zeit ned.«

Döhring starrte ihn mit offenem Mund an, schüttelte den Kopf und murmelte: »Ich glaub's einfach ned.«

Moosthenninger legte ihm beruhigend eine Hand auf die Schulter. »Die kannst schon nehmen, die Tafel. Die g'hört praktisch mir. Du bist jetzt der einzige Lebende außer mir, der weiß, dass es die überhaupt gibt bei uns. Ich hab extra im kanonischen Recht nachg'schaut, wo genau drin steht, was ich als katholischer Priester alles darf und was ned. Und weißt was? Ich darf mit einer solchenen Reliquie praktisch alles machen, bloß ned verkaufen, und das mach ich ja auch ned. Verschenken dürft ich's jederzeit, zum Beispiel dem Papst oder dem Bistum. Und so schenk ich's halt eben dir, aber quasi ja auch bloß leihweise. Das passt schon. Nimm's, und hab einen saubern Respekt davor. So, und jetzt hätt ich gern das Geld.«

»Das Geld, ja ja, freilich.« Döhring drehte immer noch ehrfurchtsvoll die Tafel hin und her. Schließlich ließ er sie zusammen mit der Kette und den Papieren in seinem schwarzen Lederkoffer verschwinden und zog einen braunen Umschlag hervor.

»Da, nimm! Vierzigtausend gradaus. In kleinen gebrauchten Scheinen, ha ha.«

Moosthenninger öffnete den Umschlag, zog das Geldbündel heraus und zählte die achtzig Fünfhundert-Euro-Scheine mit angefeuchtetem Zeigefinger kurz durch. »Vertrauen ist gut, Kontrolle ist besser, gell? Hat schon der alte Lenin g'wusst. Fuchzig, sechzig, siebzig, achtzig. Passt!«

Döhring nickte. »Na dann! Eintrittskarten sind noch keine

druckt, aber da kriegt's dann logisch Ehrenkarten von mir, die gehen aufs Haus, da brauch'n mir gar ned reden. Unter so gute G'schäftspartner, wie mir welche sind ...« Er war aufgestanden.

Der Pfarrer warf den braunen Umschlag lässig auf den Tisch und brachte seinen Gast zur Tür.

»Also, Herr Pfarrer, war mir ein Vergnügen.«

Martha Moosthenninger lehnte sich aus dem Küchenfenster und staunte darüber, wie leichtfüßig dieser Döhring die Dorfstraße hinunterging – fast mit wiegenden Tanzschritten. Für einen, der gerade erfahren hatte, dass seine Frau ihn mit dem Waldmenschen betrog, war er ziemlich gut gelaunt. Ihr Bruder war schon ein begnadeter Seelsorger, da er es verstand, selbst solche Schrecklichkeiten mit einer Liebe und Wärme zu vermitteln, die die Menschen aufmunterte, anstatt sie verzweifeln werden zu lassen.

»Ja mei, er ist halt einfach einmal ein so ein herzensguter Mensch, mein Wilhelm«, murmelte sie und bügelte andächtig seine Soutane.

VIERTES KAPITEL
Rechtsaußen

Die Unterschriftsmappen auf seinem Sekretär waren zu gefährlich hohen Stapeln getürmt und wackelten bedenklich, als Markus Waldmoser sich am Nachmittag in seinen Schreibtischsessel fallen ließ. Er verschwand hinter diesen Bergen von Arbeit. Eigentlich ganz praktisch so, dachte er. Genüsslich bohrte er in der Nase und hatte dabei das Gefühl, etwas absolut Verbotenes zu tun. Aber gelegentlich brauchte auch ein so viel beschäftigter Bürgermeister wie er es war, eine Auszeit.

Dann hob er so behutsam, als handele es sich um ein Mikadospiel, eine Mappe nach der anderen vom Stapel, unterzeichnete die von seinem Stellvertreter gefällten und vorformulierten dienstrechtlichen Entscheidungen an vorgesehener Stelle und legte die fertigen Mappen auf dem Konferenztisch ab. Er kam sich vor wie ein Schiffbrüchiger, der langsam Land gewinnt.

In diesem Moment klopfte es an der Tür.

»Herein!«, rief Markus Waldmoser, ohne den Kopf zu heben.

Seine Nachmittagssekretärin und Dolmetscherin für Russisch, Rumänisch und Polnisch, Olga Oblomov, steckte den Kopf ins Zimmer und verkündete mit rauchiger Stimme und leicht slawischem Akzent: »Herr Bürgermeister, der Herr Döhring wär jetzt da.«

»Der soll bittschön einikommen«, meinte Waldmoser und wies dem Baulöwen mit einer Handbewegung den Besucherstuhl auf der anderen Schreibtischseite zu, während Frau Oblomov leise die Tür hinter sich schloss und sich wie so oft darüber wunderte, dass ausgerechnet dieses Krischperl von der ganzen Gemeinde ehrfurchtsvoll als Baulöwe bezeichnet wurde, wo er doch gar nicht wie ein Löwe aussah. Spindeldürr, hohlwangig und mit stechenden blauen Augen hinter einem ausgesprochen billig aussehenden Brillengestell. Selbst der Haarwuchs war sparsam und vermutlich friseurresistent. Das Einzige, worin er zu investieren schien, waren Kaschmir- und Seidenpullover mit Monogramm. Nicht einmal ihrem Sohn würde sie erlauben, mit solchen Anzügen herumzulaufen: durchgescheuerte Manschetten, ausgebeulte Taschen und speckige Stellen am Hosenboden, an den Schultern und Knien. Ständig leckte dieser Döhring sich die Lippen auf eine so ungute Art, als würde er gleich zubeißen, was er natürlich noch nie getan hatte. Und alle kuschten vor ihm. Auch Olga Oblomov war er nicht ganz geheuer.

Der Bürgermeister dagegen war ein gestandener Mann! Ein bisschen rotgesichtig vielleicht, aber groß und kompakt. Einer, dem man ansah, dass er gerne aß und trank und das Leben zu genießen wusste. Ein Mann, an den frau sich anlehnen konnte. Nur leider verheiratet und damit tabu.

Mit einem leichten Seufzer ging Olga Oblomov zurück an ihren Schreibtisch und vollendete ihren zweisprachigen Serienbrief, mit dem sie alle Gemeinden in Siebenbürgen auf die Vorteile der Saisonarbeit aufmerksam machte und dabei das Kleinöder Land und die Kleinöder Leute anpries. Waldmoser brauchte für seine Gurkenplantage Erntehelfer. Seit der Umsetzung des Schengener Abkommens waren die Polen größenwahnsinnig geworden und verlangten Stundenlöhne von mindestens zehn Euro. Zweistellig! Das hatte es noch nie gegeben. Deshalb würden sie auf rumänische Gastarbeiter umsteigen müssen.

Unterdessen wandte sich Markus Waldmoser seinem Besucher zu: »Bittschön, Bernhard, hock dich hin. Fein, dass du so schnell hast kommen können. Ich hätt da noch ein paar ned unwichtige Sachen mit dir zum besprechen, wegen dem großen Spiel. Soll die Oblomov uns einen Kaffee machen?«

Bernhard Döhring schüttelte den Kopf. »Ich hab nicht viel Zeit. In zwei Stund läuft eine Option aus, und da muss ich am Ball bleiben. Nun sag schon, was kann ich für dich tun? Und als was bin ich denn eigentlich heut da? Als Spezl, als Fußball-Vizepräsident, als G'schäftspartner, als Parteifreund oder als dein Stellvertreter beim Vorsitz vom Gemeinderat?«

»Omei!«, antwortete der Bürgermeister und hob in gespielter Verzweiflung die Schultern, »das tät ich fei langsam selber nimmer so genau wissen. Ist doch irgendwie auch wurscht, oder?«

»Mir schon.« Döhring blickte kurz hoch. »Solang kein Neider aus der Partei oder wer vom Finanzamt danach kräht.«

»So ein Schmarrn!« Waldmoser lachte. »Die von der Partei ham doch alle miteinand selber so viel Dreck am Stecken, dass es einer jeden Sau graust! Und ganz andere Sorgen, seit die Freimaurer und Terroristenversteher in München mitregieren und sogar den Schwulen auf dem Standesamt das Heiraten erlauben!« Er unterbrach sich kurz, holte Atem und ging dann zu seinem Schreibtisch. Dort zog er eine Schublade auf, nahm ein Blatt Papier heraus und wedelte damit heftig in Richtung Döhring: »Der TÜV hat ang'fragt, wann die die von unserm Verein über deine Baufirma ang'mieteten Zusatztribünen für das Schalkespiel abnehmen können. Das wär eine unumgängliche Vorschrift. Wie weit seids ihr denn überhaupt mit'm Aufbau?«

»Ja mei, so gut wie fertig eigentlich. Obwohl – die paar Tag bis zum Spiel brauch'n mir schon noch, aber wenn's dann so weit ist, dann steht alles tipptopp da. Garantier ich dir.« Mit einem lauernden Unterton fragte er dann: »Wer hat denn da unterschrieben? Diesen TÜV-Brief? Der Klecksuber Toni, der Chef von denen?«

Markus Waldmoser schob seine Brille nach oben, hielt sich das Blatt dicht vor die Augen und prüfte die Unterschrift: »Eine Sauklaue wie ein Doktor oder Apotheker hat der beieinand! Halt amal, da steht der Name auch noch einmal gedruckt drüber! Jawoll, der Kleckshuber selber war's!«

Bernhard Döhring seufzte und dachte an seine mit Schwarzgeld gefüllte Kriegskasse für alle möglichen Widrigkeiten des unternehmerischen Lebens. Die würde jetzt wieder dran glauben müssen. Scheine müssten verschoben werden – und zwar in Anton Kleckshubers Tasche. Na ja, jeder schaut halt, wo er bleibt.

»Den Brief kannst wegschmeißen«, beruhigte er dann den Bürgermeister. »Ich kümmer mich drum. Wir ham die Woche eh noch eine Besprechung. Was gibt's sonst noch?«

Jetzt sprach der Bürgermeister als Vereinspräsident von Groß-öd-Pfletzschendorf: »Der Trainer hat mich ang'rufen. Die Spieler wollen eine Rekordprämie, hat's g'heißen, andernfalls tät's nix als Dienst nach Vorschrift geben im Pokal.«

»Ja, sind denn die größenwahnsinnig geworden? Die gewinnen doch nie und nimmer noch einmal. Weißt was: Denen kannst du ruhig ein fesches Paket mit gestaffelten Prämien bis hin zum Pokalsieg machen. Da wird ja eh nix draus. Da gibt's dann für die zweite Runde gegen Schalke noch ned ganz so viel, dafür dann aber eine glatte Million fürs Finale und noch mal eineinhalb für den Pokalsieg. Und denk dran, gewinnen brauchen s' gar ned unbedingt, aber der Kader Al Sheikh sollt schon wieder ein Tor schießen, damit er weiter im Marktwert steigt. Schließlich gehört mir der ganz privat.«

Waldmoser lächelte: »Ein Hund bist fei schon, Bernhard. Respekt. Dann mach'n mir das so mit die Prämien. Und mit deinem Al Sheikh hast mir jetzt auch noch das Stichwort für meinen letzten Punkt geben. Die von Schalke ham nämlich ang'fragt, ob mir ned vorm Spiel für die VIPs eine ›Meet and Greet‹-Veranstaltung machen wolln.«

Döhring, der sich in geschäftlichen Belangen stets besser auszukennen glaubte als irgendjemand sonst, war einen Augenblick lang baff: »Hä? Was ist denn das?«

»Moderne Zeiten«, stellte Markus Waldmoser fest. »Ich hab selber auch ned g'wusst, was die meinen. Aber dann hab ich meinen Bub'n ang'rufen, in der Stadt drin, und der arbeitet doch neben seinem Jurastudium für eine Event-Agentur. Der hat mir erklärt, dass das frei übersetzt nix anders ned heißt als wie ›sich kennenlernen und miteinand ratschen‹ und g'schäftliche Kontakte anbahnen und fördern soll.«

Bernhard Döhring nickte. Das letzte Argument überzeugte ihn: »Ja logisch, das mach'n mir auch! Wie geht denn so was in einem solchenen Fall?«

»Mei, mir stellen neben dem Stadion ein Zelt auf mit Bewirtung für die VIPs und laden die örtlichen Großkopferten auch dazu ein. Weiter fragen die Schalker, ob sie uns ein paar Spieler zu Verfügung stellen sollen, für eine halberte Stund oder so, und wenn ja, welche. Und von uns wollen die im Gegenzug deinen Kader Al Sheikh als Zugpferd. Und den musst du mir genehmigen, weil der ja dir g'hört und ich ned einfach über dein Sach bestimmen kann. Ob noch mehr Spieler von uns kommen, wär den Schalkern übrigens wurscht.«

Döhring breitete die Hände in einer großzügigen Geste aus: »Freilich darf der kommen! Anschaun dürfen s' den von mir aus schon einmal. Aber mit verpflichten geht da nix. Der ist bei mir noch zehn Jahr unter Exklusivvertrag. Den bau ich langsam auf. Mit dem mach ich eines Tages noch richtig fett Asche, mit meinem vollblütigen Araberhengst! Turin, Barcelona, Madrid ...!« Döhrings Stimme hatte plötzlich fast etwas Schwärmerisches an sich. »Weißt, Waldmoser, so ein Spieler ist einfach das perfekte Anlageobjekt. Da schmeiß ich jede Aktie weg dafür. Vielleicht geb ich ja eines Tages eh noch alles andere auf und gründ eine Spieleragentur ...« Er unterbrach sich und fand zu einem sachlichen Ton zurück. »Das mit dem Zelt ist kein Problem. Ich ruf gleich in der Firma an, die sollen sich drum kümmern. Einen Catering-Service kenn ich auch, für ein paar lumpige Prozente könnt ich dir den vermitteln. Zahlen muss das Ganze natürlich der Verein aus seinen Pokalerlösen.«

»Wunderbar«, jubelte der Präsidentenbürgermeister. »Nachad ist ja alles klar. Die Frau Oblomov soll gleich eine List'n machen von der hiesigen Schickeria aus Wirtschaft, Politik und Klerus und denen dann eine Einladung schicken.«

Frank Langrieger stand hinter dem Fenster und sah seinen Eltern und Großeltern nach, die in den Blauen Vogel gingen, um sich über den grausigen Mord informieren zu lassen. Aufgebrezelt hatten sie sich, als seien sie zu einer Hochzeit eingeladen. Endlich war mal wieder was los – egal ob mit einem fröhlichen oder traurigen Vorzeichen –, und wenn was los war, wurde sich fein gemacht und Gemeinschaft demonstriert. Er schüttelte sich. Zu dieser Gemeinschaft gehörte er nicht mehr.

Auch Enzo und Walburga waren Richtung Gasthaus gegangen, was ihm einen Stich versetzt hatte. Wir waren mal die besten Freunde, dachte er, aber das ist nun vorbei. Eine Mischung aus Wut und Selbstmitleid bemächtigte sich seiner. Dass Enzo Walburga geküsst hatte, damals im Mai, war der gemeinste Verrat an einer Freundschaft, den er sich vorstellen konnte. Wie ein absolut linkes Foul in einem großen Spiel. Und er, der das Foul gesehen und wahrgenommen hatte, war jetzt der Dumme und ins Abseits gelaufen.

»Soll's doch machen, was es will, das feine Liebespaar«, zischte er zwischen zusammengebissenen Zähnen und sah auf die Uhr. Die Clique aus der Neubausiedlung war bestimmt wieder an ihrem üblichen Treffpunkt und würde wie immer ihr eigenes Programm abziehen, doch er wusste mittlerweile, dass er dort auch nicht hingehörte. Eigentlich gehörte er nirgendwo mehr hin.

Wann hatte er das gemerkt? Das war damals im Sommer gewesen, als er gemeinsam mit ihnen in Olegs Bauwagen saß, während sich das ganze Dorf bei Teres und deren uralter Mutter getroffen hatte, um die Auslosung für das große Pokalspiel gegen Schalke an dem riesigen Flachbildschirm zu verfolgen, den sich die Wirtsfrauen auf Anraten des Bürgermeisters extra für diese Veranstaltung zugelegt hatten.

Auch er und die Clique hatten die Auslosung am Fernseher verfolgt, schon allein, um mitreden zu können, aber ohne Schweinsbraten und ohne Fassbier und vor allem ohne das Geschwätz der Dorfältesten und des Pfarrers.

Mit einem unguten Gefühl erinnerte sich Frank an jenen Abend, als alles so richtig aus dem Ruder gelaufen war und er erneut das Gefühl gehabt hatte, ins Abseits geraten zu sein. Angefangen hatte alles wie immer. Frank erinnerte sich an den winzigen Bildschirm und daran, wie die adrett frisierte Frau strahlend aus der kleinen Mattscheibe auf sie heruntergelächelt hatte. Den tragbaren Schwarzweißfernseher hatten die Kumpels eines Tages vom Wertstoffhof mitgebracht und in Olegs Bauwagen auf einem Wandbrett installiert. Da stand er nun, rechts von der Eingangstür und oberhalb der großen schwarzweißroten Flagge des längst untergegangenen Deutschen Reiches. Und die adrett frisierte Frau mit den rosigen Wangen hatte Blickkontakt zu ihren Zuschauern gesucht und alle Anwesenden

»ganz herzlich zu einer neuen Ausgabe der Sportschau« willkommen geheißen.

Er hatte sich vorgestellt, dass all die Millionen Menschen, die in diesem Augenblick die Sprecherin auf dem Bildschirm sahen, auch von ihr gesehen wurden. Sie hätte vier junge Männer in einem Bauwagen beobachten können, deren ganze Aufmerksamkeit dem kleinen weißen Ball galt, der, angetrieben von acht Händen an acht Stangen mit zweiundzwanzig hölzernen Männchen, in atemberaubendem Tempo kreuz und quer über die dunkelgrün gestrichene Spielfläche flitzte. Frank Langrieger bediente die beiden Stangen vor dem eigenen Tor, an denen der hölzerne Torwart sowie die beiden Verteidiger befestigt waren.

Breitbeinig hatte er dagestanden und bei dem Gedanken, die Ansagerin könne ihm zuschauen, sein Bäuchlein eingezogen. Fesch und kompakt, sollte sie bei seinem Anblick denken, die da oben, und seine Mitspieler nur mit einem gleichgültigen Blick streifen. Beispielsweise den Hartl Xaver, der von allen nur Xare gerufen wurde – ein großer und schweigsamer Mensch mit einem Hang zum Grübeln. Um alles und jedes machte er sich Sorgen, rechnete immer mit dem Schlimmsten. Frank und Xare waren Arbeitskollegen aus der Deggendorfer Autofabrik. Jetzt kontrollierte Xare die beiden Stangen mit den fünf Mittelfeldspielern und den drei Angreifern vor dem gegnerischen Tor.

Ihre Gegenspieler auf der anderen Seite des Kickerkastens waren die Russlanddeutschen Wladimir Blochinski und Oleg Oblomov, Spätaussiedler, die in den lieblos hochgezogenen Mehrfamilienhäusern der Kleinöder Neubausiedlung ein neues Zuhause gefunden hatten. Ihr eigentlicher Wohnsitz allerdings war schon seit Jahren Olegs aufgelassener Bauwagen am Ufer der Vils, den sie sich mit Möbeln vom Sperrmüll halbwegs gemütlich eingerichtet hatten und der trotz vielfältiger Beschwerden der Anwohner noch nicht entfernt worden war.

Was hätte die Fernsehansagerin wohl von Oleg Oblomov gehalten, dessen Sätze wie Kampfansagen klangen und der nervös von einem Bein aufs andere trippelte? Er war untersetzt, bullig und muskulös und schien ständig nach einem Ventil für seine angestaute Wut Ausschau zu halten. Alle im Dorf fürchteten sich vor seinem aufbrausenden Wesen. Olegs Vater war vor einigen Jahren an Lungenkrebs gestorben, und seitdem er allein mit seiner Mutter Olga lebte, hatte sich dieser explosive Charakterzug noch verstärkt. Olegs Mutter hatte zwei Jobs. Vormittags füllte sie Waren im Supermarkt auf, nachmittags arbeitete sie als Sekretärin des Bürgermeisters, der auf ihre Sprachkenntnisse angewiesen war und sie großzügig mit einem monatlichen 400-Euro-Gehalt entlohnte. Sie träumte davon, dass ihr Sohn es einmal besser haben möge, während Oleg selbst sich als Chef sah. Er wusste nur noch nicht, von wem und von was, und so befasste er sich tagsüber mit einer Art Sinnsuche, trank Bier, malträtierte entweder den Kickerkasten oder sein Notebook und wartete auf seine Kumpels. Seine Metzgerlehre hatte er auf Anraten seines Meisters abgebrochen.

Die mittlerweile vierzehn Jahre in Niederbayern hatten bei den sogenannten »Zuagroasten« durchaus schon sprachliche Wirkung gezeigt, und Frank fragte sich, ob Madame Fernsehansagerin sie an jenem Samstag überhaupt hätte verstehen können.

»Der war fei arschknapp!«
»Ja mei, dicht vorbei ist eben auch daneben!«
»Zefixlujah!«

Jede Partei hatte bereits eine Kickerpartie gewonnen, im dritten und entscheidenden Spiel stand es nun fünf zu fünf, und die Anspannung der Kontrahenten war fast mit Händen zu greifen, denn wer den nächsten Treffer erzielte, hätte nicht nur die Partie gewonnen, sondern auch den Gesamtsieg errungen und würde dann vom Gegner ein Bier spendiert bekommen.

Wladimir Blochinski hämmerte den Ball mit aller Macht an Freund und Feind vorbei nach vorn, aber Frank Langrieger schaffte es mit einer reflexhaften Bewegung, den Donnerschlag abzuwehren, brachte dabei allerdings die Korkkugel nicht unter seine Kontrolle. Das gelang dann Oleg Oblomov, der den Gummifuß seines hölzernen Außenstürmers so geschickt auf das trudelnde Ei hinabsenkte, dass dieses zwischen Kickerfuß und Tischplatte eingeklemmt wurde. Oleg wippte in den Hüften, fuhr sich mit der Zunge über die Lippen und stellte klar: »Soderla, Kameraden, das war's dann wohl!«

Gekonnt spielte er den Ball seinem Mittelstürmer zu. Alle Chancen lagen nun bei ihm. Wie der Tormann beim Elfmeter musste Frank nun versuchen, Olegs Schuss zu erahnen und richtig zu reagieren.

Oblomov grinste höhnisch und gab bekannt: »Das Erschießungskommando ist angetreten, um seine vaterländische Pflicht zu erfüllen!«

Die Moderatorin in dem kleinen Fernsehbild hätte an dieser Stelle Franks gute Nerven bewundern können, als der ohne hochzublicken klarstellte: »Geh weiter, Alter, halt keine Volksreden. Schieß einfach! Triffst doch eh nix.«

Und sie hätte auch Oleg Oblomovs Zorn gesehen, als er rotgesichtig und mit brachialer Gewalt den Ball so planlos verschoss, dass er zwischen den Innenpfosten des Tores hin und her prallte, um dann kläglich wieder aufs Spielfeld zu kullern. Dort wurde er von Franks Rechtsverteidiger elegant gestoppt.

In diesem Augenblick hatte sich die Tür des Bauwagens geöffnet, und drei weitere Mitglieder der Clique waren eingetreten: Pirmin Zwacklhuber, Kurt Eder und Hermann Hombach. Sie trugen Springerstiefel, Hosen im Tarnsplitterlook der Reichswehr von 1931 und Jacken der einschlägig bekannten Marke Thor Steinar. Hermann Hombach hielt seinen schwarzbraunen Rottweilerrüden an einer extrem kurzen Leine, und das Tier, das auf den Namen Goebbels hörte, knurrte leise und bedrohlich durch die Vergitterung seines Maulkorbs, während Oblomov die Neuankömmlinge anherrschte: »Ihr depperten Vollspastis! Könnt ihr ned ein bisserl leiser sein beim Reinkommen? Wegen euch saublöden Affen ist mir jetzt grad der entscheidende Ball danebengangen!«

Kleinlaut leinten die drei jungen Männer den Hund an, warfen Münzen in eine Blechdose und nahmen sich Bier aus dem Kühlschrank. Dann ließen sie sich auf die Stühle vor den Fernseher fallen und begannen schweigend zu trinken.

Frank Langrieger hatte den Xare kurz angestupst. Dieser begriff sofort, dass sein Partner einen Direktschuss von hinten versuchen wollte und dass er selbst dafür die Bahn so weit wie möglich freizuräumen hatte. Zuvorkommend ließ er seine eigenen Holzmännchen Kopfstand üben.

Langsam zog Frank den Ball in die Mitte, hielt dabei konzentriert nach einer Lücke im gegnerischen Feld Ausschau, und siehe da: Es tat sich eine auf! Mit Schwung trieb er den Ball hindurch. Wladimir Blochinski hatte nicht den Hauch einer Chance, und sie alle hörten das laute Ploppen, mit dem die Kugel in die obere linke Ecke des Tores einschlug. Der alles entscheidende Treffer war gefallen.

Frank und Xaver schlugen sich lachend auf Schultern, während Oleg den Kickerkasten mit wütenden Fußtritten bearbeitete und seinen Kumpel Wladimir wüst beschimpfte, weil der doch schon wieder »jeden Drecksball reingelassen« habe. Die drei vor dem Fernseher drehten ihre Gesichter zur Seite und grienten hämisch.

Die Sieger der Partie nahmen sich nun auch ein Bier aus dem Kühlschrank, und Frank klapperte laut mit der halb vollen Blechbüchse. »Da musst fei nachad dein Geld einischmeißen, Obolus ... äh ... Oblomov!«, hatte er gerufen und sich erschöpft auf das ausgefranste grüne Sofa fallen lassen. Leider hatte niemand über sein Wortspiel gelacht – vermutlich, weil es keiner kapierte.

Enzo hätte es verstanden und sich köstlich amüsiert. Doch mit Enzo wollte Frank ja nichts mehr zu tun haben. Enzo hatte ihn verraten. Es wurde Zeit, diesen Namen für immer und ewig zu vergessen. Genau deswegen hatte er sich ja mit Olegs Clique eingelassen. Um nicht zu Hause zu sitzen und aus lauter Eifersucht und verschmähter Liebe Trübsal zu blasen. Besser war es da zu saufen, Fußball zu gucken, einen auf harter Bursche zu machen.

Dabei gingen ihm diese Typen eigentlich oft auf die Nerven. Pseudofußballfans, hatte er schon an jenem Abend gedacht. Kein echter Löwe dabei. Niemals mehr selbst in irgendein Stadion – vom geliebten Sechzger ganz zu schweigen. Immer nur dieser beschissene Fernsehfußball.

Er hatte geseufzt. Es war alles so verfahren. Zu gern hätte er mit jemandem über das Gehabe seiner neuen Kumpel gelästert, ihr schwachsinniges und aufgesetztes Kokettieren mit Nazisymbolen und der Nazizeit. Aber als einzige Gesprächspartner für solche Szenen fielen ihm nur Walburga und Enzo ein, und die waren ja tabu.

Die aus dem Bauwagen hatten doch keine Ahnung. Die wussten ja gar nicht, von was sie da sprachen und was sie da verherrlichten. Frank hatte als Kind oft genug miterlebt, wie sein Großvater im Schlaf schrie, weil er vom Krieg geträumt hatte, und er erinnerte sich auch noch an die schweißnassen Schlafanzüge, die morgens in der Waschküche lagen, manchmal drei oder vier. Jeder Albtraum ein nassgeschwitzter Pyjama, und sie alle rochen nach Angst. Nein, so toll konnte dieses Dritte Reich wirklich nicht gewesen sein. Aber das würden sie irgendwann schon selbst checken.

Für Frank ging es gerade um viel wichtigere Dinge. Er musste hart werden. Er brauchte nichts und niemanden, und schon gar nicht Enzo oder gar Walburga, die ja eigentlich an all dem Unglück schuld war. Im Bauwagen gab es wenigstens keine Frauen, dort waren die harten Kerle noch unter sich. Er hatte schon dazugelernt und sich Respekt verschafft. Die anderen kuschten vor Oblomov, er nicht. Das wäre ja noch schöner! Beim Kickern war er mindestens genauso gut, und wenn es darum ging, eine Sache sprachlich auf den Punkt zu bringen, hätte er die ganze dumpfe Mischpoche mit Leichtigkeit in die Tasche stecken können. Aber wozu? Es hatte ja doch alles keinen Sinn.

An jenem Sommerabend hatte Frank sich vorgestellt, die hübsche Fernsehansagerin würde ihn beobachten, registrieren, wie cool er sich nach dem gewonnenen Spiel auf dem Sofa herumfläzte, und ihm bewundernde Blicke zuwerfen. Er brauchte diese Phantasien, um sich nicht so allein zu fühlen.

Die Moderatorin auf dem Bildschirm hatte schließlich am Ende der Sendung geflötet: »Nun bringen wir Ihnen zum Abschluss noch einen kurzen Appetithappen, der Sie auf den großen Pokalschlager am ersten November live hier in Ihrem Ersten einstimmen soll. Adebar Weichmann hat den Torschützen des Monats August und Superstar des Pokalschrecks Großöd-Pfletzschendorf zu Hause besucht und ein einfühlsames Porträt des sympathischen israelischen Nationalspielers palästinensischer Abstammung gezeichnet. Sehen Sie nun seinen Bericht über Kader Al Sheikh, einen hoch talentierten jungen Spielmacher, der eine große Zukunft vor sich hat und sicher weiter für Furore sorgen wird.«

Oleg Oblomov hatte lautstark gerülpst und verächtlich gebrüllt: »Aaargh! Der blöde Judensauneger schon wieder! Und jetzt auch noch im Fernseher!«

In diesem Moment war alles gekippt, dachte Frank im Nachhinein, während er am Fenster stand und in den Herbstabend hinausstarrte. Auf einmal war ihm richtig anders geworden, und er hatte sich ernsthaft gefragt, was er eigentlich dort machte und was er mit diesen Dumpfbacken zu tun hatte, die bei Olegs Schrei aufgesprungen waren und affenartige Urwaldgeräusche von sich gaben.

Er hatte sie angeraunzt: »Seids doch mal still! Ich tät schon gern den Bericht sehen wollen! Und im Übrigen ist der Typ ein geiler Spieler!«

Doch sie hatten weiter Urwald gespielt, und so hatte Frank nur ein paar Gesprächsfetzen aus der Schlussphase der Unterhaltung des kleinen und plumpen Interviewers mit dem durchtrainierten Modellathleten Kader Al Sheikh aufschnappen können: »… ist es natürlich für unsere Zuschauer etwas überraschend, dass ein Spieler palästinensischer Herkunft als Superstar der israelischen Nationalmannschaft gilt. Wie gehen denn Sie ganz persönlich mit dieser doch etwas außergewöhnlichen Situation um?«

Der junge Mann sprach Englisch und wurde von einem Dolmetscher simultan übersetzt: »Meine Eltern sind bereits in den Siebzigerjahren als christliche Palästinenser aus Jordanien nach Israel gekommen. Ich bin dort aufgewachsen und fühle mich als Israeli, ohne meine Wurzeln verleugnen zu wollen. Es hat mich sehr verletzt, wenn ich mit meiner Mannschaft aus der Grenzregion zum Westjordanland in Jerusalem oder Haifa antreten musste und von manchen Ignoranten unter den Fans als dreckiges Araberschwein beschimpft wurde. Aber ich denke, diesen

Leuten habe ich mit jedem meiner Tore für unsere Nationalmannschaft die entsprechende Antwort gegeben.«

»Herr Al Sheikh, lieber Kader, vielen Dank für das interessante Gespräch und toi, toi, toi für das große Pokalspiel Ihrer Großöder gegen Schalke...«

In dem Moment war ein pfeifendes Geräusch zu hören gewesen und der Bildschirm dunkel geworden. Oleg Oblomov hatte den Stecker aus der Steckdose gezogen und zu singen begonnen. Frank hatte ihn zwar schon mal ganz ähnlichen Schwachsinn vortragen hören, aber damals war es ihm wurscht gewesen. Damals hatten Kummer und Schmerz noch nahezu alles überlagert, und er hatte zu viele Halbe intus gehabt. Jetzt fand er es nur noch peinlich und unerträglich, dass Oleg zur Melodie von »Oh my darling Clementine« einen nach wie vor im Umfeld aller deutschen Fußballstadien verbreiteten dummdreisten rechtsradikalen Schmähgesang anstimmte, in dessen Text nur der jeweils aktuelle »Gegner« eingesetzt zu werden brauchte: »Eine U-Bahn, eine U-Bahn, eine U-Bahn bauen wir, von Großöh-öd, bis nach Auschwitz, eine U-Bahn bauen wir...!«

Kopfschüttelnd hatte Frank sich noch ein Bier aus dem Kühlschrank geholt und war schweigend an den Kickerkasten zurückgekehrt, um allein ein paar Kunststückchen zu üben. Das Ganze deprimierte ihn. Als Einziger löste sich nach einer gewissen Schamfrist sein Arbeitskollege Xaver Hartl aus dem Chor der höllischen Sängerknaben, stellte sich neben Frank und wollte wissen, ob mit ihm auch alles in Ordnung sei.

»Mit mir? Freilich ist mit mir alles in Ordnung. Alles ist super, alles ist wunderbar!«, hatte Frank ihn verzweifelt angebrüllt und dabei die Mittelreihe freischwingend kreisen lassen: »Bloß dass, wennst mich schon so direkt fragst, der depperte Russ da manchmal ned alle Tassen im Schrank hat.«

Wie auf Kommando hatten die anderen fünf mit dem Singen aufgehört, und es war schlagartig still geworden. Langsam hatte sich Oleg Oblomov mit dem Arm übers Gesicht gewischt, war ganz nah an Frank herangetreten und hatte mit bebender Stimme gefragt: »Wen hättst denn da nachad grad g'meint, von wegen mit dem depperten Russen?«

Frank bemühte sich darum, möglichst lässig zu wirken, als er wie nebenbei sagte: »Allerweil bloß die Sau, die was am lautesten quiekt.«

In dem Moment hatte ihm Oblomov schon mit der Faust an die Schläfe geschlagen, und Frank hatte gespürt, wie ihm schwummerig wurde und seine Knie nachgaben. Nur nicht schwächeln jetzt!

»Reiß dich z'amm!«, herrschte er Oblomov in einer Mischung aus Wut und Überraschung an, doch dieser hatte bereits zu einem zweiten Schlag ausgeholt, einem Schwinger aus der Hüfte, der gegen Franks Kinnlade krachte und ihn an die Wand des Bauwagens taumeln ließ.

»Magst noch a Fotz'n? Ha? Magst noch eine? Kannst gern noch eine ham, Alter!« Oblomovs Stimme drang wie durch Nebel zu ihm.

Frank lehnte an der Wand und hatte Mühe, sich auf den Beinen zu halten. Er spürte Blut im Mund. Nur schemenhaft hatte er wahrgenommen, wie sich Oblomov mit der Linken die rechte Schlaghand rieb, die offenbar den Crash mit Franks Kinn nicht völlig unbeschadet überstanden hatte.

Aus tränenden Augenwinkeln heraus hatte er Oleg zu einem weiteren Schlag ausholen sehen. Instinktiv war er mit dem Hintern an der Wand zu Boden gerutscht und hatte Sekundenbruchteile später Oblomovs lauten Schrei gehört, als dieser mit seiner bereits verletzten Hand an genau der Stelle, an der sich gerade noch Franks Nase befunden hatte, ein Loch in die Holzverkleidung des Bauwagens schlug. Oblomov ging zu Boden und krümmte sich vor Schmerzen. Unsicher und zitternd rappelte Frank sich auf und stützte sich an der Wand ab. Das schmerzhafte Pochen in seinem Schädel war fast unerträglich. Er taumelte Richtung Tür, öffnete diese, holte tief Luft und murmelte mit schmerzhaft verzogenem Mund: »Mir langt's von euch Deppen. Habe die Ehre.«

Daheim angekommen, hatte er drei Aspirin mit zwei schnellen Halben hinuntergespült, sich ins Bett gelegt und war sofort eingeschlafen, tief und traumlos vom frühen Abend bis zum Morgengrauen.

Seitdem hatte er keinen von den sechsen mehr gesehen. Seiner Mutter hatte er erzählt, er sei mit dem Rad gestürzt und auf eine Bordsteinkante aufgeschlagen. Sie hatte so getan, als würde sie ihm glauben, und ihn eine Woche lang mit Arnikaumschlägen und Eisbeuteln genervt. Erst dann war die Schwellung weg gewesen, und selbst seine Zähne hatten sich wieder berappelt, zumindest waren sie auf dem Weg, sich neu zu festigen.

Hinter seinem Fensterkreuz atmete Frank Langrieger tief durch und wusste, dass er die Jungs vom Bauwagen nicht mehr sehen wollte. Auch wenn er nun allein war. Ganz allein. So einer wie er brauchte nichts und niemanden. Außer manchmal die Vorstellung, dass ihm jemand zusah und Verständnis zeigte.

Franziska zog ihr Schultertuch enger und stieg zu Bruno in den Wagen. »Jetzt aber bitte keine Rallye, ich bin eine alte Frau, und meine Nerven liegen blank.«

»Da hab ich aber vorhin kaum was g'merkt. Du hast eine echte Supershow abzogen. Respekt.«

Sie sah ihn von der Seite an und schüttelte missbilligend den Kopf. »Spar dir die billigen Komplimente, wir sind hier nicht bei ›Deutschland sucht den Superkommissar‹, sondern haben es mit einer ernsthaften Mordermittlung zu tun. Aber heute Abend sind zumindest schon einige Informationen zusammengekommen. Hast du alles aufgenommen?«

Bruno nickte.

»Ein Schamane«, murmelte Franziska nach einer Weile. »Für die Frauen war er ein weiser Mann. Möglicherweise hat gerade das den Männern nicht gepasst.«

Bruno schüttelte den Kopf. »Ach wo, Chefin, das kann ich ned glauben, dass einer aus dem Dorf den Dobler umbracht hat – und schon gar nicht so zug'richtet. Das hat ja ausg'schaut wie nach einem Ritual oder einer geheimnisvollen Zeremonie.«

»Du denkst also an einen zweiten Schamanen? Konkurrenzkampf unter weisen Männern?«

»Da drehst mir aber jetzt echt das Wort im Mund um. Das habe ich weder g'sagt noch g'meint. Ich bin halt überzeugt, dass das g'wiss niemand vom Dorf war – zumindest keiner von den Anwesenden, und es waren ja ziemlich viele da.«

»Na ja, ein paar pubertierende Jugendliche haben gefehlt – aber was sollten die mit einem so alten Mann zu tun haben?«

»Eben.«

Sie fuhren am Atelier der Binder vorbei, und Franziska nahm mit einem Seitenblick wahr, dass deren Meisterschüler Figuren aus dem gläsernen Treibhaus ins Freie trugen. Vermutlich stand demnächst wieder eine Ausstellung an. Sie hätte fragen sollen. Mit einem Seufzer wandte sie sich an ihren Kollegen. »Hast du Malwine Brunner gesehen? Die gehört doch gar nicht zum Ort. Die wohnt doch außerhalb von Kleinöd.«

Bruno nickte. »Stimmt, hab ich mir auch denkt. Aber was wissen denn mir. Vielleicht ist ja der Hof inzwischen eing'meindet worden.«

»Sie hat geredet. Geredet und geweint, und ihr Mann war nicht dabei.«

Bruno nickte. »Dafür aber eine Schwester. Weißt noch, damals, bei unserem ersten gemeinsamen Fall? Wo mir g'meint ham, die könnt gar ned sprechen, die wär praktisch stumm?«

»Damals hatte sie ihren Sohn verloren«, sagte Franziska nachdenklich. »Und jetzt einen Freund. Sieht so aus, als habe sie mit diesem Dobler reden können wie mit niemandem sonst.«

»Da war die wohl ned die Einzige«, stellte Bruno klar. »Ich habe mich zwischendurch zu den Frauen g'setzt. Das haben die alle an ihm g'schätzt. Dass der zuhörn und schweigen konnte wie sonst keiner. Ung'fragt hat der keine Ratschläg gegeb'n.«

Franziska putzte sich die Nase. »Hast du eigentlich jemanden, der das Band abschreibt?«

»Den Schlappinger Kevin.«

»Der Kevin? Kann denn der tippen?«

»Der sitzt doch allerweil bloß am Computer.«

»Okay, aber du schaffst es ihm an.«

»Ich werd's ihm als Chance zur Wiedergutmachung verkaufen«, grinste Bruno.

Frank Langrieger hatte sich durch das Fernsehprogramm gezappt, aber nichts Interessantes gefunden. Jetzt war es fast zehn Uhr abends, und seine Eltern und Großeltern waren immer noch nicht heimgekehrt. Vor einer Stunde schon hatte er gesehen, dass die Kommissarin mitsamt ihrem Mitarbeiter über die Dorfstraße Richtung Landau gefahren war. Der offizielle Teil des Informationsabends zum Fall Armin Dobler war also längst vorbei. Was die im Blauen Vogel wohl wieder so lange zu besprechen hatten? Redeten sie über den Mord oder über das unmittelbar bevorstehende Fußballspiel? Vermutlich hatten sich zwei Fraktionen gebildet: Die Frauen sprachen über den Toten, die Männer über Großöd-Pfletzschendorf gegen Schalke, und Enzo und Walburga saßen mittendrin und durften am Leben teilnehmen. Er hätte auch gern am Leben teilgenommen. Aber momentan war einfach alles zu verfahren.

In diesem Augenblick sah er den Hartl Xaver im Zickzack über den Bürgersteig torkeln. Mei, der hatte wirklich gut geladen! An einem ganz normalen Wochentag! Zweimal hielt er sich sogar am Jägerzaun der Rücker fest, um nicht aus dem Gleichgewicht zu geraten. Der hatte mindestens acht Halbe intus. Frank ging in die Küche und holte sich ein Bier aus dem Kühlschrank. Dann spazierte er wie zufällig in den Hof, tat so, als würde er die gelb blühenden Blumenrabatten seiner Mutter und Großmutter bewundern, und hoffte insgeheim, der Xare möge ihn ansprechen, denn wenn er was getrunken hatte, fiel ihm das Reden nicht so schwer.

Doch Xare stand mit aufgerissenem Mund auf der gegenüberliegenden Straßenseite, lehnte an einem Laternenpfahl und rülpste aus tiefster Seele. Dann erstarrte er plötzlich, richtete sich auf, stierte in den Vorgarten der Binder, um im gleichen Moment laut und voller Entsetzen zu stöhnen: »Ja Bluatsakra, das gibt's doch ned!«

Frank wurde neugierig, überquerte die Straße und stellte sich wie zufällig neben seinen Kumpel. Schon bald konnte auch er den Blick nicht mehr vom Blumengarten der Binder abwenden. Zwischen den blau blühenden Beeten standen nun mannshohe Figuren nackter und extrem hässlicher Menschen. Dickbäuchig mit ausladenden Hinterteilen und zellulitisüberzogenen Oberschenkeln und Pobacken. Skulpturen mit winzigen Köpfen und riesigen Händen, eine weiße Frau aus Gips: breitbeinig hockte sie zwischen zwei Ritterspornstauden, hielt in der rechten Hand ihr Herz. Brüste und Bauch waren mit roter Farbe überzogen, als würde sie bluten. Ein buckliges Männlein mit einem Gemächt, das fast bis zum Boden reichte, und einem spitzbärtigen Kopf, aus dem zwei kleine Hörnlein wuchsen, schien sich ihr zu nähern.

»Ich fass es ned.« Der Xare rülpste wieder.

»Das ist bestimmt wieder Kunst«, murmelte Frank. »Alles, was die da so macht, ist Kunst. Alles hat irgendwie irgendeine Bedeutung, heißt's. Aber mir Deppen verstehen das natürlich ned. Weil mir sind zu blöd, um diese Kunst schön zu finden.«

»Aller guten Dinge sind drei«, stellte der Xare fest, der um einiges nüchterner geworden schien. »Da ham mir vermutlich die dritte Sau, die demnächst durchs Dorf trieben wird.«

»Was meinst denn damit?«

»Ja mei, eine Mördersau halt, eine Fußballsau und jetzt die Bindersau.« Er seufzte aus tiefster Seele und klagte: »Und dann ist wieder ewig und drei Tag lang nix los.«

Frank suchte seinen Blick. »Warst im Blauen Vogel?«

»Ja.« Der Xare nickte. »Die Binder ist auch noch drüben. Von den neuen Dingern da hat s' übrigens nix erzählt. Dabei muss sie die grad vorher noch aufg'stellt ham. Aber denken hätt man's sich fast können. So aufg'kratzt, wie die war.«

»Spätestens morgen sehen das sowieso alle, meine Großeltern werden sich g'wiss noch heut Nacht drüber aufregen.«

Xare wiegte sorgenvoll den Kopf. »Akkurat jetzt, wo dass die Schalker kommen. Was werden die bloß von uns denk'n?«

»Es werden ned bloß die Schalker kommen, g'wiss rennen uns auch noch diese Kunstkritiker mit ihren Hornbrillen das Dorf ein. Einen Auftrieb werd'n mir da wieder ham, dass es der Sau graust.«

Xaver Hartl nickte zustimmend und fragte dann: »Welchene Schicht hast'n du morgen? Ich hab dich fei schon lang nimmer g'sehn.«

»Ab morgen wieder Spätschicht. Von zwei bis um zehne.«
»Das passt. Ich auch. Weißt, ich muss dir da nämlich was verzählen. Du weißt schon, wegen denen vom Bauwagen. Magst dich ned morgen im Bus zu mir setzen? Am besten ganz hinten, da wo mir unsere Ruh ham.«

Am nächsten Morgen trafen sich Frank und Xare wie verabredet im Bus. Frank war erstaunt, wie kalt ihn das alles ließ, was sein Arbeitskollege ihm erzählte. Die Jungs vom Bauwagen – eine Welt, die ihm mittlerweile völlig fremd war.

»Nix wie von seinem Wotan hat er geredet, der Oleg, neulich, wie ich das letzte Mal dort war«, sagte Xaver Hartl. »Den hat er in einem geheimen Internetforum kenneng'lernt, wo ned ein jeder reinkommt. Angeblich hat ihm bei den Informationstagen von der NPD in Deggendorf einer das Passwort geben.«

»Ach komm, der Oleg ist bei der NPD?« Frank horchte auf.

»Das weiß ich ned. Aber warten tut er auf den Wotan. Und das Forum, wo der den kenneng'lernt hat, nennt sich Neue Leibstandarte Adolf Hitler. Da sollen welche dabei sein, die den Hitler selber kennen. Der soll nämlich allerweil noch leben.«

»So ein Schmarrn.«

»Meinst?«

Frank nickte.

»Ich verzähl ja bloß, was der Oleg g'sagt hat.«

»Passt schon. Was hat der denn sonst noch so rauslassen?«

»Dass er sich an eine Art Kummerkasten in dem Forum g'wandt und geschrieben hat, dass bei uns bald das große Spiel stattfindet und was für eine Riesensauerei das wär, dass da ein Judensauneger mitspielen darf auf ganz großer Bühne. Und was wir da machen können. So ist der mit dem Wotan in Kontakt kommen, und der hat g'schrieben, dass er vorbeikommen und sich höchstpersönlich drum kümmern würd.«

»Und du meinst, da könnt was dran sein? Hast ihn inzwischen denn selber schon mal g'sehn, diesen Wotan?«, fragte Frank.

Xaver schüttelte den Kopf. »Ich war aber auch nimmer dort seitdem. Ich weiß auch gar ned, ob ich überhaupt noch hingehn mag, weil der Oleg bloß noch dieses Zeug daherredet. Da hab ich mich nimmer wohlg'fühlt. Und wie dann tatsächlich noch diese E-Mails ankommen sind auf dem Oleg sein Notebook, hab ich ehrlich g'sagt sogar ein bisserl Schiss kriegt. Wer weiß, was der Wotan wirklich für ein Irrer ist und zu was der alles fähig wär?«

»Was ist da denn kommen?« Frank horchte auf.

Xaver zitierte: »Wotan wird kommen und euch erlösen. Schreib ihm seinen Weg.«

»Und?«

»Der Oleg hat ihm dann wohl gleich z'rückg'schrieben, wo er hin müsst, haarklein und ganz genau, bis hin zu userm alten Bauwagen da. Und fünf Minuten später war die Antwort da: ›Komme binnen achtundvierzig Stunden. Seid wie ich bereit, euer Blut zu geben. Achtundachtzig. Wotan‹.«

»Achtundachtzig?« Frank zog die Stirn in Falten.

»Ja.« Jetzt flüsterte der Xare. »Das ist nämlich ein Geheimcode. Zweimal der achte Buchstabe vom Alphabet. HH für Heil Hitler.«

Na toll, dachte Frank, als der Bus ins Werksgelände einbog. Nachad hätt'n mir jetzt eine vierte Sau, die durchs Dorf rennt. Eine Sau namens Wotan.

Aber eigentlich ging ihn das alles ja nichts mehr an.

FÜNFTES KAPITEL

Strafraummarkierungen

Adolf Schmiedinger drehte die Visitenkarte in seinen Händen hin und her. *Ida Damböck*, las er. *Restauratorin. Niederbayerisches Vorgeschichtsmuseum, Landau an der Isar.* Hinter dem Namen Ida verblasste ein Bleistiftherz. Er verspürte eine Gänsehaut, als er an die Frau im weißen Kittel dachte, die ihm vor einigen Jahren diese Karte in die Hand gedrückt hatte, und erinnerte sich, dass er während eines langen Herbstes tagtäglich ihren Namen angestarrt, aber nicht den Mut gefunden hatte, ihre Telefonnummer zu wählen.

Jetzt war ihm das Kärtchen in der Schublade seines Polizeiobermeisterschreibtisches in die Finger geraten. Dabei hatte er eigentlich etwas ganz anderes gesucht. Er verstand diesen Fund als einen Wink des Schicksals und griff beherzt zu seinem Diensttelefon.

Vor ihm lagen die ausgedruckten Fotos der Runenzeichen.

Frau Damböck meldete sich sofort, und er schluckte. »Schmiedinger«, sagte er. Bemüht um Sachlichkeit, aber mit einem leichten Zittern in der Stimme.

»Ja?« Sie schien sich nicht an ihn zu erinnern.

»Schmiedinger Adolf«, wiederholte er. »Polizeiobermeister von Kleinöd. Ich tät Ihre Hilfe brauchen.«

»Meine spezielle oder die Hilfe unseres Museums?« Ihre spöttische Stimme war genau so, wie er sie in Erinnerung hatte, und so hätte er fast gesagt: »Sie wär'n mir am liebsten«, aber sie würde es nicht verstehen, also blieb er sachlich und verkündete in geschäftsmäßigem Ton: »Es handelt sich um eigenartige Zeichen, die für die Ermittlungen in einem Mordfall wichtig wären und die Sie vielleicht deuten könnten. Ihr habt's ja schließlich ein Museum für solchene Sachen.«

»Gerne, aber dazu müsste ich die Zeichen erst mal sehen.«
»Genau. Und deswegen hätt ich gern heut einen Termin bei Ihnen.«
»Klar, warum nicht. Vierzehn Uhr?«
Er nickte mit rotem Kopf und schwieg.
»Hallo, ist das okay für Sie? Vierzehn Uhr?«
»Ja, ja, passt schon. Ich komm dann.«
Er sah auf seine Uhr. Zwei Stunden hatte er noch. Duschen, ein frisches Hemd, Zähne putzen.

Und dann ihr Kinderkrankenschwesterlächeln. Das hatte er nicht vergessen. Weißes Haar, graue Augen, ein schmaler Mund und eine fröhliche Stupsnase. Unterhalb ihres rechten Auges ein kleiner Leberfleck, der freudig zu tanzen schien, wenn sie ihn ansah.

Ob er die Dienststelle zwei Stunden alleinlassen konnte? Doch, dies war schließlich ein Notfall. Außerdem wollte die Kommissarin ja, dass er »in Sachen Runen recherchierte«, so hatte sie es genannt, und für die heutige Recherchearbeit war nun mal ein frischgeduschter Polizeiobermeister in gebügeltem Hemd mit blitzblanken Schuhen unerlässlich.

Er schaltete seinen Anrufbeantworter ein – und augenblicklich läutete das Telefon, das oft wochenlang nicht klingelte.

»Mist, verdammter«, murmelte Adolf Schmiedinger und nahm ab.

Eine schrille Stimme bellte ihm ins Ohr: »Das ist ein Befehl! Du musst auf der Stell was unternehmen! Und wenn du sie verhaftest. So geht das ned! Auch eine Prominente kann sich ned alles erlauben. Eine Schand ist das für das ganze Dorf! Eine Schand für ganz Niederbayern! Mir sind eine Gemeinschaft und ham ein Recht auf eine schöne Straß'n und schöne Vorgärten und gepflegte Häuser – und die da, die ja ned einmal das ganze Jahr über bei uns wohnt, die tät sich's erlaub'n ... Akkurat jetzt, wo die halbe Republik anreisen wird wegen des Pokalspiels, da stellt die einfach ihren Schrott direkt an die Straß'n. Nix als wie Schrott hat's wieder produziert, und den stellt s' auch noch aus. Ein Skandal ist das. Du schaffst das Zeug ins Feuerwehrhaus! Jetzt sofort! Heut noch!«

»Waldmoser, bist du's?«, fragte Schmiedinger, obwohl er den Bürgermeister gleich an der Stimme erkannt hatte. Er brauchte einen kleinen Aufschub.

»Freilich bin ich das, wer denn sonst?«

»Und wer hat seinen Sperrmüll an die Straß'n g'stellt?«

»Das ist kein Sperrmüll, das ist Kunst«, schrie Waldmoser. »Die Binder natürlich! Grausliche Figuren mal wieder. Zwischen ihren ganzen blauen Blumen – königsblau wie das Blau von Schalke, schon allein das g'hört normal g'straft ... Jedenfalls wenn mir die Figuren ned sofort verschwinden lassen, kommen wieder diese aufblasenen Kunstverständigen und stehen da blöd rum und reden und schreiben das Zeug schön. Ich will das da ned rumstehn haben, wenn Schalke da ist. Danach kann die wieder machen, was sie will. Aber ned jetzt. Das ist meine Party, meine Mannschaft, mein Spiel, mein Sieg!« Seine Stimme überschlug sich.

»Ich weiß ned, ob das so einfach geht«, wandte Adolf Schmiedinger halbherzig ein. Insgeheim fand er es in Ordnung, dass der Bürgermeister sich so aufregte, zumal der selbst nie Rücksicht auf andere nahm.

»Freilich geht das. Wenn ich das sag. Für was wär ich sonst der Bürgermeister?«

»Ich kann aber jetzt trotzdem ned. Ich muss auf Landau. Recherche wegen dem Mord. Die Kommissarin hat mich in die Ermittlungen mit einbezogen, und da hab ich jetzt einen unaufschiebbaren Termin.«

»Das ist mir doch wurscht. Der Waldmensch ist noch ewig tot, aber in ein paar Tag ist das Spiel. Und da kommen lebendige Zuschauer und lebendige Zeitungsjournalisten und bestimmt auch leibhaftige Leute vom Fernsehen, und ich will ned, dass die die Figuren von der Binder auch nur von Weitem anschaun müssten! Hast mich g'hört?« Waldmosers Stimme kippte. »Dieses depperte Weib! Nichts als wie Ärger mit der.«

Schmiedinger erinnerte sich dunkel an ein zweiwöchiges Seminar in Sachen Verwaltungsrecht, das er gleich zu Beginn seiner Polizeilaufbahn absolviert hatte, und fragte ins Blaue hinein: »Hast ihr schon einen B'scheid g'schickt?«

»Einen was?«

»Bevor eine einstweilige Verfügung erlassen werden kann, muss z'erst einmal eine Abmahnung hing'schickt werden«, behauptete der Polizeiobermeister, obwohl er sich nicht ganz sicher war. »Du kennst doch eh einen Haufen Rechtsanwält. Red halt erst mit denen. Und nachad wiss'n mir vielleicht schon mehr. Servus derweil. Ich muss jetzt los.«

»Das wird fei noch ein Nachspiel ham«, schrie der Bürgermeister, aber der Schmiedinger Adolf hatte einfach aufgelegt, weil er es nicht erwarten konnte, mit seiner Landauer Recherche zu beginnen.

Sie stand im Eingangsbereich neben den Besucherkassen und lächelte ihm entgegen. »Herr Schmiedinger, ja, jetzt erinnere ich mich an Sie.«

Er gab ihr die Hand und war erstaunt über ihren warmen und festen Händedruck.

»Worum geht es heute?« Der kleine Leberfleck unterhalb ihres rechten Auges tanzte erwartungsvoll auf und ab.

»Wenn Sie Ihnen einmal diese Fotos anschaun würden, bittschön!«

Er zog die Abzüge mit den gravierten Runenzeichen hervor und entschuldigte sich. »Es sind die Bilder von der Spurensicherung. Das sind eben keine Künstler ned.« Während er sich selbst so sprechen hörte, wurde ihm klar, dass er dieser Frau immer nur das Schönste und Beste zeigen und geben wollte. Nichts Mittelmäßiges, keine Kompromisse. Alles oder nichts. Deshalb rückte er vorerst nur die ersten beiden Fotos raus.

»Hm, hm. Das sind doch die Symbole aus dem Runenstein da bei euch in der Ecke, oder?« Ida Damböck hatte sich das erste Bild angesehen und suchte Adolfs Blick. »Darüber gibt es viel Literatur. Ich kann Ihnen ein paar Bücher leihen. Auch wenn sich die Experten noch nicht ganz einig sind: Ich persönlich bin davon überzeugt, dass es sich um eine Art Altar handelt. Schauen Sie mal, das hier beispielsweise ist die Rune Othala.« Die Restauratorin zeigte auf ein X mit einem spitzen Dach, das in den Naturstein eingemeißelt war. »Othala ist sozusagen der

Inbegriff der Natur: Leben, Sterben, Keimen, Wachsen, Verfall. Einige Wissenschaftler gehen davon aus, dass diese Rune auch das Monogramm Odins ist.«

Adolf Schmiedinger hing an ihren Lippen. Sie sah ihn prüfend an. »Sie wissen doch, wer Odin ist?«

Er zögerte. »Ned so genau. Tät'n Sie mir das erklären können? Bittschön.«

»Na ja, um es kurz zu machen: Odin, auch Wotan genannt, ist eine überaus komplexe Gestalt der nordischen Mythologie.« Sie zögerte einen Augenblick und gestand dann: »Wissen Sie, ich mag ihn. Er ist beharrlich auf der Suche nach Weisheit und gibt sogar eines seiner Augen her, um seherische Kräfte zu bekommen. Er opfert sich für die Menschen und hängt neun Tage und Nächte im Weltenbaum, verwundet von seinem eigenen Speer. In diesem Zeitraum erfährt er die Weisheit der Runen. Er reitet auf einem achtbeinigen Pferd über den Himmel und erkundet die Welt. Er besitzt den abgetrennten Kopf eines Riesen, der ihm die Zukunft vorhersagt, und trägt einen Wunschmantel, mit dem er jeden Ort erreicht. Er isst und trinkt gern und hat sich klug mit diesem Leben arrangiert, seinen Egoismus überwunden und dafür ungewöhnliche Fähigkeiten bekommen.« Sie lächelte ihn an. »Finden Sie das nicht auch sympathisch?«

Beeindruckt nickte er und fragte dann: »Mit dem Wunschmantel da, also müsst ich mir das so vorstellen wie mit dem Beamen in den Starwars-Filmen?«

»Wenn Sie wollen. Meinetwegen.« Sie trat einen Schritt zurück. Er wiederum machte einen Schritt nach vorn und stand erneut ganz nah neben ihr.

»Und das da?« Er hielt ihr das Foto des zweiten eingeritzten Zeichens vor die Nase.

Sie wand sich ein wenig und vergrößerte dabei unmerklich den Abstand zwischen ihnen. »Das ist die Rune Hagalaz. Sie sieht aus wie ein etwas verunglücktes H. Da bin ich mir ganz sicher.«

»Und was macht nachad die?«

»Sie zeigt uns, dass wir den Naturgewalten auf Gedeih und Verderb ausgeliefert sind, und verlangt Demut von uns. In ihrer spiegelbildlichen Darstellung symbolisiert sie unsere dunklen

Eigenschaften wie Neid, Lieblosigkeit, Gefühlskälte, Jähzorn, Geiz oder Egoismus.«

»Aha.« Adolf Schmiedinger schwieg, geblendet vom umfassenden Wissen seines Gegenübers.

Sie sah ihn fragend an. »Kann ich sonst noch was für Sie tun?«

Er sah hilflos an ihr hoch, als sei es möglich, in ihren Augen weitere mögliche Fragen zu entdecken, oder als könne sie ihm Absolution erteilen für die restlichen zwei Bilder, die er noch bei sich trug und auf denen die mit Blut gepinselten Zeichen festgehalten waren. Schludrig hingeschmierte Linien, eine Beleidigung für ihre Augen, eine Kränkung für ihre reine Seele.

Sie deutete sein Schweigen falsch und legte ihm ganz kurz ihre Hand auf die Schulter, eine federleichte Hand, die Berührung eines Engels. Er erschauderte.

»Ja, es ist ungemütlich, so mitten in der Halle zu verhandeln. Wie unhöflich von mir. Wissen Sie was? Ich lass uns einen Kaffee bringen, und wir reden dann weiter in meinem Büro.«

Abwesend nickte er, stakste hinter ihr her und murmelte dann wie zu sich selbst: »Ob der Waldmensch wohl g'wusst hatt, was das alles zu bedeuten hat? Wahnsinn. Und nachad hat der auch noch dort quasi ums Eck g'wohnt! Na, da tät ich mich fei fürchten. Und der hätt sich ruhig auch ein bisserl mehr fürchten sollen. Nachad wär das alles vielleicht gar ned passiert, all das Grausliche.«

Besorgt wandte sie sich nach ihm um. »Sie reden von dem Ermordeten?«

»Ja, dort bei dem Stein ham s' den g'funden.«

»An diesem magischen Ort?«

Adolf Schmiedinger nickte.

»Aber Sie haben doch noch mehr Zeichen, oder? In der Zeitung stand, dass zwei weitere Runen auf den Stein gemalt worden seien. Gibt's da Bilder? Die würden mich jetzt wirklich interessieren. Die ersten beiden kannte ich ja schon.«

»Die sind aber ned schön!«, rutschte es aus Adolf Schmiedinger heraus, und er wunderte sich über ihr freundliches und fürsorgliches Lachen.

»Ach, seit wann geht es um Schönheit?«

Er hätte ihr jetzt gern erklärt, dass er gerade ihr nichts Hässliches zeigen wollte. Sie sollte immer nur Reines, Klares, Makelloses sehen, weil auch sie selbst frei von jeglichem Makel war. Der Polizeiobermeister hielt hilflos die beiden restlichen Fotos in seinen heißen Händen.

»Nun geben Sie schon her! Was meinen Sie, was mir alles schon zu Gesicht gekommen ist?«

Während der Kaffee gebracht wurde, vertiefte sie sich in die Fotografie und er sich in ihr Gesicht. Wie alt mochte sie sein? Ende dreißig, Anfang vierzig? Ob sie sich noch ein Kind wünschte, eines, das mit der gleichen Klarheit durchs Leben ging wie sie selbst? Warum war sie so früh ergraut? Was hatte das Schicksal ihr zugemutet? Ihre Lesebrille war auf die Spitze ihrer Stupsnase gerutscht, und sie spitzte die Lippen zu einem erstaunten Pfiff, fixierte ihr Gegenüber mit ihren silbergrauen Augen und murmelte wie in Trance:

Denn keiner ist taub am fallenden Gott.
Stäbe bringt das Richtweib,
schlägt Welt aus der Welt,
wie jedes.
Die listigen, lichtlieben Wasser,
geklärt aus sterblichen Wettern
springen
übers kristallne Geerd.

Er starrte sie erschrocken an. War er daran schuld, wenn sie nun verrückt geworden war? Doch da war es wieder: dieses Lächeln und der hüpfende Leberfleck.

»Das war eine Strophe aus dem Lied der Rune Ur«, erklärte sie. »Ich wollte Sie nicht erschrecken.« Sie beugte sich vor und flüsterte ihm fast verschwörerisch zu: »Ich weiß, hier im Museum hält man nicht viel von meinem Hobby, der Runenforschung. Aber andere bauen Spielzeugeisenbahnen, spielen Klavier oder lernen Chinesisch. Ich befasse mich nun mal mit den ältesten Schriftzeichen der Germanen. Stellen Sie sich vor: Über einen Zeitraum von tausend Jahren wurden diese Zeichen in

Steine geritzt und auf Gegenstände graviert. Sie haben Kraft. Ich spüre es. Und Sie spüren es auch? Oder?«

»Jawoll«, sagte Adolf Schmiedinger und schluckte. »Ich spür's. Ganz stark sogar.« Er spürte so unendlich viel, aber ihm fehlten die Worte, weil er sich mit einem Mal fürchtete. Vielleicht waren diese Zeichen doch verhext und beinhalteten nichts als Leid, und er hatte die Energie der schlechten Nachrichten und des Unglücks zu lange in der Hand gehalten, und alles würde sich von nun an gegen ihn wenden, und sein Leben würde im Chaos versinken – so wie damals, kurz nachdem seine Frau ihn verlassen hatte, und er würde nur noch Unglück und Verzweiflung ernten und niemals diese wunderbare Frau erobern können, der er jetzt und in diesem Augenblick so nah war, wie er es vorher und nachher in seinem Leben niemals wieder sein würde. Er seufzte aus tiefster Seele.

»Aber sie haben auch positive Kraft«, fuhr Ida Damböck fort, und er war davon überzeugt, sie könne seine Gedanken lesen und wolle ihn trösten. »Wenn man ihre Energie akzeptiert, ist der Weg für einen Neubeginn frei. Wissen Sie, falls derjenige, der die Zeichen gesetzt hat, die Sprache der Runen versteht, so sagt er uns mit diesem Bild, dass etwas vollendet ist und etwas Neues beginnt.«

»Ja allerdings! Und das Leben vom Waldmenschen ham die vollendet. Ob der woll'n hat oder ned. Und wo ist nun das Neue?« Der Polizeiobermeister hatte seine Sprache wiedergefunden.

»Der Tod ist nur ein Übergang. Nichts geht verloren«, behauptete sie mit sanfter Stimme.

»Also, wenn S' den g'sehn hätt'n, da war nix mehr von Übergang. Da ging gar nix mehr«, sagte Schmiedinger und schüttelte sich. »Ich mag gar ned mehr dran denken.«

»Echt? Was war denn? In der Zeitung stand nur: Er wurde tot aufgefunden. War etwas Besonderes mit der Leiche?«

»Schon«, rutschte es ihm heraus. »Aber da darf ich ned drüber red'n. Dienstgeheimnis.«

Das letzte Foto brannte in seiner Hand. Er legte es umgekehrt auf den Tisch.

Sie griff danach. »Lassen Sie sehen. Interessant. Nauthiz. Die achte der nordischen Runen.« Sie betrachtete das Foto. Es zeigte ein X mit ungleichen Schenkeln.

»Und was tät die bedeuten?« Schmiedinger beugte sich vor und nahm wahr, wie sauber die Frau neben ihm roch. Nicht nach Parfüm, sondern nach Seife und Puder. Er wünschte sich, diesen Duft mitnehmen zu können, sein ganzes Einsatzgebiet damit zu tränken, denn dann wäre sicher, dass in Kleinöd nie wieder etwas Böses passierte und alle nur noch glücklich wären.

»Hier haben wir die Kraft, die aus dem Widerstand erwächst. Die notwendige Tat, und zwar im wahrsten Sinne des Wortes. Eine Tat also, die begangen wurde, um die Not zu wenden«, erklärte Ida Damböck.

»Aber da hat's doch gar keine Not geben«, widersprach er.

Sie fixierte ihn so lange mit ihren grauen Augen, dass ihm ganz mulmig wurde, und fragte dann: »Wissen Sie das wirklich so genau?«

Er schüttelte heftig den Kopf.

»Eigentlich müssten noch mehr Zeichen zu finden sein. Diese zwei neuen Runen in Verbindung mit den beiden alten erscheinen mir wie eine unvollendete Sentenz, wie ein Satz, bei dem noch die Aussage fehlt.«

Sein Herz machte einen Sprung.

»Wie tät denn der halbe Satz lauten?«

Sie sah sich ihre Notizen an und umkringelte einige Worte.

»Am klarsten erscheint mir diese Formulierung, weil in dieser Reihenfolge nur zwei Begriffe fehlen: *Natürlich verfällt <...> in Demut und <...> in die wendende Not. Der neue Weg ist vollendet.*« Sie hatte rote Flecken auf den Wangen und murmelte: »Ergänzen Sie diesen Satz mal mit Subjekt und Verb. Beispielsweise so: *Natürlich verfällt Dobler in Demut und geht in die wendende Not. Der neue Weg ist vollendet.*«

»Das könnt ja schon halbwegs passen.« Der Polizeiobermeister nickte.

Sie widersprach: »Nein, so leicht dürfen wir es uns nicht machen. Wir brauchen die fünfte Rune – zwei sind in den Stein geritzt, zwei wurden darauf gemalt. Meiner Meinung nach fehlt da noch eine.«

»Hab schon kapiert – wir müssen weitersuchen.« Er strahlte sie an.

In seiner Dienststelle erledigte Schmiedinger die restlichen Geschäfte des Tages und bemühte sich, jeden Gedanken an den Bürgermeister und dessen Ansinnen zu verdrängen. Stattdessen sah er sich mit Ida durch den Wald spazieren, und zwar auf höchstkommissarischen Befehl. Nur wie würde er die Kripo in Landau davon überzeugen können, dass ausgerechnet er der richtige Mann für diese Mission war? Er fand keine Antwort.

Als er gegen zweiundzwanzig Uhr heimfuhr, suchte er immer noch nach durchschlagenden Argumenten. Später, nach einem kargen Abendessen nebst zwei Flaschen Weißbier, nahm er sein Schicksal in die Hand und griff zum Telefon.

»Frau Hausmann, sind Sie's?«

»Ja, meine Güte, Schmiedinger, ist was passiert? Warum rufen Sie so spät an?« Franziska sah auf ihre Armbanduhr. Sie hatte sich gerade ein zweites Glas Rotwein eingeschenkt und den Fernseher eingeschaltet, um gemeinsam mit ihrem Mann die Tagesthemen zu sehen.

Ohne Übergang zitierte der Polizeiobermeister mit dramatischer Stimme: »Natürlich verfällt hmhmhm in Demut und hmhmhm in die wendende Not. Der neue Weg ist vollendet.«

»Was soll das?« Sie sah ihren Mann an, verdrehte die Augen und stellte das Telefon auf Mithören.

Schmiedingers Stimme hatte etwas Geschäftsmäßiges, und er bemühte sich um reines Hochdeutsch. »Was das soll? Ganz einfach. Mir tät'n unbedingt den Tatort noch mal untersuchen müssen. Da fehlt eine Rune. Ein Subjekt praktisch und ein Verb auch noch.«

»Wer sagt das? Mit dem Subjekt und dem Verb?«

»Meine Expertin.«

»Und die wäre?«

»Die Runenforscherin Ida Damböck.« Er sprach diesen Namen aus, als sei er mit goldenen Lettern geschrieben.

»Nie gehört«, murmelte Franziska.

»Macht nix«, beruhigte er sie. »Man kann ned jeden kennen. Die Dame arbeitet im Museum für niederbayerische Vor- und Frühg'schichte, wo Sie selber mich ja zum Recherchieren hing'schickt ham. Ich bräucht von Ihnen noch eine Anweisung, dass mir morgen noch mal suchen sollen, und dementsprechend auch eine Erlaubnis, dass mir den Tatort betreten dürfen.«

»Das muss ich erst mit der Spurensicherung klären. Ich glaube nicht, dass die kriminaltechnische Untersuchung schon abgeschlossen ist. Aber unabhängig davon: Was hofft Ihre Expertin denn da zu finden?«

»Eine dritte neue Rune. Die das Subjekt benennt und Rückschlüsse auf das fehlende Verb erlaubt«, erklärte Schmiedinger, und es hörte sich an, als habe er diesen Satz lange und intensiv geübt.

Franziska biss sich auf die Lippen. Sie hätte gern gelacht. Die gestelzte Wortwahl des Polizeiobermeisters entbehrte nicht einer gewissen Komik.

»Können wir morgen früh noch mal darüber reden? Sie wissen schon, die Tatortfreigabe muss ich mit der Staatsanwaltschaft absprechen.«

»Ich tät's eigentlich gern jetzt schon wissen«, quengelte er. »Dann würd ich heut noch einen Termin mit der Frau Damböck machen.«

»Jetzt um diese Zeit?«

Adolf Schmiedinger blieb hartnäckig. »Immerhin geht's ja um Mord.«

»Von Runen hast du mir gar nichts gesagt«, stellte Christian Hausmann fest, nachdem Franziska aufgelegt hatte.

Sie warf ihm einen gereizten Blick zu. »Seit wann interessierst du dich für Esoterik?«

Er griff zu seinem Weinglas. »Runen interessieren mich nicht aus esoterischen Gründen. Der Guardian hat vielmehr bei mir angefragt, ob ich einen Artikel über Nazicodes in der deutschen Jugendkultur schreiben mag. Und die Nazis hatten es ja bekanntlich mit Runen. Ich habe noch nicht zugesagt, aber wenn dein Schmiedinger da tatsächlich eine Expertin hat, wie hieß sie noch?«

»Eine selbst ernannte niederbayerische Wahrsagerin?« Sie lachte. »Wenn du dem Guardian damit kommst, verlierst du einen Arbeitgeber.«

»Woher weißt du, dass es eine Wahrsagerin ist?«

»Was sonst sollte sie sein?«

»Franziska, hast ausgerechnet du Vorurteile?«

Sie setzte zu einem empörten Kopfschütteln an, hielt dann aber inne.

»Er muss diese Frau im Museum kennengelernt haben«, ergänzte Christian Hausmann. »Hast du nicht gesagt, dass er heute zum Recherchieren hinfahren wollte?«

»Ja, aber das Museum befasst sich mit Scherben und Hünengräbern und rekonstruiert unser vorgeschichtliches Leben...«

»... und es hat eine Sonderabteilung Magie und Religion. Wusstest du das?«, unterbrach Christian sie.

Sie schüttelte den Kopf.

Er lächelte. »Das ist aber schlecht recherchiert.«

Sie fauchte ihn an. »Ich kann nicht alles machen. Deswegen habe ich ja den Schmiedinger da hingeschickt. Bruno hat den ganzen Tag mit Chemnitz telefoniert und gemailt und versucht, den Hintergrund dieses sogenannten Waldmenschen zu durchleuchten, und ich bin vor lauter Papierkram kaum zu den wirklich wichtigen Dingen gekommen.«

Er legte ihr seine Hand auf die Schulter. »Komm, beruhige dich, du musst dich doch nicht rechtfertigen.«

»Wenn man dich so hört, schon.«

»Ich wollte doch nur, dass du den Schmiedinger nach seiner Expertin fragst. Mit der würde ich halt auch gern reden – und danach erst entscheiden, ob ich den Artikel schreibe oder nicht.«

Sie sah ihn nachdenklich an. »Wenn man dich so hört, könnte man fast meinen, dass du bei diesem Kleinöder Mord auch einen rechtsradikalen Hintergrund für möglich hältst.«

»Ja, leider. Ihr solltet auf jeden Fall auch in diese Richtung recherchieren.«

Sie knabberte an der Spitze ihres kleinen Fingers, eine Geste, die sie sich angewöhnt hatte, als sie mit dem Rauchen aufhörte, und murmelte: »Ich dachte anfangs, es habe was mit diesem Fußballspiel zu tun. Eine Art barbarisches Opferritual, damit der SC Großöd-Pfletzschendorf gegen diesen Verein aus dem Ruhrgebiet gewinnt.«

»Der da Schalke heißt«, ergänzte ihr Mann. »Eine gewagte Theorie, mit Verlaub gesagt. Andererseits tummeln sich leider im Umfeld von Fußballspielen immer wieder rechte Dumpfköppe.«

»Also, ich sage dir eins. Dieses Fußballspiel bringt das ganze Dorf durcheinander. Es ist ein *Spiel*. Aber für die dort scheint es bitterer Ernst zu sein.«

Christian senkte die Stimme: »So ist es auch. Weißt du, der Schotte Bill Shankly, ein ehemaliger Trainer des FC Liverpool, brachte die Sache wie folgt auf den Punkt: ›Es gibt Leute, für die ist Fußball eine Sache auf Leben oder Tod. Ich mag diese Einstellung nicht. Denn es ist noch viel ernster!‹«

Die Kommissarin seufzte: »Der Mann könnte recht gehabt haben. Kaum zu glauben: Weil die Mannschaft Gelb trägt, blühen nun in allen Vorgärten gelbe Blumen, gelbe Astern, gelber Ginster, gelber Löwenzahn, Nachtkerzen, Königskerzen, Gelbfelberich, gelber Enzian, Ranunkeln und natürlich Rosen in sämtlichen Gelbschattierungen ...«

Er lachte. »Hör auf, ich kenn die Pflanzen ja eh nicht. Sieht sicher hübsch aus. Frag mich lieber was zum Thema Fußball.«

»Über Geschmack lässt sich streiten. Heute rief mich übrigens Ilse Binder an, genau, um die Geschichte musste ich mich auch noch kümmern, stell dir vor, die hat ihren Garten in diesem Jahr in Blau gehalten.«

Christian unterbrach sie mit gespieltem Entsetzen: »Um Gottes willen, das ist ja die Farbe von Schalke.«

»Eben! Aber das hat sie nicht gewusst.«

Ihr Mann lachte. »So was kann auch nur Frauen passieren. Und jetzt?«

»Sie hatte ihre neuen Skulpturen in den Vorgarten gestellt. Als eine Art Gegengewicht zu diesen makellosen, gesunden und durchtrainierten Fußballspielern. Okay, eine kleine Provokation, aber wir kennen sie ja. Und, man glaubt es nicht: Der Bürgermeister hat mithilfe einer großzügigen Spende seine freiwillige Feuerwehr mobilisiert, und die Jungs und Mädels haben alle Plastiken ins Spritzenhaus eingesperrt. Die war so was von sauer!«

»Das kann ich mir vorstellen. Und was hast du gemacht?«

»Ich hab ihr einen guten Rechtsanwalt empfohlen, weil ich mich im Moment nicht auch noch darum kümmern kann. Wir waren uns jedoch einig, dass das für den Waldmoser teuer werden könnte.«

»Ich könnte mein Gespräch mit der Runenexpertin so legen, dass ich dann auch noch Ilse Binder besuche.«

»Eine gute Idee. Aber mach das lieber erst nach dem Fußballspiel.«

SECHSTES KAPITEL
Zeitlupe

»Da ist sie ja«, murmelte Franziska. Triumphierend hielt sie eine DVD hoch und ging damit ins Wohnzimmer, beäugt von äußerst missmutigen Blicken ihres Katers Schiely, der ein halbherziges Miau krächzte, einen Buckel machte und seinen Lieblingsplatz auf dem Fernsehsessel räumte. Es gab zwar noch die Alternative, von Frauchen auf den Schoß genommen zu werden, aber Schiely war kein Schmusetiger, und wenn, so bestimmte er Ort und Zeitpunkt der Zuwendung.

Christian kam mit einem Wurstbrot aus der Küche, und Franziska fragte, ob er Lust auf einen kleinen Privatfilm habe.

»Was steht denn auf dem Programm?«

»Es ist eine Aufzeichnung von unserer Informationsveranstaltung im Blauen Vogel am vergangenen Montag.«

»Und du schaust sie dir hier an, in unserer Privatwohnung? Das bedeutet ja wohl mal wieder, dass es bei der Aufnahme nicht mit rechten Dingen zugegangen ist, oder?«

Franziska sah mit gespielter Unschuld zur Zimmerdecke, hob die Schultern und gestand kleinlaut: »Bruno muss ja nun wirklich nicht alles wissen.«

So sehr sie ihren Assistenten mochte, in rechtlichen Belangen verhielt er sich wie ein pingeliger Musterschüler, ein freundlicher und galanter Streber, der für alles und jedes eine Erlaubnis brauchte und zu allem Unglück auch noch ein besonderes Faible für Papiere zu haben schien, die mit Stempeln und Unterschriften versehen waren. Mit solchen Dokumenten fühlte er sich gewappnet gegen die Unbill des Dienstalltags.

In weiser Voraussicht hatte sie sich daher von einem Mitarbeiter der technischen Abteilung erklären lassen, wie das automatische Filmaufnahmegerät mit Weitwinkel und Panoramafunktion installiert und eingeschaltet werden musste, und als Bruno mit der Wirtin des Blauen Vogels hinter einer mit »Privat« gekennzeichneten Tür zum Rauchen verschwunden war, hatte Franziska ihre Stunde kommen sehen.

Sie hatte das Aufnahmegerät für alle sichtbar auf den riesigen Flachbildfernseher im ehemaligen Herrgottswinkel gestellt. Ein grünes Licht zeigte, dass es in Betrieb war. Niemand der nach und nach eintrudelnden Dorfbewohner hatte Anstoß daran genommen, und sie hatte dann praktischerweise »vergessen«, darauf hinzuweisen. Nach der Veranstaltung hatte sie ihren stillen Spion wieder eingepackt, auch dies ganz öffentlich, aber da waren die meisten schon gegangen.

»Wir hätten sicher eine Sondererlaubnis für die Dokumentation gekriegt, aber der Staatsanwalt war gerade nicht in seinem Büro, und ich weiß aus bitterer Erfahrung, dass eine solche Entscheidung mindestens ein, wenn nicht gar zwei Tage auf sich warten lässt. Außerdem: Wenn sich jemand beschwert hätte, hätte ich entweder an Ort und Stelle das Einverständnis eingeholt oder die Kamera abgeschaltet. Aber so war es natürlich am besten. Für mich ist es nun mal einfacher, wenn ich zu den gesprochenen Worten auch Bilder sehe. Und dann die Körpersprache! Wir wären wirklich blöd, wenn wir uns das entgehen ließen.«

»Aber wie willst du deine neuesten Erkenntnisse beim Betrachten dieses offiziell nicht existierenden Films an deine Kollegen weitergeben?«, fragte Christian und schüttelte den Kopf.

»Ach, da fällt mir sicher noch was ein.« Sie drückte auf die Fernbedienungen von Fernseher und DVD-Player und fragte: »Guckst du nun mit?«

Er setzte sich neben den Kater aufs Sofa. Schiely reckte sich und rutschte zwanzig Zentimeter von ihm weg. Offensichtlich war ihm heute nicht nach Nähe. »Okay, aber nicht alles. Ich mach mir ein Stimmungsbild. Und wie ich dich kenne, wirst du die Highlights sowieso markieren und mir als Kompaktversion vorspielen.«

Die Technik wird auch immer besser, dachte Franziska, als der Film wenig später anlief. Sie erklärte ihrem Mann, dass die neue Kamera in regelmäßigen Abständen zoomte, alle drei Sekunden die Belichtung nachkorrigierte und zudem mit einem Mikrofon ausgestattet war, das einen eigenen Filter hatte und wie in diesem Fall nur menschliche Laute aufzeichnete.

»Das heißt, wenn tatsächlich ein blauer Vogel in seinem Käfig im Blauen Vogel zwitschern würde, dann könnten wir ihn zwar sehen, aber nicht hören?«

Sie nickte. »Exakt. Angeblich werden wir auch so gut wie kein Stühlerücken hören und erst recht nicht das Klappern von Geschirr. Und ich kann dir sagen, da ging einiges über den Tresen.«

Als Erster geriet Schmiedinger in den automatischen Fokus. Er trug seine Polizeiuniform, hatte aber den obersten Knopf des Hemdes geöffnet – ein sichtbares Zeichen dafür, dass er nun nicht mehr im Dienst war. »Das ist mein Kollege vor Ort«, erklärte Franziska ihrem Mann. »Der, der nach der dritten Rune suchen will.«

Christian beugte sich vor. »Wird seine Expertin auch auftreten?«

»Nein, die hat er doch erst heute kennengelernt.«

Sie sahen, wie sich die Tür zum Gasthof öffnete und Charlotte Rücker mit einer Selbstverständlichkeit den Blauen Vogel betrat, als sei sie der unumstrittene Star des Abends und stünde im Mittelpunkt des allseitigen Interesses. Sie trug ein gelbseidenes Dirndl und hatte eine gelbe Blüte in ihr hochgestecktes Haar eingeflochten. Suchend und fordernd zugleich blickte sie um sich und entdeckte Bruno. Die Panoramakamera wechselte auf Zoom und folgte ihrem Stechschritt, als sie sich auf ihn stürzte und lautstark wissen wollte: »Stimmt es, dass die g'fundene Leiche die vom Dobler Armin ist?« Bruno hatte sichtlich Mühe, ihren Redeschwall zu stoppen, und gab auffallend missmutig einer Frau die Hand, die ihm als ihre Nichte vorgestellt wurde.

»Gertraud Halber. Sie arbeitet beim Landauer Anzeiger«, kommentierte Franziska.

Ihr Mann blickte auf. »Hattest du mit der nicht mal Ärger?«

»Allerdings. Aber jetzt kriegt sie ein Baby und macht auf

Supernichte, denn bei der Rücker und dem Döhring ist echt was zu holen.«

»Döhring? Ist das vielleicht der, der neulich diesen Fußballspieler gekauft hat? Wie hieß er noch? Kader Al Sheikh, ein Israeli mit palästinensischen Wurzeln. Das ging sogar überregional durch die Presse.« Christian trank nachdenklich einen Schluck Rotwein.

»Kann schon sein. Schau mal, jetzt kommt die Binder.«

Ihr Auftritt stand dem der Rücker kaum nach. Auch die Binder hatte mit beiden Händen die Flügeltür zum Gasthaus geöffnet und war mit ihrem wallenden, erdfarbenen Gewand in die Mitte des Saales gerauscht. Hinter ihr tauchte ein Bodybuildertyp auf und wurde der Kommissarin mit den Worten vorgestellt: »Karl kennen Sie ja schon, oder? Gib der Kommissarin die Hand.« Der etwa vierzigjährige Mann tat, wie ihm geheißen. Er hatte einen kräftigen Händedruck, blickte jedoch bei der Begrüßung starr über Franziskas linke Schulter. Seine mausgrauen Haare waren ordentlich gescheitelt, und sein wettergegerbtes Gesicht drückte Misstrauen und Argwohn aus. Er schien sich nicht wohlzufühlen, und Franziska konnte es ihm nicht verübeln.

Das Gasthaus füllte sich. Bis auf wenige Ausnahmen trugen die Herren gelbe T-Shirts, die vorne und hinten mit dem Slogan bedruckt waren: *Die Zukunft gehört Großöd.*

»Super! Das nenne ich Gemeinschaftssinn.« Franziskas Mann pfiff anerkennend.

Franziska kommentierte lakonisch: »Ich würde den Slogan umdichten in: *Die Zukunft ist eine große Ödnis*. Schau mal, da kommen die Langriegers. Auch hier die Herren mit gelben Hoffnungsträgerhemden. Das sind die wahren Fans. Die wirklichen Patrioten. Nur: Fußball und Mord – das passt irgendwie gar nicht zusammen und macht mir kein gutes Gefühl...«

Um fünf vor sieben tauchte der Bürgermeister auf und überfiel die Kommissarin mit einer Litanei von Vorwürfen.

»Nichts ändert sich«, murmelte Franziska. »Der war mir immer schon zuwider.«

Ganz kurz nickte der Bürgermeister seiner Halbtagssekretärin

Olga Oblomov zu, die zusammen mit ihrer Nachbarin Wanda Blochinski das Gasthaus betreten hatte und sogleich auf jenen Tisch in der hintersten rechten Ecke zusteuerte, der offensichtlich den Spätaussiedlern vorbehalten war. Dort brüteten schon einige verhärmt aussehende Frauen neben sorgenvoll dreinblickenden Männern. Wanda Blochinski und Olga Oblomov setzten sich zu ihnen.

Ein dunkelhaariger Teenager mit Laptop unter dem Arm betrat das Lokal und peilte den letzten freien Tisch an: Enzo Blumentritt.

Dann sah Franziska voller Entsetzen, dass sich der Fokus der Kamera direkt auf sie richtete. Franziska Hausmann im Großbild auf ihrem eigenen Fernsehschirm.

Sie sah die Falten an ihrem Hals, auf ihrer Stirn, die Krähenfüße in den Augenwinkeln, tieffurchige Nasolabialfalten, an zerknitternde Vorhänge erinnernde Marionettenfalten zwischen Mundwinkel und Kinn, Wangenfalten, Zornesfalten, aber auch einige Lachfältchen. So viele Namen für ein- und denselben Verfallprozess. Sie wurde runzelig und schrumpelig, wie ein alter Apfel.

Hochwürden Wilhelm Moosthenninger riss die Tür des Gasthauses auf, blickte sich geübt um und hielt dann auf den Tisch mit den Daxhubers und Adolf Schmiedinger zu. Seine Schwester Martha folgte ihm mit aufeinandergepressten Lippen.

»Wär's euch recht?«

Franziska sah die Herren nicken und Ottilie Daxhuber erröten.

Hinten im Raum, eingeklemmt zwischen Zigarettenautomat und Garderobe und fast verdeckt vom Tisch der Spätaussiedler, saß ein etwa zwanzigjähriger blasser Mann und starrte finster in sein Bier. Die Wirtin des Blauen Vogels kam auf ihn zu und stellte fest: »Der Hartl Xaver. Da schau her. Lang hab ich dich nimmer g'sehn. Aber wenn einmal was los ist bei uns, magst natürlich auch dabei sein. Eine Halbe? Willst dich zum Enzo setzen?«

Der Angesprochene nickte erst und schüttelte dann den Kopf.

»Auch recht, bleibst lieber für dich.« Teres schien ihn zu kennen. »Zum essen auch was?«

Er schüttelte schweigend den Kopf und kratzte sich am Ohr.

»Das Helle kommt gleich.« Sie sah ihn von oben bis unten an und wollte dann wissen: »Dass du praktisch als Einziger immer noch so schwarz umeinand laufst? Gelb ist die ang'sagte Farbe. Gelb wie Großöd. Der Waldmoser hat extra die Hemden da drucken lassen. Kost eins grad einmal zwölf Euro. Ich hätt fei welche in Kommission. Könnt dir jederzeit eins verkaufen.«

»Lass gut sein«, brummte der Hartl Xaver. »Bring mir lieber mein Bier. Bittschön.«

Eine Minute später schlug Bruno Kleinschmidt auf den mitgebrachten Gong, und die automatische Kamera holte ihn in ihren Fokus und beleuchtete sein Gesicht. Makellos wie immer, dachte Franziska. Das honigfarbene Haar mit einem schwarzen Gummiband zu einem Intellektuellenschwänzlein gebunden, wobei an den Schläfen bereits ein erster Ansatz von Grau zu erkennen war, was ihn jedoch noch attraktiver erscheinen ließ. Dezent gebräunte und sichtbar gepflegte Haut, um den Hals ein haardünnes Goldkettchen und im linken Ohrläppchen ein goldener Ring. Blaugraue, perfekt stehende Augen und Wimpern, die aussahen, als seien sie getuscht. Und dann die Zähne. Fast zu vollendet, um echt zu sein. Aber sie waren echt, und Bruno pflegte sie nach jeder Mahlzeit zu putzen.

Mit dem Gongschlag drängte sich ein ganzer Pulk von Bewohnern des Neubaugebiets in das Gasthaus und belegte die letzten freien Plätze. Franziska fragte sich, ob die draußen vor der Tür gewartet hatten. Wie in einem Theaterfoyer. Beginn der Vorstellung beim dritten Gongschlag. Zuzutrauen wäre es ihnen, zumal auch jetzt ersichtlich wurde, wie demonstrativ sie sich darum bemühten, mit den eigentlichen Dorfbewohnern weder in Blick- noch in Körperkontakt zu treten.

»Arrogantes Pack«, murmelte die Kommissarin und wandte sich an ihren Kater. »Weißt du, Schiely, die denken, alle Kleinöder seien Verbrecher, und fühlen sich über dieses niedere Volk erhaben. Schau sie dir an. Aber dann sind sie doch wieder zu neugierig und wollen wissen, was hier vorgefallen ist. Ein bisschen Gänsehaut nach dem Abendbrot. Ich wünschte mir, mal einen von denen verhaften zu können. Nur um die Dinge wieder ins Lot zu bringen.«

Der Kater gähnte.

Franziska stellte den Film auf Zeitlupe und zählte die Anwesenden. Einschließlich der Kommissare und der Presse in Form von Walburga Donaubauer und Enzo Blumentritt waren es genau dreiundsechzig Personen.

Sie schaltete auf Schnelllauf, und ihre Rede gestaltete sich im Zeitraffer als absurde Abfolge hektischer Bewegungen.

Dann schwenkte die Kamera an den Tisch von Gertraud Halber. Hier hatte sich im Lauf des Abends eine Frauengruppe gebildet.

»Ganz g'wiss hätt der Armin dir ein Kräutlein geben können, damit du dich leichter tätst bei der Geburt«, sagte Malwine Brunner gerade und deutete auf Gertrauds Bauch.

»Das ham mir ned nötig«, fiel Charlotte Rücker ihr ins Wort. »Mir machen doch eine Schwangerschaftsgymnastik. Schließlich bin ich die Patentante.«

»Schon, aber trotzdem. So eine Geburt ist kein Zuckerschlecken.« Malwine tätschelte Gertrauds Hand. »Wer ist denn der Vater?«

»Der freut sich schon«, sagte Charlotte. »Stocknarrisch ist der.« Gertraud Halber wurde rot.

»Hauptsach, es wird ein Christenmenschlein und ordentlich tauft. Alles andere liegt dann eh in Gottes Hand«, mischte sich Martha Moosthenninger ein.

»Gottes Hand.« Ottilie Daxhuber klang verbittert, und sie griff sich ans Herz. »Ich hab meinen Enkel seit Jahren nimmer g'sehn! Jeden Tag hab ich Sehnsucht nach ihm. Aufzogen habe ich den schließlich, von klein auf. Furchtbar ist das, wenn man wen so liebt. Egal ob Christenmenschlein oder ned. Mich wundert's ja bloß, dass mir mein Herz noch ned komplett brochen ist. Der Herrgott tät schon auch hundsgemein sein können.«

»So was dürfen S' fei nie ned sagen«, wies Martha Moosthenninger sie zurecht. »Ich versteh ja Ihren Schmerz, aber so was sagt man ned, streng g'nommen tät man so was ja ned einmal denken dürfen.«

»Phhh«, machte Ottilie Daxhuber und griff nach ihrem Bierkrug.

Teres räumte ab; hinter der Küchenklappe war kurz und schemenhaft das erschöpfte und verschrumpelte Gesicht Kreszentias zu erkennen.

Nachdenklich schaltete Franziska den DVD-Spieler aus.

Kater Schiely reckte sich, und sein Maunzen klang irgendwie fragend. Die Kommissarin nickte ihm zu. »Du hast völlig recht. Unser Opfer hat zwar nicht im Ort gewohnt, aber ziemlich viel Einfluss auf fast alle Frauen ausgeübt. Das ist doch interessant, oder? Dem sollten wir nachgehen. Und zwar ziemlich bald!«

In diesem Augenblick klingelte ihr Handy, und sie zuckte zusammen. Es war Ilse Binder, und das kurz vor Mitternacht. Da musste etwas passiert sein. Sie meldete sich mit einem verhaltenen »Ja?«.

»Frau Hausmann? Nehmen Sie meine Anzeige zurück. Ich habe die Dinge nun selbst in die Hand genommen.«

»Sie haben was?« Franziska schluckte.

»Nein, keine Angst, der Waldmoser lebt noch. Und ich zeige ihn auch nicht an. Meine Rache ist viel subtiler. Mein Galerist informiert die Presse, und dann kommt der Waldmoser erst so richtig in die Schlagzeilen. Ich seh es schon vor mir: ›Ignoranter Bürgermeister sperrt Kunst weg.‹ Wie finden Sie das?«

Franziska hätte ihr gern gesagt, dass sie augenblicklich viel zu müde sei, um sich die Folgen einer solchen Pressekampagne vorzustellen, andererseits gefiel es ihr, dass sie sich nicht weiter um den angeblichen Kunstraub kümmern musste, und noch besser gefiel es ihr, dass mit einer solchen Geschichte dem selbstgerechten Waldmoser Grenzen gesteckt wurden.

»Ja, das wäre sicher eine gute Idee.«

»Meine Liebe, das *ist* eine gute Idee!«, behauptete die Bildhauerin siegesgewiss. »Also dann, schlafen Sie gut.«

Franziska gähnte und betrat mit einem Glas Wein in der Hand das Arbeitszimmer ihres Mannes. »Lass uns schlafen gehen.«

SIEBTES KAPITEL
Spielfeldrand

Pirmin Zwacklhuber gähnte und sah in die Runde. Es war einundzwanzig Uhr, und er hatte gerade die richtige Menge getrunken, um schon berauscht, aber noch nicht betrunken zu sein. In diesem Zustand sah er die Dinge besonders klar. Leider nie sehr lange. Seit er damit begonnen hatte, sich in Stresssituationen einen kleinen Schluck zu gönnen, vermehrten sich eigenartigerweise die schwierigen Konstellationen des Alltags, und er brauchte immer mehr Unterstützung seines guten Freundes Alkohol, um das Leben zu meistern. Die von ihm bevorzugte »Medizin« war eine Mischung aus Underberg, Wodka und Whisky sowie den Obstbränden der Saison. Er nannte sie »Apotheke« und trug sie in einem Flachmann bei sich.

Aus den Tiefen seines Bewusstseins ereilte ihn gerade eine schreckliche Erkenntnis: Er langweilte sich. Er langweilte sich zu Tode. Nie zuvor hatte er sich so sehr gelangweilt wie jetzt. Dem konnte nur mit einem weiteren Schluck aus der »Apotheke« abgeholfen werden. Dazu genehmigte er sich ein Bier und sah mit eisiger Klarheit, dass auch seine Kumpels langweilig waren. Die Gespräche waren langweilig, das gemeinsame Biertrinken war langweilig – selbst das Kickern. Ätzend!

Unter halb geschlossenen Lidern beobachtete er seine Freunde und dachte an Enzo Blumentritt, der die Jungs aus dem Bauwagen einmal im Blauen Vogel als »Notgemeinschaft« bezeichnet hatte. Natürlich hatten sie dem aufs Heftigste widersprochen – aber so ganz unrecht hatte dieses halbe Italienerbürscherl damit nicht gehabt.

Pirmin Zwacklhuber schüttelte den Kopf. Träge wanderte sein Blick durch den Bauwagen und blieb an Hermann Hombach hängen. Der lag breitbeinig in einem Sessel, starrte mit offenem Mund an die Decke und schien in den verworrenen Fäden der Spinnweben nach einem Zeichen oder gar einer Offenbarung zu suchen, während sein Hund Goebbels den Kopf auf Herrchens rechten Fuß gebettet hatte und mit ebenfalls offenem Mund vor sich hinsabberte. Herr und Hund sahen sich irgendwie ähnlich.

An der Stirnseite des Bauwagens dozierte Oleg Oblomov wichtigtuerisch, aber niemand hörte ihm richtig zu, denn die Infos aus dem Internet und seinen diversen Foren, die er seit Wochen im Bauwagen vortrug, hatten schon lange an Neuigkeitswert verloren.

Es sollt mal was passieren, dachte Pirmin vor seinem nächsten Schluck, der ihn ein Stückchen weiter wegdriften ließ, irgendwas, was so richtig knallt, ned allerweil bloß immer der gleiche Schmarrn. Vor etwa einem Jahr um diese Zeit waren zwei Polizisten aus Regensburg gekommen und hatten den Oleg mitgenommen. Weil der von morgens bis abends seine Parolen und Weltverbesserungstheorien übers Internet an sein Deutsches Volk weitergab – ganz offen. Mit Namen, Adresse und Handynummer. Der Oleg hatte damals einen Riesenterror gemacht und einem von den Bullen eine Rippe gebrochen. Seitdem war er einschlägig vorbestraft wegen Körperverletzung und Volksverhetzung. Danach war nichts mehr geschehen.

Mit einem verächtlichen Schnaufer blieb Pirmins Blick an Oleg hängen, der seine geöffnete Bierflasche wie ein Zepter schwang und seine Zuhörer mit den immer gleichen Parolen nervte. Wäre er an der Macht, so hätten sie alle Arbeit, richtige Arbeit. Jeder Einzelne von ihnen wäre Chef und würde fett Kohle machen und genau die für sich schuften lassen, die jetzt so taten, als seien sie etwas Besseres.

»Müsst man ned was studiert ham, bevor man Politiker werden kann?«, fragte Kurt Eder und häufte sich ein Hügelchen Schnupftabak auf den linken Handrücken. »Irgendwas wenigstens. Oder zumindest Abi? Sonst könnt ja ein jeder Depp nach Berlin.« Behutsam brachte er seine ständig entzündeten Nasenflügel mit dem dunklen Häuflein in Kontakt, schniefte kräftig und begann herzhaft zu niesen.

»Es geht doch heutzutag auch ein jeder Depp in die Politik!«, brauste Oleg auf. »Sonst tät's ja gar ned so schlimm stehen um unser Land. Aber wenn mir was zum Sagen ham ...«

»Mir? Echt mir? Auch ich mit meinem Hauptschulabschluss?«

»Logisch!« Oleg klopfte dem kleinen Kurt ermutigend auf die Schulter. Der sah daraufhin so zufrieden zu ihm auf, dass Pirmin erneut zu seinem Flachmann greifen musste. Dieser Eder glaubte doch wirklich jeden Quatsch. Aber vermutlich war das ein wirksames Rezept gegen die Langeweile. Früher war der kleine und stämmige Kurt jeden Tag nach Landau geradelt und hatte dort in der Muckibude trainiert, um eines Tages als niederbayerischer Schwarzenegger in die Geschichte einzugehen. Ab seinem fünfzehnten Lebensjahr war er zudem täglich brav in die Betonbauerlehre gegangen und hatte sich in der Berufsschule den Hintern wundgesessen. Und dann war irgend so ein G'scheithaferl ins Fitnesscenter gekommen, hatte sich als Supertrainer aufgespielt und so ganz nebenbei Kurtis Traum von einer Bodybuilderkarriere zum Platzen gebracht: »Geh weiter, was bist denn für ein Träumer mit deine hundertfünfundsechzig Zentimeter! Du hast doch da überhaupt keine Chance. Nirgends! Da kannst dir noch so viel Bizeps zulegen. Vergiss es einfach, du Zwergerl.«

Klar, dass der Eder Kurt da ausgerastet war, sich auf sein Fahrrad gestürzt hatte, wutschnaubend nach Kleinöd geradelt und dort schreiend und im Zickzack über die Dorfstraße gelaufen war. In seinem Zorn hatte er den vier Autos, die dort parkten, Fußtritte verpasst, und der Polizeiobermeister Schmiedinger war hinter dem randalierenden Jugendlichen hergerannt, hatte auf seiner Trillerpfeife gepfiffen, ihn verwarnt, eingefangen und dann für eine Nacht in die Kleinöder Arrestzelle gesperrt.

Danach hatte der Kurti seine Muckibude nicht mehr besucht und sich mit der Bauwagenclique angefreundet. Er war ein kleines Muskelpaket und konnte, ebenso wie Hombachs Hund, innerhalb von Sekunden auf hundertachtzig hochfahren. Seinen Kumpels zuliebe trank er abends ein paar Gesellschaftsbiere und dann nur noch Wasser, und Pirmin hatte schon oft gedacht, dass dieses Verhalten das einzig Intelligente an Kurti war. Der hatte nämlich so wenig Grips, dass davon kaum noch etwas wegzutrinken war.

Wladimir Blochinski stellte sich an Olegs Seite und trippelte wie dieser von einem Fuß auf den anderen.

»Das wär was, der Eder Kurti als Politiker …«, brummte Pirmin Zwacklhuber vor sich hin.

»Was gibts, Alter?«, fragte Oleg und bewegte sich auf ihn zu.

»Nix. Ich hab bloß laut denkt.«

»Ja schon. Aber was hast dir denn denkt?«, unterstützte Wladimir seinen Freund.

»Nix Wichtiges.«

»Interessant.« Oleg baute sich vor ihm auf. »Du entscheidest also selber, was wichtig wär und was ned. Ich lass euch an alle meine Gedanken und Erkenntnisse teilham, aber der feine Herr da hält sich ja für was Besseres. Behält sein Wissen für sich. Einen solchen kann ich fei in meinem Stab ned brauchen. Einen solchenen depperten Geheimniskramer!«

Pirmin zuckte zusammen. Er ahnte, dass er schon zu betrunken war, um sich auf einen Kampf einzulassen, den er auch in nüchternem Zustand verloren hätte. Da war es klüger, einfältig zu nicken.

»Hast recht«, murmelte er beschwichtigend. »Ich wollt bloß sag'n, dass man durchaus mit einem Quali ein Präsident werden könnt und mit Förderschulabschluss ein Bundeskanzler. Alles möglich.«

»Echt?« Wladimir Blochinski strahlte. »Hey, Oleg, hast g'hört? Ich tät Bundeskanzler werden können. Ich hab nämlich einen Förderschulabschluss. Ich, ich, ich werd dann Kanzler …«

»Ja ja, passt schon.« Oleg klopfte ihm auf die Schulter. »Du bist mein bester Freund, also kriegst nachad du auch den besten Posten, wenn mir erst einmal an der Macht sind.«

Dieser Blochinski war so stolz auf seinen Förderschulabschluss, als handele es sich um ein Einserabitur. Dabei hatte der selbst den Sonderschulabschluss erst im zweiten Anlauf geschafft. Ein komischer Kauz, dieser Wladimir, dachte Pirmin.

Immer im Schatten von Oleg. Dabei hätte er es gar nicht nötig gehabt. Er bekam so viel Taschengeld, dass er jeden Tag nach Landau in die Disco hätte fahren können. Manchmal tat er das auch und nahm den Oleg mit. Meistens aber kaufte er davon kastenweise Bier für die Bauwagenbesatzung.

Als das dem Pirmin einfiel, bemühte er sich wieder um ein freundliches Grinsen. Dieser Wladimir war ja doch ein guter Mensch. Ein herzensguter Mensch. Auch entwurzelt, wie sie alle halt, obwohl seine Eltern ein eigenes Haus hatten und der Vater gut verdiente. Aber dafür war der nie da, denn er musste für die fetten Ölscheichs Industrieanlagen bauen und durfte seine Familie nur zum Weihnachtsfest besuchen. Deswegen waren Wladimirs jüngere Geschwister beide im September zur Welt gekommen. Neun Monate nach der Bescherung. Einmal vor elf und einmal vor acht Jahren. Seitdem hatten die Blochinskis wohl nicht mehr geschnackselt.

Pirmin griff nach seiner »Apotheke« und legte den Kopf in den Nacken. Er dachte zu viel, und er rechnete zu viel, und beides war nicht gut. Vor allem durfte er nicht laut denken. Aber es gab nun mal keinen anderen Ort für ihn als diesen Bauwagen – nicht nur wegen des Freibiers.

Mittlerweile war es draußen Nacht geworden. Alle starrten still und stumpf vor sich hin. Seit Oleg gewaltsam den Fernsehstecker aus der Dose gezogen hatte, lief der Kasten nicht mehr, und keiner hatte richtig Lust, sich darum zu kümmern. Jetzt rülpste Wladimir laut und schüttelte dabei den Kopf so heftig, dass sein schütteres blondes Haar nach allen Seiten wehte. Oleg rülpste noch lauter, und die zwei klopften sich gegenseitig auf die Schulter, als hätten sie eine Heldentat vollbracht.

Mein Gott, dachte Pirmin. Wo bin ich hier bloß gelandet?

Und dann passierte es. Plötzlich hob Goebbels den Kopf und knurrte leise und bedrohlich. Der Bauwagen zitterte und bebte, die immer schon wacklige Tür flog aus den Angeln und gab den Blick auf die nächtliche Düsternis des Vilstals frei. Der Fernseher taumelte bedenklich und drohte den unter ihm erstarrten Oleg zu erschlagen. Wladimir Blochinski sprang auf, drückte ihn mit dem Aufschrei: »Ein Erdbeben« gegen die Wand und rettete so seinem Freund das Leben. Die kleine, Gemütlichkeit verbreitende Kerze auf der Anrichte erlosch.

Pirmin sah auf seine Armbanduhr. Es war dreiundzwanzig Uhr fünfzehn, noch keine Geisterstunde.

Hermann Hombach saß mit aufgerissenen Augen in seinem Sessel, unter dem der Kampfhund Goebbels erneut ein bedrohliches Knurren vernehmen ließ. Der Eder Kurt hatte sich in einer spontanen Bewegung die linke Hand vor den Mund gehalten und dabei ein frisch errichtetes Schnupftabakhäufchen direkt vor die Nase des Hundes fallen lassen. Es schien so, als würde der Hund zusätzlich zum Knurren auch noch missbilligend seine Schnauze kräuseln.

Pirmin Zwacklhuber wunderte sich über seine genaue Wahrnehmung. Das musste mit der »Apotheke« zusammenhängen. Je weniger es ihm gelang, seine Bewegungen zu koordinieren, umso klarer sah er die Dinge um sich herum.

Vermutlich war er auch der Erste, der die Veränderung im offenen Türrahmen bemerkte. Etwas Schwarzes, metallisch Glänzendes schob sich zwischen Bauwagen und Vilstalnacht. Es war der Lauf einer großen Pistole mit aufgesetztem Schalldämpfer. Na grüß Gott, dachte Pirmin, gab aber keinen Ton von sich. Damals, als die Bullen den Oleg holten, hatten sie höflich angeklopft und freundlich nach Herrn Oblomov gefragt. Pirmin kombinierte: Die Knarre da draußen gehörte nicht zur Polizei, zumal man den gelegentlich vorbeischauenden Oberwachtmeister Schmiedinger schon von Weitem an seinem Schnaufen erkannt hätte und der gewiss niemals mit gezückter Waffe zu ihnen gekommen wäre.

Die Pistole bewegte sich in den Bauwagen hinein. Ihr folgten eine Hand im schwarzen Lederhandschuh und ein Arm. Ganz langsam, wie in Zeitlupe, zeigten sich eine Schulter, ein schwarzer Stiefel und ein Bein in schwarzem Leder und schoben sich ins Innere des Bauwagens. Ein Mensch stand in der Tür. Kein Gespenst. Pirmin atmete auf.

Der Fremde trug einen Schlapphut und war so riesig, dass er sich bücken musste, um nicht gegen den Türrahmen zu stoßen. Im Inneren des Wagens, unter dem Schein der nackten Glühbirne, nahm er seinen Hut ab und fixierte die fünf jungen Männer, die wiederum ihn anstarrten.

Sein weißblondes Haar war ordentlich und wie mit einem Lineal gezogen nach rechts gescheitelt und zweifellos mit Wasserstoffperoxid gebleicht. An der Kopfhaut wuchsen bereits ein bis zwei Zentimeter dunkelbraune Originalfärbung nach. Auf der Nasenspitze trug er eine kreisrunde Nickelbrille, und es hatte den Anschein, als könne er gleichzeitig durch die Gläser hindurch und über sie hinwegschauen. Alles an ihm war ungewöhnlich groß, und sein muskulöser Körper schien vor Kraft und Energie zu bersten.

Oleg Oblomov und Hermann Hombach hatten beide Hände erhoben. Pirmin war sich sicher: Wäre ein Papiertaschentuch in der Nähe gewesen, so hätten sie garantiert auch dieses gehisst, um Unterwerfung und Friedfertigkeit zu signalisieren. Kurt Eder stand wie erstarrt, die Wasserflasche auf halbem Weg zum Mund, und Wladimir hatte noch geistesgegenwärtig einen Joint verschwinden lassen, den er, gerade als das »Erdbeben« den Bauwagen erschütterte, hatte anzünden wollen.

Pirmin Zwacklhuber verspürte einen Anflug von Panik. Er hatte den Punkt erreicht, an dem seine Extremitäten ihm nicht mehr gehorchten. Bei Einnahme eines gewissen Quantums seiner Medizin begannen Arme und Beine selbstständig Aktionen auszuführen und liefen aus dem Ruder. Leider war dieser Moment ausgerechnet jetzt eingetreten. Pirmin zwang sich zu einem ruhigen und gelassenen Gesichtsausdruck und atmete tief durch.

Der Fremde senkte erst seine Pistole und dann seinen Blick. Nachdem er sich vergewissert hatte, dass der Hund in seiner Lauerstellung verharrte und keine Anstalten machte, auf ihn loszugehen, sicherte er in aller Ruhe die Knarre, schraubte den Schalldämpfer ab, zog die Lederhandschuhe aus und verstaute alles in den Weiten seiner Manteltaschen. Dann sah er wieder hoch, schob sich mit dem Zeigefinger die Brillengläser vor die Augen und bellte los:

»Rührt euch! Was seid ihr denn für Jammerlappen? Hab ich etwa ein Wort davon gesagt, dass ihr die Hände hochnehmen sollt?«

Oleg und Wladimir ließen die Arme sinken, während sich die anderen zwei entspannten. Nur Pirmin blieb so, wie er war. Nichts ging mehr.

Der schwarze Koloss fingerte aus den Tiefen seines Mantels eine zerknitterte Tabakpackung hervor und rollte sich eine Zigarette. Fünf Augenpaare verfolgten aufmerksam jede seiner Bewegungen.

»Feuer!« Wladimir stürzte eilfertig mit seinem brennenden Feuerzeug auf den Unbekannten zu, die anderen vier atmeten auf. Allein Kampfhund Goebbels ließ unterhalb seines sicheren Sessels ein erneutes Knurren hören, auf das jedoch niemand reagierte.

»Schon besser!«, kommentierte der mysteriöse Besucher und zog tief an seiner Zigarette. Dann sah er jeden Einzelnen der jungen Männer scharf und prüfend an, um letztendlich mit gespielter Liebenswürdigkeit zu fragen: »Wer von euch Dumpfbacken ist denn nun mein guter alter Oleg?«

Aha, dachte Pirmin. Diese Überraschung haben wir also Oleg zu verdanken. Und er staunte darüber, wie wohlhabend dessen Internet-Freund zu sein schien. Allein der Ledermantel. Unter tausend Euro war der sicher nicht zu haben. So ging's also denen, die schon ein bisschen Politik machen durften. Vielleicht gehörte er ja bald auch dazu.

Pirmin konnte sich nicht erinnern, jemals auch nur tausend Euro besessen zu haben. Seine Mutter radelte jeden zweiten Tag zur »Landauer Tafel« und kam mit Konserven zurück, die kurz vorm Ablaufdatum standen, mit altbackenem Brot, verschrumpeltem Gemüse und einer Litanei an Klagen und Vorwürfen. Zu zweit lebten sie in einer Baracke, die vor Jahrzehnten für polnische Erntehelfer errichtet worden war. Die hatten in besser ausgestattete Wohncontainer ziehen dürfen, für ihn und seine Mutter – als echte deutsche Staatsbürger – war nur diese windschiefe Hütte übrig geblieben. Wenigstens hatten sie ihr eigenes Reich, pflegte Frieda Zwacklhuber zu betonen, aber dieses Reich war im Winter zu kalt und im Sommer zu heiß, und das kleine Gärtchen, das sie irgendwann mal hoffnungsfroh angelegt hatten, war von Nacktschnecken gestürmt und ratzekahl leer gefressen worden. Pirmin war Hartz-IV-Empfänger und mit seinen knapp neunzehn Jahren schon schwer vermittelbar. Er hatte beim Wertstoffhof, bei der Post, auf dem Hof des Bürgermeisters Waldmoser und als Handlanger in der Südwestfleisch-Fabrik gearbeitet, sich aber überall nur Feinde gemacht. Denn er fragte nach, wollte alles genau wissen, nahm nichts ungefragt hin und hatte einen untrüglichen Blick für die Schwachstellen des Systems. Er war zu intelligent. Vielleicht hätte er studieren sollen. Aber was? Und mit welchem Geld? Für die Jobs, in denen er Geld verdienen durfte, war er zu klug, und in die anderen ließ man ihn nicht, weil er nicht den richtigen Abschluss hatte. Aber das würde sich ändern, denn Oleg hatte ihm versprochen, ihn in seinem zukünftigen Vierten Reich zum Bildungsminister zu machen. Bis dahin füllte Pirmin mit dem staatlichen Almosen seine »Apotheke« auf und ließ sich von der Mutter durchfüttern.

»Also, wer ist Oleg?«, fragte der dunkle Riese erneut.

Mit ungewöhnlich leiser Stimme murmelte Oleg: »Ich bin das.«

»Soso.« Der Hüne zog erneut an seiner Zigarette. »Du bist also der Oleg. Du hast Wotan geschrieben und um Hilfe gebeten. Und siehe da, schon ist Wotan gekommen, um euch zu helfen.«

Wotan hängte seinen Schlapphut über eine Stuhllehne, sah sich demonstrativ langsam um und musterte die Burschen mit skeptischer Miene. »Das da sind also deine Leute? Das ist die tolle Truppe, von der du mir so vorgeschwärmt hast? Teufelskerle, die deinen Befehlen ohne Wenn und Aber folgen und selbst ihr Leben für den nationalen Widerstand geben würden?«

Oleg nickte verschämt und wagte es nicht, den Kopf zu heben. Wotan ging auf ihn zu, blies ihm eine Wolke Zigarettenrauch ins Gesicht und schüttelte den Kopf. »Ich fass es nicht!« Er stampfte mit dem rechten Fuß auf und schrie ohne Vorwarnung los: »Das glaubst du doch wohl selber nicht, oder?«

Oleg lief rot an. Wladimir Blochinski drückte sich an die Wand, und auch Kurt Eder und Hermann Hombach traten einen Schritt zurück. Nur Pirmin konnte sich nicht bewegen und hing wie ein nasser Sack in seinem Sessel. Alle blickten zu Boden.

Selbst Goebbels lag jetzt mit eingekniffenem Schwanz mucksmäuschenstill unter seinem Sessel. Man hätte eine Stecknadel fallen hören können.

»Helden seid ihr ja keine«, stellte Wotan fest. »Aber der da sieht ganz ordentlich aus.« Er zeigte auf den kleinen Kurt, dessen Muskeln voll Stolz anschwollen und der augenblicklich seinen Bizeps tanzen ließ. »Der hat wenigstens schon mal was für seinen Körper getan. Vermutlich dein bester Rekrut, oder?«

Oleg nickte beflissen.

»Dann lass deine Jungs mal antreten und strammstehen.«

Oleg straffte sich und brüllte: »Ihr habt's ja selber g'hört, was der Herr Wotan g'sagt hat! Antreten tun mir, und zwar in Reih und Glied! Hacken z'sammen und die Hände bittschön an die Hosennaht! Aber zack, zack!«

Drei seiner vier Rekruten taten mürrisch, wie ihnen geheißen, Pirmin jedoch lag wie gelähmt in seinem Sessel und hatte nicht einmal mehr die Kraft, seine »Apotheke« zu öffnen. Sein Blick kreuzte sich mit dem Wotans. Der schwarze Hüne schnaubte verächtlich und drehte ihm den Rücken zu, um sich mit zusammengekniffenen Augen an die angetretene Mannschaft zu wenden. Er seufzte laut und vernehmlich. »Wenn das der Führer gesehen hätte! Aber, na ja, fürs Erste und auf die Schnelle ... Ich seh schon, wir werden noch einige Übungseinheiten absolvieren müssen. Ab ins Gelände, Dauerlauf, Steine im Rucksack, Liegestütz, Kniebeugen. Da haben wir noch was vor uns.«

Mit wiegenden Schritten ging er im Bauwagen auf und ab und duckte sich rhythmisch und in perfekter Choreografie unterhalb der nackten Glühbirne, um einen Zusammenstoß zu vermeiden. Pirmin konnte nicht umhin, ihn dafür zu bewundern.

Dann nahm der Fremde Oleg zur Seite und flüsterte so laut, dass alle es hören konnten: »Für die Sache selber wird's dann schon langen. Den Plan hab ich bereits im Kopf. Bin extra über Großöd-Pfletzschendorf angereist und hab mir Stadion und Umgebung genauestens angeschaut. Hochinteressant. Lieg ich denn richtig mit der Annahme, dass die Kräne rund um die Zusatztribünen bis nach dem Spiel stehen bleiben, damit die Dinger hinterher gleich wieder abgebaut werden können?«

Oleg nickte eilfertig und flüsterte ebenfalls: »So hat's zumindest im Landauer Anzeiger g'standen.«

Wotan nickte zufrieden. »Das passt genau zu meinem Plan. Dann hätten wir wenigstens das schon mal geklärt. Ihr lenkt die Masse ab, und ich erledige den Rest.« Wie selbstverständlich nahm er sich ein Bier aus der Blochinski-Freibierkiste und ließ sich großmütig von Wladimir den Öffner reichen.

Unser täglich Bier, dachte Pirmin erbost und biss sich geistesgegenwärtig auf die Lippen. Bloß nix sagen! Aber wer sich so kleidete, konnte sich gefälligst auch sein Bier selber kaufen. Pirmin war insgeheim davon überzeugt, dass Wotan gar nicht Wotan hieß, dass er ein reiches und verwöhntes Bürscherl war, das sich langweilte und aufgemacht hatte, um hier im wilden niederbayerischen Osten das Abenteuer zu suchen. Mit Olegs Truppe in diesem Bauwagen hatte er tatsächlich seine Superdeppen gefunden. Aber nicht mit mir, dachte Pirmin. Er würde aussteigen. Er würde sich mindestens vier Wochen lang von diesen langweiligen Vollidioten mit ihrem neuem Oberbefehlshaber fernhalten. Erleichtert stellte er fest, dass ihm sein rechter Arm bereits wieder gehorchte, und genehmigte sich einen Schluck.

Wotan beobachtete ihn voller Abscheu und wandte sich dann an Oleg: »Auf den da sollten wir verzichten. Der ist nicht einsatzfähig. Den will ich hier nicht mehr sehen.«

Na also, passt doch, dachte Pirmin und nickte ergeben. Sollten sie doch so tun, als sei er nicht da. Er war nichts als ein unbekannter Zuschauer eines belanglosen Films.

»Ich brauche dann noch ein sicheres Versteck und Lebensmittel«, sagte der schwarze Hüne. »Und ein Gewehr. Eine Präzisionswaffe mit Zielfernrohr, um ganz genau zu sein. Wer kann mir da weiterhelfen?«

Beflissen hob Oleg die Hand. »Wegen einem Versteck müss'n mir gar ned lang suchen. Da ist mir schon längst was eing'fallen. Da gibt's nämlich eine alte Jagdhütten, draußen im Forst. Die wird schon lang nimmer g'nutzt, weil da schon seit Jahren ned genug Wild umeinand hupft, als dass man eine große Jagd ausrichten könnt, wo man eine solchene Hütt'n bräucht.«

Wotan nickte gnädig. »Da führst du mich dann nachher hin.

Es wird gut sein, wenn mich niemand hier sieht. Bis auf euch. Und der da ...« Mit einer verächtlichen Handbewegung wies er auf Pirmin. »... der hat morgen eh alles wieder vergessen. Diese Schnapsnase!«

Der Eder Kurti ließ erneut seine Muskeln spielen und stellte sich vor den schwarz Gekleideten. Er reichte ihm knapp bis unter die Achseln. Wohlwollend blickte Wotan auf das kleine Kraftpaket hinab. »Wie heißt du?«

»Kurt. Ich bin der Eder Kurt«, stellte sich Niederbayerns verhinderter Schwarzenegger vor.

»Bist ein guter Kamerad. Auf dich werd ich bauen«, lobte Wotan. Der Eder Kurt atmete tief durch und verkündete dann mit einer Stimme, die so richtig erwachsen klingen sollte: »Das mit dem G'wehr, das könnts ihr ruhig mir überlass'n! Mein Vater ist nämlich ein guter Freund vom Jäger. Vom Reschreiter Luck. Die zwei sind schon miteinand in die Schule gangen und sind heut im selben Schützenverein. Mir ham dem sein Schlüssel daheim, für den Fall, dass er sich wieder einmal selber naussperrt. Und außerdem weiß ich, wo dass der Luck seinen Waffenschrank hat und dass der den Schlüssel dazu allerweil unter dem Napf von seinem Hund versteckt.«

»Super!« Wotan schlug ihm auf die Schulter.

Pirmin verdrehte die Augen und nahm den letzten Schluck aus seiner »Apotheke«.

ACHTES KAPITEL

Seitenlinien

Armin Dobler hatte sie schon von Weitem gesehen. Es war eine kleine und – wie es aussah – ziemlich traurige Prozession, die sich an diesem Samstagnachmittag die Hügel hinaufquälte, umkreist von einem jungen Hund, der lebensfroh zwischen den zehn Frauen herumsprang und begeistert kläffte. Er hieß Joschi und war ein nicht ganz reinrassiger Beagle. Sie gehen langsamer als sonst, dachte Armin. Vermutlich lag es an der Schwangeren. Ihre Zeit würde ja bald kommen.

Armin Dobler hatte gerade beschlossen, es ihnen nicht zu sagen. Es war seine Sache, sein Abschied, und möglicherweise war dieser sich wiederholende Traum ja auch nichts als ein Traum und kein Vorzeichen, so wie er es deutete. Andererseits: wenn sein Gefühl ihn nicht trog, so sahen sie sich heute zum letzten Mal in dieser Welt. Er war in seinem Traum einen weiten Weg gegangen, und am Ende dieses Weges, auf einer Anhöhe, hatte sich der Krater eines Vulkans geöffnet, und in den hatte er sich hineingelegt. Die Luft hatte ihn heiß umarmt, und er wusste, dass seine letzte Stunde gekommen war, denn so gut wie alle Wesen aus der geistigen Welt, mit denen er in den letzten Jahren kommuniziert hatte, hießen ihn willkommen und reichten ihm die Hand.

Gebückt holte er aus seiner Waldhütte einige Campingstühle hervor, die seine Freundinnen im Lauf der letzten Jahre aus Bequemlichkeitsgründen angeschleppt hatten, und betrachtete die ihm entgegenkommende kleine Prozession mit den Augen eines Abschiednehmenden.

Allen voran ging Charlotte Rücker. Armin erkannte sie an ihrem energischen Tritt und an der neben ihr herwatschelnden Gertraud mit dem gesegneten Leib. Wie eine Leihmutter benimmt sich die Rücker, hatte er in den letzten Wochen manchmal gedacht und sich krampfhaft darum bemüht, seine Gedanken neutral zu halten. Es stand ihm nicht an, zu urteilen – und er litt darunter, dass seine Betrachtungen von positiven oder negativen Vorzeichen überschattet wurden. Wenn es ihm gelingen sollte, sich von jeglichem Aufruhr, allen Erwartungen, Wünschen und Erregungen zu befreien, wäre er erlöst. Die Arbeit mit den Frauen war eine nicht immer einfache Übung zur Beibehaltung innerer Gelassenheit und gleichmütiger Beherrschung, und er betrachtete sie gelegentlich als Buße für früher begangene Verfehlungen, denn nichts blieb ungesühnt.

Armin Dobler war achtundsechzig Jahre alt. In jenem gelobten Jahr, als die Mauer fiel, war er von Chemnitz aufgebrochen und Schritt um Schritt unerbittlich stur gen Süden gewandert, den Kompass wie eine Verheißung in der rechten Hand. So war er in einer Vollmondnacht in Kleinöd gelandet. Er hätte nicht erklären können, warum und wieso er gerade hier geblieben war, möglicherweise hatte im richtigen Moment ein Stern aufgeleuchtet, oder ein Gefühl der Ruhe war über ihn gekommen. Damals war er noch nicht so vertraut mit metaphysischen Zeichen und Signalen wie jetzt. Damals nannte man ihn noch nicht den Schamanen.

Es hatte einmal einen Armin Dobler gegeben, der glaubte, einen festen Platz in dieser Welt zu haben, neben sich eine Frau und zwei wohlgeratene Kinder. Dieser Armin war morgens zur Arbeit gegangen und abends heimgekehrt. Aber eines Abends, als er heimkam, war die Frau verschwunden und mit ihr die Kinder. Er hatte sie gesucht und gefunden, doch sie wollten nicht zurück. Frau Dobler hatte in der Partei Karriere gemacht und die Scheidung eingereicht, denn ihr Mann stand dem System zu kritisch gegenüber und damit ihrer Beförderung im Weg. Noch heute sah er sich nächtelang an dem Küchentisch in der verlassenen Chemnitzer Wohnung sitzen und wie besessen all seine T-Shirts mit der Aufschrift: »Das ist kein freies Land« bepinseln. In Rot, Grün, Schwarz und Lila. Und in dieser Aufmachung war er durch die Stadt gelaufen und hatte jedem, ob er es wissen wollte oder nicht, die Geschichte seiner Ehe erzählt und verzweifelt auf den Staat geflucht und geschimpft. Bis man ihn in eine kalte Arrestzelle gesperrt hatte. Als er die wieder verließ und in den warmen Septembervormittag hinaustrat, hatte er seine Arbeit als Fotolaborant und sein Ansehen verloren. Er war von einem Tag zum anderen ein Niemand geworden.

Knapp zwei Monate später war die Mauer gefallen, und er hatte mit jener Wanderung begonnen, die ihn irgendwann nach Kleinöd führen sollte. Und dort war er geblieben. Seitdem hatte er losgelassen. Jeden Tag ein bisschen. Brauchte er wirklich so etwas wie Erfolg und Karriere? Nein. Brauchte er eine Wohnung oder ein Haus? Nein. Fassungslos schüttelte er den Kopf, wenn er daran dachte, wie viel Zeit er damit verschwendet hatte. Ein Zimmer nach dem anderen war renoviert worden, und wenn er mit dem letzten fertig geworden war, konnte mit dem ersten schon wieder begonnen werden. Ständig musste geputzt, gewienert, gebastelt und gebaut werden. Und wer nicht bei sich selbst baute, half in den Nachbarwohnungen oder bei Freunden. Keine ruhige Minute hatte es gegeben. Dabei kam doch aus der Ruhe die Kraft. Aus dem Loslassen. Seine Erfahrungen hatten ihn gelehrt, dass zwischen vier Wänden, hinter Mauern und Fensteröffnungen das Unglück hauste.

Ordnungsgemäß hatte er beim Bürgermeister in Kleinöd vorgesprochen, etwas von künftigen Rentenansprüchen gemurmelt und dem Herrn Waldmoser hoch und heilig versprochen, seiner Gemeinde nicht zur Last zu fallen, wenn man ihn nur in Ruhe da oben im Wald hausen lasse. Der Bürgermeister hatte gnädig genickt, weil er auf diese kostengünstige Art mit einer guten Tat zur erfolgreichen Wiedervereinigung Deutschlands beitragen konnte.

Armin Dobler hatte sich von Anfang an nur selten im Dorf sehen lassen, er ernährte sich von Pilzen, Beeren und Gemüse, das er auf einem zwei Quadratmeter großen Beet gegen Nacktschnecken verteidigte und bemühte sich weiterhin um die Vollendung seines Loslassens.

Malwine Brunner war ihm als Erste begegnet. Sie hatte keine Angst vor ihm gehabt, weil die Schrecknisse ihres Lebens schon seit Langem überhandgenommen hatten und sie nichts mehr fürchtete.

Vor einiger Zeit war ihr einziger Sohn gewaltsam ums Leben gekommen, und kurz darauf hatte sie ihren Mann gefunden, wie er mit heruntergelassenen Hosen auf der Kloschüssel hockte, von einem plötzlichen Infarkt dahingestreckt. Sie fand es ungehörig von ihm, auf diese Art und Weise von ihr zu gehen. Es sah würdelos aus, war peinlich und unangemessen, und in all ihrer Trauer gestand sie sich ein, dass es sie kränkte.

Die freiwillige Feuerwehr, die den Toten in die Bergungswanne gelegt hatte, konnte sich ein Grinsen nicht verkneifen und murmelte was vom »letzten Örtchen« statt vom »stillen Örtchen«, und sie hatte gewusst, dass ihr frisch verstorbener Hannes abends im Blauen Vogel das Gesprächsthema Nummer eins sein würde und – ganz anders als zu seinen Lebzeiten – so manchen Lacher auf seiner Seite hätte.

Wenig später hatte Malwine damit begonnen, regelmäßig durch den Wald zu laufen und dabei das Sprechen zu üben. Leise mit den Farnen und laut mit den Bäumen. Für Sträucher und mittelgroße Gehölze fand sie Zwischentöne. Mit ihrem Sohn hatte sie manchmal geredet, mit ihrem Mann gar nicht mehr, hatte in dem Moment endgültig mit dem Schweigen begonnen, als ihr Kind starb. Nun staunte sie über die wiederentdeckte eigene Stimme und lauschte wissbegierig ihren Worten. Dinge des Haushalts und der landwirtschaftlichen Organisation besprach sie mit sich selbst und auch, ob sie das Gehöft behalten sollte oder verkaufen. Aber an wen? Es kamen mehrere Interessenten in Betracht, allen voran der Waldmoser Markus, aber das hätte ihr Mann Hannes garantiert nicht gewollt.

»Und du, Hermann, was meinst?«, hatte sie während dieser Diskurse mit sich selbst einmal laut gefragt und dabei an ihren Sohn gedacht, den sie immer noch, Tag um Tag, vermisste, worauf ihr die Stimme ihres einzigen Kindes klar und unmissverständlich geantwortet hatte: »Mama, mir geht's gut da. Sei nimmer traurig wegen mir. Du weißt es eh, wenn ich gekonnt hätt, ich hätt ihn schon weiterg'führt, den Hof, mit Frau und Kind, aber es hat halt ned sollen sein. Gräm dich ned länger, und mach ganz einfach das, was du magst.«

Da war sie stehen geblieben, hatte sich umgeschaut und Armin

Dobler entdeckt. Ein kleines, drahtiges Männlein mit weißem Spitzbart, grauem Zottelhaar und strahlend blauen Augen. Unbeeindruckt von seiner plötzlichen Anwesenheit fragte sie ihn: »Ham Sie das grad auch g'hört?«

»Ja.« Er hatte genickt.

»Hat sich ang'hört, als wär's mein verstorbener Sohn g'wesen. Mein Hermann.«

»Die Toten sprechen durch mich«, erklärte er.

»Das ist gut«, hatte sie gesagt. »Das ist sehr gut.«

Seitdem hatte sie nicht mehr mit den Bäumen gesprochen, sondern mit ihrem Sohn, mit ihren Eltern und Großeltern – und mit Armin Dobler. Sie hatte für ihn gekocht und das Essen in einem Warmhaltebehälter zu ihm hinausgetragen, gemeinsam hatten sie am Feuer gesessen und geschwiegen und dabei erfahren, wie tröstend Stille sein kann. Eines Tages hatte er gesagt: »Malwine, jemand wartet auf dich. Geh ins Tierheim.«

So war sie zu Joschi gekommen, und der Beagle begleitete sie seitdem auf Schritt und Tritt. Die Witwe Brunner hatte sich Armins Vorstellungen vom Loslassen zu eigen gemacht, einem Vorarbeiter ihres verstorbenen Mannes die Verantwortung für den Hof übertragen und sich mit ihrer früh verrenteten Schwester Agnes ins Austragshäuserl zurückgezogen. Nur samstagvormittags half sie im Hofladen beim Verkauf und hatte dort in einem unbedachten Moment Charlotte Rücker von Armin erzählt.

»Ein Schamane! Ein Waldmensch! Den muss ich kennenlernen!«, hatte diese so laut gerufen, dass die gerade verabschiedeten Kunden auf dem Hof stehen blieben und ihre Ohren spitzten.

»Ich tät ihn lieber erst frag'n, ob es ihm recht wär«, hatte Malwine leise entgegnet.

»Ein Mystiker«, befand Charlotte mit verklärtem Blick.

»Ein Mensch wie du und ich«, stellte Malwine klar. »Der hat seinerzeit alles verloren und dabei festg'stellt, dass andere Dinge eh viel wichtiger sind.«

»Ja, und was wärn das für Dinge?« Charlotte spitzte die Ohren.

Malwine hob die Schultern. »Loslassen, sich von irdischen Gütern trennen und so weiter. Das redet der immer.«

»Na, der tät uns ja grad recht kommen, wo mir doch alle mit'm Festhalten und Raffen b'schäftigt sind!«, meinte Charlotte und fügte hinzu: »Frag ihn bald, sonst stell ich nämlich eine Suchmannschaft von Frauen z'sammen, eine Suchfrauschaft praktisch. Nachad kämmen mir den Wald durch und kreisen deinen Schamanen ein.« Dann war sie mit ihrem Kürbiskernbrot und den sechs Eiern von glücklichen Hühnern abgezogen und hatte eine unglückliche und beschämte Malwine zurückgelassen. »Schweigen wär halt doch Gold g'wesen«, murmelte die vor sich hin. »Und unbedachtes Daherreden war wie allerweil keinen Silberling ned wert.«

»Klar kann sie kommen. Ihr gebt mir Heimat, und deshalb bin ich für euch alle da«, hatte Armin sie beruhigt, aber so ganz wohl war Malwine bei der Sache nicht. Sie hätte den Waldmenschen lieber weiter nur für sich gehabt.

»Magst ned zu mir auf meinen Hof ziehen? Da wär's im Winter schön warm und im Sommer kühl, und es tät Strom und fließendes Wasser geben«, hatte sie schon des Öfteren vorgeschlagen.

»In der Zivilisation verlier ich meine Fähigkeiten. Hier im Wald sind die Energien, die mich stärken«, antwortete er dann, richtete seine unglaublich blauen Augen auf sie und gestand: »Glaub mir, mein Platz ist hier. Aber jeder kann kommen.«

An einem Freitagabend hatte Charlotte dann bei Malwine angerufen und verkündet, dass die Exkursion zum Waldmenschen perfekt geplant sei.

»Morgen Nachmittag wär's dann so weit. Mir kommen zu fünft. Ich nehm die Otti mit, meine Nichte Gertraud und die alte und die junge Langriegerin, die kennst eh, die Luise und die Johanna. Hat denn der überhaupt so viel Platz?«

»Der Wald ist groß«, hatte Malwine gemurmelt, weil sie diesen Schreck erst verdauen musste. Er hatte zwar gesagt, jeder könne kommen, aber würde es ihm recht sein, wenn alle auf einmal kämen?

»Wo treffen mir uns morgen?«

»Treffen?«

»Ja freilich, mir allein tät'n doch da gar ned hinfinden zu dem.«

Außer Atem waren sie und ihr Hund Joschi an diesem Nachmittag bei ihm angekommen. Sie hatten die letzten zweihundert Meter im Sprint zurückgelegt, und Malwine entschuldigte sich für die anderen Frauen, die jeden Augenblick um die letzte Wegbiegung kommen mussten.

Armin Dobler blieb gelassen. »Man hat es mir schon gesagt.«

»Was? War die am End doch schon heroben bei dir?« Malwines Augen weiteten sich voller Entsetzen. »Ein solchenes falsches Luder! Zu mir hat die nämlich g'sagt g'habt, sie tät ned wissen, wo du wohnst. Und sie wollt auch, dass ich alle auf einmal zu dir bring.«

Er legte ihr die Hand auf die Schulter. »Beruhige dich. Die von drüben haben es mir mitgeteilt. Eure Eltern, Großeltern, die ganze Reihe eurer Vorfahren. Es gibt sehr viel zu sagen. Sie warten schon auf euch.«

Diesen ersten Nachmittag bei ihm würde keine von ihnen jemals vergessen. Sie hatten Kuchen mitgebracht, als stünde nichts anderes an als ein Kaffeekränzchen. Er braute einen Kräutertee und bot ihnen als Sitzbank den Stamm einer frühmorgens gefällten und im Schnellverfahren entasteten Fichte an. Die Tischdecke, die eigentlich für die Kaffeetafel gedacht war, wurde wie ein Schonbezug auf das provisorische Bänklein gelegt, damit sich keine der Damen beschmutzte – und im Übrigen besaß Armin Dobler keinen Tisch.

Ohne dass sie sich vorgestellt hatten, begrüßte er sie mit ihren Namen und umriss in Kürze ihre Anliegen, wobei er jeder einzelnen Hilfe und Lösung versprach. Luise Langrieger bekreuzigte sich. »Jesus, Maria.«

»Ja, lasst uns gemeinsam beten«, nickte er ihr zu. »Da haben Sie völlig recht. Nur gute Energien sollen in diesen Kreis kommen.«

Luises Schwiegertochter Johanna erzählte später allen Frauen im Ort, sie habe an diesem Nachmittag eine Gänsehaut nach der anderen bekommen, und Ottilie Daxhuber hielt die Hand ihrer Nachbarin Charlotte so, wie sie bei ihrer ersten Geisterbahnfahrt auf dem Münchner Oktoberfest die Hand ihres Mannes gehalten hatte, damals, als sie frisch verlobt waren.

Steif und angespannt stand Gertraud Halber am Rande der Lichtung, als Armin Dobler auf sie zeigte und verkündete: »Du wirst ein Kind bekommen. Willst du wissen, ob es ein Sohn oder eine Tochter sein wird?«

Überwältigt von der Erkenntnis, dass er ihren tiefsten Wunsch erahnte, hatte sie fassungslos den Kopf geschüttelt.

»Wann?«, wollte Charlotte sofort wissen. »Wann tät das so weit sein?« Und zur Erklärung ihrer Ungeduld rief sie den Geisteswesen zu: »Wissen S', sie ist nämlich nimmer die Jüngste.«

»Wenn Blau und Gelb aufeinandertreffen, ohne dass der Sieg gewiss ist, wird es so weit sein«, hatte Gertrauds Urururgroßmutter über den Waldmenschen verkünden lassen.

Das alles ist doch noch gar nicht so lange her, dachte Armin Dobler, der grundsätzlich jegliches Zeitgefühl verloren hatte und sich ebenso wie seine Schutzengel außerhalb von Raum und Zeit wähnte.

Er brauchte keinen Terminkalender, denn seine Engel informierten ihn, sobald ein Damenbesuch anstand. Oder waren es seine eigene Unruhe und sein Hungergefühl? Sie kamen seit einigen Monaten jeden Samstag – zu der Zeit, wenn ihre Männer und Söhne zum Fußballfeld nach Großöd-Pfletzschendorf oder zum Blauen Vogel aufbrachen. Angeblich brachten sie ihm die Reste ihrer Mahlzeiten als Geschenk, aber er wusste, dass sie eigens für ihn kochten. Von den mittlerweile elf Frauen war immer eine für sein Essen zuständig, und sie überboten sich wahlweise an Deftigkeit oder Raffinesse.

Als Gegenleistung nahm er Kontakt mit den anderen Welten auf. So hatte Ottilie Daxhuber erfahren, dass der Schutzengel ihres einzigen Enkels Elmar-Pierre hieß, und Elmar-Pierre unterrichtete sie fast allwöchentlich über die schulischen Fortschritte des kleinen Paul. Sobald die Meldungen durchgegeben und die wichtigsten Noten wie Rechtschreibung und Rechnen abgefragt worden waren, schickte sie ihn eiligst zurück, als glaube sie nicht, dass Engel sich gleichzeitig an mehreren Orten aufhalten könnten. In dieser Hinsicht ließ sie sich nicht belehren. Einmal hatte sie wissen wollen, ob das Kind noch manchmal an sie denke, und Elmar-Pierre hatte die fast herzlose Antwort gegeben: »Er wird dich vergessen.« Da war viel Trauerarbeit nötig gewesen, und Armin hatte auf dem kleinen Lagerfeuerchen, um das sie sich zu den Sitzungen versammelten, einen Glückstee brauen müssen.

Zu allen Jahreszeiten haben sie mich besucht, dachte er und betrachtete liebevoll das kleine Grüppchen dieser so aufrechten Frauen, die zusätzlich zu ihren alltäglichen Sorgen nun auch noch ihre neuerdings völlig fußballverrückten Männer auszuhalten hatten. Er, Armin, konnte nichts dazu sagen. Wörter wie Geld, Wette, Sieg und Niederlage waren ihm fremd geworden.

An einem sehr heißen Sommertag war Luise Langrieger von dem Geist ihres Urgroßvaters darauf hingewiesen worden, dass dieser kurz vor dem Ersten Weltkrieg drei Meter südwestlich der großen Eiche in ihrem Garten einen Schatz vergraben hatte, den es alsbald zu heben galt. Erst wenn diese Aufgabe erledigt sei, würde er in seiner jetzigen Daseinsform zur Gelassenheit finden. Um ganz sicher zu gehen, dass sich kein Kobold, sondern tatsächlich ihr Vorfahr gemeldet hatte, bat sie Armin, den Großvater aufs Genaueste zu beschreiben.

Amin versuchte, ihr dieses Ansinnen auszureden. Es kostete ihn zu viel Kraft. Allein die Stimmen, die durch ihn hindurchflossen, erschöpften ihn, noch anstrengender war es, die Erzeuger dieser Töne zu visualisieren, vielleicht auch deshalb, weil es ihn an sein früheres Leben als Fotolaborant erinnerte. Er starrte ins Feuer, konzentriert und dermaßen angespannt, dass sein Körper zu zittern begann, starrte so lange, bis sich inmitten der Glut und nur für ihn sichtbar eine Gestalt manifestierte, wie auf einem Fotopapier, das im Entwicklungsbad die belichteten Motive freigab. Luises Urgroßvater erwies sich als ein kompakter Mann mit grauem Vollbart und missmutig heruntergezogenen Mundwinkeln. Seine Stirn war in vorwurfsvolle Falten gelegt, und er fixierte Armin aus leicht zusammengekniffenen

Augen. »Mach'n muss das halt endlich einmal wer«, wiederholte er, und Luise versprach kleinlaut, sich so schnell wie möglich darum zu kümmern.

Mit ihrem Enkel Frank hatte sie ein paar Tage später darüber gesprochen, und der hatte sehr nachsichtig und ausgesprochen freundlich reagiert. »Freilich, Oma, logisch machen mir das. Sobald ich einmal ein paar Tag am Stück frei hab, besorg ich einen Bagger. Könnt allerdings noch ein bisserl dauern.«

»Ich schätz, da brauchst gar keinen Bagger. Außerdem tät's dann der Sepp mitkriegen, und der braucht von derer Schatzsuche erst einmal noch gar nix zum wissen.«

»Tät'st ihn damit überraschen mögen?«

»Akkurat.« Nickend war die Großmutter davongeeilt. Sie hatte es überhaupt in letzter Zeit immer so eilig und geschäftig.

Johanna Langrieger, Franks Mutter, erbat sich Tipps zum Abnehmen aus den jenseitigen Welten, was etwas schwierig zu bewerkstelligen war, da dort Leiblichkeit und Speis und Trank kein Thema waren. Armin Dobler hatte sich von seinen Schutzengeln inspirieren lassen und ihr einen Tee aus Bärlauch und anderen Bitterpflanzen gebraut, der seine Wirkung nicht verfehlte.

Malwine Brunner dagegen wollte immer nur mit ihrem Sohn sprechen und sich vergewissern, dass es schön war, dort, auf der anderen Seite. »Dem Vater geht's auch gut«, hatte er einmal gesagt. »Er bittet dich um Entschuldigung für alles.« Da hatte Malwine geweint und war von Charlotte Rücker in den Arm genommen worden. Manchmal meldete sich jedoch auch der Schutzengel ihres Hundes Joschi zu Wort und »petzte«, weil der angebliche Biobäcker mogelte und billiges Mehl in jene Brote mischte, die er für teures Geld in ihrem Hofladen ablieferte. So hatte Malwine, die jahrelang kein Wort gesprochen hatte, dank der Unterstützung von Joschi und gestärkt mit Armins Kraft und Power, die per Handauflegen auf sie übergegangen waren, mit dem Bäcker erst gestritten, dann verhandelt und letztendlich den Konflikt aus dem Wege geräumt. Von diesem Tag an war das Brot nicht nur billiger, sondern auch besser.

Charlotte Rücker war seit Jahren unermüdlich in Sachen Eherettung unterwegs und fragte die Jenseitigen, wie sie ihren Mann Bernhard wieder für sich gewinnen könne. Er solle sich losreißen vom Börsenparkett und vom Fußballplatz und wieder Zeit für sie haben. Armin wusste, dass dieser Döhring noch nie Zeit für die Beziehung gehabt hatte, weil er nicht mit Nähe umgehen konnte – aus welchen Gründen auch immer. Aber er war nicht gefragt, sondern übermittelte lediglich die Stimmen ihrer Ahnen. Die redeten von Geduld und Gelassenheit und versprachen: »Mit dem Kind von der Gertraud wird am End alles ganz anders.«

Jedoch war kein Mann in Sicht.

Da hatte Charlotte die Sache selbst in die Hand genommen und ihre Nichte Wochenende um Wochenende zu sich eingeladen, jeden Freitag war sie mit ihr zum Single-Treff und Single-Kegeln in einen Kurort ins Bäderdreieck gefahren, hatte sich selbst diskret in den Gasthof zurückgezogen und zwei Stunden lang an einem Viertelchen Wein genippt, dabei gelegentlich einen Blick auf ihre sportliche Nichte geworfen, die in Turnschuhen und mit weitem Rock die Kugel auf die Bahn warf und vor Freude in die Luft sprang, wenn alle Neune fielen. Zu diesen freitäglichen Events kamen mehr Frauen als Männer, aber Charlotte glaubte an das Schicksal, an Armin Dobler und vor allem an sämtliche Weissagungen – und sie sollte recht behalten. Der Vater des Kindes hieß Ronny Koschwitz, hatte einen breiten Oberkörper, einen dünnen Pferdeschwanz, einen goldenen Knopf im Ohr, und sein Lastwagen war an einem Freitag stehen geblieben, sodass er in genau dem Gasthaus übernachten musste, auf dessen Kegelbahn Gertraud an diesem Abend bei fast jedem Wurf alle Neune gefällt hatte. Das war ein gutes Omen. Beschwingt und mit roten Wangen war sie auf ihre Tante zugelaufen, die still in der äußersten Ecke der dunklen Wirtschaft an ihrem Wein nippte, und dabei fast über Ronny Koschwitz gestolpert. Lässig lehnte dieser an der Theke und wollte wissen: »Wie wär's mit einem Bier, meine Schöne?«

Es blieb nicht bei dem einen Bier, und Charlotte fuhr an diesem Abend allein heim, beide Daumen drückend. Die Zeit war günstig. Sie verfolgte den Zyklus ihrer Nichte.

So war Gertraud schwanger geworden. Er, Armin Dobler,

hatte nichts damit zu tun, aber die elf Frauen führten sich auf, als sei er der Verursacher ihrer Schwangerschaft und somit für Wohl und Wehe des Kindes verantwortlich. Allerdings ahnte er, dass er es niemals sehen würde, und er verspürte einen leichten Stich. Für immer gehen war vermutlich doch nicht so leicht, wie er es sich dachte.

Am liebsten unterhielten sich die Rücker und die Halber mit dem ungeborenen Kind, das aus der Tiefe von Gertrauds Bauch kundtat, seine Mutter möge sich von ihrem Chef fernhalten, weil der rauche. Überhaupt wusste das zukünftige Baby schon sehr genau, was es wollte oder nicht. Es mochte keinen frischen Salat und drängte seine Mutter dazu, unverzüglich nach dem Verspeisen von Heringsfilets in Sahne Himbeergelee mit Vanillejoghurt zu essen. Eine scheußliche Kombination, wie Dobler fand, der naturgemäß auch einmal mit diesem Festessen beglückt worden war.

Elisabeth Waldmoser, die Gattin des Bürgermeisters, wandte sich ungewöhnlich oft mit Geldvermehrungsfragen an ihn. Ein Sujet, das im jenseitigen Reich nicht gerade zur Tagesordnung gehörte und auf das die Geister nur unwillig reagierten. Sie gaben Antworten wie: »Das Seelenheil lässt sich nicht kaufen«, »Hat Geld das Sagen, bleibt die Wahrheit auf der Strecke«, »Wem Geld zu Kopf steigt, der wird kopflos« oder: »Wo viel Geld ist, sind auch viele Dämonen.« Elisabeth Waldmoser schüttelte hilflos den Kopf. Sie war mit den Antworten der geistigen Welt oft unzufrieden und beklagte sich bei Armin Dobler darüber, dass sie deren Ausführungen ebenso wenig verstand wie die langatmigen Erklärungen ihres Mannes oder ihres Sohnes zu den Themen Börse oder Fußball.

Alle elf Frauen waren ihm von den Jenseitigen anempfohlen worden, und es grämte ihn, dass es ihm so schwerfiel, sie gleichberechtigt zu behandeln, aber es war nun mal so, dass ihm einige lieber waren als andere, und für diese Sünde der Hoffart würde er irgendwann büßen müssen. Das war bitter.

Am liebsten hatte er Malwine Brunner um sich, seine erste und engste Freundin, die auch außerhalb der samstäglichen Sitzungen in unregelmäßigen Abständen bei ihm vorbeischaute, immer begleitet von ihrem Hund Joschi, der sich irgendwann als Wiedergeburt ihres ersten Katers aus ihrer behüteten Kindheit geoutet hatte.

Jetzt sah er die Frauen die leichte Anhöhe zu ihm hinaufwanken, eine nach der anderen. Vermutlich schwiegen sie oder beteten. Malwine hatte ihm einmal gestanden, dass sie auf dem Weg zu ihm für sein Seelenheil beteten. Sie stieß erst am Schluss zur Gruppe, weil ihr Hof weiter westlich an den Wald grenzte und Kleinöd nordöstlich des Sumpfgebiets lag.

Gebete für mich!, dachte Armin Dobler und schüttelte den Kopf. Das war wirklich absurd. Vermutlich war Malwines Schwester Agnes auf diese Idee gekommen: eine ehemalige Krankenschwester, die nach ihrer Pensionierung erst zur Betschwester mutiert und dann zu Malwine gezogen war. Es fiel Armin schwer, sie zu mögen. Sie hinkte und hatte einen lauernden Blick. Wegen seines schlechten Gewissens war er besonders freundlich zu ihr.

Die geistige Welt schien sie auch nicht in dem Maß anzuerkennen wie die anderen Frauen. Agnes bekam keine wichtigen Durchsagen, keine neuen Erkenntnisse, nichts, das sie weiterbringen oder ihr Leben verändern würde.

Malwine hatte ihm einmal erzählt, dass Agnes früher selbst Wunder vollbracht habe. Kraft ihres Willens hatte sie in der Kirche geweihte Hostien zum Fliegen gebracht: Gleich frisch geschlüpften und noch ungelenken Vögeln seien diese um den Altar herumgeflattert und hätten sich nach einer Weile wieder brav im Kelch des Pfarrers versenkt.

»Hochwürden Moosthenninger hätt so was nie ned duldet, einen solchenen Zirkus«, gestand Malwine. »Aber dem sein Vorgänger hat darin ein Zeichen g'sehn und dieses Wunder am End sogar dem Vatikan g'meldet. Die ham das auch glatt dokumentiert. Und sie bildet sich da jetzt natürlich allerweil immer noch Wunder was ein, meine Schwester«, hatte sie verbittert hinzugefügt. »Aber mei, die hat sich ja eh immer schon für was Bessres g'halten.«

Agnes hatte drüben keine Fürsprecher. Nicht einmal der Pfarrer, der ihre Fähigkeiten gefördert und dem Vatikan gemeldet hatte, suchte Kontakt zu ihr. Manchmal kam ein kleiner Poltergeist und trieb seinen Schabernack, indem er Windstöße unter die Röcke der Frauen blies und diese so aussehen ließ wie Marilyn Monroe im Film »Das verflixte siebente Jahr«, als deren Kleid durch die Abluft aus dem U-Bahn-Schacht aufgewirbelt wurde.

Agnes klagte und jammerte. Hatte sie nicht ihr Leben lang Patienten aufopferungsvoll gepflegt und auf ihrer letzten Reise begleitet? »Und jetzt, wo die ankommen sind, tät'n die sich nicht mal melden bei mir. Dabei ham die mir das alle miteinand fest in die Hand versprochen g'habt. Ein jeder Einzelner.« Doch für Agnes hätte sich Armin Dobler auch nicht auf den Weg gemacht. Ihm war klar, dass die aus der anderen Welt unendlich viel Kraft und Energie brauchten, um sich den Lebenden zu Gehör zu bringen.

Für Frieda Zwacklhuber allerdings hätte er es getan. Sie ging heute als Vorletzte in der kleinen Prozession, und es sah so aus, als sei sie an diesem Samstag für sein leibliches Wohl zuständig, denn sie trug einen großen Weidenkorb, und der Rucksack auf ihrem Rücken ließ allerlei Köstlichkeiten erahnen. Dabei besaß sie so gut wie nichts. Aber aus diesem Nichts zauberte sie wahre Delikatessen: Brotauflauf, Gemüselasagne, Graupen mit roten Beten, Frikadellen aus Roggenschrot an frischen Zucchini mit Joghurtsauce ... Ihm lief das Wasser im Mund zusammen. Ja, er hatte Hunger. Und es war gut, dass es nach all diesen Schweinebraten-mit-Knödel-Wochen nun auch mal wieder etwas richtig Gesundes geben würde.

Frieda Zwacklhuber hatte etwas Weiches an sich. Weich und flaumig. Wenn er sie ansah, musste er an Federkissen denken und an frisch bezogene Betten, sie roch nach Lavendel, den sie im eigenen Garten zog und in kleinen Säckchen in ihre Schränke legte. Hätte Frieda ihn in ihr Austragshäuserl eingeladen, zu ihr wäre er gezogen, aber sie lebte erstens mit ihrem ungeratenen Sohn in einer Baracke und hatte zweitens viel zu viel Achtung vor ihm, als dass sie so weltliche Dinge wie Wollust mit ihm in Verbindung hätte bringen können.

Ohne stolz oder hochmütig zu sein trug sie ihren Kopf sehr gerade und hatte ein klares und freundliches Gesicht mit rosafarbenen Wangen. Sie hatte ihr Haar zu einem Zopf geflochten und schlang sich diesen manchmal wie einen Schal um den Hals. Ihre Kleider, die sie in den Nebenräumen der Landauer Tafel erwarb, waren gebraucht und abgetragen, aber gepflegt. Nie fehlte ein Knopf, nie war ein Saum gerissen. Mit dieser Frau hätte er auch in Chemnitz überleben können. Aber sie waren sich zu spät begegnet. Sie war Ende vierzig und kämpfte sich durch die Wechseljahre. Bei abnehmendem Mond sammelte er Kräuter für sie, die die Hitzewallungen verringerten.

Frieda Zwacklhuber pflegte ihren verstorbenen Vater wegen ihres Sohnes Pirmin zu konsultieren. Armin war diesem Pirmin einmal begegnet, und die beiden Männer hatten sich voller Misstrauen gemustert und gewusst, dass sie sich nicht mochten.

Leider ließ Frieda nichts auf ihren Pirmin kommen. Ihr Vater sprach mit Engelszungen aus dem Jenseits und machte ihr klar, dass dieses Kind sich langweilte, sich immer schon gelangweilt habe und einer Aufgabe bedürfe. Streng sollte sie mit ihm sein und ihm den Gang zur Apotheke verbieten.

»Da muss der schon lang nimmer hingehen, die hat der eh allerweil bei sich«, hatte Frieda voller Verbitterung festgestellt.

In solchen Augenblicken hätte Armin sie gern getröstet und in den Arm genommen, aber sie wich ihm aus und zog sich zurück in ihren Schmerz. Wenn er sie ansah, fürchtete er, dass so eine wie sie niemals Kind gewesen sein konnte. Dass sie immer schon erwachsen und vernünftig gewesen war. Er hätte sie gerne zurückgeführt zu jenem sinnlosen Lachen, das nur Kindern zu eigen ist. Grundlos glücklich. Selig, sorgenfrei. Aber sie wollte nicht.

Es war aber auch ein Kreuz mit diesem Pirmin. Mit seinen knapp neunzehn Jahren war sein Leben schon gelaufen und keine Option mehr offen. So etwas war nicht leicht auszuhalten, und schon gar nicht, wenn jemand so klug war wie dieser Junge. Pirmins Großvater hatte aus dem Jenseits prophezeit, dass sein Enkel sich noch einmal um den Verstand saufen würde. Aber dazu hätte es eigentlich keines Kontaktes in die geistige Welt bedurft. Das hätte auch Armin mit seinem gesunden Menschenverstand feststellen können.

Ohne die Sorgen um Pirmin wäre Frieda glücklicher, aber ohne ihre Ängste um ihn hätte sie keinen Grund gehabt, zu ihm, zu Armin zu kommen. Er erinnerte sich noch an den Tag, als sie zum ersten Mal bei ihm aufgetaucht war. An ihre Angst, ihre Abwehr, ihren Widerstand. Das war im Herbst gewesen. Es hatte tagelang geregnet. Der Wald war nass und der Boden schwer. Die Frauen trugen Gummistiefel und sackten bei jedem Schritt in den sumpfigen Boden ein. Lehm blieb an den Stiefeln kleben und ließ den Weg immer beschwerlicher erscheinen. Kalt war es, und Armin hatte ein Feuer vor seiner Behausung entfacht. Er hatte mit Malwine, Charlotte, Ottilie und Luise gerechnet. Und dann war sie dabei gewesen. »Das wär er also, der Armin, unser Mystiker und Schamane«, hatte Charlotte voller Ehrfurcht gemurmelt und ihm die wöchentliche Essensration überreicht, und Armin hatte in diesem Moment begriffen, dass er für die Frauen niemals ein Mann sein würde, immer nur ein geschlechtsloses Wesen, wie ja auch Engel geschlechtslos sind.

Später waren noch mehr dazugekommen: Charlotte brachte ihre Nichte mit, Johanna Langrieger eine Olga Oblomov. Wann und wie die Frau des Bürgermeisters ins Spiel gekommen war, hätte er nicht mehr zu sagen gewusst, ebenso wenig, wie er die Auftritte von Agnes Harbinger oder Berta Huber datieren konnte, Wesenheiten, die wiederum für ihn geschlechtslos waren – alle bis auf Frieda Zwacklhuber.

Armin Dobler hob beide Arme und öffnete seine Hände, um himmlische Energien in sich aufzunehmen. Mit dieser Haltung würde er die Gläubigen empfangen, und die wiederum wüssten: Die geistigen Wesenheiten waren ihnen wohlgesonnen.

Doch für ihn, Armin Dobler, wäre es das letzte Mal. Er schluckte. Auch wenn er zum Meister des Loslassens geworden war, dieser Abschied tat weh. Mittlerweile hatte sich Berta Huber an die Spitze der Prozession vorgearbeitet. Vermutlich hatte sie wieder Samen gelber Blütenpflanzen in ihrem Gepäck, die er mit Sonnenkräften aufladen sollte. Armin Dobler fand es immer noch faszinierend, wie Berta Huber es schaffte, sich ausschließlich auf zwei Dinge in ihrem Leben zu konzentrieren. Das eine war ihr Enkel Peter, und das andere waren ihre Blumen. Mit beiden hatte sie über lange Zeit wenig Glück gehabt – aber das änderte sich nun. Irgendjemand aus dem Jenseits hatte sich ihrer angenommen und sorgte dafür, dass langsam wieder alles ins Lot kam. So hatte ihr Enkel und künftiger Eigentümer der vier größten Kiesgruben des Vilstals nun endlich eine Freundin, und Berta als zukünftiger Urgroßmutter war versichert worden, dass sie den Nachwuchs noch auf dem Arm halten und mit ihm durchs Dorf spazieren werde. Es sollte ein Junge sein, und er würde Heribert heißen. Ihre künftige Schwiegerenkelin wäre dem Kind eine gute Mutter und dem Peter eine gute Frau und würde zudem verlangen, dass er sich endlich von seinem roten BMW-Cabrio verabschiedete. Berta hatte diesen Wagen nie ansehen können, ohne Angst um ihren Enkel zu haben. Ein Auto wie ein Geschoss, und das Ganze auch noch in der Farbe des Blutes.

Das Einzige, was ihr an all diesen Voraussagen nicht passte, war der Name des Kindes. Als sie Dobler darum bat, auf die da oben Einfluss zu nehmen, damit das Kind nicht Heribert heißen müsse, sondern einen ordentlichen und bodenständigen Namen bekäme wie beispielsweise Vinzenz oder Vitus, hatte dieser müde abgewinkt. »Namen sind Programme, und Programme können die da oben nicht ändern, das ist unsere Aufgabe, darum werden wir geboren. Darum sind wir hier.«

Während er seine elf Damen, die er an guten Tagen »meine Elfen« nannte, den Hügel erklimmen sah, fragte er sich, von plötzlicher Torschlusspanik ergriffen: Warum war er eigentlich hier gewesen? Was hatte er in seinem Leben bewegt? Hatte er sein Programm geändert? Umgeschrieben, so wie Programmierer die Software von Computern umschreiben konnten? Was wäre seine Aufgabe in diesem Leben gewesen, sein eigentlicher Sinn? Hatte er versagt, hatte er richtig gehandelt?

»Es ist alles gut so, wie es ist«, teilte ihm sein innerer Führer mit, und Armin Dobler spürte, wie die Angst von ihm wich und einer großen Gelassenheit Raum gab. Nur noch wenige Minuten, und die elf Damen stünden auf seiner Lichtung, bereit für die nächste Erleuchtung.

NEUNTES KAPITEL

Strafräume

Die ihn so unvermittelt umgebenden Bäuche hatten etwas Bedrohliches. Er fühlte sich von ihnen eingeschüchtert und auf ungute Art in die Enge getrieben. Sie kamen ihm zu nahe. Der von Tag zu Tag runder werdende Bauch von Gertraud sowieso, aber auch Charlottes Bauch mit all seiner nachgiebigen Mütterlichkeit. Selbst der Bauch des Polizeiobermeisters Schmiedinger!
 Es handelte sich um Auswüchse, die seinen Lebensraum verkleinerten.
 Wenn er Charlottes Nichte von der Seite ansah – vorsichtig, damit sie seinen missmutigen Blick nicht bemerkte –, mit finsterster Miene ihren Watschelgang verfolgte und sich grimmig fragte, warum sie ständig so brav ihre Hände unterhalb der Leibesfülle faltete, war er sich ganz sicher, dass er selbst niemals einem solchen Bauch entsprungen sein konnte. Seine Zeugung und Geburt mussten anders stattgefunden haben, als es normalerweise der Fall war. Er wusste, dass der Fötus, der er einst gewesen war, es nicht ausgehalten hätte, neun Monate lang so nah bei einer Frau zu sein.
 Überhaupt Frauen: immer zu nah, immer grenzüberschreitend, immer fordernd. Und jetzt hatte er sie auch noch im Zweierpack zu Hause. Bernhard Döhring verstand nicht, welchen Narren seine Charlotte an ihrer lauten und schrillen Nichte gefressen hatte, die mit dem Pfand des ungeborenen Lebens zu ihnen gezogen war. Anfangs hatte er gehofft, dass die Frauen sich miteinander beschäftigen würden und Gertraud ihn von Charlottes Gegenwart entlasten würde. Tatsächlich hatte es eine Zeit gegeben, in der die beiden dauernd unterwegs waren – das Ergebnis jedoch war ein zum Kinderzimmer umgebautes Gästezimmer gewesen.

Er hätte sich scheiden lassen sollen. Er hätte überhaupt nicht heiraten dürfen. Nicht diese Frau, die Nähe wollte und Gespräche suchte, beim Frühstück, beim Mittagessen und beim Abendbrot, und dabei nicht einmal in der Lage war, ihr eigenes Geld zusammenzuhalten. Fast achthundert Euro an einem Nachmittag! Ungeheuerlich! Eine Scheidung allerdings wäre noch teurer gewesen.

Charlotte hatte von ihrem Geld eine Wiege, einen Wickeltisch, eine Babybadewanne, Windeln, Strampelhöschen, Teddybären und Spieluhren gekauft. Dabei war das Kind noch nicht einmal da.

Was für eine absurde Investition. Schon nach drei oder vier Monaten würde das Baby diesen winzigen Kleidungsstücken entwachsen sein – und dann müssten wieder neue gekauft werden und nochmals neue. Ein Fass ohne Boden!

Er hatte niemals Kinder haben wollen, weil er es sich nicht leisten konnte, aber jetzt hatten die beiden Damen ihn ausgetrickst und legten ihm ein Kuckucksei ins Nest. Es war ungeheuerlich!

Finster starrte Bernhard Döhring auf den Bildschirm seines Computers und ging auf die Homepage des SC Großöd-Pfletzschendorf. Sein einziger Trost in diesen schweren Tagen. Beim Anblick des Spielers Kader Al Sheikh hellte sich seine Miene auf. Der würde alles rausreißen. Das war sein Mann, im wahrsten Sinne des Wortes. Kompakt war der, durchtrainiert, sportlich, kein Gramm Fett zu viel. Eine Zeitbombe auf dem Fußballfeld: jeder Muskel und jede Faser des Körpers in richtiger Größe und am richtigen Platz. Kein Bauch. Die Trikots, die er heute trug, würden ihm auch in zwei Jahren noch passen. »Mein Pferdchen«, murmelte Bernhard Döhring, »mein Goldesel, mein großes Los! Du führst uns zum Sieg und machst uns reich. Reich und berühmt.« Seine Stimme klang fast zärtlich.

Er hatte schließlich genug Geld für ihn hingelegt. Dieser Fußballstar war ein Gewinn für Waldmosers Verein, eine echte Investition. Ein Mittelfeldspieler der Spitzenklasse. Ob man das auch von dem neuen Menschlein im Bauch seiner angeheirateten Nichte sagen konnte, blieb dahingestellt. Möglicherweise würde es ja nur ein Mädchen – und dafür dann das ganze Trara mit Wiege, Wickeltisch und dem übrigen Brimborium.

Er seufzte. Nein, er wollte nicht mehr daran denken, was und wie viel er in seinem Leben falsch gemacht hatte. Er hätte beispielsweise viel früher auf Fußballstars setzen und sich rechtzeitig die besten Spieler kaufen sollen. Da spielte die Musik. Da konnten Gewinne erzielt werden. Nicht mit Aktien und Optionen und Puts und Calls, die sich unberechenbar entwickelten und nicht auf ihn hörten. Mit seinem Kader Al Sheikh dagegen konnte er reden, ihm genau die Anweisungen weitergeben, die er vom Fußball- und Wettexperten Waldmoser entgegennahm, nämlich, wann und wo sich der Kader wie zu verhalten habe, wann er sich die gelbe oder rote Karte einhandeln sollte und wie viele Tore er in welchem Spiel höchstens schießen durfte. Das kostete zwar immer etwas, weil Al Sheikh dann von Gewissen und sportlicher Fairness redete – diese jungen Menschen glaubten tatsächlich noch an das Gute, selbst beim Sport –, aber Bernhard hatte sich bisher durchsetzen können und würde es auch weiterhin tun. Einhundertvierzigtausend Euro Reingewinn hatte er in den vergangenen zwei Monaten mit seinem Superstar erzielt. Einfach klasse.

Nur, was nutzte ihm das alles, wenn seine Frau ihr Geld für so sinnlose Dinge wie ungeborene Babys ausgab? Da könnte sie es doch fast besser aus dem Fenster werfen. Dann sähe man es wenigstens noch flattern. Bei dieser Vorstellung verzogen sich Döhrings Mundwinkel in Richtung Lächeln.

In diesem Augenblick läutete es an der Tür. Er schob sich seine Brille auf die Nasenspitze und rief nach Charlotte. Die war natürlich nicht da, wie sie nie da war, wenn man sie brauchte. Durch die Milchglasscheibe der Eingangstür nahm er zwei Personen wahr, eine Frau und einen Mann. Zwei Menschen und keinen Bauch, wenigstens das. Mit seinem Standardsatz »Ich hab überhaupt keine Zeit ned« öffnete er die Tür, fuhr sich mit der Zungenspitze über die schmalen Lippen und sah abweisend nach draußen. »Mir brauchen auch nix.«

»Wir wollen Ihnen auch nichts verkaufen«, sagte Franziska Hausmann und trat auf ihn zu. Instinktiv wich er einen Schritt zurück. Frauen hatten einfach kein Gespür für Distanz. Und dann standen sie auch schon im Hausflur, in seinem Hausflur, diese Kommissarin und ihr Assistent.

Er seufzte genervt: »Was ist?«

»Wir suchen Ihre Frau.«

»Die ist nicht da.«

Franziska Hausmann ließ nicht locker. »Und wo finden wir sie?«

»Was weiß ich? Sie kommt und geht, wann und wie sie will.« Er drehte sich um, und es hatte den Anschein, als wolle er seine Besucher einfach im Flur stehen lassen.

Die Kommissarin legte ihm eine Hand auf die Schulter. »Jetzt langt's mir aber. Also wirklich! Das geht doch nicht mit rechten Dingen zu!« Sie wandte sich an Bruno: »Dann werden wir das anders lösen müssen. Frau Rücker ist heute schon die vierte Frau, die wir nicht antreffen – sieht ganz so aus, als hätten sie sich miteinander abgesprochen, diese Dobler-Freundinnen.«

Bernhard Döhring schob die Brille höher und richtete seine stechenden blauen Augen auf die beiden Besucher. »Was ham S' da g'sagt? Dobler-Freundin?«

Franziska nickte: »Es gibt eine Liste von Frauen, die mit dem Verstorbenen in Verbindung standen. Und zwar regelmäßig.« Sie suchte den Blick des Baulöwen.

Der öffnete seinen Mund, um lauthals zu protestieren, aber Bruno kam ihm zuvor. »Ihre Frau war auch dabei. Kein Zweifel ned.«

»Und woher tät'n Sie das wissen wollen?«

»Die Haushälterin vom Pfarrer war so freundlich.«

»Ach gehn S' weiter, was wolln S' denn mit der, die hat doch keine Ahnung von nix, die alte Betschwester!«, kommentierte Bernhard Döhring.

»Interessant«, hakte Bruno nach. »Und was wissen Sie?«

»Sonst auch nix.«

»Keiner will was wissen. Es ist nicht zu fassen.« Franziska straffte sich und fixierte den angeblich reichsten Mann des Landkreises erneut. »Also, jetzt mal im Klartext: Wie oft hat Ihre Frau Herrn Dobler im Wald besucht?«

Bernhard Döhring zuckte zusammen, trat einen halben Schritt zurück und lehnte sich an den Türrahmen zur Küche. Er biss sich auf die blutleer gewordenen Lippen.

»Das glauben S' doch ned ernsthaft, dass meine Charlotte einen solchenen Grattler, wie der einer war, auch bloß einmal b'sucht hätt? Ja, nie ned!«

Bruno nutzte den Augenblick und setzte noch eins drauf: »Sie ham völlig recht. Mir glauben das ned bloß, mir wissen das haargenau und könnten es auch jederzeit beweisen. Ihre Frau war dabei und Ihre Nichte gleich mit. Und mindestens noch acht weitere Frauen da von Kleinöd. Regelmäßig sind die alle miteinand zu dem hinpilgert.«

Fassungslos schüttelte Bernhard Döhring den Kopf. »Unmöglich. Das hätten die mir doch g'wiss g'sagt. Die können doch sonst auch nix für fünf Minuten für sich b'halten. Alle zwei ned.«

»Warum sind Sie sich da so sicher?« Franziska sah ihn fragend an. »Längst nicht in allen Ehen wird über alles gesprochen.«

Er zuckte zusammen, als habe sie ihn angegriffen, und bellte zurück. »Sie, unsere Ehe geht Sie gar nix an!«

»Wenn Ihre Frau irgendwas mit dem Fall zu tun hätt, nachad schon!« Brunos Stimme klang ruhig und sachlich. Franziska bewunderte seine Contenance. Sie wusste, dass Bruno diesen Döhring abgrundtief hasste, nachdem er einmal hautnah miterleben musste, wie dieser Baulöwe lieber ein Kind hätte sterben lassen, als für zehn Minuten auf seine Aktiengeschäfte zu verzichten. Mit seiner bodybuildinggestählten Figur baute sich ihr Mitarbeiter vor dem schmächtigen Döhring auf und sah streng auf ihn hinab: »Und Selbiges tät man wohl mit Fug und Recht annehmen können. Ihre Frau hat den Verstorbenen immerhin nachweislich mit Essen versorgt und dem Ihre abg'legten Sachen g'schenkt.«

Franziska schluckte. Brunos Aussage war nicht ganz korrekt. Alle elf Frauen hatten das Opfer mit Essen versorgt, und Armin Dobler hatte von allen Frauen die abgelegte Kleidung der Männer erhalten. Andererseits verfehlte Brunos Halbwahrheit nicht ihre Wirkung, denn Döhring wurde noch blasser. »Was? Was ham S' da grad g'sagt? Der ist in meinem G'wand umeinandg'laufen? In meine Hemden, meine Socken, meine Hosen?« Seine Stimme klang heiser, und er schnappte hörbar nach Luft.

»Bingo, jetzt ham mir uns ja beinah. Allerdings wie g'sagt: Ihnen Ihre *abgelegten* Sachen.«

Döhring schüttelte sich. Ihm war schlecht. Er sah seine Socken, seine Hemden und seine seidenen Pullover die Haut dieses Waldschrats berühren, roch förmlich, wie sie den Gestank dieses ungewaschenen Subjekts annahmen und mit Altmännerschweiß durchtränkt wurden.

Und das hatte Charlotte ihm angetan. Wie konnte sie nur! Hilflos stammelte er: »Die ... die ... die hat ihm die Sachen einfach g'schenkt? Der hat nix dafür zahlen braucht?«

»Sieht so aus.« Franziska nickte. »Wir haben allerdings nicht nur Kleidung mit Ihrem Monogramm im Unterstand des Toten gefunden, alle Frauen des Ortes haben ihm die abgelegte Garderobe ihrer Männer geschenkt.«

»Das ist mir wurscht, was die andern g'macht haben oder ned«, schrie Döhring. »Aber meine Sachen hätten niemals ned verschenkt werden dürfen. Verkauft eventuell, aber natürlich auch bloß nach Rücksprache! Und g'wiß ned so! Mir ham eine Gütertrennung. Das ist also nachad ein Übergriff. Ein ganz ein hundsgemeiner Übergriff ...«

»Nun halten Sie den Ball aber mal flach, Herr Döhring«, unterbrach Franziska ihn. »Wir ermitteln in einem Mord, und Sie denken über Ihre abgetragenen Socken nach. Das ist peinlich und unangemessen. Noch einmal: Wo ist Ihre Frau?«

»Woher sollt ich das denn wissen! Wahrscheinlich geht's grad wieder mit meinem G'wand hausieren.«

»Ja wenn das so ist, drück ich Ihnen alle Daumen, dass die Ihnen Ihre besten Stücke wenigstens heut zum Höchstpreis loskriegt.« Bruno grinste.

Franziska griff in ihre Jacketttasche, drückte Bernhard Döhring eine Karte in die Hand und erklärte: »Das ist eine Vorladung für Ihre Frau. Ich könnte sie auch nach Landau bestellen – aber wir haben uns für morgen in Schmiedingers Amtsstube eingerichtet und werden dort mit allen elf Frauen reden. Also: Sagen Sie Ihrer Gattin, dass wir sie am Vormittag pünktlich um neun Uhr erwarten. Ist das klar?«

Döhring nickte.

»Das mit seine alten Klamotten hat den doch tatsächlich total g'schockt«, triumphierte Bruno, als sie wenig später in ihren Dienstwagen stiegen.

Franziska nickte. »Ihn und die gute Martha Moosthenninger. Wenn die Schwester des Pfarrers sich nicht so maßlos über ihre schrumpfenden Kleiderspenden für die Caritas aufgeregt hätte und über die Tatsache, dass weder Pullover noch Wolldecken und erst recht keine Männersachen mehr gegeben werden, wären wir doch nie auf die Idee gekommen, dass die engagierten Damen all das zu ihrem Dobler getragen haben. Und unter uns: Eigentlich hätte die Spurensicherung uns darüber informieren müssen, dass Doblers Unterstand einem Second-Hand-Laden für Männermoden glich. Wieso denken die eigentlich nicht mit? Was denken die überhaupt? Solche Infos sind doch wichtig!«

»Chefin, das kommt, weil du allerweil alles selber kontrollieren und an alles selber denken willst! Nachad machen die keinen Strich mehr als wie ihre ureigene Arbeit. Praktisch nix wie Dienst nach Vorschrift. So erspar'n die sich jedes eigene Denken, weil das braucht's ja gar ned.«

»Aha, ich bin also schuld. Du willst damit sagen, dass ich auf Eigeninitiative setzen sollte?«

»Unbedingt.«

»Und was heißt das in diesem Fall konkret? Du denkst doch an was Bestimmtes?«

Bruno nickte, zündete sich eine Zigarette an und begann zu husten: »Mir könnten ja morgen einmal probeweise getrennt verhören. Du die eine, ich die andere – und nachad umg'kehrt.«

»Und was soll das bringen?«

»Könnt doch sein, dass die mit dir pfeilgrad anders reden als wie mit mir«, gab Bruno zu bedenken.

Franziska schoss zurück: »Die Rücker bestimmt, die verehrt

dich ja geradezu. Na gut«, meinte sie dann in versöhnlichem Ton. »Versuchen wir es morgen nach deiner Methode.«

»Dank dir, Franziska. Die Rücker tut mir fei schon richtig leid. Der Döhring wird ihr garantiert die Hölle heiß machen wegen seiner blöden Altkleidersammlung.«

»Das glaube ich nicht«, sagte Franziska. »Wenn er mit ihr ins Gespräch oder gar in einen Konflikt kommt, kommt er ihr ja nahe. Und Nähe scheint er zu fürchten wie der Teufel das Weihwasser. Vor uns konnte er sich aufspielen. Seiner Frau aber geht er aus dem Weg. Wetten?«

»Ich tät ja morgen ganz beiläufig danach fragen können.«

»Ja, und ich auch. Und in dem Fall gebe ich dir sogar jetzt schon recht: von dieser Zeugin werden wir verschiedene Antworten bekommen.« Sie fuhr auf den offiziellen Parkplatz der Polizeistation Kleinöd und parkte mit quietschenden Reifen neben dem Dienstwagen des Polizeiobermeisters Adolf Schmiedinger.

»Herr Schmiedinger, wir brauchen morgen den ganzen Tag Ihr Büro«, fiel Franziska mit der Tür ins Haus.

Nachdem Eduard Daxhuber ihn vor knapp einer Stunde angerufen hatte, um sich darüber zu beschweren, dass die hochanständigen Frauen des Dorfes morgen alle zum Verhör auf die Kleinöder Polizeistation zu erscheinen hätten, hatte Adolf Schmiedinger eins und eins zusammengezählt und sich seine ganz private Strategie zurechtgelegt. Es war an der Zeit, Nägel mit Köpfen zu machen.

»Das könnt aber schwer werden«, konterte er sogleich und lamentierte, dass seine kleine und von der Welt vergessene Polizeistation naturgemäß verhörtechnisch äußerst schlecht ausgerüstet sei. Eigentlich so gut wie gar nicht ausgerüstet.

»Was meinen S' denn da genau?« Bruno saß auf der hölzernen Besucherbank, hatte sich eine Zigarette angezündet und schickte seiner Frage ein elegantes Rauchwölkchen hinterher.

»Ja schaun S' doch einmal her«, meinte Adolf Schmiedinger. »Ich hab ja ned einmal einen Spiegel, wo man von einer Seiten durchschaun kann und von der andern ned, und auch keinerlei Aufnahmegeräte. Keine Videokameras und sonst auch gar nix von dem ganzen G'lump, was eigentlich alles so Vorschrift wär, jedenfalls wenn ich mich da richtig an die Ausführungsverordnungen erinnere, die bald schon täglich mit dem polizeidienstlichen Rapport bei mir eingehn.«

»Es handelt sich ja auch lediglich um die Befragung von Zeuginnen und nicht um ein Verhör«, stellte Franziska klar und schob Bruno einen Aschenbecher hin. »Auf jeden Fall brauchen wir Ihr Büro. Beide Zimmer.«

Genau damit hatte Adolf Schmiedinger gerechnet. Lauernd fragte er: »Und wo tät ich dann solang hinsollen?«

Franziska stellte sich ahnungslos. »Sie könnten mal einen Tag ausruhen. Sie machen ja eh einen Rund-um-die-Uhr-Dienst.«

Er schüttelte vehement den Kopf. »Daheimbleiben? Ich? Jetzt, in derer superheißen Phase, wo der Fall womöglich kurz vor der Aufklärung steht? Naa, also wirklich ned. Sein S' mir bittschön ned bös, aber das geht auf gar keinen Fall.«

Demonstrativ ging er in sich, nickte dann nachdenklich und schlug mit Unschuldsmiene vor: »Wissen S' was? Ich könnt die Zeit doch eigentlich optimal nutzen und mit der Frau Damböck nach derer dritten Rune suchen! Auf die Weis tät ich mich aktiv einbringen, und die von Ihnen benötigten Räumlichkeiten wären frei.« Zögernd fügte er hinzu: »Aber wie ich Ihnen schon letzthin am Telefon g'sagt hab: Dafür bräucht ich einen offiziellen Auftrag von Ihnen, am besten schriftlich. Sonst tät die nämlich auch gar ned frei kriegen von ihrem Kurator oder wie der Chef im Museum heißt. Also, wie schaut's aus? Sie kriegen meine Dienststellen, und ich sammel für Ihnen so lang weitere fehlende wichtige Beweise ein.«

»Das ist wirklich eine prima Idee«, nickte Franziska anerkennend. Er wurde augenblicklich rot. »Ich treffe sowieso heute Abend noch den Staatsanwalt. Dann werde ich ihn gleich bitten, einen Suchbefehl *für* und nicht *nach* Ida Damböck – so heißt sie doch, oder? – auszustellen. Wichtige ermittlungstechnische Gründe. Das zieht immer.« Franziska machte sich eine Notiz. »Außerdem sollten wir zwei Aufnahmegeräte aus Landau mitbringen. Und genügend Speichermedien. Was meinst du? Brauchen wir noch mehr?« Sie sah Bruno fragend an.

»Wen tät'n S' denn zu diesen Befragungen einladen wollen? Soll ich da eventuell noch einmal rumgehn für Sie und der Sach ein bisserl Nachdruck verleihn?«, bot Schmiedinger an. »Ich kenn ja meine Leut.«

»Das ist eine gute Idee. Super.« Franziska trat hinter seine Theke und machte sich am Polizeicomputer zu schaffen.

»Ich mach schon mal einen Zeitplan – den nehmen Sie dann mit. Okay?«

Der Polizeiobermeister strahlte und nickte.

»Für jede Frau jeweils eine Stunde?« Sie warf Bruno einen fragenden Blick zu.

»Viel z'lang«, meinte dieser.

»Fünfundvierzig Minuten?«

Bruno nickte. »Allerhöchstens.«

»Okay, dann fangen wir mal an. Also: Um neun verhöre ich Charlotte Rücker und du Ottilie Daxhuber. Anschließend umgekehrt. Wir teilen uns die Vernehmungen so ein, dass jede Frau als Erstes nach ihrem ganz persönlichen Verhältnis zum Dobler gefragt wird. Der Zweitbefrager lässt dann diese Sache außen vor und erkundigt sich ausschließlich danach, in welchem Verhältnis die anderen Frauen zu Dobler standen.«

»Du meinst, damit die z'erst über sich reden, was denen g'wiss eher unangenehm ist, und dann …?«

»Genau«, meinte Franziska und nickte. »Und dann über die anderen, was ihnen vermutlich angenehmer sein wird.«

»Raffinierter Plan«, stimmte Bruno zu. »Aber jetzt noch mal zum zeitlichen Ablauf: Bis mir die ersten zwei verhört haben, wär's dann halb elf.«

»Dann gibt's einen Kaffee, und um elf geht es weiter mit Berta Huber und Luise Langrieger. Um eins sind dann Malwine Brunner und Gertraud Halber dran.«

»Spätestens nach der tät ich aber eine g'scheite Pause brauchen, Chefin«, unterbrach Bruno ihre Planung.

»Dann machen wir um halb vier weiter mit Johanna Langrieger und Olga Oblomov, und zum Schluss kommen die Frau des Bürgermeisters und diese Frieda Zwacklhuber.«

»Und nachad ist's dann halbe sieben und der Tag rum.«

»Exakt.« Sie nickte. »Trotzdem, als Letzte müssen wir noch diese Agnes befragen. Malwine Brunners Schwester. Und denk dran, unser Praktikant soll inzwischen schon mal einige Leute akquirieren, die die Interviews über Nacht in lesbare Manuskripte übertragen.«

»Über Nacht gleich? Warum pressiert's dir denn so?«

»Mein Gefühl, meine Intuition, mein Kontrollbedürfnis – such dir was aus und rauch nicht so viel.«

Erst nachdem er sich geduscht, die Haare gewaschen und sich die Zähne geputzt hatte, rief er sie an.

Sie meldete sich sofort.

Beim Klang ihrer Stimme begann sein Herz zu flattern, und er schnappte nach Luft. »Morgen wär'n mir dann so weit«, verkündete er atemlos.

»Wie, was, was soll morgen sein? Wer ist denn dran? Hallo?« Jetzt klang sie genervt, und er wurde rot und schämte sich.

»Ich bin's doch bloß, der Schmiedinger Adolf, der Polizeiobermeister von Kleinöd. Sprech ich ned grad mit der Frau Damböck?«

»Ach, Sie sind's. Dann ist ja gut.« Er spürte ihr Lächeln durchs Telefon.

»Jawoll.«

»Und was ist morgen?«

»Ich hätt da eine Verfügung vom Herrn Staatsanwalt.«

»Mein lieber Schwan, jetzt wird's aber offiziell.« Wieder dieses Lachen, bei dem ihm die Knie weich wurden.

»Jaja, freilich.« Er schluckte. »Mir sind dazu aufg'fordert, morgen nach der dritten Rune zu suchen. Sie und ich. Und Ihr Chef muss Ihnen in jedem Fall freigeben.«

»Das hätten wir doch auch so regeln können. Da müssen Sie doch nicht gleich den öffentlichen Ankläger auffahren«, sagte sie, und er stellte sich vor, wie sie amüsiert den Kopf schüttelte.

»Naa, Ordnung muss schon sein«, erwiderte er. Niemand sollte ihm nachsagen können, er würde nicht korrekt arbeiten.

»Also, wann und wo?«, fragte sie, und er schlug vor, sie mit seinem Dienstwagen abzuholen.

»Nein, damit verlieren wir doch nur Zeit. Wir könnten uns direkt am Runenstein treffen. Gleich um neun in der Früh? Ich bin sicher, dass wir was finden werden. Also, ganz zuversichtlich bin ich da. Ich habe auch schon vorgearbeitet.« Ihre Stimme klang aufgeregt.

»Und Sie tät'n also auch wirklich kommen?«

»Natürlich, was denken denn Sie? Wir wollen doch die polizeilichen Ermittlungen nicht behindern.«

In dieser Nacht konnte er nicht schlafen. Um zwei stand er auf und schlich durch sein Haus. Es erschien ihm noch leerer als sonst. Mit bitterer Gewissheit nahm er Staubflocken wahr, schmutzige Fensterscheiben, Schlieren auf den Fußböden. Die Badewanne hatte einen dunklen Rand, die Spiegel waren blind, die Gardinen grau. Speckig glänzte die braune Couchgarnitur im Wohnzimmer auf einem Teppich, der eigentlich rot hätte leuchten müssen. Als Erna Schmiedinger noch Herrin des Hauses war, hatte alles gestrahlt und geglänzt und nach Bohnerwachs, frischem Kaffee und Hefezopf geduftet. Diesem Haus fehlte eine Frau.

Er wagte nicht daran zu denken, dass Ida Damböck Erna ersetzen könnte. Er wagte es nicht, ein Bier zu trinken, obwohl er dann sicher gut geschlafen hätte. Er stand auf und ging unruhig durch die verwaisten Räume.

Schließlich stand er vor seinem Kleiderschrank. Würde es sie beeindrucken, wenn er in Uniform kam? Offizieller sah es sicher aus. Im Schrank hingen seine Alltags- und eine Sonntagsuniform, die sich nur insofern von der anderen unterschied, als die grüne Sonntagsuniform vor etwa einen halben Jahr aus der Reinigung gekommen war und seitdem nebst senfgelbem Hemd in einer Plastikhülle steckte. Er nahm sie heraus. Die Hose hatte eine Bügelfalte, das Jackett war tailliert, und, was das Wichtigste war, sie roch sauber. Obwohl er seine Sauerkrautdiät schon vor etwa zehn Tagen abgebrochen hatte, hatte er immer noch das Gefühl, als würden Haut und Wäsche und alles, was in seine Nähe kam, nach vergorenem Weißkraut stinken.

Also die Sonntagsuniform und dazu frische Unterwäsche.

Feinripphemd und Feinripphose. Er erinnerte sich, dass Erna die Wäsche oft mit dem Dampfbügeleisen, in dessen Wasserbehälter sie zusätzlich ein paar Tropfen Parfüm gegeben hatte, frisch und duftig gebügelt hatte. Zu diesem Trick griff nun auch er und stand morgens um vier, nur mit einem fadenscheinigen Slip bekleidet, in der Küche vor dem Bügelbrett und richtete sich sein Outfit für die Begegnung mit Ida Damböck her.

»Das niederbayerische Vorgeschichtsmuseum bittet darum, eventuelle Funde, die nichts mit dem Fall zu tun haben, auswerten zu dürfen. Diesen Satz hat mir mein Vorgesetzter mit auf den Weg gegeben.« Ida Damböck begrüßte ihn mit einem kräftigen Handschlag.

»Das tät sich machen lassen.« Adolf Schmiedinger gähnte verstohlen. Jetzt hatte er doch tatsächlich fast verschlafen. Um halb fünf in der Nacht hatte er sich selbst zu einem Beruhigungsbier überreden können, war dann endlich eingenickt – und hatte daraufhin das erste Weckerklingeln überhört. Ausgerechnet heute.

»Ham S' hoffentlich ned allzu lang schon auf mich g'wartet?«

Die Restauratorin und selbsternannte Runenfachfrau stand neben ihrem weißen Smart und sah auf die Uhr. »Grad fünf Minuten. Nicht der Rede wert.« Ihre grauen Augen strahlten, und der kleine Leberfleck schien nur für ihn zu tanzen, aber etwas war anders, sie sah irgendwie komisch aus, nicht so, wie er sie innerlich gespeichert hatte. Es dauerte eine ganze Weile, bis ihm klar wurde, was genau er an ihr vermisste: den weißen Kittel, der ihrem Aussehen etwas Fürsorgliches, Mütterliches, Gütiges und Verzeihendes verlieh. Mit ihren Jeans, den Wanderstiefeln und dem dunkelroten Pullover wirkte sie wie eine zu forsche Pilzsammlerin, und Adolf Schmiedinger hasste Pilzsammlerinnen. Er schluckte und riss sich zusammen.

»Da ist es.« Feierlich überreichte er ihr das Schreiben des Landauer Staatsanwaltes, das er gerade noch in seiner Dienststelle eingesteckt hatte, wo Charlotte Rücker und Ottilie Daxhuber bereits friedlich nebeneinander auf dem Wartebänkchen gesessen hatten. »Ist fei nix anders als wie ein Informationsgespräch«, hatte er ihnen zugeflüstert. »Braucht's gar keine Angst ned ham.«

»Mir ham ned das Geringste zu befürchten«, hatte die Rücker daraufhin in einer solchen Lautstärke klargestellt, dass Franziska von ihren Papieren hochgesehen und Bruno aus dem Nebenzimmer gestürzt war.

Ida Damböck studierte das Dokument. »Ich habe noch nie zuvor eine staatsanwaltliche Anordnung gesehen. Super – aber wirklich gebraucht hätten wir die nicht. Dies ist mein Forschungsfeld, sozusagen mein Outdoor-Arbeitsplatz. Dann gehen wir mal.«

Sie stapfte los, und er trottete hinter ihr her.

Ihr Kinderkrankenschwesterlächeln war weg. Verschwunden mit dem weißen Kittel. Der Polizeiobermeister schluckte seine Enttäuschung herunter. Sein Leben war eine traurige und unglückliche Veranstaltung.

Ida Damböck dagegen war in ihrem Element. »Wissen Sie, wenn die dritte zusätzliche Rune, die wir hoffentlich gleich finden werden, im Zusammenhang mit den anderen beiden Runen steht, so muss sie innerhalb dieses Planquadrats liegen.« Sie holte eine Flurkarte aus ihrem Rucksack und entfaltete sie gegen einen Baumstamm. »Hier ist der Findling mit der schon immer dagewesenen Othala-Rune. Und dort ist die Hagalaz-Rune gefunden worden, hier die Ur. Berichtigen Sie mich, wenn es anders war.«

»Passt schon.« Schmiedinger wandte sich ab und fixierte den grauen Oktoberhimmel. Vielleicht war seine gute Erna ja schon tot, saß dort oben auf einer Wolke und amüsierte sich über seine verzweifelte Suche nach ein bisschen Glück. Er seufzte aus tiefster Seele.

»Das Problem ist nicht so groß, wie Sie meinen«, tröstete ihn Ida, die sein Seufzen falsch deutete. »Da Hagalaz und Ur in einem 45-Grad-Winkel zur Othala angezeichnet waren und das Runenalphabet immer von Ost nach West zu lesen ist, müsste die dritte zusätzliche Rune – wenn es sie denn gibt – ungefähr hier zu finden sein.« Sie zeigte auf ihr Messblatt, wo sie den möglichen Fundort grün schraffiert hatte. »Schauen Sie, es ist eine winzige Fläche von grad vierhundert Quadratmetern. Da müssten wir doch fündig werden.«

»Vielleicht ham S' recht«, murmelte er halbherzig.

»Sicher habe ich recht«, triumphierte sie. »Ich bin so froh, dass wir jetzt endlich offiziell den Tatort betreten dürfen. Und ich wusste die ganze Zeit, dass Sie mich als Expertin hinzuziehen würden. Deshalb habe ich das vergangene Wochenende damit zugebracht, mögliche Szenarien zu berechnen und mit allen Runenvariablen durchzuspielen. Dies ist die wahrscheinlichste Variante. Und dies ist mein heißester Tipp. Auf geht's. Und zwar hier lang.« Sie wies auf ihre Karte.

»Wenn mir die Vils an derer Stelle da überqueren, wärn mir fei mitten im Jagdgebiet vom Waldmoser«, wandte Adolf Schmiedinger ein. »Und ich mein, grad jetzt wär Saison für Rotwild und Hasen. Ned, dass uns wer abknallt. Dem Waldmoser seine Pächter und sein Förster Reschreiter pirschen an solchen Tagen wie heut gern von früh bis spät mit entsicherter Büchs'n umeinand.«

»Aber Herr Polizeiobermeister, ich bitte Sie. Wir sind im Auftrag der Staatsanwaltschaft unterwegs. Und außerdem tragen Sie eine Uniform. Das alles hier ist höchst offiziell.« Sie strahlte ihn an, und ihr Leberfleck hüpfte. Es ließ ihn kalt.

»Ich will doch bloß noch ein bisserl leben«, jammerte er.

»Wer will das nicht?« Sie lachte. »Seien Sie kein Hasenfuß.«

Als sie die von Ida Damböck errechnete Stelle erreichten, hatte sich ein Sonnenstrahl durch die Wolkenbank gekämpft, was Adolfs Begleiterin sogleich als himmlisches Zeichen deutete. Sie legte den Kopf in den Nacken und nahm mit ihrer Stupsnase Witterung auf. Dann schloss sie die Augen und drehte sich mit ausgebreiteten Armen. Er ging ein paar Schritte zurück und beobachtete sie.

Ohne ihren weißen Kittel war sie ihm fremd und unheimlich, eine dieser besserwisserischen Städterinnen, die mit Pflanzenbestimmungsbüchern durch das Sumpfgebiet stapften, alles katalogisierten und mit schrillen Stimmen das Wild erschreckten. Während des Kreiselns öffnete sich Idas Haarknoten, und weiße Locken umfluteten ihr Gesicht.

Adolf Schmiedinger öffnete den obersten Knopf seines Uniformhemdes und roch den tröstenden Duft frisch gebügelter Unterwäsche.

Ida Damböck blieb stehen und schritt dann langsam, wie von fremder Hand gesteuert, auf eine Gruppe von drei Weiden zu. An der äußeren linken Weide lehnte ein eisernes Etwas, vor dem sie sich mit einem Jubelschrei niederließ.

»Ich hab sie, ich hab sie. Schauen Sie mal. Hier ist sie.«

»Da schau her. Was für eine Rune ham mir denn da?« Adolf ließ sich von ihrer Begeisterung nicht anstecken und murmelte in sich hinein: »Saublödes Runentrumm da.«

Sie hielt ein geschmiedetes Eisenstück in der Hand, das ihn an das unglückliche Ergebnis einer traurigen Liaison zwischen Y und Dreizack denken ließ. Ihm wurde bewusst, dass er an diesem Tag nur noch düstere Gedanken denken wollte – und sie war schuld.

»Es ist die Rune Mannaz«, erklärte sie stolz.

»Aha.«

»Hey, Schmiedinger, wir haben sie gefunden! Ich hab es gewusst.« Sie schlug ihm auf die Schulter und strahlte ihn an. Er blieb gelassen.

»Wir können den Satz vollenden«, jubelte sie.

»Aber der Dobler wird wegen dem auch nimmer lebendig«, stellte er mürrisch klar. »Und seinen Mörder ham mir trotzdem noch lang ned.«

»Seien Sie zuversichtlich. Eins nach dem anderen«, tröstete sie ihn und trat so nah an ihn heran, dass er schwach ihre spezielle Duftmischung wahrnahm – Kernseife mit Pfefferminz –, und die Erinnerung, dass er sich nächtelang nach genau diesem Duft gesehnt hatte, sprang ihn an wie ein lästiges Tier und ließ ihn erröten. Sie war nicht die, die er brauchte. Die hier war ihm fremd und erinnerte nur noch entfernt an seine Ida Damböck.

Doch die Fremde an seiner Seite ließ sich nicht beirren. »Mannaz ist die Ahnenrune zur Menschwerdung – hier haben wir sozusagen den Adam und die Eva der Runenmythologie vereint. Aber in diesem Zeichen stecken auch die Worte Mahn und Wahn, was nie vergessen werden darf.«

»Das tät ich Ihnen sofort glauben, dass da ein Wahnsinniger am Werk g'wesen sein muss«, fiel Schmiedinger ihr ins Wort. »Jessas, ich bin noch gar ned auf die Idee kommen, in der G'schlossenen von Straubing nachzufragen, ob denen einer von ihren Irren abgehn tät.«

»Das Verrückte hat System«, belehrte sie ihn. »Wir haben es mit einem hochintelligenten Menschen zu tun, der bewusst seine Zeichen hinterlässt.«

»Aber was tät uns der sagen wollen?«

Ida Damböck nahm ihren Rucksack ab, kramte in ihren Papieren und suchte die Aufzeichnungen heraus, die sie sich bei Schmiedingers Besuch in ihrem Museum gemacht hatte.

»Er will uns sagen, dass eine Zeitenwende ansteht. Diese Rune versinnbildlicht den Prozess der Trennung. Sie vereinigt alle Gegensätze in sich: Leben/Tod – Licht/Dunkelheit – Mann/Frau.«

»Das ham jetzt aber fei Sie g'sagt«, stellte er klar. »Dass Männer und Fraun Gegensätz wär'n.« Er dachte an seine Erna. Zwar hatte er sie nicht immer verstanden, aber wie Feuer und Eis war diese Ehe nicht gewesen. Eher wie ein duftender Hefezopf mit frischer Butter. Und gerade, als er dachte, so würde es immer bleiben, war sie verschwunden.

»Nun seufzen Sie nicht schon wieder so tragisch«, unterbrach Ida Damböck seine Gedanken. »Schaun Sie, ich hab den Satz übersetzt: Natürlich unterwirft sich das Wohl der Demut und macht sich die wendende Not zu eigen. Der neue Weg ist vollendet.«

»Verstehn tu ich das aber trotzdem ned«, gestand Adolf Schmiedinger.

Sie sah ihn kopfschüttelnd an.

»Ich tät eben noch eine Übersetzung brauchen«, jammerte er. »Und hernach ein Bier ...«

»Wissen Sie was, da trinke ich sogar mit«, lachte sie und schlug ihm erneut auf die Schulter.

»Sie können mir ja im Blauen Vogel alles erklärn.«

ZEHNTES KAPITEL

Kopfball

Er stürmte das Lokal, schubste Teres Schachner vehement beiseite und verschwand ohne ein Wort der Erklärung hinter der Tür mit der Aufschrift »Privat«.

»Was ist denn mit dem heut los?«, wandte sich die Wirtin des Blauen Vogels an die hochgewachsene weißhaarige Frau, die mit dem Polizeiobermeister das Lokal betreten hatte. »Der raucht doch gar ned.«

»Keine Ahnung, was das nun wieder soll. Wir sind hierhergekommen, um ein Bier zu trinken und um uns auszuruhen. Ich verstehe es nicht. Er ist irgendwie den ganzen Tag schon so komisch.«

»Mannerleut«, schimpfte Teres und machte sich an der Zapfanlage zu schaffen. »Alle fünf Minuten fallt denen ein anderer Schmarrn ein.«

Die Fremde nickte und sah sich in dem leeren Lokal um. »Sind wir die einzigen Gäste?«

»Ja mei, jetzt ham mir's grad sechse. Die kommen ned vorm Abendessen. Gegessen wird daheim, und trunken und g'spielt wird da herin.«

»Verstehe.«

Ida Damböck sah sich um. Der Blaue Vogel entsprach genau dem Klischee einer Dorfkneipe. Ein lang gezogener Tisch mit unbenutztem Aschenbecher und dem Schild »Stammtisch«, an der Wand außergewöhnliche und sicher auch gewinnbringende Schafkopfblätter und in der Ecke neben einer Anrichte drei Vierertische mit blau-weiß karierten Tischtüchern – vermutlich für die wenigen Gäste, die doch etwas essen würden.

»Sind das am End schon wieder polizeiliche Ermittlungen?«, fragte Teres. »Erst die Gaudi wegen dem Fußball und dann wegen dem Dobler – allerweil ist irgendwas streng geheim, damit ein jeder sich g'scheit wichtig machen kann.«

»Das stimmt.« Die Frau hob ihren Krug. »Ich heiße übrigens Ida. Ida Damböck aus Landau. Restauratorin am Niederbayerischen Vorgeschichtsmuseum.«

»Habt 's ihr denn da recht viel zum Restaurier'n? Ich hätt g'meint, ihr habts da bloß ganz altes G'lump und ab und zu mal einen Plastiksaurier oder einen Ötzi aus Pappmaschee. Jedenfalls haben mir das welche von meinen Gästen so verzählt.«

Ida Damböck lachte, und unterhalb ihres rechten Auges blitzte ein kleiner Leberfleck. »Schauen Sie doch mal vorbei, und machen Sie sich selbst ein Bild.«

»Mei, wann könnt ich so was schon machen? Ich hab doch nie zu irgendwas Zeit«, gab Teres zurück und merkte, dass sie eigentlich gern dieser Einladung gefolgt wäre. Einmal raus aus dem alten Trott. Wann hatte sie zuletzt derart ketzerische Gedanken gehabt? Es musste Ewigkeiten her sein. In Kleinöd geboren, in Kleinöd geblieben und in Kleinöd gestorben. So hatten es all ihre Vorfahren gemacht, so würde es auch ihrer Mutter Kreszentia widerfahren, und sie, Teres, hatte einfach nicht das Recht, ein solches Muster zu durchbrechen. Sie seufzte.

In genau diesem Moment ließ sich Adolf Schmiedinger wieder blicken. »Ich hab g'schwind ein paar dienstliche Telefonate g'habt«, entschuldigte er sich.

»Und da gehst ohne zu fragen an meinen Schreibtisch?«, fuhr Teres ihn an.

»Ich hab doch mit'm Handy telefoniert. Mit mei'm Diensthandy«, rechtfertigte er sich.

»Und das sollt ich dir glauben? Das hättst ja draußen auch machen können.«

»Da wo ein jeder Depp mithörn tät? Bist narrisch?«

»Da in dem Dorf weiß doch ein jeder alles von jedem«, konterte sie und knallte ihm die Halbe auf den Tisch.

Ida Damböck lächelte verhalten.

»Also, geh weiter, was war jetzt los da?« Teres hatte sich vor ihm aufgebaut und die Hände in die Hüften gestützt.

»Geht's ums Fußballspiel? Nachad muss ich rechtzeitig Bescheid wissen, weil die Schalker wollen ja bei mir im Gasthof übernachten.«

Schmiedinger wurde blass: »Was? Schalke bei dir? Die schlafen echt da herin?«

»Ned die Spieler«, beruhigte sie ihn. »Bloß manche Fans. Und weißt was? Die Kreszentia hat für die extrig die ganze Bettwäsche in Königsblau einfärben müssen. Dazu weiße Handtücher – damit's ned bloß nach Schalke aussieht, sondern auch nach denen Nationalfarben von Bayern. Die sollen sich bei uns wie daheim fühlen.«

»Und g'wiss auch getröstet werden, falls die verlieren«, fügte Schmiedinger hinzu. »Ihr spinnt's doch komplett!«

Geschäftsmäßig wandte er sich dann an Ida Damböck. »Die Kommissarin tät's gern sehen, wenn Sie dableiben könnten, bis sie kommt. Sie tät sich das Trumm da mit Ihnen anschaun wollen.« Er zeigte auf die eiserne Rune, die neben Idas Bierkrug lag.

»Okay, was sein muss, muss sein. Dann bestelle ich mir mal ein Essen. Wann kommt sie denn?«

»Die Hausmann? Allerfrühestens in einer Stund, hat s' gsagt.« Mit zusammengezogenen Augenbrauen sah Adolf Schmiedinger auf seine Uhr. »Ich mach heut Dienst nach Vorschrift«, verkündete er. »Um achte hab ich ang'fangen, jetzt ham mir's schon nach sechs. Zehn Stund. Das langt. Nun hab ich Feierabend.« Er ließ sich neben Ida Damböck auf einen Stuhl fallen, öffnete demonstrativ den obersten Hemdknopf und rief: »Teres, mach mir doch gleich g'schwind noch ein leckeres Helles!«

»Wir könnten zusammen was essen«, schlug seine Begleiterin vor. »Sie bleiben doch sicher auch noch ein bisschen, oder?«

Hätte er ihr sagen sollen, dass dies sein zweites Zuhause war und dass er schon lange kein erstes Zuhause mehr hatte? Es ging sie nichts an. So nickte er halbherzig und versuchte sich an einem Lächeln. Lieber wäre er allein gewesen ohne diese Verräterin an seiner Seite. Sie hatte ihn hinters Licht geführt mit ihrem weißen Kittel und ihrem Kinderkrankenschwesterlächeln. Hatte sich mit Weiß getarnt – aber er ließ sich nicht für dumm verkaufen. Seit heute wusste er, dass sie eine falsche Schlange war. Sie war eine großstädtische Kulturamsel auf Pilzsuche und hatte dabei eine Rune entdeckt. Na und? Das hätte schließlich jedem passieren können. Darauf sollte sie sich bloß nichts einbilden.

»Der Schweinsbraten wär recht gut. Spezialität vom Haus«, sagte er dann. »Für mich bittschön eine Portion mit zwei extrigen Knödeln, aber dafür ohne Krautsalat. Mir ham nämlich heut Mittag nix wie eine Brotzeit g'habt.«

Nachdem sich seine Sehnsucht als so trügerisch erwiesen hatte, war nun schon eh alles egal. Er würde keine Sauerkrautdiät mehr machen und sich stattdessen die nächste Uniformhose eine Nummer größer bestellen. Dieser Entschluss baute ihn auf.

Franziska hatte mit ihrem Handy im kühlen Oktoberwind gestanden und sich Schmiedingers Bericht angehört. Ihr Atem hatte kleine Rauchkringel geschaffen, und sie war während der Ausführungen des Polizeiobermeisters mit ihren Gedanken abgeschweift, hatte den Wölkchen nachgesehen und darüber gestaunt, dass sie das Rauchen gar nicht mehr vermisste. Noch vor wenigen Jahren war das der einzige Grund gewesen, um morgens überhaupt aufzustehen, und in den letzten dreißig Jahren hatte jeder Mangel an Zigaretten zu schlechter Laune und katastrophalen Ehekrisen geführt. Absurd und überflüssig!

Leider hatte sich Bruno ihr Laster ausgerechnet in dem Moment zu eigen gemacht, als sie beschloss, mit dem Rauchen aufzuhören.

Drinnen in der Dienststelle ging die letzte Zeugin ungeduldig auf und ab. Die Kommissarin erkannte Agnes Harbingers Kopf oberhalb der Milchglasscheibe. Es hatte was von einem Kasperletheater – wie der ganze Nachmittag eher an ein absurdes Theaterstück denn an eine Befragung denken ließ. Franziska fragte sich, wie alt diese Frau sein mochte. War sie die jüngere oder die ältere Schwester von Malwine Brunner?

»Wär's das dann g'wesen?«, schrie Schmiedinger gerade in den Hörer.

Sie schluckte und konzentrierte sich auf das Gespräch. »Moment noch, vielleicht können wir schnell was umorganisieren. Ich würde gern Ihre Expertin kennenlernen und die Rune mit eigenen Augen sehen. Es macht Ihnen doch sicher nichts aus, noch ein Stündchen auf uns warten?«

Sie hatte gedacht, dem Polizeiobermeister damit einen Gefallen zu tun, aber der reagierte unwillig und abweisend: »Ja sag'n S' einmal, hat unsereins denn nie Feierabend?«

»Herr Kollege, so war das doch gar nicht gemeint. Natürlich haben Sie jetzt frei. Ihr Tag war ja wirklich lang genug«, lenkte sie ein. »Essen Sie was Schönes, und in einer Stunde löse ich Sie dann ab. Wir müssen noch eine Zeugin vernehmen. Danach bin ich bei Ihnen.«

Dann rief Franziska ihren Mann an. »Ich habe die Runenexpertin für dich in den Blauen Vogel bestellt. Du könntest mich dann dort abholen. Dann würde ich Bruno nämlich schon jetzt samt Dienstwagen und mit den besprochenen Bändern nach Landau schicken.«

»Super Idee.« Christian klang begeistert. »Ich bin in spätestens einer halben Stunde dort.«

»Ich bin ja so erschöpft«, sagte Agnes Harbinger vorwurfsvoll, ging in der kleinen Dienststelle auf und ab und zog ihren rechten Fuß demonstrativ nach. »Warum hab ausg'rechnet ich so spät kommen müssen? Hätt's denn da keinen anderen Termin für mich geben? Das haut mir meinen Rhythmus z'samm.«

»Eine muss die Letzte sein, ebenso wie andere die Ersten sind«, belehrte Franziska sie. Agnes war zweifellos eine, die auf Kosten anderer litt und dies betont zur Schau stellte. Die elegante und ausgesuchte Kleidung dieser weit über Fünfzigjährigen, die darauf bestand, mit Fräulein angesprochen zu werden, stand in krassem Widerspruch zu ihren verhärmten Gesichtszügen, und Franziska spürte, dass sich bei ihr eine Abwehr gegen diese Frau aufbaute. Besonders pingelig nahm sie die Personalien ihres Gegenübers auf: Agnes Harbinger, ledig, kinderlos, frühpensionierte Krankenschwester, nun wohnhaft im Austragshäuserl der Malwine Brunner, mit dem Verstorbenen weder verwandt noch verschwägert.

Das Fräulein Harbinger war fast fünf Jahre jünger als Franziska, die mit verhaltener Genugtuung das Äußere ihres Gegenübers taxierte. Sie wusste, dass es nicht ganz fair war, andrerseits war genau dies der Moment, der sie mit dem vergangenen Tag versöhnte. Franziska trat ans polizeiobermeisterliche Handwaschbecken, seifte sich demonstrativ die Hände ein, drehte den Wasserhahn auf und betrachtete sich lange im Spiegel. Der machte ihr klar, dass sie eindeutig jünger und attraktiver aussah als diese gramgebeugte Jungfer. Okay, es war nicht die feine englische Art, aber manchmal musste sie eben zu solchen Tricks greifen.

Etwas versöhnlicher wandte sie sich an Agnes Harbinger: »Wie haben Sie Herrn Dobler kennengelernt?«

»Über meine Schwester halt.«

»Welche Rolle spielte er in Ihrem Leben?«

»In meinem Leben? Keine!«

»Was ist eigentlich bei diesen sogenannten Sitzungen passiert? Wie liefen die ab?«

»Gar nix ist passiert. Mir sind z'sammeng'sessen, und er hat uns Ratschläg geben. Gute Ratschläg. Der hat sich auskennt. Der Dobler war g'wiss ned blöd.«

»Einige Ihrer Freundinnen sagten, dass er mit den Toten Kontakt aufnehmen konnte.«

Agnes Harbinger wurde rot. »Das sind ned meine Freundinnen.«

»Ach was.«

»Die eine ist meine Schwester, und die andern stehn mir so nah, wie einem eine Kollegin nahstehn tät. Also ned b'sonders nah.«

»Gut, dann eben Kolleginnen, mit denen Sie jeden Samstag zu ihm pilgerten.«

Wieder bestand Agnes auf ihrer Sichtweise und stellte klar: »Pilgern ist ganz ein falscher Ausdruck.«

Franziska verdrehte die Augen. »Okay. Sie sind also fast jeden Samstag zu ihm gegangen.«

Agnes Harbinger nickte.

»Hatte Armin Dobler auch Besuch von anderen Personen aus dem Ort?«

Sie hob die Schultern. »Weiß ich ned.«

»Und was ist mit den Gerüchten, die hier so kursieren? Hat er wirklich mit den Toten reden können?«

»Die Meinen sind jedenfalls ned kommen«, sagte sie anklagend. »Kommen halt allerweil die Falschen. Die, die nix Wichtig's zu sagen ham.«

»Wer kam denn beispielsweise?«, wollte Franziska wissen.

»Der Elmar-Pierre, angeblich der depperte Schutzengel von dem Enkel von der Daxhuberin. Also der ist allerweil kommen und hat verzählt, dass der Bub gute Noten schreibt und dass sie, die Daxhuberin, doch bittschön noch mehr Rosenkränz für ihn beten sollt. Und um so was rauszukriegen, müsst sie doch ned extra zum Waldmenschen gehen, oder?« Sie schüttelte den Kopf und heischte nach Zustimmung.

»Was wollten *Sie* denn erfahren?« Franziska beugte sich vor.

»Also das geht Ihnen fei wirklich überhaupt nix an. Aber schon gleich gar nix.« Agnes Harbinger stand auf.

»Wir sind noch nicht fertig«, maßregelte die Kommissarin ihre Zeugin. »Wenn er schon so vertraut mit den höheren Mächten umgehen konnte, glauben Sie, er wusste, dass er sterben würde?«

»Naa!« Die Harbinger schüttelte vehement den Kopf. »Das weiß doch keiner von uns so g'wiss. Mir alle meinen doch, dass das bloß die anderen erwischen könnt. Alle, die was ich pflegt hab, und ich war lang Krankenschwester, und ich hab viele pflegt, also keiner von denen hat wahrhaben wollen, dass Schluss sein könnt. Ein jeder hat bis zu seinem allerletzten Schnaufer denkt, dass das noch ned alles g'wesen wär.«

Hinkend stapfte sie in der kleinen Dienststelle auf und ab. »Mit'm Tod mag keiner was zu tun ham.«

»Aber mit den Toten«, ergänzte Franziska lakonisch.

Agnes blieb stehen und warf ihr einen bösen Blick zu. »Sie ham ja gar keine Ahnung. Weder vom Leb'n noch vom Sterb'n, und g'wiss erst recht ned von solchene Menschen, wie dass der Dobler einer war.«

Franziska hielt ihrem Blick stand.

Agnes Harbingers Stimme wurde leise und zischend, und ihre Vorwürfe nahmen an Heftigkeit zu. Es waren Angriffe auf den

Beruf der Kommissarin, auf die Polizei im Allgemeinen, auf den Staat und auf die ganze Welt sowie auf Franziskas Rolle als Frau, die es sich anmaßte, über Männer zu befehlen. Sie warf der Kommissarin Ignoranz, Einfältigkeit, Dummheit, Torheit und falsche Vertrauensseligkeit vor.

Franziska ließ sie reden und beobachtete sie. Vor ihr stand eine, die sich nur dann groß fühlen konnte, wenn sie andere klein machte. Sie tat ihr fast leid.

»Gehen Sie mit Ihrer Schwester auch so um?«, fragte sie. »Mit Malwine Brunner, in deren Haus Sie ja nun leben?«

»Die Malwine soll froh sein, dass jemand auf sie aufpassen tut. Die hat ja so ein b'hütetes Leben gehabt. Z'erst warn da die Eltern, dann der Mann... Die hat doch ihr Lebtag keinem Sturm trotzen müssen, und kaum warn ihre Leut alle g'storben, ist doch gleich schon der Bub wiederkommen aus'm Jenseits.«

Franziska ging auf diese letzte Bemerkung nicht ein, sondern stellte sachlich fest: »Den Herrn Brunner senior habe ich auch noch kennengelernt. Damals, bei meiner ersten Ermittlung.«

»Stellen S' Ihnen bloß vor, zu keiner Sitzung ist der kommen. Hat sich kein einziges Mal g'meldet und sich somit natürlich auch ned entschuldigt für seinen unmöglichen Auftritt, damals, wo der g'storben ist.« Agnes schüttelte sich bei der Erinnerung an die Familienschande. »Was der der Malwine antan hat: Geht aufs Häuserl, lasst die Hosen nunter und tritt ab. Und dann keinen Ton ned pfeifen, da aus'm Jenseits, wo mir schon extrig eine Verbindung zu denen herg'stellt ham. Aber mei, so war der ja auch vorher schon. Da hat er mit der Malwine schon nix g'redet, und wegen was hätt der denn dann damit anfangen sollen, nachdem er eh schon hin war.«

Franziska stellte sich vor, dass dieser Dobler so was wie Telefongespräche mit den Toten geführt hatte, und fragte dann: »Wusste der Pfarrer eigentlich davon?«

»Naa, naa, weder der Pfarrer noch sonst irgendein Mannsbild.« Agnes Harbinger hielt in ihrem Auf- und Abgehen inne, stockte und zog überrascht die Stirn kraus: »Wissen S', was fei wirklich komisch ist...«

Franziska schüttelte den Kopf.

»Das mit denen Männern«, erklärte Malwine Brunners Schwester. »Solang die da sind, also im Diesseits, solang behaupten die steif und fest, dass das ganz g'wiss gar ned sein könnt mit einem hiesigen Kontakt hinüber ins Reich der Toten und dass mir Frauen uns das alles nur einbilden. Kaum sind s' dann drüben, dann stehen s' Schlange zum auf B'such Z'rückkommen. Aber eine Frau zu Wort kommen lassen s' wieder ned.«

»Echt?« Die Kommissarin horchte auf und kniff sich leicht in den Arm. Dieses Gespräch wurde von Minute zu Minute unwirklicher und hatte was von einem schrägen Traum.

»Ja, ganz in echt«, bestätigte Agnes. »Und als Erste sind die allerlangweiligsten Kerle z'rückkommen, grad die halt, die auch in ihrem lebendigen Leben immer g'meint haben, wie interessant sie doch wären.«

»Wer zum Beispiel kam denn da?«

»Der Malwine ihr Sohn fällt mir da gleich ein. Der hat ihr noch aus'm Jenseits raus Anbaupläne diktier'n wollen und die Fruchtfolgen von die Felder durchgeben. Der wollt ihr glatt vorschreib'n, mit wem sie z'sammen arbeiten sollt und mit wem ned. Das hätt ich ihr alles genauso sagen können. Aber auf mich hätt die ja nie ned g'hört.«

Erschöpft ließ sie sich auf einen Stuhl fallen und streckte das kranke Bein aus.

»Was hätten *Sie* denn wissen wollen?«, wiederholte Franziska ihre Frage von vorhin.

»Ich hätt gern gewusst, wie es da drüben so wär. Ob ich dort dann auch einen Klumpfuß hätt, zum Beispiel. Doch die behaupten allerweil nur, dass es denen da saugut gehn tät, und überschütten einen dazu mit Ratschläg, die man weder braucht noch will. Und die, auf die man wirklich g'wartet hätt, die erscheinen erst gar ned.«

Franziska hätte gerne gewusst, auf wen so eine wie Agnes Harbinger wartete. Hatte sie jemanden auf der anderen Seite, dessen Vergebung sie ersehnte, oder gab es möglicherweise einen, der von ihr gegangen war, ohne ihr seine Liebe zu gestehen? Sie wagte nicht, danach zu fragen.

»Wie stand denn Ihre Schwester zum Dobler Armin?«, leitete Bruno den zweiten Teil der Vernehmung ein.

Die Zeugin beugte sich vor und raunte ihm zu: »Verhältnis tät man ruhig schon bald sagen können, jedenfalls, wenn's nach ihr gangen wär. Wissen S', junger Mann, die Malwine, die war dem Dobler ja total verfallen! In ihr Haus hätt die sich den am liebsten g'holt! Und wahrscheinlich auch in ihr Bett. Also mir wär der ja zu dreckig g'wesen. Der hat doch schon seit Ewigkeiten da im Wald g'wohnt. Sommers wie winters. Wer weiß denn schon so genau, was für Viecher so einer dann mit sich rumschleppt: Bakterien, Viren, Kokken, Sporen, Pilze und Bazillen und all solches Kroppzeug.«

»Da schau her, Sie kennen sich aber gut aus.« Bruno nickte anerkennend, und Agnes Harbinger strahlte ihn an.

»Ich hab ned umsonst einen Großteil von meinem Leben in Krankenhäusern zubracht. Und zwar ned als Patientin, sondern als Schwester. Da tät schon ein Fachwissen z'sammenkommen, und einen Blick tät man auch krieg'n, und zwar fürs Wesentliche.«

»Das glaub ich Ihnen gern. Was für ein Mensch war denn der Dobler selber?«

»Charakterlich, oder was meinen S' damit?«

»Genau.«

»Mei, im Grund war der eine ganz eine arme Sau. Hat kaum Glück g'habt in seinem Leben. Hätt ich den auf der Krankenstation kenneng'lernt, hätt ich vermutlich über den g'sagt: ›Das ist einer, dem wirklich alle Felle davong'schwommen sind.‹ Aber so …« Sie dachte kurz nach und meinte dann: »Vielleicht ist ja der auf seinen Tick mit dem Loslassen überhaupt erst kommen, weil er eh schon absolut nix mehr zum Festhalten g'habt hat. Und nachdem der dann restlos frei war von allem und jedem, ham die anderen den kinderleicht b'setzen können. Ich glaub ganz fest, dass das so gewesen ist. Weil, wie sonst hätten denn die Stimmen von dem Besitz ergreifen können?«

Franziska saß hinter Schmiedingers Schreibtisch, machte sich Notizen und hörte dem Gespräch im Nebenzimmer mit halbem Ohr zu. Verwundert stellte sie fest, dass Bruno keinen Bock auf

Metaphysik hatte, denn er fragte ziemlich pragmatisch nach: »Könnt's denn ned auch sein, dass der Armin Dobler doch irgendwie, ja mei, wie tät ich sagen sollen, also vielleicht doch ein bisserl krank g'wesen wär?«

Die Zeugin widersprach vehement. »Nie ned! Da hätt ich was g'spannt. Wissen S', ich hab nämlich auch in der Psychiatrie g'arbeitet. Ob wer einen Vogel hat oder ned, das riech ich auf hundert Meter gegen den Wind. Naa, im Kopf war der ganz klar. Brutal b'sessen halt von sei'm Loslass'n und dem ganzen Krampf. Allerweil hat der tanzen, beten, meditieren oder sonst was müssen. Bestimmt hat der auch g'meint, dass er den Kontakt zu den höhern Wesenheiten verlieren könnt, wenn er sich allzu viel mit weltlichen Dingen abgeben tät. Die Malwine jedenfalls glaubt, dass der deswegen ned zu uns hat ziehen mög'n.«

»Aha«, kommentierte Bruno und hüllte sich in Schweigen.

»Wenn der kommen wär, hätt ich als Allererstes gewollt, dass der ein Wannenbad nimmt. Und untersucht hätte ich den fei auch vorher, ned, dass der uns noch gewisse Krankheiten ang'schleppt hätt. Aber so weit ist's ja eh ned kommen.«

»Sie mit Ihrer großen Erfahrung«, meinte Bruno, »was glauben denn Sie: Ist da überhaupt irgendwas g'laufen, ich mein, also zwischen dem Dobler und einer von denen Frauen aus dem Dorf?«

»Ach, meinen S' etwa, dass da ein gehörnter Ehemann unter Umständen ...«, fiel sie ihm ins Wort.

»Das ham jetzt aber Sie g'sagt«, antwortete er, und Franziska konnte sich sein verschwörerisches Lächeln vorstellen.

Agnes Harbinger schien lange nachzudenken. »Naa«, sagte sie dann. »Kann ich mir ned vorstelln. Ich glaub, dass der eher so was wie ein ein Mönch g'wesen ist. Ein solchener halt, der so was ned braucht.«

»Der was ned braucht?«, hakte Bruno nach.

»G'... g'... g'schlechtliche Liebe«, stotterte sie.

Schweigen.

»Hat der denn ned mal was von Bekannte oder Verwandte oder überhaupt von irgendwelche Leut aus seinem früheren Leben erzählt?«, fragte Bruno nach einer Weile.

»Der hat nie viel von sich erzählt«, murmelte Agnes. »Der war ja bloß eine Durchgangsstation für die anderen da, für die Jenseitigen. Die haben den fei manchmal regelrecht auf d'Seiten druckt g'habt.«

»So weit, so gut. Falls mir noch Frag'n ham, tät'n mir uns bei Ihnen melden.« Bruno Kleinschmidt beendete das Verhör. Er wirkte ratlos.

Sie sahen ihr nach, wie sie die Dorfstraße entlanghinkte und kurz hinter dem Dorfausgangsschild ihr Handy zückte, vermutlich, um sich von ihrer Schwester Malwine abholen zu lassen.

»Einer von den Jenseitigen kann den Dobler ja wohl kaum umbracht haben.« Bruno seufzte. »Chefin, wo sind mir bloß g'landet?«

»Das wüsste ich auch gern. Vielleicht im metaphysischen Raum.«

»Mir brummt schon der Schädel. Die haben alle den gleichen Schrott verzählt. Welche Geisterwesen zu welchene Sitzungen kommen wären und welchene Informationen die wann von drüben erhalten ham. Ich glaub's einfach ned.« Er zündete sich eine Zigarette an.

»Und wenn da doch was dran ist? Was wissen wir schon? Es gibt so viel zwischen Himmel und Erde ...« Franziska betrachtete sehnsuchtsvoll die Hand ihres Kollegen. »Das wär jetzt echt ein Moment für 'ne Fluppe – nach all der Zeit.«

Er zückte so schnell seine Zigarettenschachtel, dass sie erschrocken zurückwich. »Nein, führe mich nicht in Versuchung. Ich kompensiere dieses Bedürfnis lieber mit einem Hellen. Und zwar frisch vom Fass.«

Bruno strahlte. »Gar keine blöde Idee. Lass uns in den Blauen Vogel fahren. Nach allen denen g'spinnerten Urscheln tät mir eine schöne Halbe am ehesten wieder zu einem klaren Kopf verhelfen können.«

»Du fährst *mich* in den Blauen Vogel«, verbesserte sie ihn. »Und dann fährst du gleich weiter nach Landau, denn ich will, dass die Bänder noch heute Nacht getippt werden. Wie ich Kevin Schlappinger kenne, hat der sicher schon alles vorbereitet, und die Transkribentinnen stehen bereits Notebook bei Fuß in unserem Amtszimmer. Also, lass die Damen nicht warten.«

»Und wie tät'st du dann heimkommen?«

»Mein Mann holt mich ab.« Sie sah auf die Uhr. »Es kann gut sein, dass Christian bereits im Blauen Vogel ist.«

Jetzt, gegen neunzehn Uhr dreißig, war das Wirtshaus so gut wie voll besetzt. Franziska öffnete schwungvoll die Tür und sah sogleich Adolf Schmiedinger, der mit ihrem Mann und einer apart aussehenden Frau an einem Tisch mit weiß-blau karierter Decke tafelte. Der Polizeiobermeister sah so aus, als fühle er sich nicht ganz wohl in seiner Haut, während sich Franziskas Mann und diese Ida Damböck offensichtlich blendend unterhielten. Langsam ging sie auf den Tisch zu und versuchte dabei, ihren Mann mit den Augen einer Fremden zu betrachten. Groß, graue Schläfen, fein geschnittenes Gesicht. Ein sensibler Mund. Designerbrille. Demonstrativ legte er nun das Kinn auf seine gefalteten Hände: auf gepflegte Hände, die Hände eines Intellektuellen. Er trug einen taubengrauen Kaschmirpullover und eine schwarze Cordhose. Vermutlich hatte er dieser Restauratorin schon erzählt, dass er für den Guardian über Nazisymbole recherchierte und an einem Artikel über Runen arbeitete. Nächtelang hatte er Franziska dargelegt, wie er nachweisen wolle, dass der Nationalsozialismus nur deshalb so großen Einfluss gewinnen konnte, weil sich dessen Ideologie auf Wurzeln berief, die wesentlich weiter zurücklagen als das Christentum. Mit dem Tausendjährigen Reich waren die Regeln des Christentums ausgehebelt und durch uralte archaische Symbole ersetzt worden.

Christians Zuhörerin fuhr sich gerade mit allen zehn Fingern durch die weißen Locken, sodass diese, sprühenden Funken gleich, ihr Gesicht umrahmten. Ihre grauen Augen blitzten, die Stupsnase reckte sich keck in seine Richtung, und unterhalb ihres rechten Auges tanzte ein Leberfleck. Sie schien zu wissen, wie sie auf Männer wirkte, und für Franziska war klar, dass Adolf Schmiedinger bei ihr nie und nimmer eine Chance gehabt hätte. Diese Ida Damböck wirkte jetzt so glücklich, als habe sie das große Los gezogen, und die beiden fachsimpelten, während Schmiedinger mindestens schon sein drittes Bier leerte und bereits leicht glasig um sich blickte.

Aus der Küchenklappe verkündete Kreszentia Schachner: »Einen Schweinsbraten hätt'n mir noch da – aber bloß mit Semmelknödeln. Danach ist Schluss.«

»Sagen Sie Ihrer Mutter, dass ich den nehme.« Franziska nickte der Wirtin zu und dachte bei sich, dass Kreszentia wirklich ein Wunder an Entschlossenheit war, ein »zähes Luder«, wie Teres sie zu nennen pflegte. Die alte Wirtin ging schon stark auf die neunzig zu und wurschtelte immer noch in der Küche. »Wenn die im Bett bleiben würd, müsst die gleich sterben«, hatte Teres einmal erklärt. »So raubt s' halt meinem Küchenpersonal den letzten Nerv. Bloß, was könnt ich da machen? Ich wollt ja auch ned irgendwann so mir nix dir nix auf's Altenteil abg'schoben werden.«

Franziska orderte bei Teres eine Halbe, ging auf den Dreiertisch zu und überließ es ihrem Mann, sie vorzustellen.

Sie sah einen Schatten der Enttäuschung über Ida Damböcks Miene huschen – und das genügte ihr. Jovial klopfte sie Adolf Schmiedinger auf die Schulter. »Na, Herr Kollege, wie war Ihre Recherche heute?«

Adolf Schmiedinger zeigte auf das Eisenteil. »Das Ding da ham mir g'funden. Frau Damböck meint, es könnt von Bedeutung sein.«

»Ich weiß, dass es von Bedeutung ist«, bestätigte die Runenexpertin.

Christian Hausmann legte seine Hand auf die von Ida Damböck: »Jetzt, wo meine Frau da ist, können Sie uns doch den Satz erklären. Bitte.«

»Okay. Aber vorab: Es handelt sich um die Mannaz-Rune, die zugleich eines der Schlüsselzeichen in diesem Alphabet ist. Das ist eine wichtige Information, die Sie im Hinterkopf behalten sollten!«

»Sieht aus wie frisch geschmiedet«, unterbrach Franziska und nahm das Objekt in die Hand.

»Ja, ich denke auch, dass sie erst vor einigen Wochen hergestellt wurde. Schauen Sie, die Schweißnähte hier sind noch ganz frisch und glänzend. Das heißt, irgendjemand plante schon vor längerer Zeit, dort oben im Moor diesen Satz zu hinterlegen.«

»Warum und welchen Satz?«

Ida Damböck hob die Schultern.

»Vielleicht hat's ja was mit'm Fußball zu tun«, bot Adolf Schmiedinger an und grüßte den gelb gekleideten Markus Waldmoser, der gerade das Wirtshaus betrat. Bis auf den Polizeiobermeister und Christian Hausmann trugen alle Männer an diesem Abend gelbe T-Shirts mit dem Aufdruck des Großöd-Pfletzschendorfer Fußballvereins, und an den Tischen wurde lauthals über das kommende Match debattiert. Nur er, Adolf Schmiedinger, musste sich hier über ein Runenalphabet aufklären lassen, das ihn ungefähr so sehr interessierte wie jener sprichwörtliche Sack Reis, der in China immer wieder mal umzufallen schien.

»Nein, mit Fußball bestimmt nicht«, widersprach Ida Damböck. »Runen und Fußball, das hat noch nie zusammengepasst.« Sie lachte ein wenig zu laut.

Schmiedinger wurde rot, ärgerte sich und murmelte in sich hinein: »Kulturamsel.« Danach fühlte er sich besser.

»Wortwörtlich lautet der Satz wie folgt«, sagte Ida Damböck und hob die Stimme: »Natürlich unterwirft sich das Wohl der Demut und macht sich die wendende Not zu eigen. Der neue Weg ist vollendet.«

»Könnten Sie uns den bitte in ein verständliches Deutsch übersetzen oder uns mit anderen Worten umschreiben, was damit eigentlich gemeint ist?« Franziska nahm einen großen Schluck des frisch gezapften Bieres.

»Ich kann nur Deutungen anbieten«, meinte die Expertin, lächelte kryptisch und ließ ihren Leberfleck hüpfen.

»Gut, dann legen Sie mal los.« Die Kommissarin lehnte sich zurück.

»Das allgemeine Wohlbefinden und der Egoismus der Einzelnen müssen in den Hintergrund treten zugunsten eines größeren Ziels. Sobald dieses Ziel erreicht ist, geht es der Menschheit besser.«

»Das hört sich ja in der Tat total nach brauner Soße an«, sagte die Kommissarin kopfschüttelnd. In diesem Augenblick servierte Teres ihr den Schweinsbraten.

»Eine braune Soße«, rief sie bestätigend. »Sie sagen 's auch. Und ich hab's auch die ganze Zeit g'sagt. Die Soße da ist ned g'scheid eindickt, weil meine Frau Mutter sich ja wieder mal wegen nix und wieder nix mit'm Koch umeinandstreiten hat müssen, und der tschechische Sturschädel spielt den Beleidigten und hat nix mehr ang'rührt in der Küchen – deshalb ist die Soße so hell. Es ist doch ein Kreuz mit derer alten Krähe! Von mir aus tät die jederzeit den Abflug machen können. Ich schaff's einfach nimmer lang.«

Ida Damböck war blass geworden. »Wie sprechen Sie über Ihre Mutter?«

»Ich kenn das schon«, beruhigte Franziska sie. »Das ist der ganz normale Umgangston zwischen den beiden. Im Grunde ihres Herzens lieben sie sich.«

»Stimmt schon irgendwie«, bestätigte Adolf Schmiedinger. »Trotzdem: die alte Krähe ist ein ganz ein durchtriebener Hundsfott. Bei der hat die Teres nix zu lachen.«

»Meine Frau hat recht.« Christian Hausmann legte ein Notizbuch auf den Tisch. »Solche Sätze entsprechen exakt der Ausdrucksweise von Neonazis. Schauen Sie mal, ich sammle nämlich grad Sätze in dieser Diktion.«

»Bei uns im Ort gibt's keine Neonazis. Das müssten schon Fremde sein, Großstädter und solchenes G'schwerl«, schimpfte Adolf Schmiedinger, doch seine Worte kamen nicht mehr so klar wie noch vor einer Stunde. Niemand reagierte auf ihn.

Ida Damböck beugte sich über Christians Notizen und ergänzte einige der Sätze mit elegant hingeworfenen Runenzeichen. »So sieht das dann aus. Es ist eigentlich ganz einfach. Das Bild ist verblüffend.«

»Es ist eine Art Geheimsprache«, bestätigte Christian. »Aber sobald wir sie entschlüsselt haben, müsste sie ihre Macht verlieren. Was meinen Sie?«

»Ich helfe Ihnen dabei«, versprach Ida Damböck. »Ich helfe Ihnen gern.«

Ein kühler Oktoberregen prasselte gegen die Fenster des Wirtshauses. Kreszentia ließ es sich nicht nehmen, den Kachelofen einzuheizen, und fuhrwerkte mit riesigen Holzscheiten herum. Gedankenverloren sah Franziska ihr zu, lehnte sich zurück und trank ihr zweites Bier. Adolf Schmiedinger war aufgestanden und hatte sich an den Tisch des Bürgermeisters gesetzt, wo er mit stoischer Ruhe Strategie- und Taktikdiskussionen für das bevorstehende Schlagerspiel über sich ergehen ließ.

Das Stimmengewirr um sie herum vermischte sich mit der Erinnerung an die Stimmen der Zeuginnen, die an diesem Tag in Schmiedingers Amtsstube vorgeladen gewesen waren.

Die ganze Vernehmung erschien Franziska erneut wie ein surrealistisches Theaterstück. Sie hätte gerne mit ihrem Mann darüber gesprochen, aber der war mit seinen Runen beschäftigt, und wie hätte sie ihm auch allen Ernstes erklären können, dass Ottilie Daxhuber mit dem Schutzengel ihres Sohnes diskutierte, Charlotte Rücker nach göttlichen Aphrodisiaka Ausschau hielt, um die Liebe ihres Mannes zurückzugewinnen, und Berta Huber sich aus dem Jenseits Tipps für ihr Gartenglück holte, immer noch fest daran glaubend, das Vilstal in einen Urwald verwandeln zu können? Angeblich hatte sich eine ihrer Ahninnen bei den Sitzungen gegen die Übermacht der Männer durchsetzen können und den Vorschlag gemacht, die Gärten des Dorfes in Gelb erstrahlen zu lassen. »Wir waren schon immer Fußballfans«, hatte Berta Huber leicht errötend gestanden. »Wissen S', mein Enkel, der fahrt fei oft sogar selber hin, zu einem richtigen echten Spiel von denen Weltrekordmeistern von Bayern München, was ja im Volksmund die Roten sind – so wie die unsrigen die Gelben.« Und Luise Langrieger hatte ausführlich von einem vergrabenen Schatz in ihrem Garten berichtet, auf den ihr Urgroßvater sie immer dringlicher hinwies. Franziska war aus dem Staunen nicht mehr rausgekommen.

Malwine Brunner hatte als Einzige zugegeben, durchaus Interesse an Armin Dobler als Mann gehabt zu haben, doch sie hatte sich mit ihrem Hund Joschi zufriedengegeben, denn auf den würde ihre Schwester nicht so eifersüchtig sein. »Mein Bub hat allerweil mit mir g'sprochen durch ihn«, hatte sie gesagt und nachdenklich hinzugefügt: »Vielleicht wollt ich ja auch gar ned den Dobler, sondern nur meinen Hermann wieder z'rück. Jetzt, wo der Mann auch nimmer lebt. Aber der Bub hat allerweil g'sagt, dass es ihm drüben um so viel besser gehn tät als wie hier – und dass er nimmer z'rückwollen würd.« Und dann hatte sie bitterlich geweint.

Bruno Kleinschmidt hatte sich geweigert, Gertraud Halber zu verhören. »Also echt, Chefin, da bin ich zu befangen, das geht ned. Die war lang die Sekretärin von meinem Freund Schorsch beim Landauer Anzeiger und wird g'wiss nach ihrem Mutterschaftsurlaub wieder dahin z'rückgehn, die Kuh. Ich brauch sie bloß zu sehen, da regt sie mich schon auf.«

»Du willst mir damit sagen, dass du nicht neutral mit ihr umgehen kannst?«, hatte Franziska gefragt, und er hatte gestanden: »Vielleicht ist der Schorsch ja der Vater. Das tät ich mir lieber erst gar ned vorstellen mög'n.«

»Mit einer einzigen Frage könnte das geklärt sein.«

»*Ich* werd diese Frage weder ihm noch ihr stellen«, hatte er trotzig geantwortet.

Gertraud Halber hatte nur von ihrem zukünftigen Kind gesprochen und keine Silbe über dessen Vater. Ihr Baby hatte sich in diesen »Meetings« und »Sittings«, wie sie es nannte, zu Wort gemeldet. »Ein Mädel wird's, und Eulalia will's heißen«, hatte sie stolz verkündet. Franziska dachte, dass dieser Name wirklich zu dem neuen Menschlein passen würde. Eulalia – die Beredte.

Konnte da wirklich was dran sein an diesem Kontakt mit der höheren Welt? Vieles hatte sich so normal und folgerichtig angehört. Das war keine Gruppenhypnose, die der Dobler dort abgezogen hatte. Oder vielleicht doch? Johanna Langrieger beispielsweise war eine vernünftige Frau, die mit beiden Beinen im Leben stand. Sie hatte sich vom Schamanen, wie sie ihn nannte, Tees zusammenstellen lassen und fühlte sich seither fit und ausgeglichen. Sie bestätigte, Stimmen gehört zu haben, fremde Stimmen, und gab zu, dass es ihr anfangs sehr unheimlich gewesen sei. Später habe sie sich daran gewöhnt, zumal sie sich mit den Jenseitigen jeden Samstag wie zu einem Kaffeekränzchen getroffen hätten. Anfangs sei sie nur mitgegangen, weil ihre Schwiegermutter das so wünschte, später habe sie sich auf diese Samstage gefreut wie auf ein Rendezvous.

»Apropos Rendezvous«, hatte Franziska auch bei Johanna Langrieger nachgehakt. »Meinen Sie, eine der Damen war in Herrn Dobler verliebt?«

»Also da weiß ich nix drüber. Aber umkehrt tät ich mir vorstellen können, dass er die Zwacklhuber Frieda ganz gern g'habt hat. So, wie der die allerweil ang'schaut hat! Aber die will ja von die Männerleut schon lang nix mehr wissen, was ich auch verstehen kann.«

»Wieso das denn?«

»Ja mei, wissen S', der ihr Bub macht nix wie Ärger, und der Kerl, der was ihr den Buben ang'hängt hat, dürft wohl auch ned viel besser g'wesen sein. Eine Schand ist das. Der Pirmin sauft Tag und Nacht und kommt aus seinem Rausch nimmer raus, und die Jenseitigen ham in seinem Fall auch nimmer weiterg'wusst. Die ham ihr bloß immer g'sagt: ›Dem Buben fehlt ein Sinn.‹ Und was bittschön tät denn unsereins mit einer solchenen Auskunft anfangen können? Aber mei, der Oblomov Olga geht's ja auch ned viel besser. ›Pass auf deinen Buben auf‹, haben die Jenseitigen zu der g'sagt. ›Der macht nix wie Dummheiten, der verkehrt in falschen Kreisen.‹ Aber mehr durften die ja auch ned verraten. Die dürfen ja weder eingreifen noch was Wirkliches vorhersag'n. Das haben mir damals g'merkt, wie die Waldmoser Elise wegen ihrem Mann unbedingt wissen wollt, wie dieses wichtige Fußballspiel am End ausgehen wird, und wegen den dauernden Finanzkrisen, wie sie ihr Geld am besten anlegen sollt.« Johanna hatte gelacht und gestanden, dass ihr das gut gefallen habe, wie die da oben reagiert hatten. »Ned, dass ich wirklich schadenfroh wär oder gar gehässig, g'wiss ned. Aber wenn die Waldmosers von einem mehr als wie g'nug haben, dann ist das Geld. Aber grad davon wollen die allerweil immer mehr. Die Jenseitigen haben daher bloß kluge Sprüch klopft und ned einen einzigen echten Tipp abgeben.«

Franziska stellte sich vor, wie hinter den Wolken allsamstäglich eine Gruppe von himmlischen Besorgten zusammengekommen war, um den Frauen des Dorfes zu sagen, wo es langginge. Hier die fragenden Frauen und dort die antwortenden Überväter und -mütter.

Und genau dazwischen hatte dieser Dobler als autorisierter Übersetzer gestanden, ohne etwas Eigenes sagen zu dürfen. Jetzt war er tot, und kaum einer wusste von ihm, niemand hatte ihn gekannt. Er war wie ausgelöscht.

Kevin Schlappinger, Praktikant der Landauer Polizeistation und Mädchen für alles, war an diesem Tag zur Hochform aufgelaufen. Ihm allein oblag es, die Verhöre von elf verdächtigen Frauen aus Kleinöd an elf unverdächtige Frauen aus Landau zum Abtippen weiterzugeben, und so war er während der Vormittagsstunden »recherchemäßig« unterwegs gewesen, hatte im Rathaus nachgefragt, wer dort die Protokolle schrieb, hatte in sämtlichen Arztpraxen nach jenen Frauen geforscht, die Gutachten tippten, und dann seine selbst erstellte Liste abtelefoniert. Wer hatte heute Nacht Zeit für einen Sonderauftrag, und wer war am günstigsten?

Jetzt war es gleich zwanzig Uhr, und die Transskribentinnen, wie er sie nannte, hatten sich nach und nach mit ihren Laptops und Ohrstöpseln eingefunden. Er hatte sie in den großen Konferenzsaal geführt, an einen ovalen Tisch gesetzt und ließ sie seine selbst entworfene eidesstattliche Erklärung unterschreiben:

»Hiermit erkläre ich, …, dass ich nichts von dem, was ich auf den gleich abzuschreibenden Bändern höre, weitergebe oder an Dritte verrate, vor allem dann nicht, wenn die Mörderin vor meinen Ohren ein Geständnis ablegt. Diese Information erhält weder der Landauer Anzeiger noch ein anderes Presseorgan. Allein dem Kommissar Kleinschmidt und der Kommissarin Hausmann gegenüber kann ich dieses Schweigegelübde aufgeben. Das Datengeheimnis besteht auch nach Beendigung meiner Tätigkeit fort.«

Dann verteilte er elf CDs.

ELFTES KAPITEL
Trainingslager

Armin Dobler war an diesem Vormittag bis auf sein Stirnband mit den verschiedenen Vogelfedern völlig nackt gewesen. Mit ausgebreiteten Armen und geschlossenen Augen hatte er auf einer lichtdurchfluteten Wiese etliche Zentimeter über der Grasnarbe geschwebt und die Wärme auf seiner gegerbten Haut genossen. Die paar Brocken getrockneten Fliegenpilzes, heruntergespült mit einem Tee aus Bilsenkraut, Tollkirsche und Stechapfel, begannen nun langsam zu wirken, und er spürte, wie er mit seiner Umgebung verschmolz. Er war Wald und Wiese und Lichtung und Himmel, und zugleich war all das auch in ihm. Ein göttliches Gefühl. Er öffnete seine strahlend blauen Augen, nahm den Tag in sich auf, schloss dann die Lider und ließ sich fallen, ließ los...

Von einigen molligen Schäfchenwolken abgesehen, war der Himmel klar. Es wehte ein sanfter Wind, und er driftete davon in eine Zwischenwelt, die ihm von Mal zu Mal vertrauter wurde. Manchmal vermeinte er, in diesen Bereichen auf jene zu treffen, die sich in den Sitzungen mit den Kleinöder Frauen seiner Stimme bedienten. Es waren feinstoffliche Ektoplasmawesen, deren Fluidum sich an ihn schmiegte, sodass er sich aufgehoben fühlte wie nach einer langen Reise. Endlich heimgekehrt und für immer sorgenfrei. Sie schätzten ihn, und er schätzte sie, schätzte ihre Klarheit und ihren feinen Humor. Ihm gefiel seine Rolle als Vermittler. Genüsslich streckte er sich aus und war gerade so weit, sich in diese Sphäre hineinfallen zu lassen, als merkwürdige Rufe und lautes Geschrei seine Versenkung störten.

Er seufzte und kniff die Augen zusammen. Das Gekeife verschwand nicht, sondern schien näher zu kommen, hatte schon

Doblers feinstoffliche Wesenheiten vertrieben. Langsam setzte er sich auf, um plötzlichen Schwindel zu vermeiden, und öffnete vorsichtig die Augen. Das Licht dieses Tages war ungewöhnlich grell und klar. Die Luft schien wie frisch geputzt und rückte die Dinge um einiges näher an ihn heran, als ihm lieb war. Beispielsweise diese jungen Burschen in Tarnanzügen, die am Fuß des Hügels irgendwelche gymnastischen Übungen machten. Was sollte das? Warum liefen die mit ihren schweren Rucksäcken im Zickzack über das Stoppelfeld? Spielten sie etwa Soldat? Jetzt, zu dieser Zeit? Sie sollten froh sein, dass sie nichts vom Krieg wussten, diese Bengels. Was ihn betraf, so hatte er von allen militärischen Dingen mehr als die Schnauze voll. Seine Grundausbildung als Panzergrenadier bei der Nationalen Volksarmee war ein einziger Albtraum gewesen. Diese jungen Menschen wussten gar nicht, wie gut sie es hatten.

Dobler schüttelte den Kopf und erfreute sich dabei an dem Schattenspiel seiner Stirnbandfedern, während da unten jemand plötzlich losbellte. Der Waldmensch legte sich eine Hand über die Augen und fixierte das Geschehen: Es sah ganz so aus, als würde ein schwarz gekleideter Hüne die Dorfjugend scheuchen. Nur warum, wozu und wohin? Brav warfen sich die Jugendlichen vor ihm in den Staub, standen auf sein Kommando hin wieder auf, robbten, sprinteten und krochen über das Feld, als ginge es um ihr Leben. Fast zwanzig Minuten lang – und Dobler sah mit offenem Mund zu. Die Wirkung seiner Drogen ließ langsam nach, er manifestierte sich mehr und mehr im Hier und im Jetzt, besaß wieder Arme und Beine und einen Kopf, der allerdings noch etwas schwer war, verwandelte sich zurück in Armin Dobler, den Waldmenschen, war nicht mehr der Erleuchtete.

Einer der jungen Burschen hatte sich von den Exerzierenden gelöst und war neben den schwarz gekleideten Riesen getreten. Sie unterhielten sich miteinander, Gesprächsfetzen drangen wie heiseres Gebell an Doblers Ohr. Dann blickten sie in seine Richtung. Aus irgendeinem Grund fühlte er sich ertappt, sprang auf und hielt sich reflexartig die Hände vors Gemächt.

Gerade noch rechtzeitig, denn nun setzte der Kommandant der eigenwilligen Truppe auch noch ein Fernglas an die Augen und schien den Lebensraum des Waldmenschen systematisch abzusuchen – nach was um alles in der Welt hielt der nur Ausschau? Hatte man denn nirgends seine Ruhe? Er seufzte, band sich einen hellgrauen Kaschmirpullover mit den Initialen BD um die mageren Hüften, setzte sich wieder hin und begann zu meditieren.

Adolf Schmiedinger hatte auf dem Display seines Diensttelefons bereits gesehen, dass der Bürgermeister wieder einmal seiner Hilfe bedurfte. Grimmig schüttelte er den Kopf und beschloss, sich nicht zu melden. Dieser Waldmoser hatte ihm schon zu oft bewiesen, dass er sich durchaus selbst zu helfen wusste. Wenn er, Adolf Schmiedinger, nicht spurte, hielt er sich sowieso an Beppo Langrieger und aktivierte über den die Freiwillige Feuerwehr. »Meinetwegen soll doch die Feuerwehr mal wieder die Falschparker aufschreib'n«, brummte der Polizeiobermeister vor sich hin.

Doch das Telefon klingelte weiter. Genervt nahm er schließlich den Hörer auf und brüllte hinein: »Was willst denn jetzt schon wieder von mir, Bürgermeister?«

Augenblicklich plärrte es ihm aus dem Hörer entgegen: »Sag einmal, Schmiedinger, du bist die faulste Sau, was überhaupt umeinanderläuft! Hockst den ganzen Tag auf deinem brettlbreiten Beamtenarsch im Revier, dabei nimmt die Kriminalität bei uns zu, dass es der Sau graust! Und abg'watscht vom Wähler für deine Faulheit werd am Ende dann eh ich und ned du, du Haubentaucher!«

Adolf Schmiedinger atmete tief durch. Gut, wenn der da Streit wollte, an ihm sollte es nicht liegen. »Jetzt mach aber mal halblang, Waldmoser! Als Berufspolitiker hast du doch ned die geringste Ahnung, was der Beamte im Polizeivollzugsdienst heutzutag alles leisten muss, damit der Laden ned völlig den Bach nuntergeht! Polizeireform heißt das, und du und deine Partei, ihr habt das ausg'heckt und somit zu verantworten! Früher warn mir zu zweit da, der Pichlmeier und ich, und heut kann ich ganz allein Berichte schreiben und Unfallanzeigen von der Früh bis auf die Nacht! Und zum Dank kriegt man vom eigenen Bürgermeister noch einen Anschiss. Es gibt fei ned bloß eine Partei da bei uns, es gibt fei noch die freien Wähler!«

»Komm, Adolf, jetzt geh weiter.« Waldmosers Stimme klang mit einem Mal um einiges leiser und versöhnlicher. »Brauchst ned ein jedes Wort auf die Goldwaagen legen, was mir so rausrutscht, wenn ich einen Zorn hab. Dich hätt ich sehen mögen, wenn s' dir grad zweitausendzweihundert Euro g'stohlen hätt'n.«

»Zweitausendzweihundert? Euro? G'stohlen?« Schmiedinger pfiff durch die Zähne. »Wow! Ein schöner Haufen Pulver. Soll ich des so verstehn, dass du bei mir eine Anzeigen machen tätst deswegen?«

»Endlich ham mir uns verstanden. Ist doch klar, dass ich die dreckigen Sauhammeln anzeigen mag.«

»Da werd ich am g'scheitesten gleich alles mitschreiben. Wart gschwind, ich hol mir bloß Anzeigenformblattl. Dann hätt ich auch gleich was für'n Tagesbericht, und mir könnten eine Fahndung einleiten, falls sich Anhaltspunkte bezüglich der Täterschaft ergeben.«

Eine Ewigkeit verging. Waldmoser hörte, wie Schmiedinger verschiedene Schubladen aufriss und wieder schloss und dabei mehrmals fluchte. Schließlich kehrte der Wachtmeister wieder an den Apparat zurück.

»Soderla, da wär'n mir schon wieder. Also, was genau ist passiert?«

Der Bürgermeister bemühte sich um Sachlichkeit, auch wenn seine Stimme immer wieder vor Empörung kippte: »Also ich kann's dir jetzt ja grad so verzählen, wie dass es mir der Reschreiter Luck vorhin verzählt hat. Der war da, hat die ganze Zeit seinen Hut in der Hand hin und her dreht, allerweil bloß auf'n Boden g'schaut und so lang umeinanderdruckst, bis er am End doch noch auf den Punkt kommen ist: nämlich dass das nagelneue G'wehr fort wär. Z'sammen mit dem sündteuren Fernrohr und vier Schachteln Munition, die auch ned grad billig war'n.«

Schmiedinger unterbrach den Bürgermeister abrupt: »Also, Momenterl, das versteh ich jetzt ned ganz. Ist jetzt dir ein Geld g'stohlen worden oder dem Luck ein G'wehr?«

»Geh, Schmiedinger, praktisch beides«, sagte der Bürgermeister. »Du weißt doch, dass ich den ganzen Forst zwischen Kleinöd und Großöd-Pfletzschendorf gepachtet hab, von unserm hiesigen Fürsten da, vom Markgrafen Narko.«

Schmiedinger erinnerte sich, dass in diesem Zusammenhang auch der Baulöwe Döhring im Gespräch gewesen war. Aber der hatte damals behauptet, ein Forst mit einer Jagd interessiere ihn gerade so wenig wie Sport, um sich ein paar Tage später für ein Vermögen einen Fußballspieler zu kaufen, dieser Lügner. Denn Fußball war ja wohl eindeutig auch eine Form von Sport.

Der Bürgermeister belferte noch immer aufgeregt ins Telefon, und Polizeiobermeister Schmiedinger verdrehte genervt die Augen. Sein Magen knurrte. Er wusste, dass Politiker sich gern reden hörten – und der Waldmoser Markus war da keine Ausnahme –, aber wie fast alle Politiker verfügte auch dieser über die Fähigkeit, wahnsinnig viel zu reden und dabei so gut wie nichts zu sagen. Das war bei Aufnahme der Anzeige gegen unbekannt mehr als hinderlich.

»Bring's halt auf den Punkt, Waldmoser«, unterbrach Adolf Schmiedinger ihn, und der Bürgermeister holte kurz Luft, um dann mit seiner Erzählung fortzufahren: »Du kennst doch den Markgrafen. Seine Burg und seine Brauerei täten ihm schon langen, hat er g'sagt. Da wär schon genug Arbeit für einen, und man kann sich ja auch schlecht in Stücke reißen, ned wahr?« Er hielt kurz inne und fuhr vertraulich fort: »Na ja, und du weißt ja, dass ich als Bürgermeister und Fußballpräsident auch ned grad viel Zeit hab, vor allem nicht jetzt, wo wir in der Hauptrunde vom DFB-Pokal mitspielen. Deshalb hab ich halt den Reschreiter eing'stellt als meinen Waldpfleger, Heger, Förster und Jäger. Und nachdem ich den eing'stellt hab, muss ich ja wohl auch für die entsprechende Ausrüstung von meinem bezahlten Mitarbeiter aufkommen. Ja oder ja?«

»Ja freilich, ganz klar, logisch. Aber warum verzählst denn jetzt mir das alles? Was genau ist denn nun passiert? Und wann und wie und wo? Ich bräucht Fakten, die ich da in mein Formular einschreiben kann.«

»Wart's ab«, sagte der Bürgermeister, und Schmiedinger

hörte, wie er sich genüsslich eine Zigarre anzündete. Vermutlich hatte ihm seine Nachmittagssekretärin Olga Oblomov gerade einen Espresso serviert und dabei die Papiere auf der amtseigenen Schreibtischplatte so weit zur Seite geschoben, dass Waldmoser seine Füße auf den Schreibtisch legen und sich mit der Zigarre in den Ledersessel zurücklehnen konnte. Sicher hatte der Bürgermeister auch gut zu Mittag gegessen, während Schmiedinger voller Widerwillen diese paar Gäbelchen Sauerkraut in sich hineingestopft hatte. Der Magen des Polizeiobermeisters knurrte so laut, dass Waldmoser am anderen Ende der Leitung stutzte und fragte, ob Schmiedinger sich einen Hund zugelegt habe.

»Naa, das muss wohl eine Störung in der Leitung g'wesen sein«, log Schmiedinger und legte sich die rechte Hand auf den Bauch.

»Also«, fuhr der Bürgermeister fort, und Schmiedinger beschloss, ihn nun einfach ausreden zu lassen, andernfalls würde er niemals den Fall als solchen aufnehmen können. »Der Luck ist neulich zu mir kommen und hat mir einen Zeitungsartikel bracht, und in dem hat dring'standen, dass diese total narrischen Tierschützer doch tatsächlich in ganz Ostbayern ihre nachgezüchteten Wildkatzen ansiedeln wollen. Das geht doch so ned. Die Viecher räumen mir die Vogelnester leer und fressen meine Fasanen, und irgendwann ist kein einziges jagbares Wild mehr in meinem Wald. Das kann ich doch ned durchgehen lassen. Verstehst?«

Schmiedinger nickte.

»Also, da hab ich einfach reagieren müssen«, fuhr der Bürgermeister fort. »Mit seiner alten Schrotflinte hätt der Luck da nun wirklich ned viel anfangen können. So nah kommst denen Katzenviechern ja nie und nimmer, als dass Vogelschrot da viel bringen würd. Also hab ich dem Luck ein spezielles Präzisionsg'wehr kauft. Mit einem brutal genauen Superzielfernrohr! Das wurde angeblich von der Bundeswehr in Afghanistan erprobt, so hat's mir der Verkäufer g'sagt, und so eine Büchsen hab ich dem Luck dann kauft. Zwölfhundert hat mich allein der Schießprügel kostet, und das Fernrohr noch einmal einen glatten Tausender! Aber da war noch kein Schuss Munition mit dabei. Keine zwei Monate ist das her. Und jetzt ist das Ding fort! G'stohlen! Mitten aus dem Luck seinem Haus raus!«

Na endlich. Also darum ging's. Adolf Schmiedinger notierte. Dem Reschreiter waren also ein Jagdgewehr und ein Fernrohr gestohlen worden – oder vielleicht doch nicht?

»Halt mal«, unterbrach er den Waldmoser, »könnt's ned sein, dass er es einfach bloß verlegt hat, der Luck? Du weißt doch, wie der manchmal beieinander ist, wenn der vom Wirt heimkommt, und seine Alte ist ja nun auch ned grad die Ordentlichste.«

Waldmoser widersprach: »Das glaubst doch wohl selber ned, dass man etwas so Großes wie ein Gewehr einfach so verlegen könnt? Außerdem ham der oder die Einbrecher den Hund vergiftet.«

»Was? Das nehm ich gleich mit auf. Der gute Lumpi, meiomei, der ist doch dem Reschreiter immer g'folgt wie sein Schatten. Wie kann man bloß ein solchenes friedliches Tier einfach vergiften? Der Dackel hat doch wirklich keinem was getan! Also naa, ich glaub's ned ...« Adolf Schmiedinger staunte über sich selbst und über das Ausmaß seiner Empörung, auch wenn er ahnte, dass diese ungewohnte Entrüstung gespeist wurde von seinem Hungergefühl, seinem Frust, seiner schlechten Laune, seiner Einsamkeit und seiner Angst vor dem Älterwerden. Trotzdem tat es gut, mal so richtig loszuschimpfen. »Einen wehrlosen Hund vergiften! Ungeheuerlich, so was! Ein Mord wär das in meinen Augen, ein grausamer, hinterhältiger, gemeiner Mord, auch wenn's vor'm Gesetz bloß als Sachbeschädigung gelten mag.«

»Na ja, nicht richtig vergiftet«, beruhigte Waldmoser ihn. »Nun hör mir doch endlich wieder zu, bittschön. Also, die ham den Lumpi mit Hirnwurst g'füttert, pfundweis ham die dem Luck sei'm Dackel die Hirnwurst in den Napf eingeben, sodass der sich in null Komma nix praktisch fast ins Koma g'fressen und daher auch nimmer bellt hat, wie die Einbrecher ihr Diebesgut erbeutet ham. Man könnt fast meinen, dass die sich perfekt ausgekannt hätten, denn Hirnwurst ist tatsächlich dem Viech seine Leib- und Magenspeis. Außerdem haben die nix aufbrochen und auch nichts durchsucht. Ich fürcht fast, da war kein völlig Fremder am Werk. Aber wer bei uns im Dorf tät denn so was anstellen?«

»Jetzt mach mal halblang, Waldmoser«, fiel Schmiedinger ihm ins Wort. »Wir sollten keinesfalls voreilige Schüsse ziehen, und wenn, so wär das einzig und allein meine Aufgabe. Weißt was? Jetzt schickst mir erst einmal für mein Protokoll per E-Mail eine Beschreibung und die technischen Daten von dem mutmaßlichen Diebesgut, und später geh ich nüber zum Luck und tu ein wenig nachforschen. Und wenn ich was rausbracht hab, dann meld ich mich gleich wieder bei dir!«

»Hab ich dir doch schon lang nüberg'mailt, gleich als Erstes«, sagte der Bürgermeister und fügte vorwurfsvoll hinzu: »Aber du lässt einen ja kaum zu Wort kommen und ausreden, sonst hätt ich dir das freilich g'sagt. Und in deine Mails solltest du auch mal einschaun!«

»Ich sitz halt ned den ganzen Tag bloß am Computer wie andere Leute«, kläffte Schmiedinger zurück und sah in seinen Posteingang. Tatsächlich, da war es: »Remington 700 Police mit Zielfernrohr Schmidt & Bender 6×42, Repetierer mit Zylinderverschluss, Kal. 308 Winchester, Gesamtlänge 1100 mm, Lauflänge 610 mm, schwarzer Kunststoffschaft, eingebautes Magazin mit Kapazität für fünf Schuss (4+1 Patronen).«

Der Mann, der sich Wotan nannte, wog die Waffe mit beiden Händen, legte sie sich prüfend an die Schulter und spähte einige Sekunden lang durch das Zielfernrohr. Es herrschte eisige Stille. Neben ihm stand Kurt Eder, und zu seinen Füßen kauerte Hombachs Rottweilerrüde Goebbels. Noch nie hatte der Hund so schnell jemanden als gleichrangiges Herrchen akzeptiert wie Wotan. Hermann Hombach sah darin ein Zeichen. Nach einem anfänglichen Knurren bei ihrer allerersten Begegnung hatte Wotan den Hund unvermittelt angeherrscht, »Sitz« und »Platz« befohlen, und seitdem wich Goebbels nicht mehr von seiner Seite. Ein Wunder, das Hermann Hombach zähneknirschend zur Kenntnis nahm.

Kurt Eder rieb sich mit der Faust die entzündeten Nasenflügel, es fiel ihm schwer, auf seinen Schnupftabak zu verzichten, und noch schwerer fiel es ihm, sich die Geste des Handrücken-an-die-Nase-Führens abzugewöhnen. Wotan allerdings hatte ihm befohlen, mit dem Tabakschnupfen aufzuhören. Das sei nicht angemessen und eines zukünftigen Würdenträgers des Vierten Reichs unwürdig. Dieses Vierte Reich, in dem Kurt Eder als Ministerpräsident einen ganzen Stab von Untergebenen befehlen durfte, war das gelobte Land, für das sich jeder Einsatz lohnte. »Auf dich werd ich bauen«, hatte Wotan am ersten Abend gesagt, und Kurt hatte sich fest vorgenommen, ihn nicht zu enttäuschen.

Jetzt legte Wotan die Waffe beiseite und sah wohlwollend auf das kleine Kraftpaket hinab, das ihm bis knapp unter die Schulter reichte. »Gut gemacht, Soldat! Einwandfreie Waffe.«

Kurt wurde ein klein wenig rot, und sein Herz hüpfte. »War eigentlich ganz easy«, antwortete er, und Wotan bellte augenblicklich zurück: »Komm mir nicht mit dieser Negersprache!«

»Jawohl«, murmelte der Eder Kurt und schämte sich. Er hatte noch so viel zu lernen. Offensichtlich ging es jetzt erst richtig los mit dem Lernen. Dabei hatte er gedacht, mit dem Abschluss als Betonbauerlehrling seien die Lehrjahre vorbei und die Herrenjahre würden beginnen. Doch für Wotans Viertes Reich war er eindeutig noch nicht gut genug gerüstet.

»Makellose Waffe und super Fernrohr«, wiederholte Wotan nun versöhnlich.

Kurt Eder dachte an seinen gestrigen Einbruch beim Reschreiter Luck zurück. Auch wenn er jetzt cool tat, so einfach war es dann doch nicht gewesen, denn kaum hatte er sich mit dem im elterlichen Küchenschrank deponierten Ersatzschlüssel der Nachbarn in den Hausflur der Reschreiters geschlichen, da war schon dieser blöde Dackel angerannt gekommen und hatte begeistert gekläfft. Daraufhin war Lucks Schnarchen, das man gelegentlich bis auf die Straße hinaus hören konnte, unmittelbar verstummt, und Kurt hatte gehört, wie die Betten im ersten Stock knarzten. Er hätte nicht gewusst, wie er sich rechtfertigen sollte, und hatte in seiner Panik dem Hund ein halbes Pfund aufgeschnittene Hirnwurst in den Rachen gestopft. Der hatte daraufhin freudig geschnauft und so wild mit dem Schwanz gewedelt, dass der kupferne Schirmständer umgefallen war.

Als Folge war Rita Reschreiter wach geworden und in einem langen weißen Nachthemd die Treppe hinuntergewankt. »Damischer Misthund«, hatte sie geflucht. »Kannst ned einfach schlafen wie alle rechtschaffenen Leut um die Zeit?« Auf dem Weg zur Toilette war sie ganz nah an Kurt Eder vorbeigegangen. Der dankte seinem Schicksal dafür, dass Lucks Frau ohne Brille so gut wie blind war, und drückte sich noch tiefer in die mit Mänteln bestückte Garderobe. Nach einer Ewigkeit war sie aus dem Bad zurückgekommen und hatte sich, blind wie ein Maulwurf, die Treppe wieder hochgewuchtet, wobei sie sich an den Streben des hölzernen Geländers festhielt. Dabei wäre sie fast über ihren Lumpi gestolpert, der mit bettelgroßen Augen vor dem zwischen den Mänteln verschwundenen Kurt saß.

Erst als aus dem Obergeschoss Geräusche kamen, die erneut auf Schlaf schließen ließen, hatte Kurt Eder sich aus den Lodenmänteln geschält, dem Dackel eine zweite Portion Hirnwurst in den Napf gegeben und dabei schnell den Waffenschrankschlüssel an sich genommen, den Luck mithilfe eines Magneten unter den Napf zu kleben pflegte. »An meinem Hund kommt keiner vorbei«, hatte Luck geprahlt, als er allen Nachbarn von diesem Superversteck erzählte – und Kurt hatte das verfressene kleine Monster gestreichelt und in aller Ruhe den Waffenschrank geöffnet. Dann war er mit seiner Beute davongezogen, nicht ohne Lumpi mit weiteren Scheiben seiner Lieblingswurst zu belohnen. Vermutlich würde das Tier noch in der Nacht platzen.

Wotan stand langsam auf, lehnte das Gewehr an die Holzwand der unbenutzten Jagdhütte, wandte sich vom Eder Kurt ab und machte mit hinter dem Rücken verschränkten Händen ein paar Schritte nach vorn. Mit Blick auf die tief stehende Sonne sagte er in einer Tonlage, die der von Adolf Hitler ziemlich nahe kam: »Der Führer wäre stolz auf euch. Dieses Versteck hier erscheint mir ideal. Das Gewehr ist sehr gut. Wotan hat zwei Bitten geäußert, und ihr habt beide Aufgaben umgehend gelöst. Das Vierte Deutsche Reich wird es euch dereinst danken.«

Kurt Eder erstarrte in Ehrfurcht und Bewunderung. Endlich war mal was los, endlich wurde das Leben spannend. Achtzehn lange Jahre hatte er darauf gewartet.

Urplötzlich federte Wotan auf dem Absatz herum und schoss auf Kurt Eder zu. Er beugte sich so weit vor, bis sich ihre Nasenspitzen fast berührten, und knurrte: »Was ihr noch lernen müsst, ist der bedingungslose Gehorsam. Ihr mögt schon fleißig daran arbeiten, zäh wie Leder und schnell wie die Windhunde zu werden. Doch das genügt nicht. Ihr müsst hart werden wie Kruppstahl, und euer Verstand muss lernen, sich nicht vom Herzen verarschen zu lassen. Menschlichkeit ist ein Wort, hinter dem Weicheier und Warmduscher ihre Feigheit verstecken! Wenn man sie duldet, dann hat plötzlich ein jeder seinen anständigen Juden im Keller hocken! Verstehst du mich? Ihr müsst schwören, dass ihr für den nationalen Widerstand durchs Feuer geht und weder euch selbst noch andere schont! Wir müssen den Asen huldigen und auf die Runen schwören! Noch heute Nacht! Nur dann klappt unsere Aktion und wird von Bestand sein! Hast du mich verstanden?«

Kurt Eder nickte eifrig. Was für ein toller und heldenhafter Kerl dieser Wotan doch war! Ein echter Held, ein Eingeweihter, ein machtvoller Herrscher im kommenden Vierten Reich. Mit seiner Unterstützung würde die Bauwagentruppe von all diesen Idioten im Dorf und in der Siedlung endlich einmal ernst genommen werden. Was immer Wotan sich ausgedacht haben mochte: Kurt Eder war überzeugt davon, bei einer großartigen Sache mitmachen zu dürfen, und hatte das Gefühl, um mehrere Zentimeter zu wachsen.

»Pass jetzt gut auf, Kurt!« Wotan packte den durchtrainierten Eder bei den kräftigen Schultern. Seine Stimme klang nun wieder halbwegs normal. »Dieser Platz, den ihr mir heute gezeigt habt. Drunten im Moor, bei dem alten Runenstein, wo ihr schon öfter mal an Walpurgis ein Grillfest gemacht habt ... Ist der wirklich so sicher und abgelegen? Kann man da nachts tatsächlich machen, was man will, falls nicht gerade zufällig ein Jäger vorbeikommt?«

Kurt Eder nickte heftig und versicherte: »Da waren mir schon oft und haben allerweil ein Mordsfeuer g'macht, und noch nie ist da wer kommen.«

»Gut. Dann gehst du jetzt auf der Stelle zurück ins Dorf und schickst mir den Oleg. Sofort. Ich brauche ihn. Es ist sehr eilig und wichtig, hörst du? Anschließend trommelst du die anderen zusammen. Alle. Ausnahmslos. Auch diesen Pirmin, aber nimm dem erst mal seinen Flachmann weg. Ich brauch ihn zumindest halbwegs nüchtern. Da hast einen Fünfziger von mir, ihr andern kauft euch einen oder von mir aus auch zwei Kästen Bier und was zum Grillen. Und dann bringt alles zu dem Stein. Zündet ein schönes Feuer an, und feiert ein wenig. Macht euch locker. So gegen Mitternacht kommen der Oleg und ich dann nach. Und wir bringen einen Überraschungsgast mit. Sozusagen den Star des Abends. Wirst schon sehen.«

Kurt Eder nickte ein weiteres Mal, dann sauste er los. Er platzte fast vor Energie. Es prickelte wie Sekt, wie Prosecco oder möglicherweise wie Champagner. Zwar hatte er noch nie in seinem Leben Champagner getrunken, aber sobald er Ministerpräsident im Vierten Reich wäre, gäbe es jeden Abend davon.

Wotan seufzte und drehte sich nachdenklich eine Zigarette. Er steckte sie sich in den Mund, zündete sie aber nicht an. Mit gemessenen Schritten umrundete er die spinnwebüberzogene Jagdhütte. Hier war wirklich monatelang niemand gewesen. Kurt hatte, nachdem er ihn hierhergeführt hatte, gleich eines der windschiefen Fenster aufgebrochen und war hindurchgeklettert, um die Tür von innen zu öffnen. Es roch immer noch muffig und modrig in dem winzigen Raum, aber Wotan hatte gewusst, dass seine Mission ihn nicht in ein Fünf-Sterne-Hotel führen würde. Er tat nur seine Pflicht.

Auf der Rückseite der Hütte stand ein Holzklotz, in dem ein altes und rostiges Beil steckte. Hier wurde also im Winter das Feuerholz für den Kanonenofen in der Hütte gespalten. Wotan riss das Beil mit einem Ruck aus dem Holzklotz und steckte es in seinen Gürtel. Dann seufzte er erneut, schloss sorgfältig seinen Mantel und zündete sich die Zigarette an.

ZWÖLFTES KAPITEL

Seitenwechsel

Die Unruhe war während des ganzen Tages nicht von ihm gewichen. Er hatte meditiert und sich im Loslassen geübt und selbst erfundene Mantras rezitiert. Erst in Gedanken, später flüsternd, dann sogar laut. Doch es war, als zöge eine dunkle Kraft die heilende Energie aus all diesen Ritualen, sodass es eines Übermaßes an Anstrengung bedurfte, um überhaupt nur wieder er selbst zu sein. Weit entfernt von Gelassenheit oder gar Erleuchtung.

Mit gesenktem Haupt und von einer erbarmungslosen Melancholie erfüllt war er durch den Wald gegangen und dabei dem Herbst begegnet. Laub färbte sich, verschrumpelte Beeren schillerten an struppigen Sträuchern, in Pfützen spiegelte sich ein bleicher Himmel. Krähenschwärme waren aufgeflogen, und Eichhörnchen hatten ihre Nussvorräte vor ihm in Sicherheit gebracht. Als er fast auf einer schmierigen Ansammlung von Laub ausgerutscht war, hatte Armin Dobler ganz kurz gedacht: Wenn er sich nun ein Bein brechen würde, wer würde ihn suchen, wer finden, und vor allem wann?

Die Frauen würden erst am Samstag wiederkommen. Und die Nächte waren kalt. Bis dahin könnte er erfroren sein.

Er sah alles so klar, und er wusste, dass alles ohne sein Zutun bestand und weiter bestehen würde. Er war nichts und niemand, und wenn es ihn nicht mehr gäbe, würden nur diese elf Frauen ihn vermissen, nein, nicht einmal ihn, sondern lediglich seine Fähigkeit, mit der geistigen Welt Kontakt aufzunehmen. Selbstmitleid hatte er sich schon vor Jahrzehnten verboten, und dennoch sprang es ihn in diesem Augenblick an wie ein kleines und lästiges Tier, vergleichbar mit einer Zecke, die sich an unsichtbarer Stelle festbiss.

Er schüttelte sich, und in genau dem Moment sah er sie. Es war eine Großfamilie von Frettchen, und sie waren alle schmutzig-weiß und rotäugig und kamen boshaft gackernd auf ihn zu. Waldmosers weiße Frettchen, eingehüllt in eine Wolke penetranten Geruchs. Dobler hasste sie, seit er beobachtet hatte, wie der Reschreiter und der Bürgermeister sieben der Tiere mit Maulkorb und Glockenhalsband in einen Kaninchenbau geschleust und an möglichen Fluchtpunkten der Bewohner Netze installiert hatten.

»Die können sich nämlich ums Verrecken ned riechen«, hatte der Luck seine neue Jagdmethode erklärt. »Von daher werden die gleich draußen sein, wenn unsere Jagdhelfer da einigehn.«

Der Bürgermeister hatte wichtigtuerisch geschnauft: »Hoffentlich hast recht. Ned, dass mir da Zeit und Geld vergeuden.«

Und dann hatten die beiden die flüchtenden Kaninchen in ihren ausgelegten Netzen gefangen. Von den sieben »Jagdgehilfen« waren nach der Razzia jedoch nur vier wieder ans Tageslicht gekommen. Drei von ihnen hatten sich vermutlich den Maulkorb abgestreift und »vom gedeckten Tisch runter«, wie der Luck zu sagen pflegte, ein kleines Kaninchen erlegt und verspeist. »Auf die brauchen mir nimmer zu warten«, hatte der Experte festgestellt. »Die sind jetzt satt und schlafen erst mal zwölf bis vierzehn Stund, bevor die wieder nauskommen. Magst noch ein Netz auslegen, Bürgermeister?«, bot er an. »Ich tät dann morgen gleich wieder nach denen schaun.«

»Naa naa, das passt schon so.« Markus Waldmoser hatte den Kopf geschüttelt und nachdenklich seine Beute fiepender Wildkaninchen betrachtet. Es waren achtzehn Stück, vielleicht auch neunzehn, und sie wuselten ängstlich durcheinander und verhedderten sich mit ihren Krallen in den Maschen des Netzes. »Lass die drei halt laufen. Die ham ja wirklich gut g'arbeitet.«

So war es dem Großmut des Bürgermeisters zu verdanken, dass sich drei weißfellige Frettchen ohne Maulkorb, jedoch mit Glockenspiel, in allen Kaninchenhöhlen des Waldstücks verkriechen, dort ihre Beute erlegen und wahre Fressorgien veranstalten sowie jede Menge neue Frettchen, wenn auch ohne

Glockenspiel, in die Welt setzen konnten. Dobler war davon überzeugt, dass sie sich noch eifriger vermehrten als die sprichwörtlichen Karnickel.

An diesem Oktoberabend, kurz vor Einsetzen der Abenddämmerung, waren sie ihm entgegengekommen, eine Großfamilie von mindestens dreißig Tieren, räudig, rotäugig und verächtlich gackernd, und in genau dieser Sekunde hatte Armin Dobler so was wie Angst verspürt. Die bösen Zeichen häuften sich.

Nun saß er in seiner kleinen Hütte und starrte ins Feuer. Ein großer Topf mit köchelnden Schlehen und Holunderbeeren verlieh dem winzigen Raum das Aroma einer Apotheke. Hollerbeersuppe mit Kartoffeln aus eigenem Anbau war nicht gerade Doblers Lieblingsgericht, aber er hatte einfach nicht die Kraft gehabt, heute auch noch nach Pilzen zu suchen. Frieda Zwacklhubers Proviant für eine Woche war so verdammt gut gewesen, dass er ihn innerhalb weniger Tage gegessen hatte. Nun waren die Schüsseln leer, und er zog kurz in Erwägung, dass er sich überfressen haben könnte und deshalb so weltlich und melancholisch geworden war. Schwermut – weil sein Körper so schwer geworden war.

Das Feuer unterhalb des großen Topfes knisterte. Armin hatte beim Bau dieses »naturnahen Ofens« einen verwaisten Kaninchengang integriert. Auch das war ein Grund, warum er Kaninchen mochte. Sie sorgten für eine gute Durchlüftung der Erde. Die Feuerstelle war durch einen Tunnel mit einer Öffnung im Freien verbunden, sodass schon wenige Holzstücke im Loch unterhalb des Topfes ausreichten, um ein winziges, aber ziemlich heißes Feuer zu erzeugen. Als praktischer Nebeneffekt hielt sich auf diese Weise auch die Menge des Rauchs in Grenzen, was Dobler mehr als recht war, denn offiziell war im Waldgebiet offenes Feuer verboten. Armin Dobler wollte so wenig wie möglich auffallen. Niemand sollte an ihm Anstoß nehmen.

Nun nahm er einen selbst geschnitzten Kochlöffel und rührte damit in dem Topf, in dem das Süppchen langsam vor sich hin blubberte. Während er aus einer zitronengelben Plastiktüte am Fußende seiner Luftmatratze eine Blechbüchse ohne Etikett und einen Löffel mit Holzgriff zum Vorschein brachte, glaubte er ganz schwach und aus weiter Ferne ein dreimaliges Rufen zu vernehmen: »Kuwitt! Kuwitt! Kuwitt!«

Er zuckte zusammen. War das wirklich der Balzruf eines weiblichen Waldkauzes gewesen? Hatte es wirklich »Komm mit, komm mit« gerufen? Armin Dobler hatte seit Beginn seines Einsiedlerdaseins noch nie eines dieser Tiere gehört oder gar gesehen und daher noch vor wenigen Wochen Malwine Brunner widersprochen, als diese behauptet hatte, vor dem Tod ihres Mannes habe ein Käuzchen mit genau diesem »Komm mit, komm mit« nach ihm gerufen. Aber Malwine, die sonst an seinen Lippen hing und nichts infrage stellte, war stoisch bei ihrer Meinung geblieben. »Der ist g'rufen worden, wie das bei uns halt so üblich ist. G'rufen worden ist der, und dann ist der gangen.«

Nach wem mochte die Eule nun gerufen haben? Armin Dobler fror. Im Schneidersitz, mit gespitzten Ohren und in der Bewegung erstarrt, hielt er den Atem an, um einen weiteren Ruf dieses Vogels nicht zu verpassen. Dabei nahm er eine Unmenge anderer Geräusche wahr, die er im Lauf seines Lebens im Wald zu deuten gelernt hatte: das Rascheln von Wühlmäusen und die hohen Zirplaute der Fledermäuse, das plötzliche Aufflattern eines Vogels, die hektischen Trommelwirbel mitteilsamer Kaninchen, die mit ihren Hinterläufen den Boden bearbeiteten, das hungrige Zähneknirschen eines Fuchses sowie das zufriedene Grunzen einer Bache mit Frischlingen. Ungut gackerten die ihm verhassten Frettchen, und sehr weit entfernt miaute eine ausgesetzte oder verirrte Katze, von der er sich ganz plötzlich wünschte, dass sie zu ihm finden und ihn trösten möge.

Armin Dobler schalt sich einen ängstlichen Einfaltspinsel und wandte sich erneut seinem abendlichen Süppchen zu. Dies war einfach nicht sein Tag. Er würde sich bald schlafen legen, und morgen wäre die Welt wieder in Ordnung. Gedankenverloren holte er sein Springmesser aus der Tasche und schnitt sich einen dicken Kanten von dem Brot ab, das Frieda Zwacklhuber für ihn gebacken hatte. Es war salzig und roch nach Kümmel und Koriander.

Auf einen Knopfdruck verschwand die frisch geschliffene

Klinge wieder im Schaft. Er steckte das Messer zurück in die Hosentasche, tunkte das Brot in den Topf und probierte vorsichtig. Na ja, es ging so. Das Brot riss es gerade noch mal raus. Inmitten seiner Kaubewegungen hörte er erneut die Rufe des Käuzchens. Doch diesmal um einiges lauter und deutlicher als vorhin – und somit auch näher. »Kuwitt! Kuwitt! Kuwitt!«

Irgendetwas stimmte da nicht. Kein Käuzchen würde sich so verhalten. Erst spontan einwandern und sich dann balzend ausgerechnet einer Hütte nähern, die nach Mensch roch – zumindest nach den abgelegten Kleidern einiger Männer aus der Gegend. Komisch. Armin Dobler kratzte sich am Kopf und hielt sich an seinem eigenen Spitzbart fest. Das machte ihn wieder ruhig. Nein, er hatte keine Angst. Wovor denn auch? Was sollte ihm, der in beiden Welten gleichermaßen zu Hause war, denn schon passieren? Und dann hörte er es wieder: »Kuwitt! Kuwitt! Kuwitt!« Diesmal aus allernächster Nähe.

Was war da draußen nur los? Wilderer um diese Zeit? Eigenartig! Dobler hatte die Erfahrung gemacht, dass solche Halunken sich normalerweise im Morgengrauen auf die Pirsch machten. Noch nie war ihm so etwas widerfahren. Immer war es ruhig gewesen. Jahrzehntelang. Warum nun der Aufruhr? Ob das alles vielleicht doch mit diesem Fußballspiel zu tun hatte, über das »seine« Frauen schon seit Monaten klagten und jammerten, weil Fremde ins Dorf kommen und die Kleinöder Ruhe für immer zerstören könnten?

»Selbst wenn die danach wieder gehn«, hatte Luise Langrieger mit zitternder Stimme geklagt. »Unser Leben wird anschließend sein wie eine Schüssel mit einem Sprung. Freilich kannst noch Knödel und Blaukraut in der Schüssel serviern, aber alle schaun s' bloß noch auf den Sprung. Und so wird's dann nachad bei uns auch sein. Alles wird eine Art Sprung haben.«

Beherzt griff Armin Dobler zu einem Hartholzprügel, der neben seiner provisorischen Garderobe aus Hirschgeweihstangen lehnte. Diesen Knüppel hatte er sich an langen Winterabenden zurechtgeschnitten, gehobelt und poliert. Er war wie ein Baseballschläger geformt und lag gut und sicher in der Hand.

So bewaffnet, zog er an der Rückseite seiner kleinen Hütte ein

Stück Plastikplane zur Seite und schlüpfte in die kühle Nacht hinaus. Langsam und vorsichtig umrundete er seine Behausung. Etwas Helles, Geschecktes lag in der Nähe seines winzigen Kartoffelfeldes direkt neben der Hütte. Es war eine tote Katze. Sie war noch warm. Ihr Kopf lag in einer gerade gerinnenden Blutlache.

Armin Dobler schnappte nach Luft. Wer tat so etwas? In seiner hilflosen Wut hätte er am liebsten ein lautes »Nein!« in den Wald hineingeschrien, doch stattdessen suchte er Deckung hinter Bäumen und Sträuchern und passte seine Bewegungen dem Rauschen des Windes an.

Sonst blieb alles still, und es hatte den Anschein, als wolle die Welt ihn verhöhnen. Nicht einmal die, die sonst durch ihn und zu bestimmten Gelegenheiten auch mit ihm sprachen, gaben sich zu erkennen.

Er umklammerte den Eichenknüppel so fest und entschlossen, dass seine Fingerknöchel im Mondlicht weiß glänzten. Atemlos lauschte er in die Dunkelheit hinein, aus der der Eingang seiner schwach erleuchteten Behausung hervorstach. Ganz kurz meinte er, eine schattenhafte Bewegung in der Hütte wahrzunehmen, und versuchte angestrengt, weitere Einzelheiten zu erkennen, doch es schien sich nichts mehr zu rühren. Möglicherweise hatte er sich geirrt. Die Zeit stand still. Er lauschte und wartete.

Es kam ihm vor wie Ewigkeiten, dabei hatte er gemeint, etwas so Weltliches wie Zeitempfinden längst überwunden zu haben. Und während er darüber nachdachte, wieder in die Hütte zurückzukehren und sich schlafen zu legen, vernahm er den Schrei direkt vor sich, so nah, als säße die Eule in seiner Hütte auf seinem Schlafsack und verhöhne ihn: »Kuwitt! Kuwitt! Kuwitt!« Im gleichen Augenblick zeigte sich der Schattenriss eines Mannes vor dem noch glimmenden Feuer in Doblers Unterschlupf. Das Gesicht des Fremden lag im Dunkeln, seine Umrisse jedoch waren klar zu erkennen. Der also hatte die ominösen Vogelschreie von sich gegeben.

Nicht schlecht, dachte Armin und fragte sich, was Sinn und Zweck dieser albernen Übung sein könnte. Dann schob der Fremde mit einem lieblosen Fußtritt die tote Katze beiseite, legte sich die Hände wie einen Trichter vor den Mund und rief: »Hey, Wotan! Der ist nimmer da! Der muss uns stiften gangen sein. Wo bist denn? Wotan?«

Es blieb still. Der Vogelimitator hob ratlos die Schultern und zog sich in Doblers Unterkunft zurück. Diesem reichte es nun definitiv. Was zu weit ging, ging zu weit. Allein die Sache mit der Katze war mehr als genug! Was wollten die nur von ihm? Und was fiel diesem Burschen ein, sich in seinem Zuhause breitzumachen! Behände sprang er auf, nahm seinen Stock und rannte auf die Hütte zu.

Der junge Mann in der schwarzen Lederjacke hatte keine Chance. Doblers Eichenprügel traf ihn unvermittelt an der linken Schläfe, und er sackte wie ein nasses Handtuch in sich zusammen. Dabei riss er den Topf mit der Hollerbeersuppe um, die sich dampfend über seine Jeans ergoss und diese rot färbte. Blutrot.

Armin Dobler erschrak und ließ sich neben dem Fremden nieder. Der Puls des jungen Mannes ging schwach, aber regelmäßig. Wenn der das Käuzchen nachgeahmt hatte, dann hatte er auch die Katze getötet. Dafür hätte er ihn umbringen können. Warum machte einer so was?

Der Schamane legte den Kopf schief und musterte das Gesicht des Eindringlings. Und plötzlich wusste er es! Das war der junge Oleg! Oleg Oblomov, der Einwandererbub, der seiner Mutter so viele Sorgen machte, dass sie regelmäßig zu ihm kam. Hatten die Jenseitigen sie in einer der letzten Sitzungen nicht gewarnt, hatten sie nicht gesagt: »Pass auf deinen Buben auf – der macht nix wie Dummheiten und verkehrt in falschen Kreisen«?

Olga Oblomov hatte von Armin wissen wollen, was sie tun solle. »Ich weiß, dass Oleg mir aus dem Ruder läuft. Anstatt sich eine anständige Arbeit zu suchen, hängt er nur noch in diesem Bauwagen herum, betrinkt sich und prügelt sich mit anderen. Neulich hat er ganz nebenbei beim Essen erzählt, dass er in die NPD eingetreten ist. Ich bin sicher, dass er die Plakate dieser Partei im Ort aufgehängt hat. Der Bürgermeister hat mich gefragt, ob ich einen Verdacht hätte, aber ich habe geschwiegen. Ich will ja meinen Job nicht verlieren.« Sie hatte geseufzt und verzweifelt gestanden: »In der letzten Woche hat er auch noch sein Zimmer mit einer riesigen Hakenkreuzfahne dekoriert. Ich weiß bald nicht mehr ein noch aus mit diesem Kind.«

Daraufhin hatte sie ihm ein Foto dieses »Kindes« gezeigt: Es war untersetzt, bullig und muskulös, und sein etwas törichter Gesichtsausdruck erinnerte an die Verwirrung eines jungen Stieres in der Kampfarena, verwundet von den ersten Lanzen der Picadores.

»Hat er denn nichts gelernt?«, wollte der Schamane wissen.

»Doch, doch, eine Metzgerlehre hat er angefangen, aber die wollten ihn dann nicht mehr haben. Sein Meister hat gesagt, allein die Freude am Töten sei zu wenig, um Metzger zu werden, es gehe auch darum, Hygienevorschriften einzuhalten, sich mit den Grundlagen des Pökelns und des richtigen Würzens zu befassen und überhaupt etwas zu lernen, angefangen bei der Buchhaltung bis hin zur Betriebswirtschaft. Und dann hat der Meister behauptet, mein Oleg würde sich bei all dem besonders blöd anstellen – außer beim Töten.« Nach einem anfänglichen Seufzen hatte sie dann plötzlich zu weinen begonnen: »Ich weiß nicht, was mit dem Buben los ist. Schon als Kind wollte er Henker werden. Das ist doch nicht normal. Woher hat er das nur?«

Armin Dobler hatte lange das Bild des Jugendlichen betrachtet und gewusst, dass er dort einen Suchenden vor sich hatte, jemanden, dem der Sinn des Lebens entweder abhanden gekommen war oder der ihn noch nicht gefunden hatte. Vielleicht fehlte ihm einfach nur der Vater – oder ein Vaterersatz? Aber gute Väter waren so selten wie ein Sechser im Lotto. Das hatten sogar die aus der geistigen Welt bestätigt.

Kopfschüttelnd bückte er sich nach einem gelben Plastikeimer und seiner Blechdose, um aus dem nahegelegenen Bächlein eiskaltes Wasser zu besorgen. Von dem nahm er einen tüchtigen Schluck, den Rest kippte er auf Oleg Oblomov. Langsam kam der wieder zu sich, stöhnte mit schmerzverzerrtem Gesicht, griff sich an den Hinterkopf und wälzte sich ein wenig hin und her. War es echt, oder tat er nur so hilflos? Man wusste ja nie. In seiner Ausbildung bei der Nationalen Volksarmee hatte Armin Dobler seinerzeit gelernt, dass es durchaus üblich war, Schmerzen und Behinderungen vorzutäuschen, um den Gegner in falscher Sicherheit zu wiegen – und dann beherzt loszuschlagen. Vorsichtshalber bückte er sich nach seinem Knüppel.

Doch noch bevor er sich wieder aufrichten konnte, traf ihn ein so heftiger Schlag, dass ihn grelle Blitze und ein stechender Schmerz durchzuckten. Dann wurde ihm schwarz vor Augen, und er schlug der Länge nach hin, unmittelbar auf den langsam wieder zu sich kommenden Oleg Oblomov.

Der Mann, der sich Wotan nannte, tat nur seine Pflicht. Ein Teil dieser Pflicht war es, für Ordnung zu sorgen. Aber was er dort vor sich sah, widersprach allen Prinzipien des kommenden Vierten Reiches. Er schnappte nach Luft und fragte sich erneut, ob es richtig gewesen war, sich auf diese Sache einzulassen.

Die Jungen hatten vor dem Findling mit der Runenaufschrift ein kleines Feuer entzündet, um das sie herumtanzten: allen voran der kleine und drahtige Kurt Eder, vermutlich immer noch beglückt über seinen Waffendiebstahl und über das Lob aus Wotans Mund. Seine Kumpel Hermann Hombach und Wladimir Blochinski hielten in jeder Hand eine geöffnete Bierflasche und watschelten lachend wie beim Ententanz mit extrem hochgezogenen Knien hinter ihm her. Den Schluss dieses schrägen Aufmarsches bildete Pirmin Zwacklhuber. Wotan hatte ihn bisher weder stehen noch aufrecht gehen sehen. Er konnte es also. Interessant. Wahrscheinlich hatte der kleine Eder ihm die »Apotheke« tatsächlich weggenommen und ihn auf reines Bier gesetzt.

Sie umrundeten das Feuer, hielten vor dem Runenstein kurz inne und brüllten heiser »Sieg Heil« und »Heil Hitler«. Dabei hoben Hermann und Wladimir die Bierflaschen in der rechten Hand, der kleine Kurt schwang seine Mineralwasserflasche wie ein Gewichtheber die Hantel, und Pirmin – Wotan erstarrte vor Abscheu – hielt eine übergroße, konisch geformte, weihrauchartig nach Kräutern riechende Zigarette in der rechten Hand. Die gab er nach jedem »Heil«-Ruf an seine Freunde weiter, sodass alle mal daran zogen, um anschließend mit noch glasigeren Blicken weiterzutanzen. Dazwischen schubsten sie sich gegenseitig, stellten sich spielerisch ein Bein, hinkten kindlich und mit verrenkten Gliedmaßen im rötlichen Schein des Lagerfeuers und lachten. Lachten, bis sie sich die Hand auf das schmerzende Zwerchfell legen mussten.

Wotan stand abseits in der Stille. Langsam erhob sich Hombachs Hund von seinem Platz neben dem riesigen Ghettoblaster – das Tier war offensichtlich lärmresistent – und trottete auf Wotan zu.

Aus dem Kofferradio mit den übergroßen Lautsprechern ertönten wilde Trommelwirbel und schräge Gitarrenriffs. Die vier Burschen tanzten sich in Ekstase. Doch Ekstase und Leidenschaft waren nicht im Sinne des Führers, zählten eindeutig zu den entarteten Gefühlen, von denen sich die wahren Arier der Zukunft distanzierten.

Wotan atmete noch einmal durch und duckte sich. In diesem Moment kroch Hermann Hombach mit der gemeinschaftlichen Zigarette in der Hand seinem Hund hinterher, um ihm ein wenig Rauch in die Nüstern zu blasen. Wotan platzierte seinen Militärstiefel neben Hombachs rechte Hand und ging an dem erschrockenen Burschen vorbei zum Ghettoblaster, den er mit einem einzigen Tritt für immer zum Schweigen brachte. Die Jungen starrten ihn ängstlich an.

»Seid ihr denn noch zu retten?«, zischte der Schwarzgekleidete in die Runde. »Das ist doch keine Disko! Wollt ihr euch unbedingt selbst die Bullen auf den Hals hetzen? Wir planen einen militärischen Akt des nationalen Widerstands, und ihr tanzt und zieht euch Negerdrogen rein. Ich fasse es nicht.«

Hermann Hombach blickte auf seinen zerstörten CD-Spieler und unternahm den Versuch, Wotan zu beruhigen: »Ja, weißt... äh... Wotan, das mag sich für dich vielleicht so ang'hört ham, aber es war keine Negermusik, sondern eine nationale Band. Was wir g'hört haben, sind die Zillertaler Türkenjäger. Kennst doch bestimmt?« Dann stutzte er und gab kleinlaut zu: »Aber ein bisserl laut war's natürlich schon, da hätt'n mir dran denken müssen. Aber jetzt ist's ja eh schön ruhig. Magst auch mal ziehen, so rein für die Nerven?«

Er hielt ihm die Zigarette hin. Wotan riss sie ihm aus der Hand, schnupperte kurz und angewidert daran und schnippte sie zielsicher aus beinahe zehn Metern Entfernung ins Feuer. »Schämt ihr euch denn für gar nichts? Ihr seid mir schon seltsame Volksgenossen. Ab sofort ist endgültig Schluss mit lustig! Antreten! Alle Mann! Und zwar in Reih und Glied!«

Keiner der vier wagte es, sich seiner schnarrenden Stimme zu widersetzen – im Gegenteil: Sie nahmen in Windeseile Haltung an, und während Wotan jedem aus nächster Nähe ins Gesicht starrte, atmeten Kurt, Wladimir, Hermann und Pirmin flach und vermieden jede Bewegung.

Wotan nickte zufrieden. »Also gut, rührt euch!«

Sein größter Zorn schien verraucht.

Dann ging er im Stechschritt vor ihnen auf und ab, mit geöffneten Händen rechts und links in die Dunkelheit hineingreifend, als suche er dort nach Worten, die die Wichtigkeit des Augenblicks unterstrichen. Etwas Ehrwürdiges umgab ihn, als er seine Stimme hob und verkündete: »Männer! Wir sind hier und jetzt zusammengekommen, um Großes für unser Volk und unsere Nation zu vollbringen. Wir begegnen uns an diesem Ort und in diesem Augenblick, um uns unsere gnadenlose Härte zu beweisen und um uns einander zu versichern. Und wir sind vor allem deshalb an dieser geweihten Stätte, um unserem Führer für ewig die Treue zu schwören!«

Seine Stimme kippte ein wenig ins Sentimentale, und die vier Freunde aus dem Bauwagen spürten in diesem geheiligten Moment, dass sie aufgenommen wurden in den Kreis der Eingeweihten und dass er sie an seinem Wissen teilhaben lassen würde.

Wotan räusperte sich, straffte die Schultern und fuhr fort: »Doch zuvor sollt ihr es wissen. Hier und jetzt werde ich euch unter dem Siegel der Verschwiegenheit das größte aller Geheimnisse anvertrauen, und ich brauche von euch die Versicherung, dass ihr dieses Wissen für den Rest eurer Tage in eurem Herzen bewahrt und nur mit erkennbar Eingeweihten darüber sprecht.«

Was redet der bloß für einen Schmarrn, dachte Pirmin Zwacklhuber, behielt diesen Satz aber für sich. Am Nachmittag schon hatte der kleine Kurt ihm die »Apotheke« weggenommen, und seitdem hatte der Tag sowieso die Qualität eines mittelschweren Albtraums. Pirmin fügte sich seufzend in sein Schicksal.

»Denn wahrlich, ich sage euch«, fuhr Wotan mit tragender Stimme fort. »Der Führer lebt! Und das ist noch längst nicht alles. Er wird ewig leben, so wie auch wir eines Tages ewig leben werden, ihr und ich und das gesamte arische Volk. Sein Volk, seine Männer und seine Frauen, alle, die an ihn glauben und in deren Adern rassisch reines Blut fließt.« Er schluckte vor Ergriffenheit. »Unser Führer hat sich nach dem Krieg aus Enttäuschung über das deutsche Volk, das nicht mehr an ihn glaubte und nicht mehr zu ihm hielt, über Südamerika in die Antarktis abgesetzt. Von dort aus hat er schweigend und mit großer Enttäuschung zusehen müssen, wie sein Volk mit den Negern und den Bolschewiken kollaborierte. Aber er wusste auch von den wenigen, die weiterhin auf ihn vertrauten, und für diese Aufrechten hat er erneut eine Armee aufgebaut. Eine neue Armee, größer und mächtiger als alles, was die Welt je gesehen hat! Eine Armee des Lichts und der Erleuchtung. Eine Armee, die siegreich aus jedem Kampf hervorgehen wird. Denn das Herzstück dieser Armee sind die mit dem Führer verbündeten Auserwählten und ihre Ufo-Flotte. Allein diese Wesen vermögen dank ihrer atomaren Nanolaserblitzwaffen alle anderen Waffen dieser Welt innerhalb von Sekunden unschädlich zu machen. Freunde, ich sage euch: Wir sprechen hier und jetzt von den Angehörigen einer intergalaktischen arischen Superrasse. Es sind Wesen, die direkt von den germanischen Göttern abstammen. Sie sind es auch, die dem Führer dank ihrer einzigartigen gentechnischen Fähigkeiten das ewige Leben geschenkt haben.«

Überwältigt von Gehalt und Ausmaß dieser Botschaft blickte er erwartungsvoll auf seine vier Zuhörer. »Selbstredend darf kein Uneingeweihter davon erfahren, bevor Adolf Hitler tatsächlich in unsere Mitte zurückkehrt und mit uns sein Viertes und ewiges Reich errichtet. Doch dann werden die, die an ihn glauben, belohnt werden und alle anderen der Verdammnis anheimfallen, wie sie es verdient haben.«

Unvermittelt fuhr er auf dem Absatz herum und trat ganz nah an die jungen Männer heran. Wie in einer gespenstischen Choreografie machten diese einen Schritt rückwärts. Wotans Augen leuchteten im Halbdunkel wie Glühwürmchen. Das Feuer knisterte, und die Kleinöder Burschenschaft nahm in vorauseilendem Gehorsam wieder Haltung an.

Zufrieden verschränkte Wotan die Hände hinter dem Rücken und seufzte. Pirmin Zwacklhuber ahmte seine Haltung nach und starrte wie Wotan in den Sternenhimmel. Dort also, auf einigen dieser weit entfernten Planeten und in fremden Galaxien, sollten ausgerechnet arische Braunhemdenarmeen hinter wehenden Hakenkreuzfahnen im Stechschritt paradieren, um hier auf dieser dekadenten Erde ein Viertes Reich zu errichten? Er stellte sich fliegende Untertassen mit den Hoheitszeichen der untergegangenen Luftwaffe vor, die im Formationsflug über die Köpfe des Fußvolkes hinwegbrausten, und fand das alles total schräg und voll daneben.

Daher murmelte Pirmin ein leises »Ding-Dong« vor sich hin, die taiwanesische Bezeichnung für »Plemplem«. Den Begriff hatte er irgendwann am frühen Sonntagabend im Weltspiegel aufgeschnappt und sogleich als Geheimcode für die Bauwagentruppe eingeführt. Anfangs hatten sie des Öfteren nicht nur dem Bürgermeister ein fröhliches Ding-Dong zugerufen, sondern auch Hochwürden Moosthenninger und dessen verbiesterter Schwester, und alle Angesprochenen hatten wohlwollend und mit gnädigem Kopfnicken zurückgegrüßt.

Kurt jedoch schien dieses Ding-Dong gerade als völlig unangemessen zu empfinden. Mit durchgedrücktem Kreuz und eingezogenem Bauch stand er, ebenso wie Wladimir und Hermann, weiterhin in Habachtstellung vor Wotan.

Der schwarz Gekleidete mit der kleinen Nickelbrille wandte seinen Blick wieder dem Hier und Jetzt zu und verabschiedete sich von der Vision einer strahlenden und siegreichen Zukunft. »Alles wird gut«, sagte er. »Und daher werdet ihr jetzt auch erfahren, welchen Plan Wotan entwickelt hat, um genau jenes Fanal zu setzen, nach dem wir uns alle so sehnen.«

Pirmin Zwacklhuber hätte an dieser Stelle gern eingeworfen, dass er sich vor allem nach einem kühlen Bier und einer Zigarette sehnte, ganz zu schweigen von seiner »Apotheke«, verschluckte diesen Kommentar aber, wie er am heutigen Abend schon so einiges verschluckt hatte.

»Zunächst aber geht es darum, die Verschwiegenheit dieser Runde mit Blut zu besiegeln«, setzte Wotan seine Rede fort. Wladimir Blochinski, Hermann Hombach und Kurt Eder nickten ergriffen, auch Pirmin nickte, aber eher um das Ganze schneller hinter sich zu bringen.

Der blonde Hüne mit dem schwarzen Ledermantel legte eine bedeutungsschwangere Pause ein, und Pirmin spürte, wie seine drei Freunde vor Aufregung und Anspannung zu schwitzen begannen. Es roch plötzlich wie in Kurt Eders Muckibude, und selbst Wotan rümpfte für den Bruchteil einer Sekunde die Nase. Dann aber fuhr er fort: »Wir haben uns hier und jetzt unsere Härte und Entschlossenheit zu beweisen und werden deshalb gemeinsam dem keltischen Totengott Samhain ein Judenschwein opfern, um das Gelingen des großen Planes zu sichern.«

Zwacklhuber schnappte nach Luft und spürte, wie seine Knie zu zittern begannen. Das hier ging eindeutig zu weit – nur, wie sollten sie aus dieser Nummer wieder rauskommen? Aus den Augenwinkeln heraus bemerkte er, dass auch seine drei Kumpels ganz weiß um die Nase geworden waren.

Wotan trieb seinen Plan konsequent zur Vollendung. Mit den Händen formte er einen Trichter und rief: »Kuwitt! Kuwitt! Kuwitt!«

Postwendend schallte es aus dem Wald zurück: »Kuwitt! Kuwitt! Kuwitt!«

Quälend lange Minuten vergingen, in denen Wotan schweigend das Feuer umrundete, sich dann einen brennenden Ast suchte, der ihm als Fackel diente, um sodann mit dieser Flamme in der erhobenen rechten Hand und voller Konzentration auf den Runenstein zuzuschreiten. Dort rammte er das Licht in den Boden und öffnete seinen Mantel. Öffnete ihn langsam und fast so, als folge er einem alten und ehrwürdigen Ritual.

Er hob ein geschmiedetes Eisenstück in die Höhe, das an einen verunglückten Dreizack erinnerte.

»Was ihr hier seht, meine Blutsbrüder«, sagte Wotan nicht ohne verhaltenen Stolz, »ist die Rune Mannaz. Ich habe sie selbst geschmiedet, und sie wird unserem heutigen Tun den arischen Sinn verleihen. Vermutlich wisst ihr Banausen nicht einmal, dass dies die Rune der Menschwerdung ist. Das Sinnbild für den Anfang unserer Rasse.« Seine vier Zuhörer schenkten dem ästhetisch etwas fragwürdigen Runensymbol kaum Beachtung, sondern starrten stattdessen voller Entsetzen auf das Beil in Wotans Gürtel.

Die Stille war gespenstisch. Kein Blatt regte sich, nicht einmal das Feuer wagte zu knistern. Umso lauter kam es allen vor, als sich plötzlich das Gebüsch teilte und Oleg Oblomov erschien. Obwohl er sich ein nasses Tuch um den Kopf gewickelt hatte, war die riesenhafte Beule an seiner linken Schläfe inzwischen zur Form eines mittelgroßen bläulich roten Balls angewachsen. Sein Gesicht glänzte vor Anstrengung.

Hinter sich her zog er Armin Dobler. Pirmin erkannte ihn sofort, nicht nur weil seine Mutter oft und liebevoll von ihm und über ihn sprach, sondern auch, weil dieser Mann ihrer Überzeugung nach der einzige Mensch auf Erden war, der ihren Sohn von seiner »Apothekenabhängigkeit« befreien könne und er, Pirmin, in letzter Zeit manchmal ernsthaft überlegt hatte, diesen Weg zu gehen. »Der da ist ein Heiliger«, wollte Pirmin rufen, »ein Schamane, ein Seher«, aber er brachte keinen Ton heraus.

»Da hätt'n mir unser Judenschwein«, sagte Oleg Oblomov verächtlich und warf seinen Gefangenen vor den Runenstein.

Doblers Augen starrten trübe ins Leere, er wirkte apathisch und teilnahmslos. Um den Hals hatte Oblomov ihm einen Kälberstrick geknüpft, mit einem doppelten Palstek, wie er ihn in seiner Metzgerlehre gelernt hatte. Vermutlich war es auch Oleg gewesen, der ihm die Hände auf den Rücken gefesselt hatte.

Das Gesicht des Waldmenschen war verquollen, und die vier jungen Männer ahnten voller Entsetzen, dass Armin Dobler unter einer Unmenge von Fausthieben zusammengebrochen sein musste. Sie hatten nicht gewusst, dass der Schamane Jude war. Sie hatten gedacht, er stamme aus der DDR, diesem zweiten Deutschland, das es längst nicht mehr gab. Aus Doblers Mund rann Blut, und sogar der hellgraue Kaschmirpullover war über und über mit Blut besudelt.

Oleg Oblomov hatte den rechten Fuß in einer siegreichen Geste auf den Körper seines Opfers gestellt. Ein Großwildjäger, der einen Elefanten erlegt hat. Gespenstisch leuchtete das Feuer die Linien seines Gesichtes aus, vertiefte die Falten und vergrößerte die glatten Flächen. Noch immer lagen Wut und Empörung in Olegs Blick. Noch immer stand jedes einzelne seiner Haare wie elektrisiert zu Berge.

Als er vor einer knappen Stunde wieder zu sich gekommen war und ausgerechnet aus Wotans Mund hören musste, dass es diesem kleinen Männchen gelungen war, ihn niederzustrecken, hatte sich seiner eine unbändige Raserei bemächtigt. Wie ein Rachegott war Oleg über den ohnmächtigen Waldmenschen hergefallen und hatte dem von Wotan bereits bewusstlos Geschlagenen in besessenem Zorn durch Unmengen von zusätzlichen Schlägen und Tritten mehrere Knochenbrüche verpasst.

Wotan hatte der Raserei seines Rekruten mit stoischer Ruhe zugesehen und irgendwann »Stopp« gerufen. »Stopp, du sollst ihn nicht töten, nicht du allein! Sieh zu, dass er wieder halbwegs zu sich kommt, und bring ihn dann zum Runenstein. Dort sehen wir uns!« Dann hatte sich der Riese in seinem schwarzen Ledermantel umgedreht und war gegangen, den Widerschein seines hellblonden Haars wie eine Leuchtspur im Mondlicht hinter sich lassend.

Der Alte aber war und blieb ohnmächtig und machte keinerlei Anstalten, wieder zu sich zu kommen. Oleg schüttelte ihn, schrie ihn an, ohrfeigte ihn und tobte. Das hatte ihm gerade noch gefehlt, dass er diesen Giftzwerg jetzt auch noch bis zum Runenstein tragen musste! »Komm g'fälligst zu dir«, brüllte er. »Was soll der Scheiß!« Glücklicherweise war ihm dann endlich die Wasserstelle eingefallen, und er hatte Armin Dobler dort hingeschleppt und kopfüber in den Bach gehalten. Das Wasser hatte höchstens acht Grad. Nach etwa einer halben Minute begann der Waldmensch zu schlucken, zu würgen und zu husten. Er schlug mit Armen und Beinen um sich und schrie vor Schmerzen. »Geh weiter!«, belferte Oleg los. »Eine Judensau wie du hält so was doch leicht aus.« Das kleine hustende Männlein mit dem grauen Pferdeschwanz beachtete ihn nicht.

Armin Dobler wusste nicht, wie ihm geschah. Der Schmerz hatte ihn ausgelöscht oder war so übermächtig, dass für nichts anderes mehr Raum blieb. Was ihn am meisten erschreckte, war, dass seine Ahnungen sich erfüllten und dass er keine Chance hatte, diesem Schicksal zu entgehen. Er wusste, dass dies sein letzter Tag war, ahnte, dass seine letzte Stunde schon begonnen hatte. Aber warum unter solchen Qualen und warum auf eine so sinnlose und lächerliche Weise?

Seine Schmerzen hinderten ihn am Nachdenken, und er war erfüllt von der Gewissheit, dass diese Fragen sowieso unbeantwortet bleiben mussten. Dann spürte er den Strick um den Hals und wie ihm die Hände auf dem Rücken gefesselt wurden. Er sah diesen Oleg vor sich und empfand eher Mitleid als Zorn – so wie er mit seinem Schmerz besetzt war, hatte sich Olgas Sohn von etwas anderem besetzen lassen, war eingetaucht in falsche Kreise und würde dort untergehen.

»Auf geht's«, schrie es hinter ihm, und er wankte den Weg hinab, den sonst die elf Frauen zu ihm hinaufkamen. Bei jedem Schritt schmerzte sein rechtes Schienbein. Er wusste, dass es gebrochen war, sah wie auf einem Röntgenbild in gnadenloser Klarheit die zersplitterten Knochen vor sich. Als er sich bückte, um einen Ast aufzuheben, fiel er hin. Dabei verlor er genau jene zwei Oberkieferschneidezähne, die Oblomov mit seinen Fußtritten bereits entwurzelt hatte.

»Brauchst eh nix mehr zum Beißen«, kommentierte sein Quälgeist diesen Verlust und lachte bös. »Komm, schick dich! Die warten auf uns.«

Auf dich warten andere als auf mich, dachte Dobler, aber dann nahm der Schmerz wieder überhand, und er stützte sich auf den gefundenen Ast und humpelte weiter. Zweihundert lange Meter. Dann schien das Ziel erreicht zu sein, aber Armin Dobler wusste auch, dass dies der Ort seiner Hinrichtung war.

Hinter den fünf Burschen und dem von einer gespenstisch dunklen Aura umgebenen blonden Hünen nahm er seine Gesprächspartner aus der jenseitigen Welt wahr, die ihn liebevoll und fast ein wenig tröstlich betrachteten.

Doch der Weg zu ihnen führte zwangsläufig an dem großen

Mann im schwarzen Ledermantel vorbei, der jetzt vor dem Runenstein stand und ein eisernes Objekt derart verheißungsvoll in den nächtlichen Himmel hielt, als handele es sich um das Symbol einer neuen Offenbarung. Dabei war es nichts anderes als zwei schlecht zusammengeschweißte Eisenstücke.

Armin Dobler hörte plötzlich, wie seine Zähne aufeinanderschlugen, rhythmisch und ohne dass er es ihnen befohlen hatte, und als er an sich hinuntersah, musste er feststellen, dass auch sein Körper wie Espenlaub zitterte. War das überhaupt noch sein Körper, der so eigenmächtig auf diesen übergroßen Schmerz reagierte und damit sich selbst von der Welt ausschloss, um in einem eigenen Mikrokosmos zu verschwinden?

Dieser schmerzüberflutete Körper wurde nun von seinem Peiniger am Spalier jener vier Jugendlichen vorbeigeführt, in deren Gesichtern Dobler bereits beim ersten Hinschauen Bestürzung und Entsetzen gelesen hatte. Er wusste nichtsdestotrotz, dass sie den Befehlen Wotans blindlings folgen würden.

Vor dem Runenstein glomm eine Art Fackel, mitten auf der Lichtung brannte ein Lagerfeuer. Neben der Fackel stand der, den sie Wotan nannten, und befahl: »Nimm ihm die Fesseln ab! Ich will, dass der Penner wenigstens stirbt wie ein Mann!« Oleg gehorchte ihm und trat respektvoll zur Seite.

In diesem Augenblick rückte Armins Schmerz in den Hintergrund und machte Platz für wütenden Widerstand. Der bereits schwer Verletzte trat einen Schritt vor und stützte sich mit letzter Kraft am Runenstein ab. Seine linke Schulter mit dem gebrochenen Schlüsselbein war zu einer großen Beule angeschwollen. Mühsam zog er das vor Schmerzen pochende rechte Bein nach und tastete gleichzeitig mit der Hand nach dem Gegenstand in seiner Hosentasche. Tatsächlich! Es war noch da! Fest umklammerte er den Hartholzgriff seines Springmessers und erfühlte mit dem Daumen den Metallknopf. Ein winziger Druck nur, und die dreizehn Zentimeter lange Klinge würde blitzartig aus dem Schaft schnellen.

Der blonde Hüne mit dem schwarzen Ledermantel und der Nickelbrille stand jetzt unmittelbar neben ihm und legte ihm mit einer fast freundschaftlichen Geste den Arm um die Schultern.

Dobler fragte sich kurz, ob dies der richtige Angriffsmoment sein könne, entschied sich dann aber dafür, noch einen kurzen Augenblick abzuwarten, um sich anzuhören, was dieser Wahnsinnige seinen verblendeten Burschen zu erzählen hatte.

»Männer!«, hob Wotan an und zeigte auf sein Opfer. »Dieser arbeitsscheue Untermensch lebt seit Jahren auf Kosten der Volksgemeinschaft. Außerdem hat er uns auf dem Weg hierher erzählt, dass seine Großeltern in Auschwitz geblieben seien. Was seine Rassenzugehörigkeit angeht, so ist das ein klares Geständnis. In Auschwitz lebten tatsächlich mehr Juden als anderswo. Der Gipfel der Dreistigkeit unseres kleinen Freundes hier«, Wotan sah ihn nun tadelnd an und lächelte spöttisch, »ist die unverschämte Behauptung, in Auschwitz seien Menschen vergast worden. Jedes Kind weiß, dass all diese Gräuelgeschichten allein von den Alliierten erfunden worden sind, um von ihrem grausamen Bombenkrieg abzulenken. Insofern ist es im Sinne der kosmischen Gerechtigkeit, wenn wir uns und unsere Volksgenossen von diesem hinterlistigen jüdischen Subjekt erlösen und sein Blut Samhain weihen, auf dass es den Zusammenhalt unserer Truppe stärken und das Vierte Reich in aller Macht und Herrlichkeit erstehen lassen möge.«

Halbherzig nickten Kurt Eder, Waldimir Blochinski und Hermann Hombach. Oleg Oblomov dagegen applaudierte, während Pirmin Zwacklhuber merkte, wie ihm übel wurde. Er hielt Ausschau nach einem Baum, hinter dem er sich übergeben könnte.

Oleg Oblomov brachte Wladimir Blochinskis Fotohandy zum Vorschein und rief: »Mir müss'n diesen historischen Moment für die Nachwelt festhalten.«

»Recht so«, rief Wotan, nahm seinen Arm von Doblers Schulter, trat einen Meter vor und breitete die Arme zum Himmel aus. Dabei schwenkte er in der linken Hand das Beil.

»Also bitte ich dich, mächtiger Samhain, nimm dieses Opfer gnädig an! Und du, Jude, sprich nun dein letztes Wort, oder schweig für immer!«

Das Fotohandy in Olegs Händen blitzte und lenkte Wotan für Sekundenbruchteile ab. Das war der Augenblick, auf den Dobler gehofft hatte. Mit der geballten Energie eines Menschen, der nichts mehr zu verlieren hat, spielte der Waldmensch seinen einzigen Trumpf aus.

Er zückte das Springmesser und drückte auf den Auslöseknopf. Die dreizehn Zentimeter lange Klinge gleißte im Mondlicht. Sodann sprang er mit der Behändigkeit einer Katze auf Wotans Rücken. Mit seiner linken Hand umfasste er den Bauch des Hünen und hielt ihm mit der Rechten das Messer an den Hals. Die scharfe Klinge ritzte die Haut neben Wotans Adamsapfel. Es flossen ein paar Tropfen Blut.

Mit der Kraft der Verzweiflung schrie Armin Dobler die Männer an: »In meinem ganzen Leben habe ich noch keine solchen Verrückten getroffen. Ihr wisst ja nicht einmal, wovon der da redet. Los jetzt, nehmt eure Handys und ruft die Polizei. Und zwar sofort! Andernfalls schneid ich diesem Verwirrten hier die Gurgel durch, und zwar in reinster Notwehr.«

Er hätte nicht erst schreien und erklären, sondern gleich losschlitzen sollen. Aber ihm, dem es nicht einmal gelang, einer Maus ein Haar zu krümmen, war es unmöglich, diesem Wahnsinnigen die Kehle durchzuschneiden. In diesem Augenblick trat Wotan mit seiner linken Hacke wuchtig gegen das rechte Schienbein des Schamanen. Dieser heulte vor Schmerz auf und ging in die Knie, behielt aber das Messer weiterhin in der Hand.

Schemenhaft nahm er wahr, wie der blonde Riese das Beil hob. Hinter ihm standen seine Freunde aus der jenseitigen Welt und erwarteten ihn. Sie waren klarer zu sehen als noch vor wenigen Minuten, und sie winkten ihm zu und gaben ihm Zeichen.

Armin Dobler begriff. Er tastete nach seinem Messer, richtete es gegen sich selbst und ließ sich nach vorn in die offene Klinge fallen. Im gleichen Moment ging das Beil neben ihm zu Boden. Wotans Schlag hatte ihn knapp verfehlt.

Blochinskis Fotohandy blitzte, als Wotan den reglos am Boden Liegenden mit einem Fußtritt herumdrehte. Das Messer steckte genau in Doblers Herzen – als wisse er um seine Anatomie und habe den einzig richtigen Punkt getroffen. Groß und staunend blickten seine ungewöhnlich blauen Augen zu den Sternen, dann brach sein Blick.

DREIZEHNTES KAPITEL

Auswärtsspiel

Enzo Blumentritt sah in den Garten hinaus, in dem sich das Laub dramatisch gelb und rot färbte. Vor allem der Ahorn hatte sich in diesem Jahr mal wieder selbst übertroffen. Das war's dann also mit dem Sommer. Eigentlich schade. Die Zeit ging viel zu schnell vorbei. In seiner Kindheit schienen die Sommer unendlich lang zu sein und sich über Monate hinweg auszudehnen. Für seine beiden kleinen Schwestern war das vermutlich noch immer so. Rosa und Laura waren noch Kinder und wussten nichts vom wirklichen Leben.

Jetzt saßen sie auf der Bank vor der Eingangstür des Hauses und schnitzten mit konzentrierter Hingabe an ihren Kürbissen herum. Sie stöhnten und jammerten über das feste Fleisch, wollten aber nicht, dass die Mutter ihnen half, sondern kämpften mit dem Holzschnitzwerkzeug, das Enzo sich gestern von Sepp Langrieger ausgeliehen hatte – in der irrwitzigen Hoffnung, vielleicht doch noch mit Frank sprechen zu können. Am nächsten Tag war Halloween, und bis dahin sollten die Kürbisse ausgehöhlt, mit einer Fratze versehen und mit Kerzen gefüllt sein. Er sah den beiden zu und lächelte. Kindheit, dachte er und kam sich ungeheuer erwachsen und irgendwie auch steinalt vor.

Als seine Eltern mit ihm nach Kleinöd gezogen waren, da war auch er noch ein Kind gewesen und hatte mit anderen brav seine selbst gebastelte Laterne getragen und dazu gesungen – anfangs auf Italienisch und später so, wie es sich gehörte: auf Niederbayerisch.

Jetzt bloß ned nostalgisch werden, sagte er sich und wandte sich wieder dem Computer zu. Wie immer, wenn er sich im »Löwenforum« einloggte, war er nach kurzer Zeit mit Haut und Haar in der Welt der digitalisierten Fangemeinde des TSV 1860

München versunken. Es tat einfach gut, sich mit Gleichgesinnten darüber auszutauschen, welcher Spieler wohl als Nächster eingekauft oder verkauft werden würde, wie viele Eintrittskarten für die anstehenden Spiele am Ende unters Volk gebracht sein würden oder welche Aufstellung gegen welchen Gegner den selbst ernannten Fachleuten und Reservetrainern die Erfolg versprechendste zu sein schien.

Enzo recherchierte unter der Rubrik »Eintrittskarten, Mitfahrzentrale, Sammlermarkt« nach einer günstigen Zugfahrt für die am frühen Abend in Nürnberg angesetzte Pokalbegegnung mit dem 1. FC Nürnberg. Wie er Walburga kannte, hatte die sich bestimmt nicht um An- oder Abreise gekümmert, sondern nur in ihren Kalender geschaut, ein »Freilich, das tät schon gehen« gemurmelt und wie immer alles andere ihm überlassen. Frauen. So waren sie nun mal.

Amüsiert blickte er vom Computer hoch, und sein Blick fiel auf die beiden Stehplatzkarten für das heutige Spiel. Die hatte ihm der Gemeindebriefträger Ingo Dressler vor einigen Tagen als Einschreiben persönlich zugestellt und diesen Akt natürlich auch wortreich kommentieren müssen, vermutlich weil er sonst nichts zu sagen hatte. »Fahrst du da echt nauf, nach Nürnberg? Wo doch am nächsten Tag Großöd gegen Schalke 04 spielt? Wen interessiert denn da noch Nürnberg-Sechzge? Keine alte Sau, glaub's mir!« – woraufhin Enzo dem Postboten schadenfroh untergejubelt hatte, dass ein gewisser anderer Verein aus der Landeshauptstadt, nämlich der, zu dem sich der Briefträger sonst gern halbherzig bekannte, im diesjährigen Pokal schon gar nicht mehr vertreten sei.

Enzo Blumentritt, der zukünftige Starreporter Niederbayerns, war sowieso davon überzeugt, dass Ingo Dressler auf dem Weg zu den Kleinöder Hausbriefkästen sämtliche Postkarten las, deren er habhaft werden konnte, und somit sicher mehr über die Kleinöder wusste als der Bürgermeister oder gar Hochwürden Moosthenninger, der ja auch, selbst wenn er etwas wüsste, an sein Beichtgeheimnis gebunden war.

Hatte dieser Tote, dieser Armin Dobler, eigentlich auch jemals Post bekommen? Und war ihm die von Ingo überbracht worden? Das wäre in der Tat eine interessante Frage für seine Recherche, denn Enzo kommentierte nun schon seit einigen Tagen den Mordfall in allen Einzelheiten und platzierte mindestens jeden zweiten Tag einen entsprechenden Artikel im Landauer Anzeiger. Sein inzwischen zum Chefredakteur aufgestiegener Mäzen Georg Cannabich, der heilfroh war, einen so engagierten Mitarbeiter direkt vor Ort zu haben, unterstützte ihn mit Rat und Tat.

Inzwischen gewann auch in der Presse das anstehende Pokalspiel zwischen Großöd-Pfletzschendorf und Schalke 04 immer mehr an Wichtigkeit, was der junge Blumentritt mittlerweile nur noch als nervig empfand.

Gut, dass dieses absurde Theater spätestens morgen Nacht vorbei sein würde. Das für Enzo Unerträglichste daran war die eigenartige Verwandlung so vieler Menschen: Hinz und Kunz waren plötzlich, quasi über Nacht, vom Fußballmuffel zum Fußballexperten mutiert, sprachen von nichts anderem mehr und wollten nun ausgerechnet ihm, der Jahr und Tag den Fußball liebte und für seinen Verein lebte, die wunderbare Welt des runden Leders erklären! Na ja, nicht mehr lange.

Enzo blickte von seinem Rechner hoch und sah Luise Langrieger durch ihren Garten stapfen. Es hatte den Anschein, als stecke sie rund um die große Eiche Planquadrate ab und denke mal wieder daran, sich ihr eigenes Grab zu schaufeln. Na ja, die Schwester seines viel zu früh verstorbenen Großvaters väterlicherseits war wirklich ein bisschen seltsam im Kopf und nahm die Welt nur in den finstersten Varianten wahr. Die Art und Weise, wie sie durch den Garten lief, ließ auf heftige Depressionen schließen – möglicherweise riefen wieder einmal die Toten nach ihr. Schon vor einigen Tagen hatte er beobachtet, wie sie stocksteif an ihrem Küchenfenster gestanden hatte, ohne sich zu rühren, einzig den unteren Teil ihres Gebisses hin- und herschiebend, als gehöre der gar nicht zu ihr. Ihr schlechter Zustand hatte mit Doblers Tod begonnen. Und in zwei Tagen war Allerheiligen. Aber sollte doch Luises Mann sich darum kümmern, der gute alte Sepp.

Enzo nahm einen Schluck Kaffee, gähnte herzhaft und warf

einen Blick auf die Uhr. Schon nach halb elf. Walburga ließ sich mal wieder ganz schön Zeit. Typisch. Er hatte vorgeschlagen, sich gleich am Landauer Bahnhof zu treffen. Aber nein, sie hatte den Bus nehmen und unbedingt noch bei ihm daheim »vorbeischauen« wollen. Zum Frühstück. Und jetzt war es schon bald Mittagszeit. Hoffentlich schafften sie es überhaupt noch rechtzeitig nach Nürnberg.

Er seufzte. Frauen und Logik. Und vor allem Frauen und Pünktlichkeit! Das waren Welten, die niemals zusammengehen würden. Schicksalsergeben klickte er im »Löwenforum« auf die Rubrik »Alles zum Nürnbergspiel« und vertiefte sich in Vorberichte, Einschätzungen und Expertenmeinungen.

Um zehn nach zwölf wurde er von einem nicht enden wollenden Gehupe aus seiner Lektüre gerissen. Rowdymäßiges Lärmen war in Kleinöd mehr als unüblich, und so griff er zu seiner Kamera und stürzte hinaus. Da musste was passiert sein.

Als Erstes sah er nach seinen Schwestern. Die saßen brav nebeneinander auf der Bank, jede einen Kürbiskopf mit bereits erkennbaren Fratzen im Schoß, und winkten strahlend einem reichlich betagten Golf GTI zu, der von vorn bis hinten in Weiß und Blau lackiert war und auf dessen Motorhaube das Abbild des doppelschwänzigen schwarzen Löwen prangte.

»Ja, wie haben mir's denn?«, rief Enzo entrüstet. »Was soll der Krach? Und was macht das Auto da in unserer Einfahrt? Na ja, immerhin sind's Löwen!«

»Schau doch mal, wer da drin sitzt«, jubelte die kleine Rosa, und ihre dunklen Zöpfchen mit den gelben Haargummis hüpften auf und ab. Da sah er es auch. Es war Walburga. Stolz lehnte sie sich aus dem geöffneten Fenster, und ihr kupferrotes Haar flatterte im Wind.

Er starrte sie an.

»Da schaust aber, gell?« Sie strahlte. »Ich hab ihn nämlich! Seit vorgestern! Und keinen Ton hab ich dir g'sagt am Telefon. Du hast doch allerweil g'meint, ich hätt erst zwei Fahrstunden, stimmt's? Nix da! G'schafft ham mir den, den Schein. Nach sechzehn Stunden, auf Anhieb, mit gar keinem Fehler ned in der

Theorie und schon gar ned in der Praxis! Jetzt sagst nix mehr, Spatzl, oder?«

»Was sagst, den Führerschein?« Enzo schluckte ein paar Mal und meinte dann: »Ich hätt g'meint, dass mir keine Geheimnisse voreinander hätt'n. Und wo hast denn so schnell ein Auto her, und noch dazu eins im Löwen-Look?«

Bei ihm würde es erst in anderthalb Jahren so weit sein. Erst gestern hatte er es wieder durchgerechnet. In anderthalb Jahren würde er auch seinen Führerschein haben und richtig erwachsen sein. Denn mit Führerschein, das war die eigentliche Freiheit. Er verspürte so etwas wie Neid auf seine Freundin, obwohl er Walburga natürlich alles gönnte. Aber sie war fast zwei Jahre älter, und mit einem Mal befürchtete er, dass sie ihn nicht mehr ernst nehmen würde, weil er noch nicht die Lizenz zum Autofahren besaß. Das verwirrte ihn ein wenig und machte ihn traurig.

Walburgas Miene verfinsterte sich. »Also ehrlich, ein bisserl könntest dich ja schon freuen!« Sie umrundete ihr Auto und erklärte ihm und seinen kleinen Schwestern: »Den Golf da, den ham mir meine drei älteren Brüder zum b'standenen Schein g'schenkt. Gebraucht vom Automarkt g'holt und selber lackiert. Wo ich heimkommen bin mit'm Schein, da war der schon unten auf der Straßen g'standen. Ich hab direkt weinen müssen, so g'freut hat mich das alles.« Sie wandte sich an Enzo: »Aber dir scheint das ja grad völlig wurscht zu sein. Wenn deine Verwandten so was für dich g'macht hätt'n, dann tätst du vermutlich ned mal Dankschön sagen.«

»Ach geh!« Er ging auf sie zu. »So hab ich das doch wirklich ned g'meint.« Liebevoll nahm er sie in die Arme und küsste sie. »Freilich gratulier ich dir da! Logisch freu ich mich da mit dir! Ich war eben bloß irgendwie ein bisserl überrascht.«

»Na dann, auf geht's. Hol deine Sachen und steig ein. Nürnberg, mir kommen!«

Der Motor heulte eine Spur zu laut, als Walburga den Zündschlüssel drehte. Sie hielt die Kupplung gedrückt und fingerte so lange in ihrer Jackentasche herum, bis sie umständlich eine Herrenbrille im Fünfzigerjahre-Design zum Vorschein brachte. Verlegen lächelnd gestand sie: »Ja mei, das war halt die Auflage. Beim Augentest hat der Doktor festg'stellt, dass ich ganz leicht kurzsichtig bin und ein bisserl nachtblind. Jetzt ist halt eine Brille im Führerschein eingetragen, und ich hab mir in ein altes Gestell von meim Opa entsprechende Gläser einimachen lassen. Ohne dürft ich überhaupt ned fahren, weißt.«

Sie errötete, als sie die Brille aufsetzte.

Enzo grinste. »Steht dir aber gar ned so schlecht. Gibt dir irgendwie so einen ... so einen intellektuellen Touch halt.«

Sie knuffte ihn in die Seite und legte den Rückwärtsgang ein. Der Golf ruckelte untertourig rückwärts und krachte gegen eine Mülltonne. Walburga verzog keine Miene. Sie schaltete in den ersten Gang und zockelte seelenruhig durch das Gartentor auf die Hauptstraße, ohne nach rechts oder links zu schauen. Zum Glück kam niemand. Direkt hinter dem Ortsschild beschleunigte sie, als müsse sie beweisen, dass auch ein betagter Golf GTI durchaus noch Power unter seiner Haube habe.

Enzo sah ganz kurz zur Seite, als sie an Olegs Bauwagen vorbeifuhren. Ob Frank Langrieger immer noch mit denen herumhing? Waren das jetzt wirklich seine Kumpels? Er vermisste seinen langjährigen Freund wieder einmal schmerzlich. Wie schön wäre es doch, wenn sie nun zu dritt in Walburgas Auto säßen und gemeinsam nach Nürnberg führen. Vertraut miteinander und grundlos albern und so sinnlos selig wie früher.

Jetzt schaltete Walburga in den vierten Gang hoch. Die Reifen quietschten und pfiffen, und der Wagen machte einen spürbaren Satz nach vorn. Enzo betete zu seinem Schutzengel und faltete heimlich die Hände. Walburga sollte nicht denken, dass er Angst hatte. Er doch nicht. Aber es war bestimmt nicht falsch, sich um ein bisschen Beistand zu kümmern.

Auf der Autobahn schien Walburga die linke Spur gepachtet zu haben. Wer ihr nicht schnell genug den Weg freigab, bekam wildes Gehupe zu hören und wurde per Fernlicht attackiert. Unablässig fuhr sie sich mit der Zunge über die Lippen und starrte angestrengt auf Straße, während der CD-Spieler so laut dröhnte und schepperte, dass sowieso keine Unterhaltung möglich war. Enzo beschloss, sich nicht in Walburgas Fahrstil einzumischen. Er kannte derartige Diskussionen von seinen Eltern und hatte sich geschworen, keinesfalls je selbst solche Diskurse zu führen. Zur Nervenschonung zählte er jetzt die weißen Striche auf der Mittellinie und grölte bei dem Lied »Niemals zu den Bayern gehen« von den »Toten Hosen« mit.

Knapp zwei Stunden später kamen sie wohlbehalten in Nürnberg an. Walburga sprengte laut hupend ein paar unbotmäßige Fußgänger von einem Zebrastreifen und nahm bei beträchtlichem Dunkelgelb eine letzte Ampel. Einen zu engen Parkplatz im Parkverbot machte sie sich mithilfe der vorderen und hinteren Stoßstange passend. Dann schaltete sie den Motor aus, ließ die Brille wieder in ihrer Tasche verschwinden und seufzte erleichtert: »Na, wie hab ich das gemacht, so ganz ohne Fahrlehrer neben mir? Jetzt sind mir doch echt noch zeitig genug dran, oder etwa ned?«

Ihr Beifahrer nickte zurückhaltend.

»Du bist so blass«, stellte sie fest. »Geht's dir grad ned so b'sonders? Bist mir schon wieder supernervös, gell, weil doch gleich unsere Löwen spielen? Langsam kenn ich dich ja!«

Er schluckte und beschloss, ihr lieber nicht zu sagen, dass ihm schon jetzt vor der Heimfahrt graute.

Hand in Hand spazierten sie zum Stadion der Nürnberger. Langsam fiel die Anspannung der letzten zwei Stunden von ihm ab und wich der Vorfreude auf einen rasanten und spannenden Pokalfight. Er nahm sich vor, während und nach dem Spiel ein paar Bier zu trinken und dann schlicht und einfach – nach ihm die Sintflut – auf dem Beifahrersitz einzuschlafen. Walburga plapperte unaufhörlich auf ihn ein, ohne dass ihre Worte wirklich bis zu ihm durchgedrungen wären.

»Jetzt sag einmal, hast du mir überhaupt zug'hört?«

Er versuchte zu schwindeln, doch dieser Versuch war zum Scheitern verurteilt: »Äh ... ja freilich! Ja logisch, was denkst denn du?«

»Was hab ich denn dann grad zu dir g'sagt?«, fragte sie schnippisch.

»Ja, äh ... ich mein, wir ham doch eher allgemein g'redet, ned wahr ...«

»Ui, schau einmal, wer da ist!«, unterbrach sie sein Gestammel und deutete aufgeregt auf die Menschenmenge am Kassenhäuschen. »Hast du ihn auch g'sehn? Jetzt ist er schon wieder weg.«

Enzo sah sie fragend an: »Wen hast denn da g'sehn?«

»Den Hartl Xaver! Weißt schon, den Arbeitskollegen vom Frank. Das ist doch der, der bei euch in der Neubausiedlung wohnt. Wenn der da ist, dann ist der Frank sicher auch dabei.«

Ihr Begleiter seufzte. »Komisch, grad vorhin habe ich an den Frank denk'n müssen. Noch vor einem Jahr hätt'n mir jeden Eid g'schworen, dass unsere Freundschaft alles überstehn tät.«

»Deine Freundschaft zu ihm ist ja ned brochen. Er hat sich halt von dir abg'wandt«, stellte sie klar. »Der Depp. Uns hat doch nix g'fehlt. Mir warn doch eine spitzenmäßige Dreierbande. Mir ham doch allerweil unsere Gaudi g'habt miteinand.«

»Der war halt auch in dich verliebt. So wie ich. Und als du dich für mich entschieden hast, war für den Schluss mit lustig.«

»Ach was, jetzt wär ich noch schuld?«, brauste sie auf. »Ihr habt's doch ned ordentlich miteinand g'redet! Ihr habt's doch die Sachen ned wirklich klärt! Typisch Männer halt.«

»Walburga, wie hätt denn ich da noch irgendwas klären können sollen?« Abrupt blieb Enzo stehen und sah seiner Freundin in die Augen. »Du hast doch selber mitkriegt, dass der nimmer ansprechbar war.«

»Das schon.« Sie nickte. »Aber da war der Käs auch schon bissen.«

»Genau«, sagte er resigniert. »Das geht schon seit Monaten so.«

Sie nahm seine Hand. »Das möcht schon wieder werden. Irgendwann. Glaub mir's halt.«

Sie blieben noch eine ganze Weile stehen und suchten in der Zuschauermenge vergeblich nach Frank und Xaver. Schließlich ließen sie sich mit der großen Masse durch die Karten- und Sicherheitskontrollen hindurch in den Fanblock der Löwen treiben.

Das Spiel selbst war lange Zeit so weit von einem packenden Pokalschlager entfernt wie die Erde vom Mond. Beide Mannschaften belauerten sich, schoben die Bälle im Mittelfeld hin und her und nur gelegentlich in die Nähe des Torwarts. Es sah ganz so aus, als seien sie in erster Linie darauf bedacht, keinen Treffer zu kassieren. Das verwöhnte Nürnberger Heimpublikum, das sich auf ein Spektakel mit dynamischen Zweikämpfen, Hochgeschwindigkeitsfußball und einem Feuerwerk von Torchancen eingestellt hatte, pfiff beim null zu null zur Halbzeit und setzte dieses Pfeifkonzert in der zweiten Spielhälfte fort. Die angereisten Löwenfans waren zwar auch nicht begeistert, aber immerhin zufrieden, solange das Spiel unentschieden stand.

Enzo nutzte den eher langweiligen Spielverlauf, um sich öfter mal am Stand außerhalb des Blocks mit Bier zu versorgen. Langsam spürte er, wie die Panik vor der Heimfahrt einer gewissen Wurschtigkeit wich.

»Wirst sehen, das g'winnen mir leicht noch regulär!«, sagte Walburga in der achtzigsten Spielminute zu ihm und nahm einen Schluck aus ihrer Wasserflasche. Und so kam es dann auch. Während sich das Gros der Zuseher innerlich längst auf ein Unentschieden und die scheinbar unvermeidliche Verlängerung mit möglichem Elfmeterschießen eingestellt hatte, machten die Löwen nach zwei blitzsauberen Kontern mit einem Doppelschlag alles klar und gewannen in den letzten beiden Spielminuten mit zwei zu null.

Gleich nach dem Schlusspfiff schlichen sämtliche Nürnberger Spieler unter den tosenden Pfiffen des Publikums vom Platz, während die siegreichen Spieler des TSV 1860 München zum Block ihrer Anhänger rannten, um sich feiern zu lassen. Auch Walburga und Enzo waren völlig aus dem Häuschen. Sie hüpften und sangen, klatschten sich mit den Umstehenden ab und schrieen sich vor Begeisterung heiser. Insbesondere Walburga war kaum noch zu bremsen: »Ich hab's dir g'sagt, ich hab's dir g'sagt!«

Die Spieler waren schon lange in den Katakomben des Nürnberger Stadions verschwunden, und auch der Gästeblock war schon weitgehend leer, als Walburga sich halbwegs beruhigt hatte und erklärte: »So! Jetzt hab ich aber einen Hunger kriegt, mein Lieber! Weißt was? Jetzt gehn mir zwei in die Kleingartenwirtschaft und essen einen superleckeren Sauerbraten!«

Enzo hatte keinerlei Einwände. Vor allem deshalb nicht, weil die Gartenwirtschaft des Kleingartenvereins Zeppelinfeld, an der sie auf dem Rückweg zum Auto sowieso vorbeilaufen mussten, bundesweit in Fußballfankreisen für ihre urige Atmosphäre und ihren ebenso guten wie preiswerten Sauerbraten berühmt war. Es wäre also zu schade gewesen, die Reise nach Nürnberg ohne dieses kulinarische Highlight zu beenden.

Aber noch verlockender war die Aussicht, über die gewiss reichlich frustrierten Fans des 1. FC Nürnberg in lässiger Siegerpose zu frotzeln und sie mit ihrer Niederlage aufzuziehen. Wie sehr die meisten Nürnbergfans unter dem Versagen ihres Vereins zu leiden schienen, war daran zu erkennen, dass Enzo und Walburga in der normalerweise völlig überfüllten Kneipe problemlos einen Tisch ergattern konnten.

»Die meisten von denen hocken jetzt sicher daheim und weinen«, kommentierte Walburga schadenfroh und wandte sich an die Bedienung: »Zweimal Sauerbraten hätt'n mir gern, und für mich zum Trinken eine Apfelschorle!«

»Und ich krieg ein Weizen! Und einen zweiten Knödel zu meinem Braten, schließlich ham mir auch zwei null g'wonnen!«, ergänzte Enzo unüberhörbar und registrierte vergnügt den ein oder anderen bösen Blick von den Nachbartischen.

Gestärkt von Sauerbraten und Bier sowie euphorisiert vom Sieg seiner Sechziger war die Welt für Enzo wieder schwer in Ordnung. Plötzlich spürte er eine Hand auf seiner rechten Schulter. Die ihm gegenübersitzende Walburga blickte von ihrem Teller auf, ließ mit einem überraschten Aufschrei die Gabel fallen und hielt sich die Hand vor den Mund.

Enzo fürchtete instinktiv den Angriff aufgebrachter Nürnberger Fans, fuhr wachsam herum – und blickte in das Gesicht Frank Langriegers. Bleich, zitternd und mit Tränen in den Augen stand sein ältester Freund vor ihm. Frank sah schrecklich aus, als er mit halb erstickter Stimme murmelte: »Bitte seid's mir nimmer bös. Ich kann einfach ned länger.«

»Frank!« Enzo stand auf, schluckte und schloss ihn in die Arme. »Mei, es ist ja so schön, dich zu sehen. Komm, setz dich her zu uns. Mir sind dir doch ned bös, nie g'wesen.« Jetzt war er es, dem die Tränen in die Augen traten. »Frank! Alter! Das freut mich ja so!«

Frank erwiderte die Umarmung und begann hemmungslos zu schluchzen. »Gut, dass ich wenigstens euch noch hab ...«

Walburga griff nach seiner Hand. Die Nürnberger an den umliegenden Tischen begannen zu tuscheln und tippten sich kopfschüttelnd an die Stirn.

»Komm, mir gehn raus!«, entschied Enzo. Er drückte Walburga seinen Geldbeutel in die Hand. »Wärst du so gut und tätst zahlen für uns zwei? Mir warten derweil vor der Tür.«

Draußen ließen sie sich auf eine Holzbank fallen und sahen schweigend zum Himmel. Dort war eine Menge Sterne versammelt. Die Nacht würde klar und kalt werden. Frank wischte sich mit einem Papiertaschentuch übers Gesicht. Enzo schluckte. Von einem Moment zum andern war er nüchtern. Wäre er noch ein Kind gewesen, hätte er einfach Franks Hand genommen. Aber er war kein Kind mehr und wusste daher nicht, wohin mit seinen Händen, seinen Füßen, seinen Blicken und seinen Gefühlen.

Schließlich hörte Enzo sich selber sagen: »Geh weiter, Frank. So dramatisch ist das doch ned. Hauptsach, mir red'n wieder miteinand. Der Rest kommt von ganz allein.«

Frank starrte zu Boden. Walburga kam aus der Wirtschaft und setzte sich zu ihnen. Sie hatte für Enzo und Frank je eine Flasche Bier mitgebracht. »Ihr könnt's ja beruhigt noch eine Halbe trinken. Ich bleib dafür nüchtern und fahr euch heim.«

»Danke«, murmelte Enzo, gab ihr aber keinen Kuss, um Frank nicht zu verletzen. Mindestens zwei lange Minuten sprach niemand von ihnen ein Wort. Enzo öffnete sein Bier und griff nach Franks Flasche, um auch diese zu entkorken. Franks Hände waren eiskalt und zitterten.

»Hey, Alter, was ist denn los mit dir? Geht's dir ned gut?«, fragte er besorgt.

»Es wird ein Mordsunglück passiern, wenn ich nix unternehm«, murmelte Frank und seufzte aus tiefstem Herzen. »Ich weiß einfach nimmer weiter. Aber da kommt g'wiss nix von allein. Ganz im Gegenteil. Wenn ich alles einfach laufen lass, gibt's eine ganz fürchterliche Katastrophe. Ihr könnt's euch gar ned vorstellen, wie tief ich schon drinhock in der Scheiße. Bis zum Anschlag nämlich! Echt wahr.«

Enzo und Walburga warfen sich beunruhigte Blicke zu, während Frank weitersprach: »Es geht schon lang nimmer mehr bloß um uns und meine blöde Eifersucht und solchen Kinderkram. Es geht auch nimmer bloß um Fußball. Ich bin da in eine saublöde G'schicht mit einig'rutscht und steh wahrscheinlich mit einem Fuß schon im Zuchthaus. Und ich weiß ums Verrecken nimmer, was ich machen soll.«

Er fluchte und begann erneut zu weinen. Dann griff er zum Bier und leerte die Flasche. Schnell und ohne Genuss.

»Ja, du lieber Herrgott im Himmel, was ist denn passiert?«, fragte Walburga erschrocken. »So red doch. Red mit uns. Mir sind doch deine Freunde.« Sie fasste ihn an den Schultern.

»Echt? Meine Freunde?« Er sah sie an, und sein Blick schien aus weiter Ferne zu kommen.

So ein Mist!, dachte Enzo. Jetzt wird der auch noch depressiv. Grad so wie dem seine Oma. Und er dachte wieder an Luise Langrieger, wie sie mit dem Spaten durch den Garten gelaufen war, als wolle sie sich ihr eigenes Grab schaufeln. Ihn schauderte.

Nach einer langen Pause setzte Frank wieder an: »Ich sag euch erst mal das Schlimmste: Ich weiß, wer den Dobler umbracht hat.« Er lehnte sich zurück. »So, jetzt ist das draußen. Aber wirklich besser fühl ich mich deswegen ned.«

Walburga schnappte nach Luft. Enzo spürte sein Herz rasen und musste sich eingestehen, dass er Angst hatte. Richtige Angst.

»Aber ich kann ned einfach zur Polizei gehn, weil ich Angst vor denen hab. Wenn ich die verrate, geht's mir so wie dem Dobler. Dann machen die mich auch hin.«

Enzo beugte sich vor. »Bist da ganz sicher? Mit'm Dobler, mein ich?«

Frank nickte. »Leider. Ich kann alles beweisen. Der Blochinski hat dem Hartl ein Video aufs Handy geschickt, was die von dem Mord dreht ham. Das hat der Xaver mir heut im Fanbus weitergeben und mir alles verzählt, was er selber weiß. Ich sag's euch, der weiß grad wie ich vor lauter Verzweiflung auch nimmer, was er machen soll.«

Frank holte sein Handy aus der Jackentasche und hielt es mit spitzen Fingern von sich. »Da, am besten schaut ihr's euch selber an. Nachad brauch ich nix mehr sag'n dazu.«

Er drückte ein paar Knöpfe und gab das Gerät an Enzo weiter.

Der und Walburga rückten zusammen und konzentrierten sich auf den winzigen Bildschirm. Die Auflösung war schlecht, und Details waren so gut wie gar nicht zu erkennen, aber das, was sie mitbekamen, reichte ihnen. Mehr als genug. Walburga hielt sich die Hand vor den Mund und rannte zu einem nahe stehenden Baum. Sie würgte und stöhnte.

Auch Enzo spürte, wie sich ihm der Magen umdrehte. Er schnappte nach Luft und sagte dann schockiert: »Ich fass es ned. Der Oleg und sein Deppenhaufen. Alle schön beieinand. Ich hätt denen ja viel zutraut, aber dass die so weit gehn! Unglaublich! Mei, Frank, und ich hab g'meint, das wärn bloß hirnlose Dampfplauderer. Grauenvoll! Und wer ist der Riese da mit dem Beil? Den hab ich ja noch nie bei uns im Dorf g'sehn. Wo kommt der denn so plötzlich her?«

»Ich kenn den auch ned.« Frank hob die Schultern. »Selbst der Hartl Xaver kennt den bloß vom Hörensagen. Der soll Wotan heißen und ein echter Nazi-Terrorist sein, den der Oleg bei der NPD oder sonst wo aufgetan hat. Und was noch schlimmer ist: Angeblich wird der morgen während dem Spiel auch noch den Kader Al Sheikh umbringen! Bloß weil der aus Israel ist! Das hat der Wladimir dem Xaver in die SMS reingeschrieben.«

»Nachdem ich des da g'sehn hab«, Enzo wies auf das Handy, »kann ich mir sogar diese Geschichte vorstellen. Die spinnen doch komplett! Die haben sich inzwischen wohl ganz ihr Hirn wegg'soffen. Mir müssen da was machen. Und zwar sofort!«

»Ihr müsst die Polizei anrufen! Was denn sonst!« Walburga

kam blass und mit tiefen Schatten unter den Augen auf die flüsternden jungen Männer zu. »So was zu tun und es dann auch noch zu filmen! Ich pack's ned!« Sie schüttelte sich.

»Polizei? Auf gar keinen Fall ned! Bloß ja ned! Der Oleg und seine Kumpels machen mich platt, wenn sie auch nur den Verdacht ham, dass ich was verraten ham könnt.« Er schüttelte den Kopf. »Ich hätt mich nie auf die einlassen sollen. Wie oft hab ich die ned plärren g'hört, dass sie die Juden plattmachen wolln und die Neger und die Türken und alle anderen Fremden auch. Einschließlich der Schwulen und die Linken gleich mit! Und ich Depp hab mir zwar an die Stirn tippt, aber ich hab sie reden lassen.« Er stützte die Arme auf die Knie und begann erneut zu schluchzen.

Walburga setzte sich neben ihn. »Du kannst das mit'm Dobler nimmer ung'schehn machen. Leider. Aber mir sollten alles tun, damit ned noch Schlimmeres passiert. Der Enzo und ich, mir helfen dir! Mir halten zu dir, gell, Enzo?« Sie sah zu ihm hoch.

»Ja, logisch, da brauchen mir gar ned zu reden. Aber was sollten mir tun?«

Walburga begriff mit einem Mal, dass sie an diesem Abend die einzig völlig Nüchterne war. Selbst wenn ihre beiden Freunde angesichts der jüngsten Entwicklungen wieder einigermaßen klar im Kopf waren, so hieß es doch, dass der wirkliche Überblick bei ihr lag. Außerdem war sie die Älteste. »Jetzt lasst uns mal ganz logisch überlegen, welche Optionen mir eigentlich ham, was geht und was gar ned geht und was am End das G'scheiteste wär«, legte sie los und fuhr fort: »Der Dobler ist tot, dem können mir eh nimmer helfen. Aber morgen darf natürlich nix mehr passieren. Mit'm Frank seiner Angst vor dem Oleg, das seh ich ein. Seinetwegen können mir die Polizei vorerst ned einschalten, und das heißt im Klartext: Mir sind so ziemlich auf uns selber g'stellt! Und deshalb müssen wir allein für morgen das Schlimmste verhüten.«

»Aha«, murmelte Enzo. »Und was schlägst konkret vor?«

Sie ließ sich nicht aus dem Konzept bringen: »Den Oleg und seine Bande sollten mir so beschäftigen, dass die morgen keine Nerven mehr für Unfug ham. Den Wotan aber, den müss'n mir uns wohl oder übel selber kaufen, und zwar ohne dass uns jemand dabei in die Quere kommt. Hm.« Sie dachte einen Moment nach. »Aber wie kommen mir an den Wotan ran? Wie krieg'n mir raus, wo der Kerl ist?«

Frank räusperte sich, und seine Stimme klang eine Spur sicherer: »Also daran tät's ned scheitern. Ich weiß vom Hartl, wo der sich versteckt. Der Wotan haust im Waldmoser seiner alten Jagdhütt'n. Mittendrin im Forst. Der und Dobler waren fast schon so was wie Nachbarn.«

»Bingo«, unterbrach Walburga ihn. »Damit liegt ja alles Weitere schon auf der Hand. Lasst's uns im Auto drüber reden, wenn mir z'rück nach Kleinöd fahrn.«

»Da wär noch was«, meinte Frank plötzlich. »Der Hartl! Der ist ja auch fix und fertig, seitdem der den Clip auf sein Handy kriegt hat. Echt, ich hab mir zwischendurch denkt, der fällt mir gleich in Ohnmacht. Ganz bleich ist der worden und hat zittert wie Espenlaub. Die Leute im Bus ham schon nach einem Arzt g'rufen – sonst ist ja immer irgendein Doktor im Bus, aber grad heute eben ned. Dann hätten s' ihn beinahe schon in Regensburg in ein Krankenhaus verfrachtet. Der hat echt ausg'schaut, als tät der gleich umkippen. Aber da hab ich ja noch nix g'wusst von dem Film. Der Xaver hat sich dann langsam wieder derappelt und g'meint, dass ihm ein paar Obstler genauso gut helfen tät'n wie ein Doktor. Und so war's dann auch. Erst danach hat er mir die ganze G'schichte erzählt und mir das Video auf mein Handy g'schickt. Der ist immer noch total g'schockt. Jetzt sitzt der drüben, im ›Gärtla‹, der andern Wirtschaft neben dem Stadion, und trinkt einen Tee. Er sagt, er mag nie wieder Alkohol trinken. Bloß noch Tee und Wasser.«

Walburga nickte entschlossen. Sie hatte nun endgültig das Kommando übernommen: »Umso besser in dem Fall. Geh schnell nüber und hol den aus'm Wirtshaus naus. Der Enzo und ich kommen dann mit'm Auto nach und laden euch ein.«

Der Xaver Hartl sagte kein Wort, nickte Enzo und Walburga finster zu und ließ sich schweigend auf den Rücksitz fallen. Enzo kannte ihn als schweigsamen Menschen mit einem Hang zum

Grübeln, aber die Stille, die nun von ihm ausging, hatte etwas Beängstigendes.

Walburga kutschierte sie durch die Nacht. Zu anderen Zeiten hätten sie nach diesem schönen Auswärtssieg ihres Vereins lauthals gesungen, sich in Phantasien über künftige Siege gesonnt und kommende Lieblingsgegner ausgeguckt, die von den Sechzigern »plattgemacht« werden würden, einer nach dem anderen, bis die Löwen endlich wieder Fußballmeister oder zumindest Pokalsieger sein würden und es der ganzen Welt gezeigt hätten. Aber heute war das Thema Fußball weit in den Hintergrund gerückt.

Walburga sah kaum nach rechts oder links. Die schwarz umrandete Brille verlieh ihrem Gesicht eine zielstrebige Entschlossenheit. An der Art, wie sie sich auf die Lippen biss und gelegentlich stumm den Kopf schüttelte, erkannte Enzo, dass sie heftig nachdachte. Auch der CD-Player blieb stumm.

Kurz nach Parsberg begann der Xaver Hartl plötzlich wie wild mit den Zähnen zu klappern.

»Hey, Alter, beruhig dich«, murmelte Frank. »Gib mir mal deine Hand, damit du von dem Horror ein bisserl runterkommst.« Dann war es wieder still auf der Rückbank.

Als sie schon weit mehr als die Hälfte der Autobahnstrecke hinter sich gebracht hatten, verließ Walburga die Überholspur und nahm den Fuß vom Gas. »Lang einmal schnell ins Handschuhfach eini, bitte!«, wies sie Enzo an und schaltete die Notbeleuchtung über dem Beifahrersitz ein. »Da müsst mein Geldbeutel drin liegen. Und irgendwo in dem müsst auch eine Visitenkarten von den Kommissaren stecken. Die haben doch bei der Versammlung neulich ihre Karten verteilt, für den Fall, dass einem was einfallen tät. Ich hab mir sicherheitshalber eine in meinen Geldbeutel g'steckt.«

»Mir ham doch g'sagt, dass mir die Polizei aus'm Spiel lassen«, meldete sich Frank zu Wort. »Ihr habt's mir's doch versprochen.«

Enzo warf einen Blick in den Rückspiegel.

Walburga beruhigte Frank: »Euch will ich doch ned mit der Polizei in Verbindung bringen. Aber wenn mir uns den mysteriösen Wotan schnappen wollen, können mir uns ned gleichzeitig um den Oleg und seine Vögel kümmern. Die müss'n mir elegant außer G'fecht setzen. Und das könnt doch die Polizei für uns mach'n. Wer weiß, was der Wotan denen noch alles ang'schafft hat für morgen. Ned auszudenken, wenn die morgen beim Fußballspiel plötzlich Amok laufen tät'n oder so was. Mag ich mir lieber gar ned vorstell'n.«

»Zuzutrauen wär's denen«, pflichtete Frank ihr bei.

»Eben.« Walburga nickte. »Ich hab da jetzt lang drüber nachdenkt, glaubt's mir. Da schlagen mir gleich mehrere Fliegen mit einer Klappe, wenn mir eine Teilinformation preisgeben. Nachad ist die Polizei fürs Erste beschäftigt, und mir können in Ruhe unsere ›Operation Wotan‹ durchführn. Steht denn da auch eine Handynummer auf der Visitenkarte?«

Enzo schüttelte den Kopf: »Nur die normale Nummer vom Amt in Landau. Aber da wird jetzt kaum noch wer sein. Und halt die Anschrift und die E-Mail-Adresse.«

»E-Mail? Prima, das ist sogar noch besser!« Walburga sah in den Rückspiegel nach hinten. »Frank, kannst du denn mit deinem Handy ins Internet? Tät'st du das Video weiterleiten?«

»Wenn's sein muss«, murrte Frank.

»Es muss!«, gab sie knapp zur Antwort.

Enzo diktierte ihm die Mail-Adresse. »Und denk dran, dass du die Absendererkennung unterdrückst.«

»Okay!« Frank seufzte. »Hoffentlich geht das gut. So, der Film ist ang'hängt. Jetzt bräuchten mir noch einen Betreff, damit das Ding auch einigermaßen sicher durch die Firewall kommt. Hast dir denn auch schon einen Text überlegt?«

Walburga nickte. »Also, als Betreff schreibst am besten ›Mordfall Dobler‹ und als Text: ›Frau Kommissarin, dieses Video zeigt den Tod von Herrn Dobler. Nähere Einzelheiten dazu weiß Oleg Oblomov, wohnhaft in Kleinöd, oder fragen Sie im alten Bauwagen am Ortsausgang nach.‹ Und als Absender schreibst: ›Ein Freund des Verstorbenen.‹«

»Wie du meinst.« Frank las ihr die Zeilen noch einmal vor.

»Passt schon – und jetzt weg damit.«

Es war fast Mitternacht, als sie den großen Wald südwestlich von Kleinöd erreichten.

Frank beugte sich vor: »Du Wally, tu jetzt einmal ein bisserl langsamer. Ich glaub, da kommt schon der Feldweg. Wenn mir da noch ein Stückerl reinfahren, sind mir grad noch so weit von der Hütt'n entfernt, dass der Wotan den Motor ned hören kann. Danach sind's höchstens noch zwanzig Minuten zu Fuß.«

Ohne den Blinker zu setzen, bog Walburga von der Straße ab und holperte in das unbefestigte Gelände.

»Fahr die Bodenwellen ein bisserl seitlicher an, sonst sitzen mir am End noch irgendwo auf!«, bemerkte Enzo.

Sie warf ihm einen genervten Blick zu und zischte: »Hast du den Führerschein g'macht oder ich?«

Enzo verdrehte die Augen und legte ihr besänftigend seine linke Hand aufs Knie. Er kannte diesen Ton. Den schlug sie immer an, wenn sie absolut unter Druck stand. Und jetzt stand sie so unter Strom, weil sie sich diese »Operation Wotan« auf ihre Fahne geschrieben hatte. Ein Teufelsweib, diese Walburga – aber auch anstrengend.

Wenig später endete der Weg abrupt. Walburgas Golf machte einen letzten Satz und kam vor einer Wand aus Bäumen zum Stehen. Jetzt ging es nur noch über Trampelpfade weiter. Von hier aus würden sie sich zu Fuß auf den Weg machen müssen. Sie zogen sich ihre blauen Kapuzenpullis mit dem Sechziger-Löwen über. Enzo sah zum Sternenhimmel hoch und wunderte sich, weil der Mond so eigenartig schief am Horizont hing, als wolle er die Erde zum Narren halten. Und es gab ja auch wirklich genug Narren auf diesem Planeten.

VIERZEHNTES KAPITEL
Zweikämpfe

Die beiden Burschen lagen ausgestreckt auf dem Boden des Bauwagens und schnarchten. Um sie herum waren leere Flaschen verteilt. Das Thermometer zeigte vier Grad plus. Doch Kurt Eder und Wladimir Blochinski froren nicht, sie spürten überhaupt nichts mehr, denn sie hatten es fast geschafft, sich endgültig um den Verstand zu trinken. Mit dieser Absicht hatten sie sich auch in der vergangenen Nacht hier verbarrikadiert.

Zwischen ihnen stand eine neunzig Zentimeter hohe Skulptur, die eindeutig aus dem Vorgarten der Binder entwendet worden war und die ein zierliches kleines Männchen mit übergroßem Kopf und entstellten Gesichtszügen darstellte. Auch diesem Männchen schienen sie von ihren Getränken angeboten oder es möglicherweise mit Schnaps getauft zu haben. Es war feucht, roch nach Alkohol und wirkte wie das Sinnbild eines verlorenen Säufers, der über seine bereits gefallenen Kumpane wacht.

Die Tür des Bauwagens war nicht wirklich verschlossen gewesen, aber die Beamten der Landauer Einsatztruppe hatten es sich nicht nehmen lassen, zunächst mehrmals abwechselnd »Aufmachen!« und »Polizei!« zu rufen, bevor sie schließlich mit Wucht gegen die nach Wotans erstem Auftritt vorgeschädigte Tür traten, die augenblicklich nachgab.

Die beiden Gesuchten, Kurt Eder und Wladimir Blochinski, grunzten unwillig, fanden aber noch nicht aus ihrer tiefen Bewusstlosigkeit heraus.

»Die sollen gefährlich sein?«, meinte einer der Uniformierten. »In dem Zustand können die ja nicht mal einer Fliege was zuleide tun.«

»Mit Fliegen fangen die auch gar nicht erst an. Die suchen sich gleich was Größeres«, brummte sein Kollege und griff nach dem Schlagstock. »Ich habe den Clip gesehen. Ich weiß, wozu die fähig sind. Das sind Mörder. Alle beide.«

»Noch ist kein Urteil gefällt, also halt dich an die Regeln«, mahnte ein Dritter und beugte sich zu den Schlafenden hinab: »Widerstand ist zwecklos, Sie sind umzingelt. Keine Bewegung!«

»Hä?« Wladimir erwachte als Erster. Sein Kopf war ein schweres, benebeltes und böswillig pochendes Körperteil, von dem er sich am liebsten sofort getrennt hätte.

»Stehen Sie ganz langsam auf«, bellte es ihm erneut entgegen.

»Ich kann ned«, antwortete er schwach und sah zur Seite. Da lag der Kurti, hingestreckt zwischen schwarzen Polizeistiefeln, bleich und regungslos.

Was war nur geschehen? Wladimir durchforstete die finsteren Verliese seines Gedächtnisses. Dort war auf den ersten Blick nur Blut zu sehen. So viel dunkles Blut, dass er sich schaudernd abwenden musste. Genau, und um an dieses Blut nicht mehr denken zu müssen, hatten sie sich bei Teres den klaren Schnaps besorgt. »Nie wieder werd ich was Rotes trinken«, hatte der Kurt geschworen, und Wladimir hatte sich gefragt, wie aus einem so kleinen Menschen wie diesem Dobler so viel Blut herausfließen konnte. Das war nicht normal, das ging nicht mit rechten Dingen zu. Bestimmt war das doch ein Zauberer gewesen, der sie nun heimsuchen würde aus dem Reich der Toten – mit allen Schrecknissen, ihr Leben lang. Dagegen half nur eine Medizin. Die des Vergessens.

Als eine Art selbsternannte Buße hatte sich der Eder Kurt dann noch in der Nacht die Sandsteinskulptur aus dem Vorgarten der Binder gegriffen, sie hoch über seinen Kopf gewuchtet und mit erhobenen Armen in den Bauwagen getragen. Diese hässliche Figur wog sicher achtzig Kilo – aber Kurt war ja gut durchtrainiert. Nur das Schnapstrinken musste er noch etwas üben.

Wladimir wagte erneut einen Blick zur Seite. Kurt sah so aus, als würde er in den nächsten paar Stunden noch nicht erwachen. Keine Kondition. Sie konnten doch gar nicht so viele Promille intus gehabt haben? Vorm Einschlafen hätte er selber jedenfalls gern noch ein paar Kurze gekippt – aber da waren sämtliche Flaschen schon leer gewesen.

»Kann ich nicht, gibt es nicht«, sagte eine Stimme über ihm. Zwei Hände griffen unter seine Achseln, und schon stand er schwankend auf beiden Beinen und konnte sich grad noch an dem steinernen Männlein abstützen.

»Hol mal einen Eimer Wasser, den da müssen wir auch wieder zum Leben erwecken«, schrie eine Stimme aus dem Abseits, und Wladimir vernahm geschäftiges Hin- und Hergelaufe. Aus den Augenwinkeln nahm er wahr, wie Kurt in die Wirklichkeit zurückgeholt wurde.

Aus irgendeinem Grund schrien diese schwarz und grün gekleideten Aliens unter wildem Gefuchtel mit ihren Laserkanonen ständig auf ihn und Kurti ein: »Sondereinsatzkommando! Widerstand ist zwecklos! Ganz ruhig bleiben, oder wir schießen scharf!«

Merkten die denn nicht, dass sich ihre Gefangenen kaum rühren konnten? Wladimir schüttelte den Kopf, und ihm war, als flute eine Welle des Schmerzes von links nach rechts und wieder zurück. Schrecklich! Er hielt wieder still.

Hinter ihm tat sich was. Das Sondereinsatzkommando schien sich zu sammeln und geordnet zur Seite zu treten. Wladimir bemerkte einen bleichen Kurt mit tropfnassen Haaren und gefesselten Händen neben sich. Sein Kumpel zitterte. Die hatten dem tatsächlich kaltes Wasser ins Gesicht geschüttet. Diese Schweine! Insgeheim erwartete er, der Chef des Sonderkommandos würde seine Jungs nun so streng zurückpfeifen, dass die nie wieder auch nur auf die Idee kämen, sich einen dermaßen schlechten Scherz zu erlauben.

Aber stattdessen stand dieser Schönling vor ihm. Schwarze Schnürschuhe, dunkelgraue Cordhose, schwarzer Kaschmirpullover, goldener Knopf im Ohr. Er erkannte ihn sofort. In der letzten Faschingsausgabe des Landauer Anzeigers war er zum schönsten Kommissar des Vilstals gekürt worden. Wie hieß er doch gleich? Bloß nicht denken mit diesem Kopf.

»Grüß Gott, Kripo Landau, Bruno Kleinschmidt«, stellte der Mann sich vor. Wladimir und Kurt bedachten ihn mit den finstersten ihrer Blicke. »Ihr seid's verhaftet. Und zwar wegen des Verdachts auf Beihilfe zum Mord, des Verdachts auf Bildung einer terroristischen Vereinigung, wegen Volksverhetzung, Kunstdiebstahl und was weiß ich noch alles. Die nächsten paar Jahr gibt's für euch mit Sicherheit bloß noch eine streng gesiebte Luft zum schnaufen.«

In die nun eintretende Stille rülpste der Eder Kurt aus tiefster Seele und bekannte: »Ich müsst aber z'erst einmal unbedingt pieseln.«

»So, nachad schaun mir mal, was mir da alles brauchen können.« Walburga fummelte an der Heckklappe ihres Golfs herum, während Enzo, Frank und Xaver neben dem Wagen standen und sich die steifen Beine vertraten. »Halt mir die mal g'schwind auf!«, rief sie und drückte Enzo eine alte Plastiktüte in die Hand. Dabei stellte sie klar: »Widersprochen wird hier ned, das gehört alles zu meinem Plan.«

»Hat doch keiner was g'sagt.«

»Umso besser.«

»Und was hast für einen Plan?«, wollte Frank kleinlaut wissen.

»Ratten gehörn ausgeräuchert«, erklärte sie bestimmt, während sie ein paar leere Bierflaschen und einen ölverschmierten Lappen in die Tüte warf. Anschließend holte sie ihren Reservekanister aus dem Kofferraum.

Erneut verschwand sie in den Tiefen ihres Wagens und tauchte mit einer kantigen Rohrzange und einer langen Stabtaschenlampe wieder auf. »Meine Brüder haben mich gut ausg'stattet, für den Fall, dass ich mal eine Autopanne hätt. Mei, wenn die wüssten, dass das alte Schnauferl gleich in so eine heikle G'schichte einizogen wird.« Sie seufzte und tätschelte liebevoll ihren Golf GTI.

Die drei jungen Männer schwiegen.

»Ich hab schon auch Angst«, gestand Walburga. »Aber da müssen mir durch. Da, für die Selbstverteidigung. Bedient euch.«

Frank Langrieger griff halbherzig nach der Rohrzange, und Enzo schnappte sich wortlos die Stablampe, nachdem er gesehen hatte, dass Xaver Hartl nur müde abwinkte und mehr zu sich selbst als zu den anderen sagte: »Ich hab meinen Hirschfänger eh allerweil dabei.«

Walburga nickte zuversichtlich. »So wie ich mein Doserl.« Sie zog ein Fläschchen Pfefferspray aus der Jackentasche und schüttelte es kräftig. »Das hat mein Papa damals für die Mama an der Tankstelle gekauft, als die Dinger noch frei im Handel waren. Gott sei Dank hat sie's nie braucht. Und jetzt hat sie's mir ins Handschuhfach g'legt. Sozusagen ein Familienerbstück.«

Enzo sah pessimistisch in die Runde. Auf was hatten sie sich da nur eingelassen? Aber für Diskussionen war es nun zu spät. Sie mussten da irgendwie durch, und ihr Vorteil bestand möglicherweise darin, dass sie zu viert waren. Dennoch schüttelte er angesichts der provisorischen Bewaffnung ihrer kleinen Eingreiftruppe innerlich den Kopf. Es würde nicht leicht sein, es in dieser Besetzung mit einem professionellen Killer aufzunehmen. Und dieser Wotan war ein Profi. Er hatte den Mord an Dobler wie ein Theaterstück inszeniert – mit all dem Runenquatsch und dem Zeichensetzen und was sonst noch ans Licht kommen würde, nur um die Polizei in die Irre zu führen und in Ruhe seinen eigentlichen Anschlag auf Kader Al Sheikh vollziehen zu können. Das war ein Berufsterrorist. Der lief mit mindestens einer Axt, einem Gewehr und einer Pistole rum.

Er seufzte vernehmlich. Walburga trat ganz nah an ihn heran. »Mir schaffen das schon. Mir müssen's ganz einfach schaffen!« Ihre grünen Augen blitzten angriffslustig.

Die eigenartige Unruhe war während des ganzen Tages nicht von ihr gewichen, und Franziska Hausmann hätte nicht einmal sagen können, wieso und warum. Sie war fahrig und ungeduldig und hatte sich auf nichts richtig konzentrieren können. Das Wetter hatte ihr zugesetzt, und überhaupt ging ihr heute alles gegen den Strich. Der goldene Oktober war keine Zeit für sie, und als ihre schlechte Laune dann noch vom Praktikanten Schlappinger mit dem Satz kommentiert wurde: »Ja, so ist das nun mal bei schwierigen Saturnübergängen, da läuft nichts, wie es soll«, war sie fast ausgerastet und hatte zwischen zusammengebissenen Zähnen gezischt: »Aha, Sudoku und Astrologie! In Ihnen schlummern also tatsächlich Fähigkeiten.« Dann hatte sie ihr Büro verlassen.

Sie hasste sich, wenn sie so war, und konnte doch nicht raus aus ihrer Haut. Daheim hätte sie fast mit ihrem Mann einen Streit angefangen. Es ging wie immer darum, dass sie zu wenig miteinander sprachen. Daraufhin hatte Christian ihr vorgeworfen, das könne ja auch daran liegen, dass sie ihm nie zuhörte, und als sie Beweise für das Gegenteil anbringen wollte, hatte er sich gereizt in sein Arbeitszimmer zurückgezogen. »Ich muss noch an meinen Artikel.«

Wie sie dieses Wort hasste. Artikel. Früher waren es Übersetzungen und Bücher gewesen, jetzt war es »der Artikel«. Sein Artikel, sein Schutzschild, seine Mauer, hinter der er immer wieder verschwinden durfte. Und sie stand draußen in der Kälte und fror und versuchte sich auch an Sätzen, die mit »Mein« begannen. Doch ihr fiel nur »mein Fall« ein. Und das war kein Satz, um sich zu wärmen.

So gesehen war es fast eine Erleichterung, als sehr spät ihr Handy klingelte, auch wenn Telefonate um diese Zeit nichts Gutes verhießen. Es war der diensthabende Beamte in Landau. Sie möge die nächtliche Störung entschuldigen, aber er habe da eine E-Mail für sie auf seinen Schirm bekommen, weil diese von der Firewall als möglicherweise virenverdächtig eingestuft worden war. Diese E-Mail beträfe den Mordfall Dobler und sei mehr als brisant, weswegen er sie sofort an ihre private E-Mail-Adresse weitergeleitet habe.

Sie stürmte in ihr Arbeitszimmer und schaltete den Rechner ein. Es war nur ein winziger Videoclip, verschwommen und wacklig, aber er zeigte ein Szenario, bei dem ihr die Beine wegsackten. Ihre Zähne klapperten, und sie wankte in die Küche und trank ein Glas Wasser. Dann öffnete sie den Videoclip erneut. Sicher war alles nur ein Albtraum. So etwas konnte nicht sein, weil es nicht sein durfte.

Doch der Film blieb. Sie sah, wie ein blonder Riese ein Beil hob und zuschlug. Kameraschwenk. Der Täter drehte sein reglos am Boden liegendes Opfer um. Armin Dobler war eindeutig tot. Sein Mörder entkleidete ihn. Dann zerrte er den nackten Leichnam zum Runenstein und hievte ihn hinauf. Er arrangierte den Toten wie ein Kunstwerk und umrundete ihn mit jener stümperhaft zurechtgeschmiedeten Mannaz-Rune, die Ida Damböck ihnen vor wenigen Tagen so stolz gezeigt hatte. In der letzten Einstellung hieb der Mörder so lange auf sein Opfer ein, bis mit einem letzten Beilhieb der Kopf vom Rumpf getrennt war.

Der Film hatte eine Länge von genau vierundvierzig Sekunden.

Im Nebenzimmer saß ihr Mann und hieb im Schaffensrausch auf seine Tastatur ein. Er hatte seinen Artikel – und sie ihren Mörder.

Zwei Stunden später sah sie den Kollegen vom Sondereinsatzkommando bei ihren letzten Vorbereitungen zu. Sie hätte nicht gedacht, dass auf die Schnelle so viele einsatzfähige Männer zusammenkommen würden, schon gar nicht um diese Uhrzeit. Unter heiserem Geflüster und leise gebellten Befehlen wurden Schienbeinschützer und Gelenkpanzerungen angelegt, Freisprechanlagen installiert, Helme und Gasmasken in Position gebracht, Schnellfeuergewehre entsichert und Tränengasgranaten scharf gemacht. Ausgeleuchtet wurde die Szenerie von zahlreichen rotierenden Blaulichtern, die ohne Sirenengeheul in der Dunkelheit surreal wirkten.

Sie hätte nicht mehr sagen können, was sie in den vergangenen zwei Stunden alles gemacht und unternommen hatte. Sie hatte wie nach Lehrplan funktioniert, ein Schritt gab den nächsten. Im Grunde genommen kam sie erst jetzt wieder zu sich. Die beiden Sondereinsatzkommandos waren Brunos Idee gewesen, doch sie hatte schnell eingesehen, dass er in dieser Hinsicht einmal wirklich recht hatte. Diese Geschichte hatte eine ganz neue Dimension erreicht, und sie mussten nun mal für alle Eventualitäten gewappnet sein. Während sie den bedrohlich wirkenden Gestalten zusah, dachte sie wieder einmal, wie sinnlos es doch war, Gewalt mit Gewalt zu vergelten. Doch wie hätte sie in dieser Situation anders vorgehen können? Ihr Beruf hatte

Regeln, die eingehalten werden mussten. Erst danach, wenn alles vorbei war und die Opfer auf beiden Seiten gezählt werden konnten, erst dann waren sie und ihre Kollegen als Seelsorger gefragt, als verständnisvolle, nachsichtige und tröstende Zuhörer, dann kamen Besonnenheit, Rücksicht, Toleranz und Empathie.

Doch sobald sie an das Video dachte, das sie vorhin gesehen hatte, stieg erneut kalte Wut in ihr hoch. Warum hatte dieser Hüne sich den Dobler ausgeguckt? Was hatte dieser angebliche Schamane – außer dass er ein wenig verrückt war – der Gemeinde schon getan? Nichts! Oder war er möglicherweise hingerichtet worden, weil er sich den Erwartungen der elf Frauen gebeugt und ihnen ihre esoterischen Wünsche erfüllt hatte? Weshalb hatte Armin Dobler sterben müssen, und warum so grausam? Wie barbarisch musste jemand sein, der so etwas tat? Und wer war eigentlich dieser geheimnisvolle Riese?

Ein Verführer von großen Kindern, dachte Franziska, und plötzlich leuchtete ihr ein, dass dieser schwarz gekleidete Hüne mit dem Blondschopf und der Intellektuellenbrille auf junge Menschen, die von Abenteuern träumten und in Langeweile ertranken, eine gewisse Ausstrahlung haben mochte. Der hatte sie benutzt. Und ihre Naivität hatte es ihm verdammt leicht gemacht. Wie blöd musste man eigentlich sein, um einen gemeinschaftlich begangenen Mord auf Video aufzunehmen und dann per SMS zu verschicken und damit anzugeben?

»Du und deine Truppe, ihr kümmert euch um den Bauwagen. Ihr nehmt den Weg durch Kleinöd. Ich fahre mit meinen Leuten über Pilsting und komme dann aus der anderen Richtung in die Neubausiedlung. Wir wollen im Vorfeld so wenig Aufsehen wie möglich erregen.«

»So mach'n mir das.« Bruno klang nervös.

Dass Adolf Schmiedinger und Eduard Daxhuber ausgerechnet in dem Moment den Blauen Vogel verließen, als die Polizeibusse durch die einzige Straße Kleinöds in Richtung Neubausiedlung fuhren, machte die Sache auch nicht einfacher, zumal Schmiedinger die Busse in seiner Eigenschaft als Polizeiobermeister augenblicklich gestoppt und auf Aufklärung bestanden hatte.

Bruno hatte in seiner Verwirrung Franziska auf dem Handy kontaktiert. Sein Kommentar war »So ein Scheiß« gewesen.

»Gib ihn mir«, hatte die Kommissarin befohlen und ein wenig Süßholz geraspelt: »Reine Routine, werter Kollege Schmiedinger. Das große Fußballspiel wirft seine Schatten voraus. Wir postieren weiträumig Sicherheitskräfte in der ganzen Umgebung, die wir bei Bedarf schnell zusammenziehen könnten.«

In Schmiedingers schon von etlichen Halben geölter Stimme waren dennoch Reste von Zweifeln angeklungen: »Hm, ja, das schon, freilich. Aber was macht denn der Kollege Kleinschmidt dabei? Ist der denn nimmer bei der Mordkommission? Ham s' den am End von Ihnen abgezogen und zur Schutzpolizei versetzt?«

Franziska hatte demonstrativ geseufzt: »Respekt! Da bewundere ich Ihren Scharfsinn, Kollege Schmiedinger. Also unter uns: Gehen Sie einmal davon aus, dass er sozusagen per Anhalter mit dabei ist, um nicht selber rausfahren zu müssen. Er ermittelt bei Ihnen vor Ort weiter im Fall Dobler und spekuliert auf Karten für das morgige Fußballspiel.«

»Ja mei, da könnte sich eventuell sogar was machen lassen«, hatte Schmiedinger großzügig angedeutet. »Aber ich würd's ihm lieber erst morgen sagen, wenn ich mir wirklich ganz sicher bin.«

Franziska hatte Schmiedinger und Daxhuber noch aufs Eindringlichste gebeten, nicht ins Wirtshaus zurückzugehen und mit ihrem Wissen um die Sicherheitstruppe zu prahlen, denn das Letzte, was sie jetzt noch brauchte, war eine Versammlung bierseliger Schafkopfspieler, die Brunos Erstürmung des Bauwagens lauthals mit fachmännischen Kommentaren bedachte.

Adolf Schmiedinger reichte das Handy an Bruno zurück und sagte: »So so, per Anhalter. Da ham S' wahrscheinlich schon ein paar Halbe getrunken heut, weil Sie nimmer mehr selber Auto fahren mög'n?« Er zwinkerte Bruno zu: »Keine Angst ned! Mir sagen schon niemand was davon. Uns selber schmeckt ja gelegentlich auch einmal eine Maß!«

»Unbedingt.« Bruno hatte genickt und war wieder in den Einsatzwagen gestiegen.

Jetzt fuhr Franziska mit der zweiten Truppe schwarz-grün gekleideter Männer über den Marktplatz von Pilsting und dachte wie immer, wenn sie durch Pilsting fuhr, an den Lyriker und Arzt Hans Carossa, der hier aufgewachsen war, wo »die Metzgerhäuser blassrosa getüncht, die Wirtshäuser bräunlich, Kirche, Pfarrhof und Schule aber weiß« waren. Sehr viel hatte sich seitdem nicht verändert, und Franziskas Mann behauptete zynisch, dass jemand, der in der Bastion dieses Marktplatzes aufwachsen musste, nicht anders konnte, als eine Doktorarbeit zum Thema »Dauerfolgen bei Dammrissen dritten Grades« zu schreiben. Sie hätte schwören können, dass keiner von ihren sechs Begleitern überhaupt wusste, wer dieser Hans Carossa war, nach dem man die Pilstinger Volksschule benannt hatte.

Der grüne VW-Bus fuhr über die breiten Gäubodenstraßen, plötzliche Nebelfelder zwangen den Fahrer dazu, auf die Bremse zu treten. Dann lichteten sich die Wolken wieder, und sie sahen einen Mond, der eigenartig schief am Horizont hing. Weit und breit kein Auto, kein Mensch, kein Licht in den Häusern. Als seien sie allein auf der Welt. Sie schwiegen.

Kurz vor der Kleinöder Neubausiedlung aktivierte Franziska das Navi und tippte die Adresse von Olga Oblomov ein. Sie wohnte mit ihrem Sohn im Dachgeschoss eines Reiheneckhauses. »Das ist bestimmt eine Mietwohnung«, kommentierte der Fahrer mit einem Anflug von Nachsicht, als wolle er damit klarstellen, dass Mieter kein wirkliches Zuhause hatten und schutzlos allen Anfeindungen der Welt ausgesetzt waren.

»Kann schon sein, wir warten«, gab sie zur Antwort und hätte jetzt gern eine Zigarette geraucht.

Es war vereinbart, dass Bruno als Erster losschlagen und sie nach vollzogenem Sturm anrufen sollte. Falls Oleg in dem Bauwagen festgesetzt werden könnte, so würde seiner Mutter und auch ihr einiges erspart bleiben. Franziska fröstelte und ging unruhig auf und ab. Der Einsatzleiter des Sondereinsatzkommandos trat an sie heran und meldete militärisch salutierend, dass seine Truppe »zum jederzeitigen Zugriff bereit« sei. Sie bat ihn, sich noch so lange zu gedulden, bis Kollege Kleinschmidt sich gemeldet habe. Er nickte und sah reichlich enttäuscht aus, während er von einem Bein auf das andere trat.

Die Jagdhütte tauchte in etwa fünfzig Metern Entfernung vor ihnen aus dem Nebel auf. Walburga legte einen Finger auf den Mund und hob die rechte Hand. Enzo, Frank und Xaver blieben wie erstarrt stehen und hielten die Luft an. Alles war ruhig. Gespenstisch ruhig, kein Blatt raschelte, keine Maus fiepte, nichts! Als sei der Wald genauso tot wie Armin Dobler. Ein bleicher Mond hing über den Bäumen und verschwand immer wieder hinter Wolkenschleiern. Walburga deutete nach unten und ging in die Hocke. Die drei jungen Männer taten es ihr gleich.

So leise wie möglich füllte Walburga Benzin aus dem Kanister in die leeren Flaschen und verschloss diese mit langen Fetzen des ölgetränkten Lappens jeweils so, dass ein Stück Stoff außerhalb der Flaschen blieb. »Feuerzeug hat hoffentlich jeder eins dabei?«, flüsterte sie.

Frank und Xaver nickten, Enzo verneinte.

Sie schien diesen Fall einkalkuliert zu haben und murmelte: »Gut. Dann kriegst eins von mir, im Handschuhfach waren gleich mehrere.« Walburga schluckte und eröffnete den dreien ihren Plan: »Dann schnappt sich gleich jeder so ein Flascherl, mit dem wir uns von allen Seiten bis fast direkt an die Hütte hinschleichen. Aber ganz leise! Okay?«

Sie nickten.

»Und dort wartet der Enzo, bis er sich ganz sicher ist, dass alle in Position sind. Erst dann leuchtet er mit der großen Lampe dreimal kurz über die Hütte hinweg in die Baumwipfel. Bei dem Zeichen zünden alle ihre Mollies, und jeder brennt eine von den vier Wänden an! Wenn der Kerl keine Luft mehr kriegt, muss er raus. Und dann kaufen mir den uns! Mit vereinten Kräften!«

»Das soll der Plan sein?« Enzo schüttelte ungläubig den Kopf. »Und wenn der da drin stirbt? Das wär doch dann Mord, oder ned? Und was, wenn am End der ganze Wald abbrennt?«

»Mord, so ein Schmarrn!« Walburga funkelte ihn wütend an. »Eine reine Notwehr ist das, Verhinderung einer zweiten Bluttat! Bevor der verbrennt, holen mir den schon raus. Mir bleiben doch da und laufen ned weg. Und wie sollt hier schon groß was anbrennen, wo alles feucht ist? Qualmen wird's halt g'scheit, und das soll's auch! Umso schneller ist der Kerl dann draußen!«

Xaver Hartl pflichtete ihr bei: »Und außerdem täten mir im Notfall ja auch noch löschen können. Gleich neben der Hütte steht ein Wassertrog.« Er war offenbar erleichtert, dass er nicht persönlich in die Höhle des Löwen eindringen musste. Frank Langrieger beeilte sich, ihm beizupflichten. Enzo zuckte schließlich mit den Schultern und gab auf.

Alle vier bückten sich nach den mit Benzin gefüllten Flaschen. Frank, Xaver und Walburga machten sich auf den Weg, um die Hütte weiträumig zu umrunden und ihre Position einzunehmen. Walburga hatte geschätzt, dass die verabredeten Posten in spätestens drei Minuten erreicht sein müssten, und zwei zusätzliche Sicherheitsminuten einkalkuliert. Enzo hatte also fünf lange Minuten zu warten, bevor er losgehen konnte. Er sah auf die Uhr. Der Sekundenzeiger schien sich überhaupt nicht zu bewegen. Wahrscheinlich war sie ausgerechnet jetzt kaputtgegangen. Dann hörte er sie ticken. Fast so laut, wie sein Herz schlug. Von den anderen war nichts mehr zu sehen, es schien, als seien sie – wie in diesen grausamen Kindermärchen, von denen seine Schwestern nie genug kriegen konnten – von Nacht und Wald verschluckt. Enzo spürte, wie sich sein Körper mit einer Gänsehaut wappnete. Alle Haare standen ihm zu Berge. Er biss die Zähne zusammen, starrte weiter auf seine Uhr und beschloss, nicht mehr zu denken, sondern wie ein Werkzeug genau das zu tun, was Walburga und die anderen von ihm erwarteten.

Seine Augen hatten sich mittlerweile an die Dunkelheit gewöhnt, und so gelang es ihm, die letzten Meter bis zur Hütte ohne verräterisches Laubgeraschel oder das Knacken größerer Zweige zurückzulegen. Etwa zehn Meter vor dem Eingang klemmte er sich die Stablampe zwischen die Knie, entzündete den ölverschmierten Stofflappen des Molotow-Cocktails und hielt die Flasche so weit wie möglich vom Körper weg. Dann griff er nach der Lampe und blinkte dreimal in die Baumkronen, Sekunden später warf er den Brandbeschleuniger mit voller Wucht gegen die Eingangstür der Hütte.

Nach einem lauten Knall züngelten Flammen bis unter das Hüttendach. Angespannt wartete er auf Knall zwei, drei und vier. Nichts geschah. Die Flammen fielen bereits wieder in sich zusammen, und dichter Rauch nahm ihm Atem und Sicht. Was war da nur los? Worauf warteten die nur? Und wenn was passiert war? Enzo musste husten und spürte, wie Furcht und Panik ihn lähmten.

Franziskas Handy klingelte. Die Kommissarin zog unwillig die Stirn kraus und trat in den Windschatten des Kleinbusses.

»Ja, Bruno, ich höre.«

»Chefin, zwei Vögel im Käfig, aber ›Target Mastermind‹ noch flüchtig. Erbitte ›New Instructions‹. Over.«

»Was soll denn der Schwachsinn? Kannst Du dich nicht normal ausdrücken?«

»Yes please! No thank you. Sure.«

Franziska verdrehte die Augen. Sie konnte sich gut vorstellen, dass da ein paar schneidige Zugführer des SEK an Brunos Lippen hingen und der ausgerechnet jetzt den obercoolen Profiler spielen musste, der er ja nun wirklich nicht war.

Sie wurde ärgerlich. »Bruno! Was redest du da? Das hier ist eine verdammt ernste Sache und kein Räuber-und-Gendarm-Spiel.«

»Ja, aber …«

»Nix aber. Was ist los? Und jetzt bitte eine klare Ansage.«

»Ja mei«, wand er sich. »Ich hab mir halt denkt, dass mir vielleicht abg'hört werden könnten. Und ein bisserl Vorsicht ist schließlich ned verkehrt.«

»Schon gut. Wen hast du? Namen, bitte!«

»Einen gewissen Eder Kurt ham mir und einen Blochinski Wladimir auch. Die sind allerdings grad ned wirklich zurechnungsfähig. Miteinander ham die zwei schätzungsweis g'wiss fünf bis sechs Promille. Der g'suchte Oblomov ist flüchtig, obwohl das offiziell eigentlich sein Bauwagen wär.«

»Dann schläft der heute Nacht wohl mal zu Hause. Nimm deine Vögel mit nach Landau, wir sehen uns dann im Vernehmungsraum.«

Der Einsatzleiter ihrer Truppe nickte zufrieden. »Wäre ja auch zu blöd, wenn wir ganz umsonst hier rausgefahren wären, in voller Montur und mit dem ganzen Rüstzeug. Ich hab meinen Männern versprechen müssen, dass es heut wirklich mal zur Sache geht, dass dies nicht wieder nur eine Übung ist.«

Franziska nickte und seufzte. »Dann legen Sie mal los.« Einer der schwarz gekleideten Beamten läutete an beiden Klingelknöpfen Sturm, und dann dauerte es nur wenige Augenblicke, bis schwere Polizeistiefel die Wohnungstür der Oblomovs in unbrauchbare Sperrholzreste verwandelt hatten, während sich die Mieter des Erdgeschosses am Fuß der Treppe kopfschüttelnd, mit offenen Mündern und in Bademänteln versammelten.

Xaver Hartl hatte seine Position rechts vom Eingang der Hütte erreicht und beobachtete, wie Frank und Walburga lautlos um die Gebäudeecke bogen, um ihre Stellungen zu beziehen. Bis jetzt war alles nach Plan gelaufen – noch vier Minuten bis zum Angriff. Hoffentlich ging alles gut! Er unterdrückte ein Seufzen und spürte mehr, als dass er es hörte, wie es hinter ihm raschelte. Eine Maus? Ein Eichhörnchen? Eines dieser legendären weißen Frettchen, von denen man im Dorf erzählte? Angespannt wandte er den Kopf. Im gleichen Moment legte sich etwas Dünnes und Eiskaltes um seinen Hals und schnürte ihm die Kehle zu. Er schaffte es nicht, zu schreien, sein Körper wehrte sich reflexartig und mit ruckartigen Bewegungen. Dann wurde ihm schwarz vor Augen.

Wotan zog an den Enden des dünnen Drahtes, den er – ebenso wie Messer und Pistole – stets für den Fall der Fälle mit sich trug. Der Draht schnitt jetzt so stark in den Hals seines Opfers ein, dass bereits Blut floss. Sekunden später erschlaffte der Körper des jungen Mannes. Angewidert ließ der blonde Riese ihn zu Boden sinken und griff nach der Pistole mit dem Schalldämpfer. Alles musste jetzt sehr schnell gehen, wenn er das Überraschungsmoment weiter auf seiner Seite haben wollte.

Die Frau kniete angespannt auf dem Boden und nestelte an einem Lappen in einer Flasche. Angesichts dieses albernen Molotow-Cocktails verzog Wotan nur verächtlich die Lippen, beugte sich blitzschnell über sie und verschloss ihr mit seinem blutgetränkten Lederhandschuh den Mund. Dabei setzte er ihr mit der anderen Hand die Pistole an die Stirn. Sie wehrte sich heftig. Ein zähes Luder! Aber er würde sie schon kleinkriegen! Er hatte schon ganz andere kleingekriegt. Brutal schob er Walburga um die Hausecke.

Frank Langrieger hatte Rascheln und verhaltenes Stöhnen gehört und instinktiv seine Rohrzange in die Höhe gerissen. Und dann standen sie vor ihm: Walburga und dieser eiskalte Dobler-Mörder. Ihm stockte der Atem. Walburga blitzte ihn an und strampelte mit beiden Beinen, sie schien irgendetwas von ihm zu wollen, aber er hatte keine Idee, was das sein könnte. Sie schwebte in Lebensgefahr, und er wusste, dass er alles tun würde, um sie zu retten. »Hände hoch«, zischte der Fremde, und schon ließ Frank die Rohrzange fallen und tat, wie ihm geheißen. Noch immer versuchte Walburga, sich zu befreien. Glaubte sie denn wirklich, dass sie eine Chance hatte?

Jetzt trat Wotan mitsamt seiner Geisel auf ihn zu. Frank blickte in die kalten grauen Augen eines Mörders. Er suchte Walburgas Blick. Sie schien ihm mit panisch aufgerissenen Augen ein Zeichen geben zu wollen, doch er nahm die Bewegung erst im gleichen Augenblick wahr, in dem er den Schlag verspürte und sich die schwärzeste aller Dunkelheiten über ihn senkte. Noch während sich Wotan von Franks Bewusstlosigkeit überzeugte, blitzten Enzos Lichtsignale über dem Hüttengiebel auf. Dann explodierte der Molotow-Cocktail.

»Ich bin unschuldig. Ich hab gar nix g'macht. Ich weiß wirklich ned, was ihr von mir wollt.« Oleg Oblomovs Gesicht war verquollen und tränenüberströmt. Mit auf dem Rücken gefesselten Händen, in einem weißen T-Shirt und rosafarbenen Boxershorts stand er barfuß auf dem Linoleumboden des winzigen Flurs und wiederholte immer wieder die gleichen Sätze. Zwei vermummte Polizisten zielten mit ihren Schnellfeuergewehren auf ihn.

Franziska trat auf die Männer zu und richtete deren Waffen nach unten. »Nun halten Sie den Ball mal flacher. Sie sehen doch, dass von diesem Bürscherl nicht wirklich Gefahr ausgeht.«

Olga Oblomov stand bleich in ihrer Schlafzimmertür. Sie schluckte. »Was hat er denn nun schon wieder angestellt?«

»Wir haben handfeste Hinweise dafür, dass er etwas zum Mordfall Dobler sagen könnte«, sagte Franziska.

»Kann ich ned!«, rief Oleg.

»Er ist in falsche Kreise geraten«, murmelte seine Mutter.

»Wir müssen ihn mitnehmen«, stellte Franziska klar.

»Mama, das darfst ned zulassen«, jammerte Oleg. »Red mit'm Bürgermeister, ruf den an, jetzt gleich.«

Seine Mutter biss sich auf die Lippen und murmelte dann: »Wenn du nichts getan hast, kann dir auch nichts passieren.«

Franziska sah ihr an, dass sie nicht wirklich an die Unschuld ihres Sohns glaubte, und hätte gern etwas Tröstendes gesagt, beispielsweise, dass Oleg nicht der Einzige war, der in dieser Nacht zur Vernehmung geholt wurde, aber die Zeit war knapp, und solange Oleg sich als Opfer fühlte, würde er alles tun, um seine Haut zu retten.

Endlich war Land in Sicht in diesem schwierigen Fall. Franziska hatte das Gefühl, ein kleines Ende jener Wirklichkeit in der Hand zu halten, die diese jungen Menschen überforderte und an der sie fast zerbrachen. Die einen tranken sich fast ins Koma, der andere suchte Schutz bei seiner Mutter. Wenn sie vorsichtig weiter an diesem Zipfelchen zog und darauf achtete, dass keine Fäden rissen, würde sie schon bald weitere Einzelheiten erkennen können.

»Nehmt ihn mit«, sagte sie zu den beiden bewaffneten Beamten und sah zu, wie Olga Oblomov eine Wolldecke über die Schultern ihres Sohnes legte. Am Fuß der Treppe standen noch immer die Nachbarn in ihren Frotteebademänteln und schüttelten fassungslos die Köpfe.

Sie hatte ihn genau vier Minuten lang allein in dem dunklen und kalten VW-Bus frieren lassen und sich in der Zeit flüsternd mit den Männern des Sondereinsatzkommandos beraten. Die hielten es für klug, gleich nach Landau zu fahren, aber irgendein Gefühl sagte ihr, dass sie keine Zeit verlieren dürfe.

»Ich verhöre ihn erst einmal hier, und dann sehen wir weiter«, entschied Franziska. »Und zwei von Ihnen kommen mit mir in den Bus, dieses Bürscherl soll so richtig Angst kriegen.«

»Dem geht jetzt schon der Arsch auf Grundeis«, stellte einer der Beamten fest.

»Umso besser!«

Sie zog die Tür des Busses hinter sich zu und setzte sich ihm gegenüber, während ihre beiden Begleiter die Gewehre entsicherten und sich an die Innenwand lehnten. Wortlos schenkte sie sich einen Becher Kaffee aus der Thermoskanne ein, blies den Dampf beiseite, nippte daran und fixierte Oleg mit einem nachdenklichen Blick.

»Also, was hast du uns zu sagen?«

»Nix, gar nix, ich weiß von nix. Könnt ich bittschön eine Zigarette haben?«

Bevor Franziska antworten konnte, stellte der Beamte zu ihrer Linken klar: »Hier wird nicht geraucht, und mit gefesselten Händen geht das sowieso nicht.«

»Ich habe das Video gesehen«, konfrontierte Franziska ihr Gegenüber. »Ich habe gesehen, wie Armin Dobler gestorben ist, hingerichtet von einem, mit dem ihr euch in den letzten Wochen ständig getroffen habt.«

Der letzte Halbsatz war ins Blaue hineingesprochen, doch an Olegs Reaktion sah sie, dass sie ins Schwarze getroffen hatte. Er wurde blass, und sein Blick flatterte, als suche er im Dunkel des Busses nach Ausflüchten und Erklärungen.

Sie nippte erneut an ihrem Kaffee und beobachtete ihn. Vor ihr saß ein Kind, ein großes, hilfloses Kind. Franziska beugte sich vor. »Also, wie heißt er?«

Das Bürscherl mit den Handschellen versuchte, den Ahnungslosen zu spielen. »Wer? Wen meinen S' denn?«

»Du weißt genau, wen ich meine. Diesen Mann mit dem Beil. Doblers Mörder. Seinen Namen brauch ich.«

»Keine Ahnung. Ich weiß ned, wie der heißt.«

Jetzt stand der dunkel gekleidete Mann zur Rechten der Kommissarin auf, stellte sich sehr nah vor Oleg Oblomov und bellte ihn an: »Natürlich weißt du, wie der heißt! Also, wie habt ihr ihn genannt?«

»Wo... Wo... Wotan«, stotterte Oleg.
»Gut, und jetzt ganz von vorne. Eins nach dem anderen.«
Franziska seufzte erleichtert.
Oleg schwieg und sah gehetzt um sich.
Der Beamte herrschte ihn an: »Hast nicht gehört, was die Frau Kommissarin gesagt hat? Reden sollst du!« Diensteifrig wandte er sich an Franziska: »Vielleicht wollen Sie doch noch einmal kurz aussteigen und sich die Beine vertreten? Ich brauch nicht lang. Ein paar Minuten müssten genügen. Und dann wird dieser Oleg singen wie ein Vögelchen, nicht wahr, Oleg?« Er beugte sich hinunter und grinste seinem Gefangenen ins Gesicht.
»Das wird nicht nötig sein.« Franziska schüttelte den Kopf und lächelte Oleg verbindlich an. »Also, ich warte.«

Der beißende Rauch schien ausschließlich in seine Richtung zu quellen. Enzo hustete und verfluchte sich dafür. Irgendetwas war verdammt schiefgelaufen, und jetzt verriet er sich auch noch durch diese blöde Husterei. Sie hätten gleich zur Polizei gehen sollen. Egal, wie viel Angst Frank und Xaver haben mochten. Das hier war einfach eine Nummer zu groß für sie. Er kniff die tränenden Augen zusammen und betete insgeheim: Lieber Gott, hilf mir. Bitte. Hilf mir, die Wally, den Frank und den Xaver wieder heil hier rauszuholen.
Beherzt umklammerte er seine Stablampe, schaltete sie ein und richtete sie erneut auf die Rauchschwaden. »Wally, Frank, Xaver ... wo seid ihr denn? Was geht denn da ab?«
Neben dem Knistern der brennenden Zweige nahm er ein anderes Geräusch wahr, ein größeres Geräusch, und während er noch dachte, wie eigenartig es doch war, dass er dieses Geräusch als größer und nicht als lauter empfand, sah er auch schon die mit etwas Schwerem beladene Gestalt auf sich zustapfen.
»Na also, aller guten Dinge sind vier«, sagte eine Stimme, die sich anhörte, als sei sie mit Kreide geschmiert. Und aus dem Rauch trat ein Riese hervor, der Walburga im Würgegriff gefangen hielt. Enzo begriff: Der da, das war Wotan. Ihm stockte der Atem. Tausende von Reaktionen schossen ihm gleichzeitig durch den Kopf: angreifen, schreien, wegrennen – aber er war

unfähig, auch nur einen Finger zu rühren. Stand da wie gelähmt und sah diesen blonden Riesen mit der Nickelbrille durch den Qualm auf sich zukommen. In der rechten Hand hielt er eine unnatürlich lang wirkende mattschwarze Pistole, die er auf Enzos Kopf richtete.

Seine plötzliche Gedankenklarheit erschreckte ihn. Das war es also. Sein Leben. So schnell vorbei. Dabei hatte er noch so viel vorgehabt. Er verspürte nicht einmal Trauer, eher ein großes Erstaunen und eine demütige Bereitschaft, sich dem Unvermeidbaren zu beugen ... doch dann begegnete er Walburgas Blick, und in ihm wuchs der Widerstand.

»Lass die Lampe fallen!«, zischte der Riese. Enzo tat, wie ihm geheißen.

Mit einem breiten Grinsen nahm der Hüne Oberarm und Ellenbogen von Walburgas Mund und Nase. Die schnappte nach Luft und hustete. In dem fahlen Mondlicht wirkte ihr Gesicht verquollen und aufgedunsen. Sie sah Enzo so verzweifelt und hoffnungslos an, wie er sie noch nie erlebt hatte. Als sie zu schreien begann, steckte Wotan ihr die Pistole mit dem Schalldämpfer in den Mund.

Es mochte vier Uhr morgens sein. Die kälteste Stunde der Nacht. Im einsetzenden Nieselregen lösten sich die letzten Rauchschwaden auf. Zurück blieb ein unangenehm stechender Geruch nach Angekokeltem und nach feuchtem Holz.

Die beiden Kontrahenten fixierten sich mit eisigen Blicken. Wotan befahl Enzo mit einer knappen Kopfbewegung, um die Hütte herumzugehen, und folgte ihm in geringem Abstand, seine Geisel weiterhin mit der Pistole bedrohend. Enzo betete. In seinem Kopf ratterte er das Ave Maria auf Italienisch herunter.

Hinter der Biegung wäre er fast über eine große und dunkle Masse gestolpert, die sich gerade aufzurichten begann. Frank Langrieger erwachte aus seiner Bewusstlosigkeit und rieb sich den blutenden Kopf. Als er Walburga in den Händen Wotans sah, begann er zu zittern.

Wo war eigentlich Xaver abgeblieben, fragte sich Enzo. Sollte der es geschafft haben, dem blonden Killer zu entkommen? War er vielleicht schon auf dem Weg hierher, begleitet von einer Polizeieskorte? Er schöpfte Hoffnung.

In diesem Moment blaffte Wotan los: »Für mich seid ihr Verräter! Alle drei! Wollt ihr sehen, was mit Verrätern geschieht?«

Ohne eine Antwort abzuwarten, dirigierte er die kleine Gruppe zu Xaver, den er mit seinem Draht erstickt und dem er dann zur Sicherheit noch das Genick gebrochen hatte. Walburga sah den Toten, schrie auf und drehte sich instinktiv um, worauf Wotan blitzschnell in ihre rote Mähne griff und ihren Kopf wieder Richtung Leichnam wandte. »Augen auf!«, schrie er. »Alle drei. Seht ihn euch an. Das macht man mit Verrätern. So wird es euch auch ergehen, wenn ihr nicht tut, was ich sage.«

Enzo begann erneut, lautlos zu beten. Starr richtete er seinen Blick auf den blutdurchtränkten Hals des Toten, keinen Zentimeter höher und auch nicht tiefer. Dennoch hatten sich ihm Xavers aus den Höhlen quellenden Augen so tief eingeprägt, dass er dieses Bild niemals wieder vergessen würde. Frank Langrieger übergab sich. Walburga schluchzte leise vor sich hin. Sie war zu erschöpft, um laut zu weinen.

Mit gezückter Pistole befahl Wotan: »Tragt ihn in die Hütte. Und räumt auf.« Und dann bellte er wieder mit dieser heiseren Stimme: »Ordnung braucht das Land, Recht und Ordnung. So wie es der Führer befiehlt. Nehmt also eure Flaschen mit, ihr Flaschen!«

Der Leichnam war schwer und nachgiebig und rutschte Frank und Enzo immer wieder aus den Händen. Beide bemühten sich, dem Toten nicht ins Gesicht zu sehen. Sie fassten ihn unter die Schultern und zogen ihn hinter sich her, ihre Augen jedoch hatten sich inzwischen so an die Dunkelheit gewöhnt, dass sie das Entsetzen in Xavers Gesicht, das dort für immer eingemeißelte Grauen, in schrecklicher Klarheit wahrnahmen.

»Legt ihn auf das Sofa«, befahl Wotan und schubste mithilfe seiner Waffe Walburga vor sich her, die inzwischen die drei Flaschen mit den nicht explodierten Molotow-Cocktails eingesammelt hatte und vor ihrer Brust hielt.

Das Innere der Hütte war schmutzig und staubig. Es roch ungelüftet und modrig, nach kaltem Schweiß, abgestandenem

Rauch und Verwesung. Wotan stand in der geöffneten Tür, und seine massige Erscheinung nahm dem Raum das letzte spärliche Licht.

Enzo hörte Walburgas verzagtes Wimmern, vermutlich hatte der Riese ihr wieder die Pistole an den Kopf gesetzt. Er fühlte eine hilflose Wut in sich hochsteigen, wusste aber nicht, wie er hätte reagieren können. Frank und er legten den Toten aufs Sofa. Sie betteten ihn mit dem Gesicht zur Wand, als wollten sie ihm einen erneuten Anblick seines Mörders ersparen.

Wotan öffnete den schweren Deckel einer riesigen alten Holztruhe und holte mit der rechten Hand seine Habseligkeiten und das Jagdgewehr des Bürgermeisters hervor. Mit dem linken Arm hielt er immer noch Walburga umklammert. Ganz kurz dachte Enzo, dies könnte der richtige Moment zum Angriff sein, und wandte seinen Kopf zu Frank Langrieger. Doch der stand apathisch und mit hängenden Schultern neben ihm und blickte starr zu Boden. Aus seiner Beule am Kopf tropfte Blut.

Und dann war es auch schon wieder zu spät: Wotan hielt eine Schnur in der Hand und befahl Enzo, Frank die Füße eng zusammen und die Hände auf den Rücken zu binden. Dann überprüfte er die Festigkeit der Knoten und diktierte Walburga, Enzo auf die gleiche Art zu fesseln. Als seine Freundin ihn berührte, fand Enzo in ihrem Blick das ganze Grauen der letzten Minuten gespiegelt. Walburgas Augen waren schreckgeweitet, ihr halboffener Mund blutete, sicher Verletzungen durch den Schalldämpfer der Pistole. Sie war kreidebleich.

»Nun mach schon«, befahl Wotan, stieß ihr die Waffe in den Rücken und band auch ihre Hände hinter dem Rücken zusammen.

Enzo dachte kurz daran zu schreien: sich die Angst von der Seele und die Seele aus dem Leib zu schreien. Aber er ahnte, dass ihn niemand hören würde und wusste, dass er damit Wotan nur noch weiter provozieren würde. Frank und er wurden in die große Truhe geschubst. Deren Inneres roch noch ekelerregender als der sie umgebende Raum. Enzo wurde augenblicklich übel, doch bevor ihm die Sinne schwanden, nahm er gerade noch wahr, wie der Riese zwei der Molotow-Cocktails über das Sofa und über ein staubiges Bücherregal goss und dann seinen Rucksack und das Präzisionsgewehr schulterte. Frank war erneut ohnmächtig geworden. Wotan ließ den Deckel auf die Kiste fallen.

Walburga begann unvermittelt so laut und schrill zu schreien, als habe sie den Verstand verloren. Wotan riss an ihren Haaren und brüllte: »Halt die Klappe!« Sie schrie weiter, laut, gellend und ohne Pause. Wütend stopfte er ihr ihren weiß-blauen Schal in den Mund und stieß sie vor die Tür.

»Wo steht dein Auto?«

Sie schüttelte den Kopf und warf ihm verächtliche Blicke zu.

»Wer Benzin dabei hat, hat auch ein Auto«, stellte Wotan klar und wühlte in den Taschen ihrer Jeans. »Für wie blöd hältst du mich eigentlich?«

Sekunden später schwenkte er triumphierend den Golfschlüssel vor ihrer Nase.

»Auf geht's!«

Er schubste die widerstrebende Walburga in die Richtung, aus der er die Gruppe vor einer knappen Stunde hatte heranpirschen sehen. Auf den ersten Metern zog er eine Spur aus Benzin, indem er langsam die letzte Flasche hinter sich leerte. Dann ließ er sie fallen, zündete sich in aller Ruhe eine Zigarette an und schnippte diese nach wenigen tiefen Zügen genau auf den Anfangspunkt der improvisierten Lunte.

Sie hatten bereits ein großes Stück des Weges hinter sich gebracht, als aus der Gegend der Waldhütte mehrere explosionsartige Geräusche zu hören waren. Wotan nickte beifällig. Jetzt lief wieder alles nach Plan.

FÜNFZEHNTES KAPITEL
Befreiungsschlag

Er hatte für diesen Anlass schon am Abend zuvor seinen Badeofen angeworfen, sich rasiert und die Haare gewaschen und dann das feinste Gewand angelegt. Sein Spiegelbild kam ihm so fremd vor, dass er es fast ehrfurchtsvoll gegrüßt hätte. Genau, so würde er was hermachen auf dieser »Meet and Greet«-Veranstaltung, zu der nicht nur die Zeitung, sondern auch das Fernsehen kommen würde.

»Das ist nämlich amerikanisch«, hatte Joseph Langrieger seiner Luise erklärt, »und bedeutet so viel wie ›trefft euch und grüßt euch‹.«

»Ja, so ein Schmarrn aber auch«, hatte die kopfschüttelnd gemeint und weiter ihre Kartoffeln geschält. »Treffen und grüßen, da kannst ja gleich deinen Kopf auf eine Holzstangen spießen und mit dem hin- und herwackeln. Wenn da ned einmal g'redet wird.«

»Weibsbilder«, hatte Joseph Langrieger gemurmelt und in seiner Kölnischwasser-Wolke die Straße überquert, um Nachbar Eduard abzuholen. Ob Ottilie Daxhuber auch so geringschätzig über dieses Ereignis sprach wie seine Luise?

»Die Frauen haben doch ned die geringste Ahnung von der historischen Dimension von dem Event«, hatte Hochwürden Moosthenninger am Stammtisch prophezeit – und er hatte recht.

Joseph Langrieger wusste nicht, ob er sich über die Wandlung seiner Frau freuen sollte oder nicht. Sie war nicht mehr so depressiv wie früher, aber dafür hatte sie auch weniger Respekt vor ihm, ja, sie machte sich sogar über ihn und seine neue Leidenschaft für den SC Großöd-Pfletzschendorf lustig.

»Warum bist du denn ned so eine treue Seele wie dein Enkel

Frank? Der lässt seinen Verein ned im Stich, der ist sogar gestern zu seinen Sechzgern nach Nürnberg g'fahrn. Du aber hast dich dein Leben lang keinen Deut um Fußball kümmert, und bloß weil dem Waldmoser sein Verein jetzt ein bisserl Erfolg hat, wirst du auch noch zum Fußballpatrioten, zu einem depperten Jubelperser.« Sie hatte tatsächlich Fußballpatriot gesagt – das wunderte ihn am meisten. Wo hatte sie dieses Wort nur her?

Fast wäre er auf der Dorfstraße überfahren worden. Sonst kam höchstens mal ein Auto pro Stunde und gelegentlich ein Traktor, aber heute war hier die Hölle los. Ein Auto eleganter als das andere und alle angefüllt mit reichen, schönen und berühmten Leuten. Auch wenn er immer sagte, es sei ihm wurscht – ein bisschen stolz war er schon darauf, dass er, seine Nachbarn Eduard und Adolf und der Pfarrer ins Festzelt zu dem Empfang geladen waren. Sollte Luise doch lästern.

Als Eduard ihm öffnete, winkte er gut gelaunt. Sepp roch sofort, dass sein Nachbar die gleiche Duftnote aufgelegt hatte wie er selbst. Den Klassiker Siebenundvierzigelf. Zwei Männer von Welt.

Auf dem Weg zum Partyzelt am Rande des Fußballplatzes begegnete ihnen Hochwürden Moosthenninger, der sie mit einer erhabenen Geste segnete, dann aber gleich zum Wesentlichen kam: »Ab morgen sind mir g'machte Leut. Unser Einsatz wird sich g'wiss lohnen. Ihr werdet's schon sehen. Und jetzt gehen mir z'erst einmal ein bisserl die VIPs anschaun und uns anschaun lassen.«

Bereits im Vorraum des riesigen Partyzeltes, das Döhring für Waldmosers große »Meet and Greet«-Sause hatte aufstellen lassen, war es trotz der spätherbstlichen Kühle mollig warm. Sie schoben den Vorhang zur Seite, und ihnen war, als beträten sie eine völlig andere Welt. Eine Welt, die von Kleinöd etwa so weit entfernt war wie die Erde vom Mars.

»Da, den kenn ich«, flüsterte Sepp Langrieger und griff in hilfloser Aufregung nach Wilhelm Moosthenningers Hand. »Das ist doch der Hutspieler Horst, der aus'm Fernsehen, der Justinian.«

»Der Justiziar des DFB nebst den üblichen Adabeis«, verbesserte Moosthenninger ihn und ließ es zu, dass Sepp weiterhin seine Hand hielt.

Scheinwerfer schwenkten durchs Zelt, Kameraleute liefen hektisch hin und her, und die drei soeben eingetroffenen Gäste staunten über das edle Ambiente. Auf weißen Damasttischdecken funkelten mit abenteuerlichen Köstlichkeiten belegte Silberplatten, aus eiswürfelbestückten Sektkühlern schauten die Hälse geöffneter Champagnerflaschen hervor. An strategisch wichtigen Punkten standen riesige Sträuße gelbblühender Astern und Dahlien und vielarmige Kerzenleuchter mit gelben Kerzen, die das Emblem des SC Großöd-Pfletzschendorf trugen. Joseph Langrieger kam aus dem Staunen nicht heraus.

»Das ist ja alles wie in einem Schloss, wie bei den ganz feinen Leuten. Und das bei uns da.« Er schüttelte den Kopf und bemerkte erst jetzt, dass er immer noch die Hand des Pfarrers hielt. Instinktiv schnellte sein Arm zur Seite, und Moosthenninger warf ihm einen fragenden Blick zu.

»Tschuldigung«, murmelte Sepp. »Tut mir leid.«

Die Hand des Pfarrers ergriff man nicht so einfach, eigentlich nur, wenn's ans Sterben ging oder bei der Taufe. Hoffentlich hatte er sich jetzt nicht versündigt. Er schluckte und schniefte gleichzeitig.

»Da sind ja g'wiss zweihundert Leut herin, viel mehr, als wie unser Kleinöd Einwohner hat«, stellte der Pfarrer zufrieden fest. »Wenn von denen bloß ein jedes ein kleines Scherflein in meinen Klingelbeutel geben tät…«

Doch bevor er diesen Gedanken zu Ende führen konnte, trat eine junge und hübsche Asiatin mit langer, weißer Schürze auf sie zu und offerierte ihnen Champagner. Sie nahmen sich jeder eines der hochstieligen Gläser und nippten auf die gleiche Art und Weise daran, wie es die anderen Gäste taten, denen man schon von Weitem ansah, dass sie »geldig« waren. Die Männer trugen Siegelringe an ihren gepflegten Händen und Uhren, die so schlicht und unauffällig waren, dass sie sicher ein Vermögen gekostet hatten. Die Frauen waren Damen und sahen aus, als seien sie grad mal für ein Stündchen den Hochglanzseiten eines Modemagazin entsprungen. Joseph Langrieger hätte nie gedacht, dass es diese Geschöpfe auch in Wirklichkeit geben könnte.

Und sie sprachen miteinander. Ha, das würde er seiner Luise aber unter die Nase reiben! Wichtige Informationen wurden hier ausgetauscht. Und er hatte das ja gleich gewusst.

Livrierte Kellnerinnen und Kellner, durchweg junge Leute und allesamt nett anzusehen, kredenzten immer neuen Schampus und dazu Platten mit kleinen Häppchen. Es gab Dinge zu essen, die er noch nie zuvor gesehen hatte und die die kleine Asiatin auf seine Nachfrage als Sandwich, Fingerfood und Kanapees bezeichnete. Dass man Kanapees auch essen konnte, war ihm neu – aber die würden ja schon wissen, was sie taten. Er häufte sich die Teilchen auf seinen Teller und nickte aufmerksam, als die schwarzhaarige Kellnerin seine Auswahl kommentierte: »Gänsebrust in Apfelaspik an Calvadoscreme, Lachs mit Meerrettichsahne, Forellenfilet auf Preiselbeermousse, Tartar auf echtem Kaviar, Leberpastete an Rucola, Serranoschinken auf Melonenjulienne, Wachteleier mit grünem Spargel.«

Das Wasser lief ihm im Munde zusammen. Als er immer weiter zugriff, stellte die junge Asiatin ihre Kommentare ein und blickte dezent zur Seite. Sein Teller war schon reichlich überladen. Die anderen Gäste knabberten vornehm an höchstens einem dieser Schnittchen rum. Er wurde rot und stopfte sich schnell ein ganzes Kanapee in den Mund. Es schmeckte himmlisch.

Mittelpunkte der Gesellschaft waren die königsblau gekleideten Spieler des FC Schalke 04, wobei die Menge der sie umgebenden Fans mühelos die aktuellen Marktwerte der einzelnen Spieler erahnen ließ. Eine der größten Menschentrauben allerdings umringte den einzigen anwesenden Spieler in Kanariengelb: Kader Al Sheikh. Freundlich lächelnd und mit absoluter Souveränität gab der einer blondierten und überkandidelten Frau ein ausführliches Fernsehinterview. Die Journalistin hüpfte in ihren roten Lackstiefeln um ihn herum, als sei sie von ihrem Mentalcoach zu ausdauernden gymnastischen Übungen verdammt. Sie trug eine enge braune Latexhose und eine psychedelisch-knallbunte Bluse. Zwei Kamerateams reagierten auf jeden ihrer Schritte, und auf diese Kamerateams wiederum reagierten die Beleuchter und auf die Beleuchter die Kabelträger.

Joseph Langrieger hatte inzwischen sein sechstes Glas Champagner getrunken und fühlte sich in der Lage, am Beispiel dieser hüpfenden Fernsehreporterin mit ihrem Aufnahme- und Beleuchtungsteam das Prinzip von Ursache und Wirkung zu erklären. Er sah sich um, aber da war grad niemand, dem er seine Erkenntnisse hätte vermitteln können.

Nur dezente und verstohlene Seitenblicke ließen darauf schließen, dass die Schönen und Reichen den Auftritt der Einheimischen entweder als Kuriosität abtaten oder gar mit gerümpfter Nase missbilligten, aber Wilhelm Mooshenninger, Eduard Daxhuber und Joseph Langrieger verfügten über jenen grünen Plastikchip, der sie als Ehrengäste auswies, und waren dank diesem Erkennungszeichen an den bulligen Security-Typen vorbeigekommen. Hochwürden Moosthenninger trug wie immer eine schwarze Soutane, der dazugehörige blütenweiße Stehkragen aber verschwand gänzlich unter einem knallgelben Fanschal, während Eduard Daxhuber und Joseph Langrieger ihren Festtagsstaat in Form von Lederhosen, Trachtenjankern und Haferlschuhen angelegt hatten, deren gebrochene Erdfarben in starkem Kontrast zu ihren gelben Schals und den gleichfarbigen Fanmützen standen.

Der Pfarrer lächelte aufgeräumt, hob sein Glas und raunte seinen beiden Wettgenossen verschwörerisch zu: »Also, Freunde des runden Leders, gehen mir es an! Auf ein schönes und spannendes Spiel! Möge Großöd-Pfletzschendorf die Herzen der Menschen gewinnen, aber Schalke als eindeutig bessere Mannschaft siegen! Dann sind auch mir am Ende glücklich und zufrieden. Also: Auf unseren Gewinn!«

Sie stießen an und leerten ihre Gläser auf einen Streich. Augenblicklich kam die junge Asiatin angeschwebt und füllte nach.

»Ja, so ein nettes Madel«, stellte der Pfarrer fest. »Und so fürsorglich – da merkst halt gleich, wo die herkommt ...« Er suchte nach einer Formulierung, die das Champagner-Nachfüllen mit den erotischen Aufgaben einer Geisha vereinte, wurde dabei aber vom Klingeln seines Handys unterbrochen. »Ja? Hallo? Wer da?«

Mit zusammengekniffenen Augen und Lippen hörte er zu. »Schmiedinger! Wo bleibst denn! Ja freilich sind mir schon drin. Vor einer halberten Stund war ausg'macht, gell?«

Der Anrufer schien wichtige Dinge zu berichten, denn Moosthenninger gab nur ab und zu ein knappes »Ach was!« oder »Geh weiter!« von sich, ehe er mit »Na gut! Wenn's gar so wichtig ist!« zum Ende kam und das Handy zusammenklappte.

»Der Adolf!«, sagte er dann zu seinen Begleitern, als ob damit bereits alles erklärt wäre. Nach einer kurzen Pause rückte er mit weiteren Informationen heraus. »Ihm wär was dazwischenkommen, ein wichtiger und dringender Einsatz. Nix Genaueres wollt er ned erzählen. Na ja, mir auch recht. Wer ned mag, der wird halt schon ham. Prost!«

»Wundern tut's mich ned«, nickte Eduard Daxhuber. »Mir ham ja heut Nacht noch den Herrn Kommissar getroffen. Mit einem ganzen Haufen Polizisten war der unterwegs. Der Adolf hat die aufg'halten und dann auch mit der Kommissarin telefoniert. Hinterher hat er dann aber nix drüber sagen wollen. Er wär jetzt praktisch im Dienst und ein Geheimnisträger, hat er bloß noch g'meint, und wahrscheinlich tät'n mir morgen erst einmal allein zum Spiel müssen, und er würd dann halt später kommen.«

Sie leerten ihre Gläser und sahen sich nach Nachschub um. Eduard entdeckte die kleine Asiatin am entgegengesetzten Ende des Zeltes und pfiff auf zwei Fingern nach ihr: »Frollein! Mir tät'n noch einmal das Gleiche kriegen, mir drei!«

In diesem Augenblick kam der spindeldürre und hohlwangige Döhring auf sie zu und leckte sich aufgeregt die Lippen. Seine Brille war beschlagen, als habe er gerade in ein offenes Bratrohr geschaut.

»Esst's und trinkt's fei ruhig, so viel ihr wollt's. Ist heut alles umsonst. Das zahlen nämlich die Öffentlich-Rechtlichen, aus denen ihrer Portokasse zahlen die das g'wiss, bloß damit die da herin filmen dürfen. Ja mei, so kann ich euch wenigstens auch einmal eine kleine Freud machen!«

»Wo hast denn deine Frau?«, fragte Sepp Langrieger.

Döhring zog die Stirn kraus: »Mei, es kommt halt immer alles z'sammen. Schaut ganz so aus, als wenn die Nichte akkurat jetzt ihr Kind kriegen tät. Die hätt sich auch keinen besseren Termin ausdenken können! Na ja, wenigstens hab ich da meine Ruh.«

»Ein wahrhaft historischer Tag ist das heut«, stellte Moosthenninger fest.

»Das kann man wohl sagen.« Döhring seufzte. »Aber jetzt muss ich weiter, der Manager von die Schalker will mich nämlich dringend sprechen, vermutlich wegen einer Option auf den Kader Al Sheikh! G'schäft ist eben G'schäft und geht vor! Und nachad muss ich schauen, dass ich den Waldmoser wiederfind. Der hat vorhin einen Anruf von der Polizei kriegt. Käsweiß ist der worden und ist dann was weiß ich wohin gangen und seitdem nimmer kommen. Und jetzt fragen s' mich alle dauernd nach ihm. Also Männer, bis später dann ...« Er wurde von der Menge der Gäste verschluckt.

Hochwürden Moosthenninger sah ihm sinnierend nach: »Irgendwas stimmt da ned. Erst der Schmiedinger, dann der Waldmoser ...? Sehr eigenartig.«

Sie hatten nicht den Bruchteil einer Sekunde zu verlieren. Enzo wusste, dass nun alles an ihm hing, denn Frank war nach wie vor bewusstlos. Er würde ein Dutzend Kerzen opfern, wenn sie heil hier herauskämen, versprach Enzo seinem Schutzengel und der Mutter Maria und lauschte, bis er sich sicher sein konnte, dass dieser Riese mit anderen Dingen beschäftigt war, als seine Gefangenen zu beobachten. Dieses Ungeheuer würde die Hütte abfackeln, daran zweifelte Enzo keinen Augenblick, und er verbot sich, darüber nachzudenken, was dieses Monster Walburga antun könnte.

Obwohl er unnatürlich gekrümmt in der riesigen Truhe kauerte und sein Körper von der Hüfte abwärts vom ohnmächtigen Frank beschwert wurde, war es ihm bereits gelungen, mit der linken Hand in die hintere Hosentasche zu fassen und das kleine Wegwerffeuerzeug aus Plastik zu greifen. Durch die Ritzen der Truhe hindurch roch er Rauch. Fast beneidete er Frank um dessen Ohnmacht. Mit unendlicher Mühe gelang es ihm, das Feuerzeug aus der Tasche herauszuziehen. Er wusste, es gab nur noch diese Chance, nämlich Feuer durch Feuer und Hitze durch Hitze zu bekämpfen. Verzweifelt rubbelte er mit gefesselten Händen an dem rauen Drehmechanismus, um die Flamme zu entzünden. Dabei war ihm bewusst, dass sie beide in wenigen Minuten nicht mehr leben würden, wenn ihm das Feuerzeug auch nur um wenige Zentimeter aus der Hand rutschen würde.

Da! Er spürte den stechenden Schmerz am Handgelenk, die entfachte Flamme versengte ihm die Haut. Er biss die Zähne zusammen und hielt die Gaszufuhr gedrückt. Zusätzlich zu dem Rauch roch er, wie seine eigene Haut verbrannte, und meinte zu spüren, wie das Fleisch darunter Blasen schlug. Der Schmerz war kaum noch auszuhalten. Doch dies war der einzige Weg. Dies war ihre letzte Chance. Und gerade als er dachte, dass es so in der Hölle sein müsste, lösten sich die Fesseln und gaben Arme und Schultern frei. Enzo quälte sich unter Franks zusammengesacktem Körper vor, drückte sich mit dem Rücken und mit beiden Händen gegen die Laibung des Truhendeckels und klappte mit einem heiseren Schrei die schwere Holzabdeckung nach hinten.

Über den Hüttenboden kroch eine Brandspur; ein kleines gieriges rotes Tierchen, das nach Nahrung suchte, sich verzweigte und weitere Brandherde entfachte. Mit schnellem Griff löste Enzo seine Fußfesseln, sprang hustend heraus und zog den immer noch bewusstlosen Frank aus der Truhe. Er spürte keinen Schmerz, da war nur noch ein Impuls: Raus hier, nichts wie raus!

Frank war schwerer und unhandlicher als ein Zentnersack Zement. Schnell und hektisch atmend überlegte Enzo, wie er seinen Freund aus dieser brennenden Bude rauskriegen sollte. Er hätte nicht sagen können, woher die Kraft kam, die ihn letztlich dazu befähigte, ihn sich über die Schulter zu legen und mit ihm zur Tür zu stürzen. Die gab sofort nach, als er mit Franks baumelnden Füßen ein Mal dagegenschlug.

Draußen fiel ein leichter Nieselregen und kühlte Enzos brennende Haut. Gierig sog er die klare Luft ein, griff unter Franks

Achseln und zog ihn von der Hütte fort auf die offene Lichtung. Erst dort löste er dem immer noch Bewusstlosen die Hand- und Fußfesseln und nahm unvermittelt den immer noch irrwitzigen Schmerz an seinen Handgelenken wahr, der ihn aus dem Hinterhalt ansprang. Er fiel in voller Länge auf Frank und registrierte gerade noch – kurz vor einer gnädigen Ohnmacht –, wie Dach und Wände der Hütte aufloderten.

Der Morgen graute bereits, als der Mann, der sich Wotan nannte, Walburgas Golf abrupt abbremste und von der asphaltierten Straße auf die Wiese lenkte. »Alles bedacht«, murmelte er vor sich hin. »Alles im Griff. Nichts ausgelassen. Großartig!« Dieses »großartig« bezog sich auf die abgezäunte Wiese, die der Bürgermeister in seiner Eigenschaft als Fußballpräsident und in weiser Voraussicht als Zusatzparkplatz angelegt hatte, um ordentlich an den Parkgebühren zu verdienen. »Man muss halt sehen, wo man bleibt«, hatte Markus Waldmoser dem Daxhuber Eduard erklärt, als dieser meinte, dass die weite Anreise und die Eintrittskarte fürs Spiel doch eigentlich schon teuer genug seien und die Autofahrer – allein fürs Rumstehen der Autos – nicht auch noch was zahlen sollten. »Und was ist mit der Versicherung? Was wär, wenn was passiert? Ich muss Wachmänner hinstellen, und die machen das ned für einen warmen Händedruck. Umsonst gibt's heut gar nix mehr. Wir spielen nun quasi in der ersten Liga, da geht's anders zu.«

Um diese Zeit stand auf der Zufahrt zur Wiese allerdings nur ein noch nicht besetztes Kassenhäuschen mit der Aufschrift »Parken 5 €«. Einige bereits am Vorabend angereiste Fans hatten den Platz schon in der Nacht besetzt und schliefen noch in ihren Autos, sodass Walburgas Wagen dazwischen nicht unbedingt auffiel.

Wotan zog die Handbremse und schloss den Wagen ordnungsgemäß ab. Dann sah er sich um. Fünf Uhr morgens. Die Welt schlief noch tief und fest, und das war gut. Er öffnete den Kofferraum und zog seine Geisel brutal an den Haaren heraus. Walburga würgte an dem Stoff in ihrem Mund und versuchte mithilfe von Grimassen, ihre Nase aus dem Knebelschal zu befreien. Sie fiel auf die feuchte Wiese. Er beugte sich zu ihr hinunter, befreite ihre Füße von den Fesseln und stellte sie auf beide Beine.

»Auf geht's!« Wotan schulterte seinen Rucksack und das Gewehr, fasste die junge Frau an ihrem Hosengürtel und zog sie hinter sich her. Sie folgte ihm mit gesenktem Kopf. Ihre auf dem Rücken gefesselten Hände schmerzten, aber noch mehr schmerzte sie die Gewissheit, dass Enzo und Frank nicht mehr lebten. Sie hatte es knallen gehört und den Feuerschein gesehen.

Sie war schuld. Sie hätte nicht so blauäugig sein dürfen. Was hatte sie sich eigentlich gedacht? War sie größenwahnsinnig? Dieser Wotan war kein normaler Mensch, das war einer, der sich auskannte mit Schrecken, Terror und Gewalt. Und sie hatte es mit so einem aufnehmen wollen. Sie musste komplett verrückt gewesen sein. Und sie hatte den Tod verdient, ebenso wie ihre Freunde. Sie wollte nicht mehr leben. Wozu denn noch, jetzt, da sie weder Enzo noch Frank jemals wiedersehen würde. Alles hatte seinen Sinn verloren.

»Los jetzt, Prinzessin, Beeilung! Wir müssen oben sein, bevor es hell wird!«, zischte der Hüne an ihrer Seite und zog sie noch schneller hinter sich her. Sie überquerten die menschenleere Straße, und er schleifte sie in Richtung eines jener großen Baukräne, die Döhrings Baufirma aus Kostengründen neben den zusätzlich aufgebauten Tribünen hatte stehen lassen, um gleich nach dem Spiel wieder mit dem Abbau dieser sündteuren Leihobjekte beginnen zu können.

Kurz bevor sie die schweren Fundamente des Krans erreichten, stieß Wotan Walburga unsanft zu Boden und warf sich stumm über sie. Sie rechnete mit dem Schlimmsten, und ihr fiel das Pfefferspray in ihrer Jackentasche ein. Doch was nützte ihr so ein Fläschchen, wenn die Hände gefesselt waren und das Leben sowieso vorbei war? Sie schloss die Augen.

Wotan hatte mit der untrüglichen Witterung eines wilden Tieres aus den Augenwinkeln den Lichtschein eines Autos wahrgenommen und sich mitsamt Walburga auf die Erde gepresst. Sie spürte seine Anspannung, die sich erst wieder löste, als die Lichtkegel in hohem Tempo an ihnen vorbeigesaust waren, und

275

während er auf ihr lag und sie seine Angst riechen konnte, wusste sie, dass sie ihn abgrundtief hasste, ihn bis zum Ende ihres Lebens hassen würde – und wenn es ging, auch danach.

Ihr Entführer richtete sich wieder auf, holte die Pistole aus der Manteltasche und verstaute Rucksack und Mantel unter dem Fundament des Krans. Noch immer am Boden liegend sah sie hasserfüllt zu, wie er in seiner schwarzen Lederhose und einem schwarzen Muskelshirt vor ihr stand und seine Bizeps spielen ließ. Er ließ sie nicht aus den Augen, hängte sich erneut sein Gewehr um, nahm die Pistole in die rechte Hand und zog Walburga mit der Linken auf die Beine. Dann befreite er ihre Hände von den Fesseln und wies auf den Kran.

»Also, Schönheit! Du gehst voran. Und eins ist klar: Ich bleibe ganz dicht hinter dir. Oben auf der Kabinenplattform setzt du dich hin und hältst still. Wenn du auch nur eine falsche Bewegung machst oder sonstigen Unfug planst, dann ...« Liebevoll streichelte er Lauf und Schalldämpfer seiner Pistole. »... dann war's das. Ist das klar? Also los!«

Er zeigte mit seiner Waffe auf die in regelmäßigen Abständen von Sicherheitsringen unterbrochene Metallleiter. Sie schien kein Ende zu haben und direkt in den Himmel zu führen.

Frank Langrieger erwachte von einem brennenden Kopfschmerz und weil er fror. Vorsichtig öffnete er die Augen und blickte in die kalten Knopfaugen von vier fetten schwarzen Krähen mit metallisch glänzendem Gefieder und stumpfen schwarzen Schnäbeln. Sie saßen auf den Ästen einer Buche und hatten ihn mit ihren tiefen und kehligen Rufen geweckt. Seine Großmutter Luise mochte keine Krähen. Sie nannte sie Galgenvögel. »Aasfresser sind das, die stürzen sich auf Leichen. Und nix wie Unglück bringen die.«

Frank Langrieger fürchtete, dass sie recht haben könnte. Er fühlte sich hundeelend, und als er versuchte, sich zu bewegen, spürte er, dass er gelähmt war. Es war, als läge ein schweres Gewicht auf ihm und presse ihn an den feuchten Waldboden. »Ja, Bluatsakra«, flüsterte er, schloss erneut die Augen und hoffte, aus diesem Albtraum zu erwachen.

Aber es war kein Traum. Ein eisiger Luftzug wehte ihm feine Tröpfchen ins Gesicht, und das schwere Gewicht auf ihm schien ins Rollen zu kommen, sich ohne sein Zutun zu bewegen. Es half nichts. Er musste sich der Situation stellen. Aber was war nur geschehen, wie war er hierher gekommen? Und warum war ihm so kotzübel? Das Letzte, woran er sich erinnerte, war die gemeinsame Busfahrt mit dem Hartl Xaver zum Sechzger-Spiel nach Nürnberg. Hatten sie eigentlich gewonnen? Nicht einmal das wusste er mehr.

Vorsichtig hob er den Kopf. Direkt auf ihm lag ein Mensch. Frank ließ den Kopf wieder fallen und starrte in den milchigen Himmel. Wenn er nur wüsste, was passiert war. Hoffentlich hatte er den da nicht umgebracht.

Dann erst roch er den Qualm und musste husten. Mit jedem Atemzug schien sich sein Körper tiefer in den feuchten Waldboden zu bohren. Er drehte den Kopf und entdeckte hinter sich die völlig ausgebrannte Jagdhütte des Bürgermeisters, aus deren Fundament es immer noch schwelte und kokelte. Der Nieselregen hatte vermutlich das Schlimmste verhindert. Aber warum war die Hütte abgebrannt, und was tat er, Frank Langrieger, eigentlich hier?

In dem Moment begann der Kerl, der auf ihm lag, ebenfalls zu husten und aufs Erbärmlichste zu stöhnen. War das etwa Enzo? Frank diagnostizierte mit Erschrecken, dass er nun endgültig verrückt geworden war. Er träumte sich seinen einzigen Freund Enzo zurück. Eine Fata Morgana. Ein Wunschbild. Ein eindeutiges Stresssymptom. »In absolut ausweglosen Lagen schickt uns das Hirn als Lösung das Trugbild eines Retters«, hatte seine Mutter vor ein paar Tagen aus ihrer Frauenzeitschrift vorgelesen, und Frank hatte dabei kurz an Enzo gedacht, sich aber gleich wieder zur Ordnung gerufen. Enzo und er, das war einmal.

Doch das Trugbild blieb. Der Mann, der aussah wie Enzo, kühlte seine mit Brandblasen übersäten Handgelenke in den Pfützen und sog dabei zischend Luft durch zusammengebissene Zähne.

»Hey«, flüsterte Frank und war davon überzeugt, dass sich seine Halluzination gleich in Luft auflösen würde. »Hey, Enzo.«

Das Trugbild drehte sich um. »Endlich bist aufg'wacht! Frank, mir müssen sofort was unternehmen. Meinst, du kannst aufstehn? Du schaust furchtbar aus! Wart, ich helf dir.« Er kam auf seinen Freund zu.

»Wo sind mir, was ist passiert?«

»Wie, das weißt du nimmer?«

»Ach wo«, Franks Stimme klang ganz klein. »Bin ich jetzt total narrisch, oder?«

Enzo schüttelte den Kopf. »Das hab ich schon mal g'hört, dass man bei starken Kopfverletzungen sein Gedächtnis verliert. Bittschön, steh trotzdem auf.« Er seufzte. »Du weißt also gar nix davon, was in denen letzten vierundzwanzig Stunden alles passiert ist?«

»Naa, gar nix.« Frank richtete sich vorsichtig auf.

»Jetzt ist's schon in der Früh.« Enzo sah auf seine Uhr, die stehen geblieben war. »Mir müssen Stunden hier rumg'legen haben, während die Sau längst fort ist. Mit der Wally als Geisel.« Er schluckte. »Mir müssen los, frag ned, komm einfach.«

Frank fand einen Stock, auf dem er sich abstützte. Ihm war immer noch kotzübel. Schweigend humpelten sie in Richtung Straße. Mit jedem Schritt kehrte die Vertrautheit zwischen ihnen zurück.

An der Hauptstraße stoppten sie einen Kieslaster.

»Ja, um Gottes willen! Wie schaut ihr denn aus?«, wollte der Mann wissen. »Ich fahr euch gleich ins Krankenhaus!«

»Naa, naa, uns fehlt nix«, versicherte Enzo dem verdutzten Fahrer, und Frank fügte hinzu: »Wennst uns bloß einfach die paar Kilometer bis nach Kleinöd mitnehmen könntest. Das wär schon super.«

Franziska Hausmann bahnte sich tapfer ihren Weg durch die Massen der Fans. Sie fühlte sich wie unter Aliens oder wie in eine absurde Faschingsveranstaltung gebeamt. Es war kalt heute, und sobald die Menschen den Mund öffneten, bildeten sich kleine Rauchwölkchen. Sie hätte zu gern eine Zigarette geraucht, zumal ihr die Gesänge der leicht angetrunkenen Fans den letzten Nerv raubten.

»Wennst mal aufs Häusl musst und hast kein Papier, dann nimmst halt die Fahne von Schalke nullvier!«, tönte es da auf Niederbayerisch in ihr linkes Ohr, worauf die Antwort von rechts nicht lange auf sich warten ließ: »Zieht den Bayern die Lederhosen aus!«

Wo war sie eigentlich hier gelandet?

Diese fröhlichen und lachenden Menschen, die da in großen Pulks Richtung Zuschauerränge strömten, ahnten ja nichts von der Katastrophe, die sie zu verhindern hatte, und sie fragte sich erneut, ob es richtig gewesen war, das Spiel zuzulassen und nicht spontan abzusagen. Vielleicht hätte sie den Staatsanwalt gar nicht fragen, sondern selbst entscheiden sollen. Es hätte ihr klar sein müssen, dass dieser Mann dem Derby mehr Bedeutung beimaß als einer diffusen Drohung verwirrter Jugendlicher. »Das Spiel wird gespielt!«, hatte er dann auch ins Telefon gebrüllt. »Alles andere verursacht nur ein Riesenchaos. Sie schaffen das schon. Frau Hausmann, Sie kriegen doch diese paar unreifen Jungs in den Griff.«

Unreife Jungs, dachte sie. Der Staatsanwalt in seinem schwarzledernen Chefsessel mit Panoramablick über den bayerischen Wald hatte ja keine Ahnung! Er war bestimmt noch nie in Kleinöd gewesen, einem Ort, der nicht am Trampelpfad des lieben Gottes lag und in den sich nur äußerst selten ein Schutzengel verirrte. Dabei bräuchten so viele hier eigentlich einen Schutzengel, dachte Franziska und blieb kurz stehen. Die Fans strömten rechts und links an ihr vorbei. Da war der Schmiedinger mit seiner kaputten Ehe, die Daxhuberin mit ihrer Trauer um den verlorenen Enkel, die Rücker, die sich damit begnügte, eine glückliche und zufriedene Hausfrau zu spielen. Weitaus schlimmer aber stand es um die Jugendlichen aus der Neubausiedlung.

Sie seufzte und schüttelte den Kopf. In der letzten Nacht hatte sie nicht geschlafen, war seit mehr als fünfzig Stunden auf den Beinen und fühlte sich müde. Müde, erschöpft und auf eine erbärmliche Weise hilflos. Diese Jugendlichen ohne Halt, diese jungen Männer im freien Fall, um die sich niemand kümmerte. Wozu gab es Lehrer, Sozialarbeiter, Sozialpädagogen, Gruppentherapeuten, Pfarrer und wen sonst noch alles, wenn solche wie Kurt Eder, Hermann Hombach, Wladimir Blochinski, Pirmin Zwacklhuber und wen Oleg sonst noch so genannt hatte, alleingelassen wurden und nichts anderes zu tun hatten, als Zeit totzuschlagen? Ihr fiel ein Gedicht von Erich Fried ein:

Totschlagen

Erst die Zeit
dann eine Fliege
vielleicht eine Maus
dann möglichst viele Menschen
dann wieder die Zeit

Um sie herum wurde weiter gegrölt und gesungen. Der Geruch von Bratwurst, Pommes frites, Glühwein, Leberkäse und Bier war ein untrügliches Zeichen dafür, dass sie das Stadion schon so gut wie erreicht hatte. Nur keine Massenpanik zulassen, ermahnte sie sich erneut. Darum geht es als Erstes. Wenigstens einer muss ruhig bleiben!

Wenn Oleg Oblomov, dieses ängstliche kleine Großmaul im Körper eines Erwachsenen, nicht gelogen hatte, so sollte beim heutigen Spiel ein Attentat auf den Star der Großöder, diesen Kader Al Sheikh, ausgeführt werden.

»Und warum? Warum er?«, hatte Franziska ihr Gegenüber beim nächtlichen Rendezvous im Einsatzwagen leise gefragt.

»Weil das eine Judensau ist«, hatte Oleg kleinlaut geantwortet und hinzugefügt: »Sogar eine palästinensische.«

»Wer sagt das?«
»Der Wotan.«
»Woher kennst du ihn?«
»Übers Internet.«

Mit langwierigen Nachfragen und unendlich viel Geduld war es Franziska letztendlich gelungen, die Geschehnisse der letzten Tage zu rekonstruieren: Oleg hatte zugegeben, dass sie für Wotan ein Präzisionsgewehr mit Zielfernrohr gestohlen und ihm eine geheime Unterkunft besorgt hatten. Schamrot hatte er gestanden, dass sie Armin Dobler gequält hatten, und mit dem Satz: »Mir waren halt voll b'soffen« versucht, das Ganze zu verharmlosen. »Außerdem hätt ich gar ned wollen, dass der stirbt, echt ehrlich, das wollt ich wirklich ned.«

An dieser Stelle hatte Franziska ihre Fäuste zusammengeballt. Jetzt bloß nicht ausrasten, sondern ruhig und empathisch bleiben. Sie war die Gute in dem Verhör. Aber es war verdammt schwer, unter diesen Umständen die Gute zu bleiben.

»Trotzdem. Armin Dobler ist tot«, stellte sie fest. »Was ist passiert?«

Oleg nickte und sah zu Boden.

»Hast nicht gehört? Du bist was gefragt worden!«, bellte der Kollege vom Einsatzkommando, der die Rolle des Bösen übernommen hatte, und packte Oleg am Halsausschnitt seines T-Shirts. »So, Bürscherl, nun aber mal ein bisschen flotter. Andernfalls muss ich nachhelfen.«

»Es war bloß ein Unfall«, jammerte der Beschuldigte und zitterte. »Ich hab's ned wollen. Ehrlich ned. Es tut mir auch wahnsinnig leid. Vor allem wegen der Mama.«

»Interessant. Jetzt tut es dir leid. An deine Mutter hättest du auch früher mal denken können«, meinte Franziskas Kollege und spielte mit seinem Schlagstock.

»Wenn ich das bloß irgendwie wieder gutmachen könnt. Vielleicht, dass ihr mich ja als Kronzeugen brauchen würdet?«, jammerte Oleg mit schreckgeweiteten Augen.

»Bis dahin ist noch ein weiter Weg. Was genau ist geplant?« Franziska suchte Olegs Blick.

Der begann zu zittern: »Der will den erschießen. Während dem Spiel.«

»Aha, klar. Deswegen auch das gestohlene Gewehr«, hatte die Kommissarin gemeint und ihrem Kollegen zugenickt. »Ich bleib hier. Bring ihn nach Landau und sperr ihn weg.«

Daraufhin hatte sie sich zu Polizeiobermeister Schmiedinger fahren lassen und ihn geweckt.

Völlig verkatert und in einem Schlafanzug aus grauem Flanell mit ausgefransten dunkelroten Bündchen hatte er ihr die Tür geöffnet und sich die Augen gerieben.

»Sorry, aber ich brauch Ihre Hilfe. Wieder mal. Kann ich telefonieren? Mein Akku ist leer. Und Sie duschen in der Zeit und ziehen sich was an?«

Er hatte stumm genickt.

»Ein Kaffee wäre auch nicht schlecht – und vielleicht können wir die frühmorgendliche Einsatzzentrale dann gleich in Ihr Revier hinüberverlegen? So sparen wir Zeit!«, rief Franziska ihm nach und stürzte sich auf das Telefon in der Diele.

Der Polizeiobermeister hatte sich indessen am schmiedeisernen Treppengeländer in den ersten Stock hochgezogen. Kurz darauf hörte sie es über sich plätschern und rauschen. Sie begann, ihre innere Liste abzutelefonieren.

»Bruno«, rief sie ins Telefon, »lass die beiden Männer aus dem Bauwagen nach Landau in die U-Haft bringen und lass dich aufs Revier vom Schmiedinger fahren. Ich habe mir schon den Oleg geholt, der wird auch grad nach Landau verbunkert – fehlen müssten uns dann von den Hauptverdächtigen noch ein Pirmin Zwacklhuber, ein Xaver Hartl sowie ein Hermann Hombach. Aber das hat im Moment nicht die höchste Priorität. Komm sofort her. Wir müssen nach der Nachtschicht gleich noch eine Frühschicht einlegen.«

Bruno fluchte.

»Wenn ich dir erzähle, was los ist, wirst du noch viel mehr fluchen«, versprach Franziska und legte auf.

Dann suchte sie die Küche, entdeckte die Kaffeemaschine und machte sich ans Werk.

Wenig später kam Adolf Schmiedinger in morgendlichem Freizeitlook die Treppe hinunter: Er trug eine Jeans der Größe XXL, dazu ein kanariengelbes T-Shirt gleichen Ausmaßes, und rubbelte sich das noch feuchte Haar. »Wegen dem Spiel heut«, erklärte er. »Falls ich mich nicht mehr rechtzeitig umziehen kann.«

»Sie haben Sorgen«, seufzte Franziska. »Mein Kollege Bruno wird übrigens auch gleich kommen. Ich hab ihn auf Ihr Revier bestellt. Zusätzlich brauchen mir noch folgende Personen, die Sie mir dann zusammenholen könnten, sobald wir drüben sind ...«

Bevor sie Namen nennen konnte, schüttelte Schmiedinger vehement sein Polizeiobermeisterhaupt. »Doch wohl ned jetzt? Es ist ja mitten bei der Nacht.«

»Doch, genau jetzt. Und Sie holen uns die Leute her.«

»Aber warum denn bloß um Gottes willen? Was soll ich denen denn sagen?«

»Dass wir sie brauchen, um einen Terroranschlag zu verhindern.«

Am Morgen des großen Spiels war das Revier des Kleinöder Dorfpolizisten die wichtigste Kommandozentrale Niederbayerns. An den zusammengeschobenen Tischen saßen, mit dampfenden Kaffeetassen in den Händen, neben den Kommissaren und Adolf Schmiedinger die Einsatzleiter der Schutzpolizei und des Ordnungsdienstes sowie Markus Waldmoser als Vereinspräsident und Bürgermeister.

Franziska erklärte den Männern, was sie wusste und was zu befürchten stand. »Es wird ein Attentäter ins Stadion kommen und ein Blutbad anrichten. Das müssen wir verhindern. Meine Herren, was schlagen Sie vor?«

»Mir lassen den gar ned erst rein«, sagte Waldmoser. »Wir lassen den einfach ned eini. Basta! Wie schaut der denn aus? Ich werd meine Wachleut genau instruieren. Wozu zahlt man denen denn so viel Geld?«

»So einfach ist das leider ned«, unterbrach ihn der kettenrauchende Bruno. »Mir reden da ned von einem Lausbubenstreich. Mir haben's mit organisierten Verbrechern zu tun und mit mindestens einem waschechten professionellen Terroristen.«

»Was, einer bloß?« Waldmosers Oberordner, der sonst die freiwillige Feuerwehr von Pfletzschendorf kommandierte, hob den Kopf. »Mit einem werden mir doch fertig. Und zwar mit links.«

»Terroristen müssen uns normalerweise immer g'meldet werden, vor allem, wenn man schon von ihnen was weiß«, murmelte der Chef des Ordnungsdienstes. »Nachdem man uns aber bisher nix g'meldet hat, wird's wohl so schlimm ned sein.«

Franziska verdrehte die Augen.

»Okay, dann lassen mir ihn halt doch ins Stadion, beobachten den und nehmen ihn dann fest«, schlug Waldmoser vor. »Am besten noch vorm Spiel. Damit endlich eine Ruh ist.« Er wandte sich an den Einsatzleiter der Schutzpolizei: »Und dass ihr Schupos mir fei bloß diskret seid! Das Schlimmste nämlich wär eine Panik unter den Zuschauern. Ned, dass es am End heißt, die Zuschauer hätten sich gegenseitig krankenhausreif trampelt. Also: Eine Hysterie muss um jeden Preis verhindert werden! Habt's ihr mich verstanden?«

Beide Einsatzleiter nickten.

»Also, wie schaut der nachad aus? Jede Wachperson muss wissen, nach wem sie zu schauen hat.« Waldmoser war aufgestanden. »Und dann müsst ich g'schwind heimgehen und noch eine Mütze voll Schlaf nehmen.«

»Wir haben kein genügend hoch aufgelöstes Foto von ihm. Niemand weiß, wie er aussieht, obwohl er schon seit mindestens zwei Wochen hier in Kleinöd lebt. Er ist der Mörder von Armin Dobler, und er nennt sich Wotan.«

»Woher wollen S' das denn so genau wissen?«

Dann zeigte sie ihnen das Video.

Viele Fans hatten bereits ihre Plätze in den diversen Fanblocks eingenommen. Spärliche Sonnenstrahlen verliehen dem Fußballevent eine festliche Stimmung. Franziska holte sich eine Leberkässemmel und verschwand im Polizeicontainer, direkt neben dem Haupteingang des provisorisch eingezäunten Stadions. Hier roch es nach Rauch und schlechter Luft. Sie musste husten.

»Chefin«, rief Bruno und stürzte auf sie zu. »Ich hab das ganze Internet auf einem der Rathauscomputer durchsucht. Es gibt so viele Wotans, ang'fangen bei den Göttern über die Opern bis hin zum Computerprogramm – aber der unsrige war ned dabei.«

»Hab ich mir schon gedacht.« Sie sah sich um. Die angeforderte Sondereingreiftruppe aus Regensburg war inzwischen eingetroffen und drängte sich in dem Container. Franziska wollte sie gerade instruieren, als ihr im Einsatzwagen wieder aufgeladenes Handy klingelte.

Es war Adolf Schmiedinger. »Da gibt's fei auch noch eine weibliche Geisel!«

»Was? Wie kommen Sie denn darauf?«

»Kaum dass ihr alle weg wart, sind zwei junge Burschen aus'm Dorf zu mir kommen, der Enzo und der Frank. Der Wotan hat auch noch den Hartl Xaver umgebracht, heut Nacht, im Wald. Und dann hat der denen ihr Mädel, eine gewisse Walburga Donaubauer, die Wally g'rufen wird, einfach mitg'nommen. Gekidnäppt g'wissermaßen.«

»Mein Gott.« Franziska stützte sich auf einem der improvisierten Biertische ab. Ihr Kreislauf streikte langsam. »Das wird ja immer schlimmer. Schicken Sie den Spurensicherungsdienst von der Mordkommission an die Stelle, wo der Tote liegen soll, und kommen Sie dann mit den beiden jungen Männern her. Direkt zum Polizeicontainer. Die könnten ja genauer wissen, wie unser Wotan aussieht.«

»Jawoll! Wird g'macht, Frau Kommissarin! Mir sind gleich da!«

SECHZEHNTES KAPITEL
Anpfiff

Sie befand sich in einem Albtraum gigantischen Ausmaßes und hatte aufgehört zu denken. Ihr Körper war ein funktionierender Automat – ihre Seele hatte sich in das finsterste Eckchen dieser Maschine zurückgezogen und alle Verbindungen zur Welt gekappt. Nur so war Überleben möglich. »Eine falsche Bewegung, und das war's dann«, hatte der Fremde, der sich Wotan nannte, gesagt. Sie hasste ihn.

Die Kranführerkabine war nur mit einem billigen Vorhängeschloss gesichert gewesen, das Wotan mit bloßen Händen aus den Angeln gerissen hatte, seine Geisel dabei lauernd fixierend, als erwarte er ihre Bewunderung für seine Stärke. Sie hätte ihm am liebsten vor die Füße gespuckt. Er hatte sie mit ihrem Gürtel an eine Stahlstrebe im Inneren der schwankenden Kabine gefesselt und sie seitdem unablässig angestarrt. Nun saß er ihr im Schneidersitz gegenüber und zog sie weiterhin mit seinen Augen aus.

Seine große schwarze Pistole mit dem langen Lauf lag griffbereit in seinem Schoß. Langsam wich die Ruhe von ihm, er wurde zunehmend nervös, blickte immer wieder nach rechts und links und nach oben und unten und dann wieder auf sie, seine Geisel. Zwischendrin überschüttete er sie mit Sätzen, von denen sie nur die Hälfte verstand und die sie lieber nicht gehört hätte. Vom Führer war die Rede und vom Vierten Reich, und einmal war er ganz nah an sie herangetreten und hatte ihr ins Ohr geflüstert: »Bist ein gutes deutsches Mädel ... wirst ihm viele Söhne schenken ... blonde Söhne für die arische Rasse. Einer muss ja diese Judensau umlegen ... dann heim ins Reich ... vorher säubern und reinigen von Ungeziefer ...«

Der Knebel in ihrem Mund ersparte ihr eine Reaktion.

Je lauter das Rauschen der immer größer werdenden Menschenmenge zu ihnen beiden in die Kabine durchgedrungen war, desto nervöser war er geworden. Er blickte aufmerksam durch die große Glasscheibe des Kranführerhäuschens und beobachtete, wie sich das Stadion unter ihnen füllte. Mit einem zufriedenen Grunzen hatte er sich dann wieder vor ihr niedergelassen. Die kleine Kabine wackelte bei jeder seiner Bewegungen wie unter starkem Seegang.

Jetzt stand Wotan auf, öffnete seine Lederhose, schnappte sich einen grauen Plastikeimer und urinierte hinein, ohne Walburga aus den Augen zu lassen.

Dann schob er auch ihr das provisorische Klo zu. »Wenn du mal musst.« Sie schüttelte angeekelt den Kopf. Lieber würde sie sich in die Hose machen, als ihm dieses Schauspiel zu bieten.

Erneut sah er durch das Fenster. Der Gang der Dinge schien in seinem Sinne zu sein, denn er grunzte zufrieden, steckte sich die Pistole in den Hosenbund und griff nach dem großen Gewehr mit dem Zielfernrohr. Er zog einen alten Lappen und eine Schachtel mit Patronen aus der Hosentasche, ließ sich wieder gegenüber seiner Gefangenen nieder und begann konzentriert, das Gewehr in seine wichtigsten größeren Teile zu zerlegen, ihre Funktionstüchtigkeit zu prüfen, sie ein wenig zu polieren und dann wieder zusammenzubauen. Schließlich nahm er eine Handvoll Patronen und bestückte das Magazin der Waffe.

Spätestens jetzt wusste Walburga, dass der Anpfiff des Spiels unmittelbar bevorstehen musste. Und noch immer sah sie keine Chance, um dieses Monster an seinem Vorhaben zu hindern oder gar den Tod ihrer Freunde zu rächen. Die Maschine, zu der sie geworden war, lief auf Hochtouren und suchte verzweifelt nach einer Lösung.

Eigentlich hatte Adolf Schmiedinger ein wenig den Beleidigten spielen wollen. Da kam die Kommissarin mitten in der Nacht zu ihm, machte sein Revier kurzzeitig zur wichtigsten Einsatzzentrale der Region, und später durfte ausgerechnet er nicht mit in den Polizeicontainer. »Alles soll wie immer aussehen, der Attentäter soll keinen Verdacht schöpfen. Kollege, machen Sie einfach Dienst nach Vorschrift, und laufen Sie dann zum Spiel ein.«

Bei dem Wort »Kollege« war Adolf Schmiedinger dann ein bisschen rot geworden und hatte sich abgewandt, damit Franziska es nicht sah. Vielleicht hatte sie endlich seine Fähigkeiten erkannt, möglicherweise würde sie ihn nach Landau abziehen, seine Beförderung unterstützen und ihn mit delikaten Aufgaben betrauen. Er hatte keine Ahnung, was er sich unter delikaten Aufgaben vorstellen sollte, aber es hörte sich irgendwie lecker an.

Und letztendlich war es ja doch gut gewesen, dass er seine kleine Dienststelle besetzt gehalten hatte, denn wo sonst hätten Enzo und Frank Zuflucht und Hilfe finden können?

Jetzt schob er die beiden jungen Männer fast väterlich in den Polizeicontainer hinein, als könnten die, die dort im Flüsterton hitzig Strategien entwickelten, alle Schrecknisse relativieren oder gar rückgängig machen. Franziska sah auf den ersten Blick, dass Schmiedingers Begleiter nicht nur unter Schock standen, sondern offensichtlich auch verletzt waren. Einer hatte einen blutverkrusteten Schädel, der andere dick geschwollene und offensichtlich auch verbrannte Handgelenke. Ihre Kleidung war mit Brandlöchern übersät. Sie schickte Bruno nach Sanitätern.

»Gut, dass Sie da sind.« Die Kommissarin suchte Schmiedingers Blick und wandte sich dann an die jungen Männer: »Alles wird gut. Wir haben alles im Griff. Machen Sie sich keine Sorgen. Wie sieht er aus? Können Sie ihn beschreiben?«

»Wen?«

»Den Entführer Ihrer Freundin, diesen Wotan.«

»Das ist doch der von der Zeitung, das Journalistenbürscherl, der Sohn vom Schuldirektor«, ließ sich Markus Waldmoser vernehmen und fügte aggressiv hinzu: »Metzgers Hund und Lehrers Kind selten was geworden sind. Soll er uns doch mal zeigen, wie gut dem sein Reporterblick ist. Dauernd schreibt der über Kleinöd, eine Pest ist das, eine unglaubliche Schand, in ein jedes Küchenfenster schaut der eini und sucht nach schmutziger Wäsche …«

»Ruhe jetzt!« Franziska fuhr herum und funkelte ihn an. Der neben dem Bürgermeister sitzende Polizeiführer sowie der Ordnungsdienstleiter zuckten zusammen. Mindestens dreißig Sekunden lang herrschte eisige Stille.

»Ich kann mich an nix mehr erinnern«, gestand Frank Langrieger kleinlaut und griff sich an den Kopf. »Ich weiß gar nix mehr.«

»Das ist zu befürchten«, nickte Franziska. »So wie es Sie erwischt hat … Also das sieht mir ganz nach einem Schädel-Hirn-Trauma aus, und das würde auch die retrograde Amnesie erklären.«

»Was?« Frank riss die Augen auf.

»Gehirnerschütterung und Gedächtnisverlust«, antwortete der mit Bruno in den Container gekommene Sanitäter und nahm Franks Hand. »Kommen S' mal mit.«

»Ich hab ihn aus der Nähe g'sehn«, sagte Enzo. »Knapp zwei Meter groß und brutal kräftig. Trägt schwarze Lederkleidung, hat blonde kurze Haare, ein rötliches G'sicht, trägt eine Brillen, eine kleine, mit runden Gläsern. Seine Augen stehen ung'wöhnlich weit auseinander, und die Nasen ist fast ein bisserl zu klein für sein Gesicht.«

»Sehr gut, was für eine Beschreibung. Danke, vielen Dank.« Franziska winkte dem Einsatzleiter zu. »Schaffen Sie mir sofort einen kriminaltechnischen Zeichner her. Wir brauchen ein Phantombild.«

»Der hat meine Wally!« Enzo schluchzte. Er war so lange stark gewesen, jetzt ging es nicht mehr. Seine Knie zitterten.

»Ihr wird nichts passieren«, versprach Franziska und schämte sich wegen dieser Lüge. Vielleicht war ihr schon was passiert, vielleicht war es zu spät. Nein, sie verbot sich diesen Gedanken. Sie konnte sich gut an die lebensfrohe junge Frau erinnern. Sie hatte fotografiert, und Enzo hatte wie wild auf sein Notebook eingetippt. Das war noch gar nicht so lange her.

Enzo wurde ganz plötzlich blass und klappte in sich zusammen. Bruno fing ihn gerade noch auf.

Bürgermeister Waldmoser schnappte nach Luft und ließ seiner Empörung freien Lauf: »Himmelherrgott noch einmal! Da vertraut man als politisch Verantwortlicher ein einzig's Mal auf das Gute im Menschen und der Jugend und dann ...«, jammerte er und schlug sich die Hände vors Gesicht, »... dann hat man am End doch nur eine Natternbrut an seiner Brust genährt und sich eine Bande von Mördern, Verbrechern und Terroristen herangezüchtet. Dabei ist die Mutter vom Oleg meine engste Vertraute, meine allerbeste Kraft – und trotzdem bin ich der Letzte im Dorf, der irgendwas erfahrt, wie allerweil halt.« Er wandte sich an Adolf Schmiedinger und fuhr fort: »Wenn ich davon was auch bloß geahnt hätt, dann hätt ich doch längst dazwischengehaun! Dann hätt ich mich stark g'macht für einen Sozialarbeiter oder ein Jugendzentrum bei uns. Aber wenn man nix weiß und sogar die eigentlich zuständige Polizei ständig bloß wegschaut und nix macht, wie hätt ich denn da irgendwas spannen sollen? Dabei war ich sogar froh, dass das anständige Burschen sind, keine so langhaarigen, sondern bodenständig, die deutsche Musik hören statt diesem Neger- und Amischmarrn wie so viele andere ...!«

Daran, dass Adolf Schmiedinger nun seinerseits losbrüllte, erkannte Franziska, wie blank dessen Nerven lagen. »Ja sag einmal, geht's noch?«, fuhr er seinen Bürgermeister an. »Jetzt soll am End wieder einmal ich schuld sein an allem, wo du höchstselber versagt hast. Du hast doch schon lang bloß noch deinen depperten Fußballverein im Hirn g'habt und dich um nix mehr gekümmert bei uns im Dorf! Und was den illegalen Bauwagen betrifft: Hast du mir ned selber ang'schafft, dass ich die ned dauernd kontrollieren soll wegen der lauten Musik und dem b'soffenen Sieg-Heil-Gebrüll? ›Mach ein bisserl halblang, Adolf‹, hast g'sagt, ›sonst brauchen mir am End noch einen Streetworker, und der ist sündteuer! Sind ja deine Steuergelder auch‹, hat's da g'heißen! Und jetzt auf einmal ...!«

Adolf Schmiedinger war so in Rage geraten, dass Franziska ihn am Arm fassen musste, um überhaupt Gehör zu finden.

»Meine Herren!«, rief sie und staunte über den eisigen Tonfall in ihrer Stimme. »Meine Herren, ich darf Sie bitten, Ihre Diskussion auf einen späteren Zeitpunkt zu verschieben. Wir kommen weder mit Schuldzuweisungen noch mit Selbstanklagen weiter. Da draußen befindet sich ein schwer bewaffneter Attentäter, der zudem eine Geisel in seiner Gewalt hat. Das ist unser Problem. Und dieses Problem müssen wir lösen.«

Alle schwiegen. »Rein prophylaktisch habe ich einen Hubschrauber angefordert und Unterstützung vom Sondereinsatzkommando«, fuhr Franziska fort. »Die dringendste Frage aber ist, wo können wir ansetzen? Wie wird der Attentäter vorgehen, und wo, verdammt noch mal, könnte er sich versteckt halten?«

In diesem Augenblick stürzte ein junger Mann in den Polizeicontainer und rief aufgeregt: »Gleich ist Anpfiff!«

Wotan hatte ihr die Fesseln gelöst und sie in die hintere Ecke der Krankabine gestoßen. »Wenn du schreist, bist du tot. Und auch, wenn du nur ans Fenster gehst. Ist das klar?«

Dann hatte er ihr den Knebel aus dem Mund gezogen und sie lange angesehen: »Braven Mädchen passiert nichts. Wirst du brav sein?«

Sie hatte mechanisch genickt. Sie war eine leblose Gliederpuppe, die mit dem Kopf wackeln konnte, und in ihr waren Sägespäne, und Sägespäne kannten kein Gefühl. Das war gut so. Teilnahmslos sah sie zu, wie er sein Gewehr packte, die Tür der Krankabine einen Spaltbreit öffnete, sich bäuchlings hinausschob und dort auf dem Ausläufer der Krankatze liegen blieb. Sie blickte auf ihre Hände. Noch vor wenigen Stunden hatten diese Hände Enzo berührt und würden niemals wieder Enzo berühren können. Als diese Gewissheit in ihr Bewusstsein drang, begann sie zu weinen, und auf einmal hatte sie das Gefühl, als würde sie langsam wieder hineingeboren in eine Welt, die zum Albtraum geworden war.

Sie richtete sich vorsichtig auf und zog sich im Zeitlupentempo an den Eisenstreben des kleinen Gevierts hoch, damit die kleine Kabine nicht ins Schwanken kam.

Weit unter ihr lag der Sportplatz von Großöd-Pfletzschendorf. Mit den vier zum »richtigen« Stadion hochgebockten Zusatztribünen erinnerte er sie ein bisschen an eine Miniaturausgabe vom Grünwalder Stadion in München. Dort hatte sie Enzo kennengelernt. Sie schluckte.

Das große Rund des Sportplatzes war bis auf den letzten Platz gefüllt, und es sah ganz so aus, als seien weit mehr als die erwarteten fünftausend Zuschauer gekommen. Die Spieler beider Mannschaften standen bereits auf dem Platz, diejenigen am Anstoßkreis warteten darauf, dass der Schiedsrichter den Ball freigab. Das Hintergrundrauschen der Menschenmenge wurde nochmals entschieden lauter. Es musste jeden Moment losgehen.

Plötzlich liefen die Spieler los. Walburga beobachtete, wie die winzigen königsblauen und kanariengelben Farbtupfer über den Platz ausschwärmten, wobei Erstere sich blitzschnell und überfallartig in der Hälfte der Gelben versammelten, bevor wenig später dann die gelben Pünktchen für den Bruchteil von Sekunden wie gelähmt schienen, während die Blauen abdrehten, um sich in der Nähe des Torkreises zu sammeln. Das Hintergrundrauschen war anfangs tosend gewesen und ebbte nun langsam wieder ab. Ohne Einzelheiten erkennen zu können, begriff Walburga anhand dieser Choreografie, dass der Favorit aus Gelsenkirchen bereits in der ersten Spielminute in Führung gegangen war. Sie verbot sich, dort hinzuschauen, wollte sich nicht ablenken lassen von einem Spiel, das nur ein Spiel war, während es hier oben um Leben und Tod ging.

Doch wo war eigentlich Wotan? Schließlich entdeckte sie ihn schräg über sich. Oberhalb der Führungskabine erstreckte sich der Ausleger des Krans bis weit über den Spielfeldrand hinaus und ragte mitten ins Stadion hinein. Parallel zu den x-förmigen Querstreben, die die Laufkatze stabilisierten, verliefen dicke Stahlseile, entlang deren Wotan auf die Spitze des Auslegers zurobbte, wo die Seile in den Kranhaken mündeten.

Hektisch sah sie sich in der kleinen Kabine um. Neben dem Führerstand befand sich ein Stahlschrank mit Schubladen. Fieberhaft riss sie sie auf. Sie enthielten ein Schafkopfspiel, ein Feuerzeug sowie eine leere Zigarettenschachtel. Walburga unterdrückte einen Fluch und sah erneut nach draußen. Wotan hatte sein Ziel noch nicht erreicht. Sie ließ sich auf allen vieren nieder und kroch über den Kabinenboden. Falls er sich demnächst umblicken würde, so könnte er sie auf keinen Fall sehen.

Und dann erspürte sie mit ihrem Handballen die in den Boden

eingelassene Vertiefung. Sie sah aus wie ein metallener Deckel, dessen flachgeklappter Griff seit Ewigkeiten nicht mehr benutzt worden war. Sie schob, zerrte und wackelte so lange an der Halterung, bis sich das darunter liegende Fach öffnen ließ. Es enthielt ein paar Nylonschnüre, einen Verbandskasten, eine Taschenlampe, ein batteriebetriebenes Radio, einen gelben Schutzhelm, eine leere Thermosflasche und eine verrostete Bauklammer. Walburga ließ die Nylonschnüre in ihrer Hosentasche verschwinden und wog die eiserne Bauklammer in der Hand. Das Ding war etwa einen halben Meter lang, wog sicher zwei Kilo und hatte an beiden Enden einen etwa sieben Zentimeter langen Dorn. Sie hätte sich unter diesen Umständen keine bessere Waffe wünschen können.

Eduard Daxhuber, Joseph Langrieger und Wilhelm Moosthenninger bahnten sich ihren Weg zu den nummerierten Plätzen auf der Ehrentribüne und scheuchten dabei Unmengen bereits entspannt sitzender Zuschauer auf.

Bis zum letzten Augenblick hatten sie auf der »Meet and Greet«-Veranstaltung im VIP-Zelt die auf Tabletts herbeischwebenden Sektkelche geleert und barmherzig die kleine Asiatin – Moosthenninger nannte sie nur noch »Lotusblüte« – von ihren Sandwich-, Fingerfood- und Kanapee-Lasten befreit.

Sie saßen noch nicht einmal richtig auf ihren Plätzen, da wurde schon angepfiffen, und die blau Gekleideten fielen überfallartig in die Spielplatzhälfte der kanariengelben Großöder ein. »Bewegt euch«, schrien die Fans mit den gelben T-Shirts und den gelben Schals, während die Blauen aus Gelsenkirchen sofort und gnadenlos in Führung gingen.

Eins zu null.

Inmitten einer gelb gekleideten Fangemeinde auf der Ehrentribüne jubelten Moosthenninger, Langrieger und Daxhuber als Einzige über dieses Tor und fielen sich in die Arme.

»Ja spinnt's ihr denn, seid's ihr total b'soffen, das waren doch die Gegner«, schalt sie jemand, doch die drei Herren ließen sich nur mit einem seligen Lächeln in ihre Sessel zurückfallen und lächelten auch dort weiter still vor sich hin.

Schalke kontrollierte das Spiel souverän, während die Spieler des SC Großöd-Pfletzschendorf kaum eine Chance hatten, auch nur in die Nähe des Balls zu kommen, geschweige denn über die Mittellinie hinaus einen Angriff auf die Königsblauen zu starten. Den drei Ehrengästen auf ihren Tribünenplätzen war das nur recht. Sie hatten einen gnadenlos guten Coup gelandet, wurden nach und nach wieder nüchterner und investierten gedanklich ihre Gewinne.

»Der Waldmoser ist allerweil no ned da«, bemerkte Eduard Daxhuber und grüßte in die Richtung, in der zwischen dem Baulöwen Döhring und Elise Waldmoser zwei Sitzplätze leer geblieben waren.

»Und auch der Schmiedinger ned«, dachte Wilhelm Moosthenninger laut. »Eine komische Sach ist das. Es könnt g'wiss was mit dem armen Dobler seinem unchristlichen Ableben zum tun haben. Ich werd den spätestens in der Halbzeit mal anrufen, wo dass er denn gar so lang bleibt.«

»Meinst ned, dass es fast g'scheiter wär, wenn du ihn sofort anfunkst?« Eduard Daxhuber hatte das kleine Opernglas abgesetzt, das er seiner Ottilie seinerzeit zur Verlobung geschenkt hatte. Es war eine Art Versprechen auf viele gemeinsame Opern-, Theater- und Ballettbesuche gewesen – aber sie hatten es nicht ein einziges Mal geschafft, solche kulturellen Events, wie Ottilie zu sagen pflegt, zu besuchen, hatten es nicht einmal bis zum Bauerntheater nach Aidenbach geschafft. Er hatte den kleinen Feldstecher mit dem Satz: »Damit's ned ewig und drei Tag nix wie umeinander liegt« an sich genommen, und Ottilie hatte sich ihren Kommentar nicht verkneifen können: »Wenn's um deine Interessen geht, hast halt immer Zeit.«

Er hätte ihr gerne gesagt, wie viel auf dem Spiel stand, dass er ihr gemeinsames Auto verpfändet hatte und sie nur dann das Auto zurück und Unsummen an Geld erhalten würden, wenn die feindliche Mannschaft gewänne. Aber wer wusste schon, ob sie das alles verstehen würde. Ottilie hatte doch keine Ahnung. Sie würde als echte Kleinöderin den Gelben die Daumen drücken, aber gewinnen mussten die Blauen.

Daxhuber rieb sich die Augen, legte den Kopf in den Nacken,

setzte das Glas erneut an und erklärte: »Da oben ist wer. Auf dem Baukran. Fast schon ganz vorn auf'm Ausleger.«

»Geh, Schmarrn. Es gibt ja viel Narrische, aber so was ...« Moosthenninger schüttelte den Kopf.

Auch Joseph Langrieger sah hoch und stutzte: »Das wird doch ned am End der Waldmoser sein? Dass der sich vertan hätt beim Kalkulier'n von dem Spiel, und jetzt tät der sozusagen aus Verzweiflung ins Wasser gehn wollen, von da oben aus halt? Wo die Gelben doch jetzt auch noch verlieren?«

»Joseph!« Wie immer, wenn er ihn mit »Joseph« ansprach, wurde die Stimme des Pfarrers streng und förmlich. »So was darf man ned einmal denken!«

»Ja Himmelherrgottsakradi!« Eduard Daxhuber unterbrach den Diskurs zu seiner Linken und wandte sich aufgeregt an den Pfarrer: »Moosthenninger! Ruf jetzt endlich den Adolf an! Und zwar sofort. Der Kerl da oben hat ein G'wehr!«

Da griff der Pfarrer zu seinem Handy.

Als sein Telefon mit dem Ton einer Polizeisirene loslegte, wurde Adolf Schmiedinger rot, und kalter Schweiß brach ihm aus. Warum nur hatte er sich noch keinen anderen Ton besorgt? Was Neutrales, Unauffälliges oder so was, wie die Kommissarin hatte, deren Handyton ihn an die Telefone seiner Kindheit erinnerten. Aus denen waren niemals schlechte Nachrichten gekommen.

Er stammelte ein paar Entschuldigungen in die Sicherheitsrunde, trat an den Rand des Polizeicontainers und meldete sich mürrisch: »Ja? Was, wer? Moosthenninger? Was ist ...?«

In genau diesem Augenblick brandete aus der Ecke der Schalkefans ein einziger Tor- und Jubelschrei, denn die Königsblauen hatten das Zwei-zu-null erzielt.

Schmiedinger verstand kein Wort und brüllte in sein Handy: »Ich hab jetzt keine Zeit!« Dann legte er auf, steckte das Handy in seine Jackentasche und ging zurück zum Krisenstab. Sekunden später schreckten erneut alle zusammen. »Lalü, lala, lalü, lala!« Schmiedingers Kontaktmann schien keine Ruhe geben zu wollen. »Jetzt langt's aber!« Wütend sprang der Polizeiobermeister hoch, riss sein Mobiltelefon aus der Tasche und brüllte hinein: »Kannst du mir ned meine Ruh lassen? Ich ruf dich doch auch ned unter der Predigt an! Was?« Er erstarrte. »Was sagst da? Bist sicher? Moment, schnell!« Er legte eine Hand auf die Sprechmuschel und rief laut durch den ganzen Container: »Mir ham ihn! Den Wotan! Auf einem von denen Baukränen ist der! Ganz oben! Mitsamt dem Präzisionsg'wehr und dem Zielfernrohr! Der will g'wiss von da oben aus schießen!«

Ohne seinen Informanten weiter zu beachten, klappte er sein Handy zu und registrierte mit offenem Mund, wie die Leiter der Schutzpolizei und des Ordnungsdienstes ihre Mobiltelefone zückten, im Stechschritt auf ihre Einheiten zuliefen und dabei erste Instruktionen gaben. Die Expertenrunde hatte sich innerhalb von Sekunden aufgelöst. Jeder tat nun das, was in einem Planspiel besprochen worden war. Und er, Adolf Schmiedinger, hatte diese unglaubliche Dynamik ausgelöst. Er wusste, dass es das falsche Gefühl war, aber trotzdem: Es erfüllte ihn mit Stolz.

Bruno Kleinschmidt stand mit dem Rücken zu ihm und schien sich aufs Heftigste mit der Stahlwand des Containers zu unterhalten. Er wippte dabei mit dem rechten Fuß und wiegte den Oberkörper vor und zurück. So also sah jemand aus, der alles im Griff hatte und jene Fäden zog, mit denen die Welt zusammengehalten wurde, dachte Schmiedinger voller Hochachtung und nahm wie die anderen gar nicht wahr, dass Enzo und Frank, die während der ganzen Krisensitzung reglos auf zwei Ruhebänken gelegen hatten, unauffällig aufgestanden waren und den Container verlassen hatten.

Bruno drehte sich zu Franziska um, machte eine Faust und streckte den Daumen hoch: »Gut, dass du den schon ang'fordert g'habt hast. In ein paar Minuten kriegen mir unsern Hubschrauber, und einen »Sniper« vom SEK hat der auch schon an Bord. Die anderen Scharfschützen gehen oberhalb der Ehrentribüne in Stellung. Ich lauf g'schwind zum Kran nüber und schau, ob ich mit meinem Handy da vor Ort irgendwas ausrichten kann!«

Franziska nickte. Sollten die Jungen mal ran. Sie musste sich nicht mehr profilieren, sie musste nicht mehr in der ersten Reihe stehen. Außerdem – und das war eine eigenartige Erkenntnis des Älterwerdens – war in der zweiten Reihe fast immer noch mehr zu tun.

Jetzt waren sie nur noch zu dritt in dem etwa dreißig Quadratmeter großen überheizten Stahlcontainer. Sie ging zum Kühlschrank, holte sich ein Wasser und setzte sich dem Bürgermeister gegenüber: »Waldmoser, Sie wissen, wie die Leute auf der Trainerbank erreicht werden können, oder?« Es war mehr eine Feststellung als eine Frage.

Der Bürgermeister sah müde zu ihr auf. »Ja.«

»Gut, dann rufen Sie jetzt an. Der Spieler Al Sheikh muss sofort ausgewechselt werden. Er schwebt in Lebensgefahr.«

Reflexartig schüttelte der Präsident des Fußballvereins den Kopf. »Das geht jetzt auf gar keinen Fall! Schalke führt eh schon zwei null! Wenn uns noch einer ein Tor macht, dann höchstens der Kader.«

Franziska schnappte fassungslos nach Luft. »Das ist doch wohl nicht Ihr Ernst, oder?«

»Freilich, ich sag immer, was ich mein.«

Aus den Augenwinkeln heraus nahm die Kommissarin wahr, dass Schmiedinger rot angelaufen war und sich erbost auf den Bürgermeister stürzen wollte. Sie hielt ihn mit strengem Blick und einer abwehrenden Handbewegung zurück und wandte sich erneut an Waldmoser. »Sie meinen also ...«

»Ja, was glauben denn nachad Sie, was mir der Döhring verzählen tät, wenn ich dem sein sündteures Anlageobjekt nach keine zwanzig Minuten auswechseln lass?«, polterte Markus Waldmoser los. »Wissen Sie eigentlich, was das bedeutet? So was ist im Fußball für einen Spieler die Höchststrafe! Und der Döhring tät mich dann g'wiss auch noch auf Schadensersatz verklagen – wenn er mich ned gleich umbringt!«

»Jetzt reicht's aber!« Schmiedinger baute sich vor seinem Bürgermeister auf und begann zu toben: »Ja, hast denn du gar nix kapiert? Wenn dem Spieler was passiert, bist wegen unterlassener Hilfeleistung dran.«

»Jetzt stellt's euch doch ned so an«, konterte Markus Waldmoser. »Da schießt schon keiner. Bei uns da doch ned. Ihr seid's doch alle hysterisch, genau, hysterisch seid's ihr, weil ihr euch von dem Weibsbild da verrückt machen lasst.«

»Okay. Ich kann auch anders.« Franziska straffte sich. »Sie lassen jetzt auf der Stelle den Spieler auswechseln! Haben Sie ein eigenes Handy, oder wollen Sie meins? Und wenn das nicht innerhalb der nächsten dreißig Sekunden geschieht, lasse ich das Spiel aus Sicherheitsgründen beenden und den Platz räumen. Und zwar sofort.«

Natürlich würde sie das Spiel nicht abbrechen lassen – die Gefahr einer Massenpanik war einfach zu groß –, aber ihre Drohung wirkte. Waldmoser wurde blass und griff zu seinem Handy.

»Na also.« Adolf Schmiedinger nickte zufrieden. »Geht doch!«

Der Bürgermeister telefonierte in seiner Eigenschaft als Fußballpräsident, verzichtete auf jede Erklärung und befahl barsch: »Wenn ich dir das so sag, dann wird das auch so g'macht.« Dann klappte er sein Handy zusammen und fauchte Adolf Schmiedinger an: »Das wird noch ein Nachspiel haben!«

»Da sagst einmal was Wahres, weil vor dem Spiel ist bekanntlich nach dem Spiel.« Der Polizeiobermeister musste trotz der ernsten Situation grinsen.

Zwar war er noch nicht reich, und das Spiel war immer noch offen, und nach wie vor bestand die Gefahr, dass die Königsblauen unterliegen und die Dottergelben gewinnen würden – schließlich waren für deren Sieg mindestens vierzig Kilo Kerzen geopfert und abgebrannt worden, sodass die Kirche zeitweilig wie eine Räucherkammer gerochen hatte – aber egal, in diesem Augenblick fühlte er sich bereits reich, unabhängig, souverän und frei. Und das fühlte sich gut an.

Franziska Hausmann hatte sich durch die provisorische Absperrung hindurch Zutritt zum unmittelbaren Spielfeldrand verschafft und sich vom Leiter einer Einsatzgruppe dessen Fernglas geben lassen. Sie richtete es direkt auf den fraglichen Kran – und erstarrte. Ganz vorn auf dem Ausleger lag Wotan mit dem Präzisionsgewehr vor sich und dem Spielfeld im Visier, hinter ihm kroch eine zweite Person auf den schmalen Streben des Eisenarms herum und schleppte eine Art Stange mit sich, und bereits dicht unterhalb des Kranführerhäuschens erklommen zwei weitere Figuren die Stahlstreben des Turms. Sie kniff die Augen zusammen und fixierte das Bild erneut in der irrwitzigen Hoffnung, diese beiden Geschöpfe als SEK-Leute zu identifizieren, auch wenn sie wusste, dass die niemals eine derart hirnlose Aktion ausführen würden. Es waren Enzo und Frank.

Irgendwie hatte sie so etwas geahnt, als sie beim Verlassen des Containers die leeren Ruheliegen registriert hatte, doch sie hatte nichts unternommen. Das war ein Fehler gewesen. Sie wurde alt, sie hatte ihre Wachsamkeit verloren. Verdammt! Sie ließ das Fernglas sinken, um es sogleich wieder anzusetzen.

Unten auf dem Spielfeld reagierte der Schiedsrichter auf ein vor der Großöder Reservebank in die Höhe gehaltenes Schild mit der Nummer zehn, und der Stadionsprecher verkündete mit hörbar verwirrter Stimme die sofortige Auswechslung des Spielers Kader Al Sheikh. Das einheimische Publikum pfiff, was das Zeug hielt, die Fans des FC Schalke 04 rieben sich verwundert die Augen. Hochwürden Moosthenninger unterdrückte gerade noch ein zufriedenes Seufzen, und Eduard Daxhuber sah grinsend zu, wie Bernhard Döhring in seinem rotgepolsterten Ledersessel kreidebleich wurde. Mit hochgezogenen Schultern und einer Ich-versteh-das-alles-nicht-Geste trabte Al Sheikh kopfschüttelnd zum Spielfeldrand. In der Ferne knatterte ein Hubschrauber.

Zischend atmete Wotan durch zusammengebissene Zähne. Der Ausleger des Krans vibrierte leicht, aber er hatte einen guten Halt, lag in perfekter Schussposition an jenem Ende, wo das Tragseil in die Tiefe ging, und starrte durch sein Zielfernrohr auf das Grün des Spielfeldes. Was er hier machte, war Kunst, eine Performance zum Ruhm des Vierten Reiches. Die da unten wussten nichts – doch er würde sie dazu zwingen, das Unausweichliche zu begreifen und in Demut anzunehmen. Er war ein Werkzeug. Nichts als ein Werkzeug. Dafür aber ein besonders gutes. Und darauf war er stolz.

Den schönsten und spektakulärsten Effekt würde er mit Sicherheit erzielen, wenn er sein Opfer in einem günstigen Moment erwischte. Bei einer Standardsituation, einem Eckstoß beispielsweise oder – noch besser – einem Freistoß. Am allerbesten wäre natürlich ein Elfmeter. Doch die Schalker spielten derart überlegen, dass es gar nicht sicher war, ob Großöd-Pfletzschendorf je eine solche Gelegenheit erhielte. Aber was machte das schon? Er war kurz vor dem Ziel und hatte alle Zeit der Welt.

Plötzlich passierte da unten etwas, er konnte nicht genau erkennen, was da los war, aber ein Betreuer der Kanariengelben hielt eine Tafel hoch. Er blickte durch sein Zielfernrohr. Tatsächlich: Nummer zehn. Wotan schluckte. Sollte sich dieses Schwein etwa seiner Hinrichtung durch Auswechslung entziehen können? Was wurde da gespielt? Er sah, wie seine Zielperson Richtung Seitenlinie trabte. Nun hatte er nur noch wenige Sekunden, nur einen einzigen schnellen Versuch. Über ihm knatterte etwas. Er sah sich nicht um. Sein Opfer da unten auf dem Grün hatte die Auslinie erreicht und gab seinem Ersatzmann artig die Hand. Wotans Zeigefinger krümmte sich. Der Ausleger des Krans schwankte plötzlich heftig, und er vernahm hinter sich einen heiseren Schrei: »Fahr zur Hölle!«

Genau, der da unten sollte zur Hölle fahren. Er betätigte den Abzug. Der Schuss knallte, das Echo hallte durchs Stadion und brach sich an den Banden mit der Werbung für die Hoch- und Tiefbau Döhring GmbH & Co. KG. Die Kugel bohrte sich keine zwanzig Zentimeter neben Kader Al Sheikh tief in den Sand. Der Kalk der Seitenlinie spritzte auf.

Kader, der Ersatzmann und der Linienrichter ließen sich instinktiv fallen und suchten Deckung. Ein kollektiver Aufschrei ging durchs Stadion. Dann herrschte plötzlich gespenstische Ruhe.

Oben auf dem Kran drehte Wotan sich vorsichtig herum – und blickte in Walburgas hasserfüllte Augen. Rittlings saß sie hinter ihm auf dem Ausleger und schwang die Bauklammer wie eine tödliche Waffe. Er reagierte sofort und schlug sie ihr mit einer schnellen Bewegung aus der Hand. Über ihnen stand schwebend und mit höllischem Lärm der Hubschrauber in der Luft. Der

Wirbel der Rotoren fegte sie fast von dem wankenden Ausleger, und während Wotan sich festkrallte, sah er, dass ein weiterer Mann die Plattform erklommen hatte und sich auf ihn zubewegte. Er hob das Gewehr und schoss.

Frank Langrieger wurde von der Wucht der Kugel in die Streben des Auslegers geschleudert. Sein Hemd war innerhalb von Sekunden blutdurchtränkt, er schrie vor Schmerz und nahm aus den Augenwinkeln wahr, dass Enzo zu ihm hinrobbte, dann ertrank er in einer tiefen Bewusstlosigkeit.

Der Scharfschütze an Bord des Hubschraubers hatte Wotans Kopf genau im Fadenkreuz und folgte jeder Bewegung, während der Kopilot über Handy Kontakt mit Bruno Kleinschmidt am Fuß des Krans hielt. »Hier Edelweiß drei. Sind auf Position. Ziel erfasst. Erbitten Freigabe zum finalen Rettungsschuss.«

Bruno zögerte. Es war eine Entscheidung über Leben und Tod. Er fühlte sich überfordert. Am liebsten hätte er Franziska angerufen und ihr die Verantwortung zugeschoben. Doch die Zeit spielte gegen ihn. Vielleicht war der da oben ja nur ein harmloser Spinner? Dann würde er sich schuldig machen und für den Rest seines Lebens mit Selbstvorwürfen plagen. War es ihm überhaupt gegeben, eine derartige Entscheidung zu fällen? Durften Menschen überhaupt über das Leben anderer bestimmen?

Dann fielen die beiden Schüsse, und ohne weiteres Nachdenken bellte Bruno ins Telefon: »Edelweiß! Freigabe zum finalen Rettungsschuss erteilt. Kleinschmidt over.«

Wotan legte sein Gewehr an und zielte auf den Hubschrauber. Er hatte nichts mehr zu verlieren. Das Letzte, was er sah und spürte, war das Feuer, das auf ihn zukam. Sekundenbruchteile später zerfetzte das Geschoss seinen Schädel.

Walburga begann laut und hysterisch zu schreien. Einen Augenblick später schien das ganze Stadion in diesen Schreckensruf einzufallen.

Auf dem Spielfeld lagen eine Bauklammer, das Präzisionsgewehr von Lukas Reschreiter sowie die verdrehte Leiche eines schwarz gekleideten Riesen, von dem alle behaupteten, ihn niemals zuvor gesehen zu haben.

SIEBZEHNTES KAPITEL
Nachspielzeit

Das Erste, was er wahrnahm, war die Stimme. Die Stimme war laut und drang wie ein Messer in sein Bewusstsein, und mit dem Bewusstsein kam der Schmerz. Er saß in der linken Schulter, und Frank Langrieger war sich sicher, dass diese Qual ihn sein Leben lang begleiten würde. Es war die Hölle.

Die Stimme gehörte eindeutig seiner Nachbarin Charlotte Rücker – gurrende und glucksende Laute, die in schrille Kleinmädchenschreie übergingen. Er riss die Augen auf. Die Stimme blieb.

Er lag in einem Bett, das nicht sein eigenes war, und auch um dieses Bett herum war alles anders als gewohnt. Es roch nach Krankenhaus. Irgendwer hatte ihn hier auf dem Flur abgestellt.

»Jetzt wird der wach, der Bub«, schrie die Rücker in ihr Handy und stürzte auf den stöhnenden Frank zu. »Weil mir ham nämlich ein Madel kriegt, ein ganz ein süßes Madel«, gurrte sie glücklich ins Telefon. »Eulalia soll's heißen, und pumperlg'sund ist die fei, und wiegen tut's bald schon sieben Pfund. Die Gertraud und ihr Madel wolln dann gleich mit heim zu mir kommen ... äh, ich mein natürlich heim zu uns.«

Mir doch wurscht, dachte Frank, während er mit aufkommender Übelkeit kämpfte. Eine Krankenschwester mit streng zurückgekämmtem Haar beugte sich über ihn. »Geht's einigermaßen? Gleich kriegen S' ein eigenes Zimmer. Wir ham bloß ein bisserl umorganisiern müssen. Sie sollten sich aber keine großen Sorgen machen, das schaut nämlich wesentlich schlimmer aus, als wie es ist. Hat jedenfalls der Doktor g'sagt, wie er vorher auf Visite war bei Ihnen.«

»Was ist denn überhaupt los g'wesen?«, fragte er mit einer Stimme, die von ganz weit her kam.

Die Krankenschwester benetzte seine trockenen Lippen mit einem zitronegetränkten Wattestäbchen und sagte: »Soviel ich weiß, hat Sie wer ang'schossen. Glatter Durchschuss aber, Gott sei Dank, direkt in die linke Schulter.« Ihr Funkgerät piepste, und sie seufzte. »Heut ist aber echt der Teufel los hier.«

Charlotte Rücker sprach weiter in ihr Handy. »Dem Frank, dem seine Eltern? Ja freilich, nach dem, was ich so g'hört hab, kommen die jeden Moment her, und die andern dann auch. Ach geh weiter, hör mir doch bloß auf mit dem depperten Fußball, jetzt wo der endlich mal vorbei ist! Ist mir doch total wurscht, wer da g'wonnen hat.«

»Mir aber ned«, röchelte Frank und gab ihr ein Zeichen, doch die frischgebackene Großtante hatte sich schon wieder von ihm abgewandt und sandte weiterhin per Handy ihr Glück in die Welt.

Frank schloss die Augen. Er spürte, wie sich das Bett bewegte, nahm wahr, dass es um ihn herum stiller und dämmriger wurde. Dann schloss sich die Tür. Ruhe.

Polizeipraktikant Kevin Schlappinger schlug in seinem Heft ein besonders schweres Sudoku auf, legte die Füße auf den Tisch und beschloss, seinen quasi freien Nachmittag zu genießen. Der schwierige Saturnübergang, den er seiner Chefin prophezeit hatte, schien sich unmittelbar bewahrheitet zu haben, denn sie war bereits seit Mitternacht mit Bruno unterwegs, und das Büro gehörte ihm allein. Inzwischen war ihm immer klarer geworden, dass er nicht zur Polizeischule gehen würde. Als Kriminalkommissar hatte man ja ständig damit zu rechnen, dass jeder Telefonanruf die folgenden Stunden, Tage und Wochen in ein einziges Chaos verwandeln würde. Am besten, man meldete sich gar nicht mehr.

Er seufzte und widmete sich seinem Rätsel. Doch noch bevor er ein Feld ausgefüllt hatte, stellte die Zentrale ein Gespräch zu ihm durch, und er meldete sich mit professionell genervter und gestresster Stimme.

»Herr Schlappinger?« Eine kleine und schüchterne Frauenstimme war am anderen Ende. Empört schnappte er nach Luft.

»Ja, was ist passiert?«

»Sie ham mir doch das Band geben? Sie wissen schon, was ich mein, die Bänder mit den Verhören von denen Frauen. Zum Abtippen. Da hat sich's doch allerweil immer wieder um den Mann da dreht, einen Mann, der mit den Jenseitigen und Schutzengeln hat sprechen können. Bittschön, ich tät den Mann unbedingt brauchen! Wo könnt ich den denn bloß finden?«

»Warum?«, fragte Kevin streng und verdrehte die Augen. Er hatte es geahnt: Ein Polizist hatte niemals Ruhe.

»Da geht's um ein Familiengeheimnis«, gestand die Anruferin ängstlich. »Bittschön. Wie komm ich an den hin, an den Schamanen da, den weisen Mann ...«

»Den gibt's nicht mehr«, stellte Kevin klar und fügte hinzu: »Tot ist der. Umgebracht haben die den. Das war doch der Sinn des Verhörs.«

Was erlaubte sich diese Frau eigentlich? Vorwurfsvoll setzte er noch eins drauf: »Sie dürfen hier nicht anrufen. Sie sind zum Schweigen verpflichtet. Das habe ich schwarz auf weiß. Sie haben das Band abgetippt, und das Band ist streng geheim, und Sie haben das Geheimhaltungsabkommen unterschrieben. Logisch dürfen Sie nichts gehört und gelesen haben, und wer nichts gehört und gelesen hat, kann auch nichts wissen und schon gar nicht bei mir anrufen und dumme Fragen stellen. Ist das klar?« Ohne eine Antwort abzuwarten, legte er den Hörer auf.

Dann bettete er erneut die Füße auf den Schreibtisch, seufzte und beschloss, sich beim Landauer Anzeiger als Rätselredakteur zu bewerben. Der Gedanke beflügelte ihn. Dass er darauf nicht früher gekommen war! Richtige Rätsel erfinden, Aufgaben aus Zahlen und Buchstaben. Das war doch etwas Reelles. Überschaubar und nicht so unberechenbar wie Menschen.

Gustav Wiener schob das grüne Operationstuch über den zersplitterten Kopf der Leiche und betrachtete den Körper des Riesen. Der da also hatte den kleinen und zierlichen Dobler umgebracht und dem Xaver Hartl eine Schlinge um den Hals gezogen. Nun lagen Wotan, Dobler und Hartl scheinbar einträchtig nebeneinander auf den Seziertischen der Pathologie, und Gustav dachte wie schon so oft: Irgendwann landen sie alle hier. Täter und Opfer.

Auf Wunsch der Kommissarin hatte er von dem, den sie Wotan nannten, Fingerabdrücke genommen und eingescannt. Franziska und Bruno saßen nun in seinem Büro und mailten die Datei in alle Landeskriminalämter. Der Pathologe hörte sie durch die offene Tür leise miteinander sprechen.

Der Riese war Anfang vierzig, hatte nikotingelbe Finger und einen durchtrainierten Körper. Sein Gewicht lag im Normalbereich. Als Kind war ihm der Blinddarm entfernt worden, an der linken Brust, in Höhe des Herzens hatte er sich ein Hakenkreuz eintätowieren lassen. Er hätte achtzig oder neunzig Jahre alt werden können, wenn er sich nicht auf diese völlig hirnrissige Mission eingelassen hätte, die ihn dann buchstäblich auch den Kopf gekostet hatte. Was genau in diesem Kopf vorgegangen war, wollte Gustav Wiener lieber nicht wissen. Er hatte keinen Bezug zu diesem Toten, wollte ihn nur ganz schnell wieder loswerden.

»Wir haben ihn«, unterbrach Franziska seine Gedanken und stellte sich neben ihn. »Der heißt Werner Meier und kommt aus Brandenburg, genauer gesagt aus einem kleinen Dorf in der Nähe von Luckenwalde. Er ist dem LKA Brandenburg einschlägig bekannt.«

»Als was?«, fragte Gustav Wiener und öffnete mit einem Skalpell den Bauchraum der Leiche.

Franziska wandte sich ab und sprach gegen die weiß gekachelte Wand des Sezierraums: »Als Betreiber einer verbotenen Internetplattform, auf der er für ein totalitäres staatliches System eintritt und sein nationalistisches und rassistisches Gedankengut verbreitet. Der hat uns gerade noch gefehlt.« Sie zitierte: »Meier fiel schon als Jugendlicher wegen fremdenfeindlicher Parolen, der Propagierung einer völkischen Ideologie, Antisemitismus und Geschichtsverfälschung mit gleichzeitiger Verherrlichung des NS-Regimes auf. Leugnet den Holocaust, diffamiert den demokratischen Rechtsstaat und lehnt dessen Institutionen ab.«

Bruno kam aus dem Büro. »Hier, es geht noch weiter: Unter dem Decknamen Wotan selbst ernannter Führer einer Nazitruppe. Steht ganz oben auf der Liste des Verfassungsschutzes, weil er seine noch minderjährigen Anhänger dazu angestiftet hat, einen Schweinskopf mit Davidstern auf die Türschwelle eines ausländischen Restaurants zu legen, und diese verblendeten Kids nur dann seiner würdig waren, wenn sie öffentliche Gebäude mit Hakenkreuzen und SS-Runen beschmierten.«

»Um den ist's nicht schad«, murmelte Gustav Wiener. Dann betrachtete er den Leichnam von Armin Dobler. »Aber den hätt er uns ruhig lassen können. Das da war ein guter Mensch.«

»Woher wissen Sie das? Haben Sie ihn gekannt?« Franziska sah ihn fragend an.

Gustav Wiener wurde rot. »Das klingt vielleicht komisch, aber ich erspüre den Abschied der Toten. Da bleiben Eindrücke und Empfindungen in der Aura zurück, wenn Sie an so etwas glauben.«

»Seit Armin Dobler glaube ich fast schon an alles«, murmelte Franziska und sah den Pathologen fragend an. »Und?«

»Manchmal friere ich, manchmal werd ich furchtbar traurig, gelegentlich, eher selten, gibt es auch so was wie Gelassenheit. Ziemlich oft dagegen Wut, Hilflosigkeit, Staunen und Bestürzung.« Wiener wies auf Wotans Leiche. »Der da ist für mich von tiefen Schatten umhüllt und strahlt Gewalt, Trotz und Fanatismus aus, ein Besessener. Der tote Dobler dagegen war Friede und Barmherzigkeit. Es war fast, als würde er mir aus dem Jenseits noch was Gutes tun, ist das nicht eigenartig? Ehrlich, das war ein feiner Mensch.«

Frank öffnete erneut die Augen. Es war schwer und mühselig, aber direkt neben ihm passierte etwas, und er konnte ja nicht so tun, als ginge ihn das nichts mehr an. Seufzend stellte er sich der Realität, blickte kurz um sich und drehte erschreckt den Kopf zur Wand. Jetzt war es also so weit. Jetzt hatte auch seine Stunde geschlagen. Genau wie damals bei seinem Großvater mütterlicherseits standen sie alle andächtig und mit gefalteten Händen um sein Bett herum und schauten auf ihn herunter.

»Buberl, mein armer kleiner dummer Bub, was hast denn da wieder für Sachen ang'stellt?«, flüsterte die Mutter und streichelte sanft seine Hände, die er vorsichtshalber schon mal faltete.

»Sei du lieber froh, dass der Bub noch lebt«, tuschelte sein Vater und schluckte. »Wenn der Enzo den ned so geistesgegenwärtig aufg'fangen hätt, also das tät ich mir fei lieber gar ned vorstellen mögen ... Mehr Glück als Verstand. Erst ein Schädel-Hirn-Trauma und nachad auch noch der Schulterschuss. Der Professor hat vorhin noch g'meint, dass du schon einen ganz b'sonders fleißigen Schutzengel g'habt haben musst.« Beppo Langrieger putzte sich die Nase.

»Ach, geh weiter, Papa.« Frank versuchte zu lächeln. Er sah sich um und entdeckte nun auch Enzo und Walburga. War denn schon Fasching? Warum sonst waren Walburgas Gesicht, ihr Hals, Dekolleté und Schultern mit roter Farbe eingepinselt? Frank gab es auf, nach Erklärungen zu suchen. Neben ihr stand ein blasser Enzo, dem oberhalb der Schläfe ein ganzes Büscherl Haare fehlte. Die Wunde glänzte und war dick mit Gel bestrichen.

»Was hast du denn da g'macht?«, fragte Frank.

»Brennt hab ich mich«, sagte Enzo und zeigte seine verbundenen Handgelenke. »Da auch. An den Händen mit'm Feuerzeug, und da oben beim Rausgehn aus der Hütten.«

Frank versuchte sich aufzurichten und schrie auf vor Schmerz.

»Mein Gott, Bub, schau fei bloß, dass du dich halt wenigstens jetzt ein bisserl schonst!« Johanna Langrieger beugte sich über ihn und sah Enzo vorwurfsvoll an.

»Sag bloß, dass du gar nix mehr weißt davon?«, staunte dieser.

»Lass gut sein, Enzo, ist vielleicht besser so.« Walburga trat einen Schritt vor. »Mir ham alle miteinand die Hölle durchg'macht. Ich wär froh, wenn ich nix mehr wüsst davon. So muss ich ja doch bloß andauernd dran denken.« Sie stellte sich neben Franks Bett. »Ich bin auf alle Fälle froh, dass du endlich wieder aufg'wacht bist.«

»Und du schaust original aus wie eine Indianerin«, konterte Frank.

»Desinfektionsmittel. Viel z'viel Abschürfungen«, erklärte sie. »Aber weißt es ja selber, ein Indianer kennt keinen Schmerz.«

»So schaut's aus.« Frank nickte, verzog das Gesicht und gab Zischlaute von sich. »Trotzdem werd ich mich z'erst einmal vorsichtshalber lieber ned bewegen.«

Walburga gab ihm recht. »Vorerst ned. Sag einmal, weißt du denn wirklich gar nix mehr? Ned einmal, dass Großöd-Pfletzschendorf gegen Schalke g'spielt hat?«

»Ach wo, logisch, das weiß ich schon noch!« Frank vermied jede Bewegung. »Und vor allen Dingen weiß ich jetzt sogar wieder ganz g'wiss, dass vorher die Löwen in Nürnberg g'wonnen ham.« Er lächelte stolz.

Walburga nickte. »Stimmt genau. Und was tät dir zum Schalkespiel noch so einfallen?«

Er überlegte. »Komisch ... aber ich hab da so ein G'fühl, als wenn ich da von irgendwo ganz hoch oben nunterg'schaut hätt – bloß warum, das weiß ich ums Verrecken nimmer. Unter mir war alles grün und laut, und der Lärm ist wie in Wellen kommen.«

»Da schau her, grad genauso war's nämlich.« Sie griff nach seiner Hand. »Das war original beim Schalkespiel, und hast mich retten wollen. Dankschön noch einmal.«

»Dich retten? Wegen was denn und wovor?«

»Nun lass doch das arme Kind in Ruhe.«

»Geh Mama, ich möcht das doch endlich wissen!«

Kopfschüttelnd wandte Johanna Langrieger sich ab und schimpfte: »Dem scheint's ja schon wieder richtig gut zu gehen, samt seinem erschütterten Hirn und seinem Schock.«

Walburga hielt immer noch Franks Hand. »Also, das war so: Der Wotan da hatt mich als Geisel g'nommen und ist vor dem Spiel mit mir auf einen Baukran naufg'stiegen, weil er von dort oben seelenruhig den Kader Al Sheikh hat abknallen wollen. Und du und der Enzo, ihr habt das irgendwann g'spannt und habt mich zu retten probiert ...« Sie zitterte und setzte sich vorsichtig auf die Bettkante. »Wenn ich wenigstens g'wusst hätt, dass ihr noch lebt ... ich hab ja meinen müssen, der hätt euch auch umbracht g'habt, so wie den Xaver, woher hätt ich denn was anders ahnen können? Jedenfalls wollt ich grad den Wotan erschlag'n. Aber dann hat der sich einfach umdreht und auf dich g'schossen, die Drecksau! Ach mei, Frank, es war einfach bloß furchtbar!«

»Zu deinem Glück ist die Kugel glatt durchgangen«, polterte Beppo Langrieger dazwischen.

»Geh weiter, Beppo, ich weiß fei echt ned, so ein Schuss durch die Schulter ist doch trotzdem keine solche Kleinigkeit, wie du das abtun magst!«, stellte Franks Mutter klar.

»Verzähl weiter!« Frank beachtete seine Eltern kaum und hing an Walburgas Lippen.

»Nachad bist ausg'rutscht und bewusstlos worden, und wenn dich der Enzo ned grad noch hätt halten können, hätt's dich todsicher auch noch vom Kran runterg'haut. Kannst dich denn eventuell noch an einen Hubschrauber erinnern?«

»Lärm war da schon ... und so ein Wind auf einmal ... So ganz langsam kommt's wieder.«

»Der Hubschrauber hat uns dann allen miteinand das Leben g'rettet«, sagte Walburga. »Wenn der ned kommen wär, dann Gut Nacht! Da war nämlich ein Scharfschütze mit drinnen, den die Kommissare ang'fordert g'habt ham, und der hat dann im allerletzten Moment den Wotan erschossen.«

»Finaler Rettungsschuss hat's in der Zeitung g'heißen«, ergänzte Beppo Langrieger und fuhr kopfschüttelnd fort: »Mir im Stadion ham natürlich alle bloß noch aufs Spielfeld g'schaut – ein solcher Hubschrauber, meine Güte, da fliegt ja durchaus öfters mal einer vom ADAC über uns weg. Und dann hat's da bloß noch einen dumpfen Schlag getan, und schon war der tote Terrorist runterg'fallen. Mitten aufs Spielfeld. Ein Glück haben die Spieler g'habt, dass der ned noch einen von denen derschlag'n hat, beim Runterfallen. Auf jeden Fall liegt da plötzlich mitten auf dem Grün ein Mann umeinand, blutüberströmt! Erst da ham mir wirklich kapiert, dass was Schlimmes passiert sein muss.«

»Ich hab bloß noch schreien mögen«, gestand Walburga. »Und das ganze Stadion hat plötzlich mitg'schrien.«

»Und dann?«

»Panik. Kannst dir ja denken. Tausende Zuschauer in Panik. Wenn die Kommissarin ned gleich zum Stadionsprecher g'laufen wär und ins Mikro brüllt hätt, dass keine Gefahr mehr wär und dass das Spiel gleich wieder fortg'setzt werden würd, wer weiß, ob sich dann ned am End die Leut untereinand vor Angst auch noch gegenseitig totgetrampelt hätten.« Franks Vater schüttelte den Kopf. »Dass mir das alle heil überstanden haben! Ein Wunder.«

»Ich mag jetzt nix von irgendwelche Wunder hören, sondern Fakten«, wurde er von seinem Sohn unterbrochen. »Erzählt doch weiter, bittschön. Enzo, was war denn dann?«

»Ich bin ja noch mit dir auf'm Kran g'sessen und hab dich derweil mit meinem Gürtel an die Metallstreben hinbunden g'habt, damit dass du mir ned doch noch nunterfallst, bevor die Helfer von unten oben waren. Du hast geblutet wie eine g'stochene Sau, und der Hubschrauber hat dich dann direkt vom Kran aus gleich ins Krankenhaus gebracht. Ich hab noch selber wieder runterklettern können, die Wally auch, auch wenn die Kommissarin getobt hat deswegen, aber ich sag's dir, ich war bloß noch so was von froh, dass ich meine Wally wiederg'habt hab. Ziemlich schnell ist dann das Spiel wieder weitergegangen. Keine zwanzig Minuten später...«

»Hat denn Großöd wenigstens g'wonnen?«, fiel Frank ihm ins Wort.

»Bloß an Erfahrung«, meinte sein Großvater vergnügt grinsend und löste sich von der hinteren Zimmerwand. »Fünf Stück hat Schalke den Gelben am Ende mitgeben g'habt, und da waren's noch gut bedient mit dem Null-zu-fünf. Der Kader Al Sheikh hätt auch nix mehr rausg'rissen an dem Tag. Da warn einfach Welten dazwischen, und so g'hört sich's ja schließlich auch.«

»Also, verstehn soll das, wer will – ich jedenfalls versteh's ned«, stellte Beppo klar und machte in Franks Richtung ein Zeichen, als zweifle er am Verstand seines eigenen Vaters. »Der

Opa freut sich die ganze Zeit schon über den Sieg von den Schalkern wie ein Schnitzel! Dabei warn das doch unsere Gegner, oder ned? Das ganze Dorf blüht auf in Gelb, und er jubelt nix wie über Königsblau. Normal ist das für mich fei ned. Vermutlich wird der halt langsam doch ein bisserl senil. Farbenblind wird er ja wohl ned sein.«

»Vom Zuhause zum Daheim« war in Riesenlettern auf die Plane des Lastwagens gedruckt, der im Auftrag eines Einrichtungshauses unterwegs war.

Das konnte Luise sogar ohne Brille lesen, und wie immer, wenn sie diese Werbung sah, schimpfte sie vor sich hin: »So ein depperter Schmarrn. Als ob daheim ned sowieso allerweil bloß daheim wär.« Sie grub weiterhin unterhalb der Eiche nach dem von ihren Vorfahren prophezeiten Schatz und hatte gestern zum ersten Mal das Gefühl gehabt, an etwas Metallenes zu stoßen.

Vorsichtig war sie in ihr Loch geklettert, das sie jetzt vertiefte und verbreitete. Währenddessen rollte der Lieferwagen in ihre Hofeinfahrt und kam direkt vor der Tür des Langriegerschen Austragshäuserls zum Stehen.

Luises Herz klopfte. Natürlich hatte sie keine Sekunde daran gezweifelt, dass sie die Kiste finden würde, doch sie tatsächlich vor sich zu sehen, kam einem Wunder gleich. Andachtsvoll wischte sie die Oberfläche ihrer Entdeckung mit einem Handbesen ab. Es war ein mit rostigen Flecken übersäter eiserner Deckel von etwa sechzig mal vierzig Zentimetern Kantenlänge.

Endlich! Wenn ihr Enkel Frank nicht im Krankenhaus läge, hätten sie das Ding schon längst gehoben. Langsam richtete sie sich auf. Taillentief stand sie in der Grube und hatte weder eine Leiter noch einen Schemel, um wieder herauszukommen.

»Sepp!«

Ihr Mann antwortete nicht, obwohl sie eindeutig seine Stimme hörte.

Luise Langrieger reckte sich auf ihre Zehenspitzen. Dann sprang sie kurz hoch und entdeckte den Lastwagen. Das erklärte alles. Die, die zwischen zu Hause und daheim einen Unterschied machten, hatten sich garantiert verfahren und ließen sich nun so umständlich wie möglich ausgerechnet von Sepp den Weg ins Neubaugebiet erklären. Das konnte dauern. Luise faltete die Hände um ihren Handbesen und wartete.

Da vorne wurde ständig weitergeredet und diskutiert.

»Sepp, schick dich ein bisserl! Ich brauch dich grad!«, rief sie erneut.

Keine Reaktion.

Sie griff nach dem Spaten und donnerte damit gegen die Eisenkiste.

»Hey, was ist denn hier los?« Ein fremder Mann im blauen Overall beugte sich über sie.

»Helfen Sie mir verdammt noch mal hier raus! Aber sofort!«

»Ja, Muttchen, wie sind Sie denn da reingekommen?« Der Möbelpacker ging kurz in die Hocke, griff unter Luises Arme und hob sie hoch wie ein Kind. Behutsam setzte er sie neben ihrem Schatztruhenloch ab.

Sie schüttelte sich. »Sachen gibt's, wo ist mein Sepp?« Dann ging sie in Richtung Haus.

In der Einfahrt, direkt vor den Stufen zur Eingangstür, standen eine Wohnlandschaft aus dunkelgrünem Leder und ein riesengroßes Paket.

»Was soll das, wir haben nix b'stellt«, zeterte Luise und strich heimlich über die durchsichtige Plastikhülle, unter der sich wunderbar weiches Wildleder erahnen ließ. Der kleinere der beiden Möbelpacker entfernte von einem der Elemente die Folie, und augenblicklich fuhr Luise dazwischen.

»Ja, sind S' denn wahnsinnig g'worden? Jetzt braucht da nur ein Vogel draufzuscheißen, und schon sind mir dran wegen Sachbeschädigung, obwohl wir das Ding da gar ned bstellt haben und ich sowieso ned versteh, warum das bei uns vor der Haustür steht.«

»Aber schön ist es schon, oder?« Sepp kam aus dem Haus und stellte sich neben sie.

»Was heißt schon schön? Mir können uns so was eh ned leisten, und deshalb schau ich es mir erst gar ned an.« Demonstrativ blickte sie auf ihre schmutzigen Hände.

»Schade.« Ihr Mann zog nachdenklich die restliche Plastikfolie von den Möbeln und seufzte.

Luise wurde blass. »Ja Herrschaftszeiten, bist du wahnsinnig worden? Geh mir bloß ned an das fremde Zeug.«

»Ist jetzt eh schon wurscht.« Ohne sie zu beachten, schlurfte er zum Haus, öffnete die Tür, ging vor bis zur guten Stube und winkte den Möbelpackern. Luise sah, dass ihre Eckbank aus Zirbelholz und der Esstisch beseitegeräumt waren.

»Ja, spinnst denn komplett?« Sie schnappte nach Luft.

»Frau«, sagte er zu ihr, und sie wusste, wenn er sie mit Frau anredete, machte er keine Scherze. »Weißt, Frau, ich möcht das halt, dass du die Lindenstraße am Sonntag auf d'Nacht auch einmal von einem solchenen Kanapee aus anschaun kannst. Und wenn nachad das Kanapee schon nagelneu ist, brauch'n mir logisch auch einen g'scheiten Fernseher dazu. Also hab ich auch gleich einen solchen dazukauft. Einen ganz einen modernen mit einem Mordstrumm Bildschirm. Und flach wie ein Brettl ist der! Da ham mir nachad jetzt praktisch ein Kino daheim.«

Sie starrte ihn an. »Und von was für einem Geld? So viel Geld ham mir doch gar ned.«

Er sah zur Seite. »Frau, mir ham uns halt doch im Lauf der Zeit eisern ein bisserl was z'sammg'spart!«

Sie begriff, dass es besser war, keine Fragen mehr zu stellen. »Nachad brauchst auch zur Sportschau nimmer allerweil nübergehn in den Blauen Vogel?«, fragte sie, und er nickte: »Akkurat so ist das, jetzt, wo eh bald der Winter kommt und mir ja auch nimmer grad die Allerjüngsten sind.«

»Vom Zuhause zum Daheim«, zitierte einer der Möbelpacker den Slogan seines Overalls und schob die grüne Polstergarnitur so in den Raum, dass sie im günstigsten Winkel zum Kachelofen stand. Dann stellte er eine Flasche Sekt auf den marmornen Couchtisch.

Abends hatte ihr Mann den Sektkorken knallen lassen, sie hatten den Fernseher eingeschaltet, und er hatte ihr lang und breit die Fernbedienung erklärt. Sie hatte ihn reden und den kühlen Sekt durch ihre Kehle prickeln lassen, weil ihr klar war, dass ihr

Sepp sein neues Spielzeug sowieso nicht so schnell aus der Hand geben würde. Gemeinsam hatten sie sich die Nachrichten des Tages auf einem Flachbildfernseher mit einer Diagonale von mehr als einem Meter angeschaut und sich wie im Kino gefühlt.

»Weißt, mir ham nämlich auf das Spiel g'wettet g'habt«, gestand er ihr dann. »Ich weiß schon, man soll ned wetten und keine Karten spielen, aber selbst der Pfarrer sieht das ned ganz so arg streng, und nachdem der höchstselber bei unserer Wetten mitg'macht hat, hab ich mir halt denkt, da müsst doch eigentlich Gottes Segen auf der Wetten drauffliegen. Und schau, grad so ist's dann auch kommen. Ich hab's eh bloß wegen dir g'macht. Ich wollt dir halt auch einmal eine kleine Freud machen.«

Gerührt hatte sie nach seiner Hand gegriffen, und so saßen sie nebeneinander, starrten auf die glänzende Oberfläche des inzwischen wieder ausgeschalteten Fernsehers und entdeckten darin leicht verzerrt ihr eigenes Spiegelbild: zwei schmächtige alte Menschen, die in einer riesigen Wohnlandschaft versanken, links flankiert von einem chamoisfarbenen Kachelofen, rechts von einer Anrichte, auf der die Familienmitglieder aus hölzernen Fotorahmen herauslächelten.

»Ich leb fei allerweil noch gern mit dir«, hatte Sepp gemurmelt, sich abgewandt und kurz die Nase geputzt.

Luise blieb nichts anderes übrig, als ganz schnell ihr Glas Sekt zu leeren, sonst hätte sie bestimmt losgeheult.

»Und wie gut, dass du das Graben nicht aufgegeben hast«, lobte er dann. »Ich hätt doch mehr an dich glauben sollen.«

Sie schwieg und vermied es, ihn an sein Gezeter zu erinnern und daran, dass er sie für verrückt erklären wollte.

»So ein Schatz aber auch«, ergänzte er dann. »Wirklich so ein Schatz. Eigentlich hätt ich gar nicht wetten brauchen.«

Sie nickte. »Vom Urgroßvater. Er hat sich vor Napoleon dem Dritten gefürchtet, weil der Erbfeind uns alles nehmen wird. Deswegen hat er ihn da vergraben und in eine Vossische Zeitung vom April 1852 eing'wickelt, die hat der extra mit daherbracht nach Kleinöd, weil dem sonst keiner glaubt hätt, dass der tatsächlich in Berlin g'wesen wär.«

Behutsam griff Joseph Langrieger nach der massiv silbernen Schmuckkette, an der Luise den ganzen Nachmittag mit Zahnpasta rumpoliert hatte und die nun in aller Schönheit auf einem schwarzen Samttuch vor ihnen lag. Es war eine klassische Charivarikette, eine von denen, wie sie die Mannsbilder am Hosentürl ihrer ledernen Trachtenhose zu tragen pflegen, und sie war bestückt mit Geldstücken aus echtem Gold und silbernen, mit Edelsteinen besetzten Medaillen. An kunstvoll geschmiedeten Kettchen prangten in silberne und goldene Ziselierfassungen eingebettete Zähne von erlegten Wölfen oder Bären sowie verkümmerte Rehgeweihe und Dachsbärte. Es war ein Museumsstück, und sie wussten beide, dass sie etwas ungeheuer Wertvolles in den Händen hielten.

»Wenn jetzt eins von den Enkerln heiraten tät«, flüsterte sie, »könnten mir alle zwei unsere Charivaris hintun, ich meins für die Weiberleut und du das da. Unser gemeinsam's Erbstück.«

»Ja sauber, sag ich«, seufzte er erleichtert und hätte am liebsten ein Kreuz geschlagen, denn er hatte gerade erst heut in der Früh seinen Wetteinsatz zurückbekommen und im Kleiderschrank unterhalb der Bettwäsche verstaut. Als sei nichts gewesen ...

Malwine Brunner saß aufrecht in ihrem Bett. Hinter den geschlossenen Fenstern entfaltete sich eine fast schwarze Nacht mit wenigen Sternen und einer winzigen, silbrig funkelnden Mondsichel. Sie dachte an Armin Dobler und fragte sich, wo er sich jetzt wohl befand. Sie vermisste ihn, und sie wusste, dass er auch all den anderen fehlte. Nie wieder würde sie mit ihrem Sohn oder Ottilie mit dem Schutzengel ihres Enkels sprechen können, nie wieder würden sie wichtige Informationen und gute Ratschläge von drüben erhalten. Sie seufzte.

Vorgestern war der Hartl Xaver beerdigt worden, für den die Kollegen der Deggendorfer Autofabrik im Landauer Anzeiger eine riesige Anzeige geschaltet hatten. Mit Foto. Seine Ernsthaftigkeit wurde darin gelobt und seine Zuverlässigkeit. Hinter seinem Sarg waren aber nur der Pfarrer, Xavers Eltern und Großeltern, Enzo Blumentritt, Frank Langrieger und Walburga

Donaubauer gegangen. Kein weiterer Kumpel und keiner seiner Kollegen. Es hatte geregnet.

Und gestern hatten sie Abschied von Armin nehmen müssen. Sobald sie an diese Beerdigung zurückdachte, schossen ihr die Tränen in die Augen. Es war so ein schönes Leichenbegängnis gewesen, obwohl es erst gar nicht danach ausgesehen hatte, weil sich zunächst alle Männer des Ortes geweigert hatten, am Trauerzug für Armin Dobler teilzunehmen.

»Mir ham den doch hint wie vorn gar ned kennt, und zu was tät denn ich bei einem solchenen dahergelaufenen Hund überhaupts mitrennen sollen? Und einen Leichenschmaus gibt's ja ganz g'wiss auch ned«, hatte Josef Langrieger gesagt, und Eduard Daxhuber und Bernhard Döhring hatten eingestimmt, dabei ging der Döhring nie in die Kirche, und man wusste nicht mal, ob er katholisch oder evangelisch war. Schmiedinger behauptete, als Zuschauer des Begräbnisses einen besseren Überblick zu haben, und Luck Reschreiter hatte allen Ernstes erklärt, dass derjenige, der einen Ermordeten fände und an dessen Beerdigung teilnähme, als Nächster dran sei.

Aber dann hatten sie doch alle am Straßenrand gestanden, Spalier sozusagen, diese Ungläubigen. Und es war ein so feierlicher Leichenzug gewesen.

Vor dem Sarg schritt Hochwürden Moosthenninger mit zwei Messdienern, die eifrig Weihrauch verströmten, dem Sarg folgte als weiterer Mann der Bürgermeister. Dahinter hatten sich dann in gebührendem Abstand die wirklich Trauernden eingereiht: Malwine mit einem Strauß gelber Rosen, gestützt von ihrer Schwester Agnes und begleitet von Joschi, der eine schwarze Tüllschleife um den Hals trug, was wiederum Reschreiters Dackel Lumpi zu wildem Gekläffe veranlasst hatte.

Hinter ihnen gingen Ottilie Daxhuber und Charlotte Rücker. Die Halber Gertraud lag noch im Krankenhaus und wunderte sich laut Charlotte darüber, dass das ihr von Armin prophezeite Kind, das vor seiner Geburt doch so viel zu sagen gehabt und so viele Anordnungen gegeben hatte, nun sprachlos in seinem winzigen Bettchen lag und den Mund nur öffnete, um zu schreien oder zu trinken.

Es folgten Luise Langrieger mit ihrer Schwiegertochter Johanna. Luise erfuhr dank neuer Batterien in ihrem Hörgerät, dass Armin Dobler in seinem Sarg einen hellgrauen Seidenkaschmirpullover mit den Initialen B und D trug.

»Was soll das? Erstens sind die Initialen falsch, und zweitens tragen Tote keine Pullover, sondern dünne Papierhemdchen«, hatte der Bestatter sich anfangs geweigert und war damit bei Charlotte an genau die Richtige geraten.

»Dieser hier wird genau den Pullover da tragen«, konnte Frau Rücker sich durchsetzen. »Und von wegen den Initialen: BD heißt schlicht und einfach nix anders als wie ›Bis dann‹, weil irgendwann sehn mir uns schließlich alle miteinand dort oben wieder.«

Elise Waldmoser hatte sich an die Seite von Olga Oblomov begeben. Sie trug einen Strauß gelber Astern, Olga eine riesige Königskerze. Jeder wusste, dass ihr Sohn weiter in Untersuchungshaft war. Das Schlusslicht bildeten Berta Huber und Frieda Zwacklhuber mit Unmengen gelber Dahlien im Arm.

So waren sie an Beppo und Sepp Langrieger vorbeigezogen, an Eduard Daxhuber und an Wladimir Blochinski, der, wie seine Kumpane bis zur Verhandlung auf freien Fuß gesetzt, unter der ganz besonderen Aufsicht Adolf Schmiedingers stand. An Enzo Blumentritt, der alles fotografisch festhielt, und an dessen Eltern. Bernhard Döhring hatte allein dort gestanden, mit verschränkten Armen und die Nase rümpfend. Und der Eder Kurt wie immer im Hintergrund und wie immer mit schwarzen Nasenlöchern, weil er so viel schnupfte. Die hagere Martha Moosthenninger hatte sich neben die rundliche Ilse Binder gestellt, die sich bei ihrem polnischen Karl eingehakt hatte.

Der Hombach stand da mit seinem Rottweilerrüden Goebbels, und Pirmin Zwacklhuber, dieses arme Würstchen, war ausnahmsweise mal relativ nüchtern. Mein Gott, die Frieda hatte es auch nicht leicht mit ihrem Sohn. Und noch immer wohnten sie zu zweit in einer Baracke, die vor Ewigkeiten für polnische Erntehelfer errichtet worden war. Klar, dass das Kind da an den Suff gekommen war, mit so einem Leben ohne jede Perspektive.

Joschi – er schlief auf seiner Hundedecke neben ihr im Ehebett – reckte sich, spitzte die Ohren und sah zur Tür. Oberhalb der Schwelle zeigte sich ein Lichtschein. Es klopfte. Malwine hoffte für den Bruchteil einer Sekunde, es möge Armin Dobler sein, der in sich gegangen war, für immer mit ihr leben wollte und der ihr erklären würde, dass alles, was sie in den vergangenen Tagen erlebt hatte, nichts als ein Albtraum gewesen sei.

Dann hörte sie es quietschen, und ihre Schwester Agnes stand in der Türöffnung. Im Gegenlicht wirkte ihr Nachthemd fast durchsichtig und zeigte röntgenbildartig ihren Körperbau und das verkrüppelte linke Bein. Malwine starrte sie an.

»Was ist?«, fragte sie.

Agnes seufzte: »Kannst auch ned schlafen?«

»Naa.«

»Weißt, ich hab mir was überlegt.«

»Jetzt?«, fragte Malwine. »Mitten in der Nacht?«

Agnes nickte und näherte sich dem Bett ihrer Schwester. »Ich weiß, den Moosthenninger wird das nicht freuen«, murmelte sie dann. »Aber ich will Kontakt aufnehmen mit Armin.«

Malwine schüttelte den Kopf. »Du weißt ja gar ned, ob der mit dir in Kontakt treten will. Der hat da jetzt erst mal was anderes zu tun. Der muss sich wieder herrichten. So ohne Kopf und so …« Sie schluchzte auf.

»Wenn du ihn rufst, wird er kommen. Du musst mir helfen. Du hast ihm nahegestanden. Dich hat der g'mocht.«

»Meinst wirklich?«

Agnes nickte.

Malwine sah zweifelnd in die Nacht. Eine riesige Sternschnuppe fiel vom Himmel und schien ihr zuzuzwinkern.

Danksagung

Katharina Gerwens dankt Anne Eisfeld, deren Skulpturen ein Vorbild für die Werke der Romanfigur Ilse Binders sind, und Herbert Seibold, der einen kritischen Blick auf den Obduktionsbericht warf.

Herbert Schröger bedankt sich bei Rudolf Brunnenmeier, Georg Metzger, Ferdinand Keller, Ahmet Glavovic, Alfred Kohlhäufl, Erhart Hofeditz, Herbert Scheller, Guido Erhard, Thomas Miller, Thomas Riedl, Peter Pacult und all den vielen anderen.

Katharina Gerwens, Herbert Schröger

Stille Post in Kleinöd

Ein Niederbayern-Krimi.
336 Seiten. Piper Taschenbuch

»Ja Bluatsakrament«, flucht Joseph Langrieger, als er in seiner Odelgrube einen Toten entdeckt. Das Ganze gibt der Polizei im niederbayerischen Kleinöd Rätsel auf. Ein Fall für die Kripo, entscheidet Polizeiobermeister Adolf Schmiedinger, und Kriminalkommissarin Franziska Hausmann muß in ihrem ersten Mord auf dem Land ermitteln. Dabei stellt sich bald heraus, daß der Täter aus Kleinöd stammen muß. Und tatsächlich lauern hinter der scheinbar tadellosen Fassade des hübschen Dorfes jede Menge dunkle Geheimnisse, zerrüttete Ehen, Betrug und Erpressung...
Spannend und humorvoll beschreibt das Autorenduo Gerwens & Schröger eine nur auf den ersten Blick idyllische Welt.

Gerwens & Schröger

Die Gurkenflieger von Kleinöd

Ein Niederbayern-Krimi.
320 Seiten. Piper Taschenbuch

Das niederbayerische Kleinöd steht kopf: Der vierjährige Paul Daxhuber ist spurlos verschwunden. Die Großeltern, bei denen er aufwächst, seit seine Mutter Corinna ihn dort ablieferte, sind verzweifelt. Auch die polizeilichen Ermittlungen unter der Leitung von Franziska Hausmann werfen zunächst nur weitere Fragen auf: Warum verschwand Corinna damals so plötzlich? Hat sie womöglich ihr eigenes Kind entführt? Und welche Rolle spielen die polnischen Erntehelfer, die mit den Gurkenfliegern auf den Feldern ihre Runden drehen? Hinter der scheinbar idyllischen Fassade des Dorfes lauern ungeahnte Abgründe...